Über dieses Buch Dino Buzzati ging bereits auf die Sechzig, als er seinen ersten Bestsellererfolg erleben durfte. Bis dahin wurde er von Literaturkennern verehrt als Verfasser von surreal-phantastischen Prosatexten, die unter dem Einfluß von E. T. A. Hoffmann, E. A. Poe und Franz Kafka standen. In seiner Heimat galt Buzzati als der »italienische Kafka«. Deutlich größeres Leserinteresse erweckte er, als 1963 sein Roman ›Un Amore‹ erschien – zu einer Zeit, als mit delikaten Themen noch Aufsehen zu erregen war. Buzzati beschreibt in diesem Roman die Besessenheit eines alternden Architekten und Bühnenbildners, der einem noch minderjährigen Callgirl verfällt. Nachdem vor allem Alberto Moravia mit seinem ›La Noia‹ den Weg bereitet hatte, läßt es auch Buzzati an expliziten Beschreibungen nicht fehlen. Literarisch wichtiger in dieser Darstellung einer erotischen Obsession sind die fast stenographisch genau notierten Dialoge zwischen den beiden ungleichen Partnern. In ihnen zeige sich, so Werner Ross in der ›Frankfurter Allgemeinen‹, eine »Meisterschaft des Beobachtens und Erinnerns«. Das Auf und Ab zerstörerischer Gefühle des traurigen Helden wie Eifersucht, Mißtrauen, ohnmächtige Ratlosigkeit, Selbstqual aller Art verfolgt Buzzati in einer aufregend minutiösen Analyse. Ohne Frage trägt der Architekt Antonio Dorigo einige Züge von Heinrich Manns ›Professor Unrat‹. Buzzati beruft sich an einer Stelle ausdrücklich auf dieses Buch und auf dessen Verfilmung (›Der blaue Engel‹): »Als er, jung und sorglos, diesen Film gesehen hatte, schien es ihm eine vollständig unwahrscheinliche Geschichte. Ein geachteter Gymnasialprofessor sich derartig zu erniedrigen! Heute versteht er es. Die Liebe? Ein Fluch, der einen überfällt, und Widerstehen ist unmöglich.«

Der Autor Dino Buzzati, 1906 in Belluno geboren, studierte Rechtswissenschaften; nach seinem Kriegsdienst als Marineoffizier wandte er sich dem Journalismus zu (u. a. mehrere Jahre lang Chefredakteur des ›Corriere della Sera‹); schließlich freier Schriftsteller und auch Maler; zählt zu den wichtigen Autoren Nachkriegs-Italiens. Dino Buzzati starb 1972 in Mailand.

Vom selben Autor im Fischer Taschenbuch Programm: ›Das Geheimnis des Alten Waldes‹ (Bd. 9268) und ›Das Haus mit den sieben Stockwerken‹ (Bd. 9560).

Dino Buzzati
Un Amore

Roman

Aus dem Italienischen
von Ingrid Parigi

Fischer Taschenbuch Verlag

Veröffentlicht im Fischer Taschenbuch Verlag, GmbH,
Frankfurt am Main, Juni 1991

Lizenzausgabe mit freundlicher Genehmigung
der F. A. Herbig Verlagsbuchhandlung GmbH, München
Die italienische Originalausgabe erschien unter dem Titel
›Un Amore‹ im Verlag Arnoldo Mondadori, Mailand

Umschlaggestaltung: Buchholz / Hinsch / Hensinger
Umschlagabbildung: Luigi Serpentino ›Ohne Titel‹
Gesamtherstellung: Clausen & Bosse, Leck
Printed in Germany
ISBN 3-596-29559-9

1

Mailand, an einem Februarmorgen 1960. Der neunundvierzigjährige Architekt Antonio Dorigo wählte eine Nummer.

»Hier spricht Tonino, Frau Erme...«

»Ah, Sie sind es? Haben sich aber lange nicht mehr blikken lassen, wie geht es Ihnen denn?«

»Danke, danke, immer dasselbe, in der letzten Zeit einen Haufen Arbeit und daher... könnte ich vielleicht heute nachmittag vorbeikommen?«

»Heute nachmittag? Lassen Sie mich einmal nachdenken... Um wieviel Uhr denn?«

»Ich weiß nicht, um drei, halb vier?«

»Gut, sagen wir um halb vier.«

»Frau Ermelina...«

»Ja, bitte?«

»Das letztemal, Sie erinnern sich vielleicht? ...der... der Stoff gefiel mir nicht so recht... ich würde eigentlich lieber etwas anderes vorziehen...«

»Ich verstehe Sie schon... Leider kann ich oft selbst nicht...«

»Etwas Moderneres, wenn ich so sagen soll.«

»Sicher... Sie haben gut daran getan, mich heute anzurufen... Ich habe da eine Gelegenheit... Sie werden zufrieden sein.«

»Und wenn möglich in Dunkel.«

»Schwarz, Schwarz, ich weiß, kohlschwarz.«

»Danke, auf nachher also.«

Dorigo legte den Hörer nieder. Er war allein im Büro, auch der Kollege Gaetano Maronni, der sonst im Nebenzimmer saß, war an diesem Morgen ausgegangen.

Irgendein Morgen irgendeines Tages. Die Arbeit ging gut vorwärts. Von dem großen Fenster im achten Stock konnte man auf das Haus auf der anderen Seite sehen. Es war ein modernes Haus, das den Häusern ringsumher und dem, in welchem Dorigo arbeitete, glich. Alles in allem ein freundliches Wohnviertel in der Via Moskova, mit gartenähnlichen Alleen, in denen man die Autos parken konnte.

Ein gewöhnlicher, grauer Tag, doch ohne Regen, wie Mailand viele kennt, mit einem undurchsichtigen Himmel, von dem man nicht wußte, ob er von Wolken verhangen war oder nur Nebel eine unwirkliche Sonne dahinter verbarg. Vielleicht aber war es auch nur Rauch, der aus den Schornsteinen, den Entlüftern der Ölheizungen, den Schloten der Raffinerien Coloradi aufstieg, nur Auspuffgase der aufheulenden Lastwagen, nur Dünste aus den Abzugskanälen und den schmutzigen Abfällen, die auf die leeren Baugelände der Peripherie geschüttet worden waren, nur Atem aus den Luftröhren von Millionen und Millionen von Menschen – waren es wirklich so viele? –, die zwischen Zement, Asphalt und Bedrängnis um ihn lebten.

Dorigo zündete sich seine dritte Zigarette an. (Hier spricht Tonino... Frau Erme... Ah, Sie sind es? Haben sich aber lange Zeit nicht...) Die Zeiger der elektrischen Uhr ihm gegenüber, die zum Wohnviertel gehörte, zeigten dreiviertel elf an.

Ab und zu drang ein Fetzen Musik aus dem Nebenzimmer, wo Fräulein Maria Torri ein kleines, japanisches Transistorradio auf dem Tisch, in der Tasche, auf ihren Knien ununterbrochen, auch während der Besprechungen, laufenließ. Dorigo hatte nicht den Mut gehabt, es ihr zu verbieten, im Grunde hätte er selbst gern eines besessen. Einmal hatte er sogar schon ein geschmuggeltes für zehntausend Lire erstanden – in den Geschäften im Zentrum bekam man es nicht unter vierundzwanzig-, fünfundzwanzigtausend Lire –, aber ein paar Tage später war es ihm von Giorgina ausgespannt worden, nicht daß Giorgina ihn besonders begeisterte, aber sie kannten einander nun schon seit so langer Zeit, und er war ihr unter den Laubengängen des Corsos begegnet, ausgerechnet dann, als ihm ein Wiener Walzer von der Sorte, die er nicht ausstehen konnte, den er aber aus Faulheit nicht abgedreht hatte, aus der Tasche des Mantels tönte. Sie hatte gleich gesagt: »Zeig einmal her, wie schön, schenkst du ihn mir?« Und im Grunde, was lag ihm schon an einem kleinen Transistor?

Er zündete seine vierte Zigarette an, eigentlich hatte er noch eine Arbeit zu erledigen, aber er spürte nicht die geringste Lust dazu. Sie war auch nicht besonders dringend, es reichte, wenn sie am Samstag fertig wurde, und heute war erst Dienstag. Zudem fiel ihm das Arbeiten schwer, wenn er Lust auf eine Frau hatte. Nicht daß Dorigo besonders sexuell veranlagt gewesen wäre, aber wenn ohne scheinbaren Grund seine Einbildungskraft zu arbeiten begann, nahm der Lauf seiner Gedanken eine vollständig andere Richtung. War dann die Begegnung mit einem Mädchen abgesprochen, fing in seinem Körper die Erwartung an, und es war ein fast schmerzlicher, wenn auch schöner Zustand. Man konnte ihn schwer beschreiben: Er hatte fast das Gefühl, ein Opfer zu sein, das sich voll und ganz darbietet, hingibt und von verzehrenden Kräften durchdrungen ist, die in allen Gliedern in seinem Innern und seinem Fleisch wirkten. Erschreckende Kräfte, aber fern davon, blind oder tierisch zu sein, sondern im Gegenteil fast lyrisch und von dunkler Ahnung erfüllt.

In solchen Stunden vergaß Dorigo sogar sein eigenes Gesicht, das ihm immer mißfallen hatte, das er immer gehaßt hatte, und gab sich der Täuschung hin, erwünscht zu sein.

Zur gleichen Zeit ließ ihn die Erwartung der Begegnung (Hier spricht Tonino, Frau Erme... Ah, Sie sind es, haben sich aber lange Zeit...) jede Sicherheit in sich selbst verlieren, die er doch sonst, was seine Arbeit betraf, in so hohem Maß besaß.

Frauen gegenüber war er nicht mehr der berühmte Künstler von internationalem Ruf, der geniale Bühnenbildner, die beneidete Persönlichkeit, der Mann, der allen sympathisch war – er wunderte sich oft, wie schnell man ihn sympathisch fand –, mit den Frauen war es ganz anders, mit ihnen wurde er irgendwer, einer, von dem man sogar abrückte. Unendlich oft hatte er es gefühlt, die Frauen waren nie eingeschüchtert, und je mehr er versuchte, ungezwungen und geistreich zu erscheinen, desto schlimmer wurde es. Die Frauen schauten ihn verwirrt, ja fast verängstigt an, und es war viel Vertraulichkeit nötig, bis er wieder er selbst wurde und sich natürlich zeigte. Aber um zu einer wirklichen Vertraulichkeit zu kommen, war Zeit nötig, und der Anfang war immer so mühsam und schwierig. Wie beneidete er Maronni, nach ein paar Worten fühlten sich alle Mädchen gleich wohl mit ihm, manchmal haßte er ihn beinahe aus Ärger darüber, daß seine geliebten Paradoxa mit den Frauen nicht verfingen, er merkte es ja selbst: Statt sie zum Lachen zu bringen, verwirrte er sie nur, sie fühlten sich unbehaglich, weil sie meinten, er mache sich über sie lustig oder fühlte sich ihnen überlegen. Ein wenig tröstete ihn dann der Gedanke, daß seine Distinktion ihn früher oder später fast immer rettete oder wenigstens eine halbwegs gute Figur machen ließ, wenn sie nicht überhaupt die Frauen anzog: Irgendwie fühlten sie, auch wenn sie ihn haßten, seine stolze und verschlossene geistige Überlegenheit, die ihn daran hinderte, sich frei zu geben; wie wünschte er, sich ohne Rückhalt und unbeschwert und freudig wie ein Kind dem Spiel hingeben zu können.

Was für ein Mädchen würde ihn an diesem Nachmittag bei Fräulein Ermelina erwarten? Er hütete sich absichtlich vor allzu großem Optimismus, es war so schwierig, wirklich dem Typ zu begegnen, der einem lag, aber, Gott sei Dank, es gab bei Frau Ermelina immer frische, junge Dinger, zum mindesten was die Körper anbetraf.

Wenn ihm Ermelina wieder Britta vorsetzen würde – folgerte er weiter –, so wäre das gar nicht so übel. Zwar kannte Britta keine gefühlvolle Hingebung, aber sie machte wenigstens keine Geschichten im Bett. Ihr blonder, fester, glatter, elastischer Körper war selbst an den Schamhügeln ohne Haare. Dabei mochte er im allgemeinen die Blonden nicht leiden, nicht einmal die falschen, aber Brittas Körper besaß die erregende Glätte einer jungen Robbe. Wenn sie die Arme hob, boten sich ihre Achselhöhlen wie blasse Blumen dar, glatt, feucht und warm, ohne Schatten und mit einer zarten, etwas hervortretenden Wölbung, so groß war ihre Jugend.

Dorigo betrachtete seinen Schreibtisch mit dem Durcheinander von Büchern, gebündelten Akten, Papieren, den Zeichen seiner Tätigkeit.

Um diese Stunde lief die Arbeit der Stadt auf Hochtouren. Unter, über und neben ihm in seinem eigenen Haus arbeiteten Menschen, wie er selber einer war, und in dem Haus gegenüber und in dem alten Haus der Via Foppa, das man durch eine Lücke zwischen den Häusern sehen konnte, und auch dahinter in unsichtbaren Häusern, die sich Kilometer und Kilometer weit fort im Dunst verloren. Sie arbeiteten mit Dokumenten, Registern, Formularen, Telephongesprächen, Quittungen, sie hielten Federn, Werkzeuge, Bleistifte in der Hand, waren mit einer Schraube, einer Einfassung, einer Addition, einer Schweißung, einem Kontoauszug beschäftigt; ein unabsehbares Heer emsiger Ameisen, die nach Wohlstand dürsteten oder deren Gedanken wie die seinen – er mußte unwillkürlich lachen – auf Kilometer und Kilometer im Umkreis um gleichermaßen anstößige und köstliche Dinge kreisten, von einer geheimnisvollen Stimme gerufen, die zur Fortpflanzung auffordert und die (warum hatte nur nie jemand den Mut, das auszusprechen?) in – die menschliche Natur übersteigend – seltsame und brennende Laster ausartet. Es waren Gedanken, die um sie, die Frau, kreisten, um einen besonderen Mund, um Lippen, die sich auf eine ganz persönliche Weise bogen, um die Erwartung gespannter weicher und doch fließender Muskeln (weißt du noch?), um eine Biegung, die von allen andern verschieden war, um eine Falte, eine Wölbung, eine Wärme, eine Feuchtigkeit, ein Sichhingeben, ein Untertauchen, einen brennenden Abgrund.

Und die Zeitungen sprachen von einer Versteifung der sowjetrussischen Haltung, von Anfragen in der Kammer, Südtirol betreffend, von Versicherungen Nennis über die Autonomie der Sozialistischen Partei, von dem Brand im Lichtspieltheater Fiamma und der Krisis im sizilianischen Verwaltungsausschuß, welch verrücktes Narrenspiel.

Er zündete seine fünfte Zigarette an. Er war aufgestanden und von der besonderen Erregung ergriffen, die seinem empfindsamen Wesen in einem solchen Augenblick zukam. (Hier spricht Tonino, Frau Erme... Ah, Sie sind es, haben sich aber lange Zeit...) Aber er fühlte sich wohl, nichts in seinem Körper störte ihn, er war ruhig, stark und heiter. Ein Tag wie viele andere. Draußen hing der Himmel noch immer grau und einförmig, aber ihm, Dorigo, ging es gut. Die vor ihm liegenden Stunden bedrückten ihn nicht, er hatte weder Angst vor den nächsten Tagen noch vor der unbekannten Zukunft. Das Telephon schwieg. Dorigo war ruhig und zufrieden. Er trug einen grauen Anzug, ein weißes Hemd mit einer einfarbigen dunkelroten Krawatte und dazu passenden Strümpfen, schwarze Maßschuhe, fast als ob.

Fast als ob alles so weitergehen sollte wie bisher, wie bis zu jenem Februartag, der ein Dienstag war und als Datum die Nummer neun trug. Alles sicher und günstig für einen intelligenten, verdorbenen, reichen und glücklichen Bürger in der Fülle des Lebens.

2

Frau Ermelina wohnte im sechsten Stock eines großen Hauses in der Nähe der Piazza Missori. Der Lift öffnete sich dort automatisch, aber manchmal schloß er sich auch unerwartet. Einmal war Dorigo darin steckengeblieben, und Angst hatte ihn befallen, wie eine Nuß zerquetscht zu werden, doch in Wirklichkeit war der Druck der beiden Klappen nicht sehr stark gewesen.

An der Tür befand sich kein Namensschild. Der große mit Marmor ausgelegte Gang war leer, aber man konnte die Tür nicht verfehlen, eben weil sie, zum Unterschied von den andern, kein Namensschild trug. Dorigo fühlte die unbestimmte Unruhe, ja Bewegung, die sich in diesen Fällen einstellte. Wie würde das Mädchen sein? Er wußte genau, daß es die einfachste Sache der Welt war, den Sinn solcher Begegnungen zu zerstören. Welchen Geschmack konnte man daran finden, eine Frau zu besitzen, die sich einzig und allein des Geldes wegen hingab? Was für eine Genugtuung konnte ein Mann, abgesehen von der physischen Befriedigung, an einer so flüchtigen und im Grunde so fragwürdigen Begegnung haben? Der alte Einwand. Und trotzdem stellte sich Genugtuung ein, eine fast unwahrscheinlich große sogar, und nicht nur wegen des mehr oder weniger raffinierten geschlechtlichen Verkehrs, sondern weil all das, was diesem voranging, diesen so wunderbar machte.

Frau Ermelina öffnete sogleich. Sie stammte aus Emilien, war von herzlichem, gutmütigem Wesen, noch immer eine gut aussehende Frau, von familiärem Typ, ohne irgend etwas Zweideutiges. Wenn man sie hörte, so konnte man glauben, sie übe die Kuppelei einzig und allein aus dem Grund aus, diesen armen Mädchen behilflich zu sein.

Kaum hatte er die Schwelle überschritten, als sie ihm schon mit verschwörerischer Miene zuflüsterte:

»Sie werden sehen, was für ein Kind dort auf Sie wartet, aber«, sie dämpfte ihre Stimme noch mehr, »bitte denken Sie daran... sie ist noch minderjährig... eine Tänzerin... eine Tänzerin aus der Scala.« Und mit diesen Worten führte sie ihn in den Salon.

Was für eine wundervolle Sache ist doch die Prostitution, dachte Dorigo. Grausam, unbarmherzig, und wie viele kamen durch sie unter die Räder. Trotzdem war sie herrlich. Manchmal schien es ihm kaum glaublich, daß so etwas in der heutigen reglementierten und öden Welt noch bestehen konnte. Ein mit dem Zauberstab für zwanzigtausend Lire zur Wirklichkeit gewordener Traum.

Für zwanzigtausend Lire, oft auch für weniger, und ohne die geringste Schwierigkeit und Gefahr konnte man die schönsten Mädchen haben, die sonst draußen im gewöhnlichen Leben außerhalb des Spieles unendlich viel Zeit, Mühe und Geld gekostet hätten und die einen dann vielleicht im geeigneten Moment noch sitzenließen. Hier hingegen: Ein Telephonanruf, eine kurze Strecke im Auto, sechs Etagen im Lift, und schon war das Nymphchen bereit, lächelnd seinen Büstenhalter zu lösen.

War etwas Schlechtes daran? Dorigo fehlten die moralischen Skrupel nicht. Aber solange er auch darüber nachgedacht hatte, er konnte doch nicht den schwachen Punkt entdecken. Wäre es besser oder schlechter – fragte er sich –, wenn alle so wie er handeln würden? Aber er sah keinen möglichen Schaden.

Trotzdem war etwas Schändliches dabei. Aber vielleicht zog ihn die Prostitution gerade wegen ihrer grausamen und schamlosen Sinnlosigkeit an. Frauen waren ihm stets – wahrscheinlich als Resultat seiner Erziehung – fremde Wesen geblieben, nie konnte er mit ihnen die Vertraulichkeit erreichen, die er im Verkehr mit den Freunden fand. Sie blieben Wesen einer anderen Welt, die irgendwie höher und zugleich unverständlich war. Bei dem Gedanken, daß Achtzehnjährige sich, nur um achtzehntausend Lire zu verdienen, ohne Umstände zu machen, mit einem nie gesehenen, unbekannten Mann ins Bett legten, ihm ihren Körper überließen, mit mehr oder weniger simulierter, wollüstiger Hingabe an seiner Lust teilnahmen, fühlte Dorigo Ungläubigkeit und Auflehnung in sich aufsteigen. So, als ob darin etwas vollständig Verfehltes läge. Doch gerade aus dieser herben und schmerzlichen Betrachtung, aus seinem Unvermögen heraus, das zugeben zu können, wuchs sein Begehren. Eine anständige Frau, die ihm aus selbstloser Liebe angehört hätte, würde ihn unendlich weniger befriedigt haben. War es Sadismus? Die perverse Freude, schöne, junge, saubere Wesen sich wie Sklavinnen den abstoßenden Gepflogenheiten unterwerfen zu sehen? Wollte er die körperliche Demütigung auskosten, die den Mädchen selbst wahrscheinlich gar nicht bewußt wurde, ja, die sich sogar vielleicht dabei vergnügten und lachten, obwohl sich im Grund ihrer Seelen etwas dagegen wandte, etwas dagegen auflehnte, Übelkeit verspürte, während sie weiterlachten, mit geschlossenen Augen und keuchendem Atem, den Kopf zurückwerfend, als seien sie im Paradies?

Aber vielleicht war vor allem in diesem Gefühl noch die unauslöschbare Spur seiner katholischen, allem Sexuellen gegenüber streng ablehnenden Erziehung zurückgeblieben. Zwischen ihm und den jungen Frauen stand immer eine Schranke, sie blieben etwas Verbotenes und der Geschlechtsakt eine Art Mythos. Er war der Überzeugung, daß es für eine Frau ein wichtiges Erlebnis sein müßte, mit einem Mann ins Bett zu gehen, daß es irgendwie, wenn auch nur für wenige Augenblicke, ihr ganzes Leben einbezöge. Und selbst die Feststellung, daß dies keineswegs der Fall war, daß Tausende von Frauen gegen einen bescheidenen Preis bereit waren, mit unbekannten Männern zu verkehren, und die Tatsache, daß er selbst jahrelang Unzählige gehabt hatte, waren nicht ausreichend gewesen, sein Ideal zu zerstören. Jedesmal, wenn ein käufliches Mädchen sich vor ihm entblößte, schien es ihm unwahrscheinlich wundervoll wie im Märchen. Und immer wenn er sich zu einem Rendezvous bei einer Kupplerin begab (und dasselbe war ihm früher widerfahren, als die Freudenhäuser noch offenstanden), hätte er sich gewundert, wenn ihm dort jemand gesagt haben würde: »Sind Sie verrückt, mein Herr? Was denken Sie sich eigentlich? Ein Mädchen gegen Entgelt! Glauben Sie, wir leben noch in der Zeit Heliogabals? Sie scheinen wirklich ein sonderbarer Zeitgenosse zu sein!«

Aber jedesmal geschah wieder das Wunder. Ein herrliches Mädchen – zwar nicht immer, wenn es auch bei Frau Ermelina selten häßliche gab –, eine wundervolle Kreatur, eine von jenen, denen man auf der Straße nachblickt, entkleidete sich nach zehn Minuten, nachdem er ihr vorgestellt war, und er konnte sie unbehindert küssen, berühren, ihren Körper bis in die geheimsten Winkel besitzen. Alles für elende zwanzigtausend Lire.

In diesen Augenblicken versuchte er zu erraten, was sie selbst fühlten. Ekel? Ergebung? Demütigung? Nach ihrem Verhalten zu urteilen, nichts von alledem. Die Mädchen gaben sich, als handle es sich um die natürlichste und einfachste Sache der Welt. Höchstens manchmal mit dem schlecht verhüllten Wunsch, schnell zu machen. Aber ohne jedes Zeichen von Opfer oder Abneigung.

Und es waren ihrer so viele, aus allen sozialen Schichten, von verschiedener Herkunft und Erziehung, daß man zu glauben versucht war, die Prostitution sei die normale Haltung der Frauen überhaupt und daß nur in gewissen Kreisen diese instinktive Neigung aus strenger und widernatürlicher Zucht heraus verhindert oder unterdrückt würde, aber doch immer bereit war, sollten die Lebensumstände eine Gelegenheit dazu bieten, neu aufzuflakkern. Das Mädchen, die Tänzerin aus der Scala, wartete schon im Salon.

3

In dem Salon, wenn man ihn so nennen will, standen ein Eckdiwan, ein runder Tisch, ein längliches Sofa, ein Schränkchen und befand sich eine eingebaute Garderobe. Die Möbel im sogenannten modernen Schwedenstil waren einfach und vermittelten ein Gefühl der Sauberkeit. An der Wand überraschten zwei große Reproduktionen von Brueghel dem Älteren: die berühmten Bauernszenen. Wer weiß, wie sie dahin gekommen oder warum sie dafür ausgewählt worden waren.

Dort saß sie auf dem länglichen Sofa. Auf den ersten Blick hatte er einen angenehmen, aber nicht überwältigenden Eindruck von ihr.

Ein blasses Gesichtchen, das eine gerade und etwas vorspringende Nase witzig machte, ein kleiner Mund, runde erstaunte Augen. Frisch, volkstümlich, aber nicht gewöhnlich.

Er betrachtete sie und versuchte die Freude zu ermessen, die ihm bevorstand. Er bemerkte das schöne, reine, wenn auch nicht klassische Oval ihres Gesichtes.

Aber vor allem beeindruckten ihn die langen, schwarzen bis auf die Schultern fallenden Haare. Der Mund bildete bei jeder Bewegung reizende Fältchen. Noch ein Kind.

Ihre Lippen waren schmal, aber gut geschnitten, nicht ausgesprochen sinnlich, eher spöttisch. Die Unterlippe stand ein wenig vor, auch weil das Kinn klein und leicht zurückfließend war. Sie gebrauchte kein Lippenrot.

Der Mund war entschlossen und gespannt und, obgleich im Verhältnis zum Gesicht, sehr klein, dennoch dominierend. Das ganze Gesicht hatte die Straffheit großer Jugend. Es war ein selbstsicheres, geistreiches, naives, schlaues, sauberes und aufreizendes Gesicht. Es erinnerte ihn an eine Madonna von Antonello da Messina. Der nämliche Schnitt des Profils und des Mundes, und wenn die Madonna natürlich auch mehr Sanftheit besaß, so waren sie doch von derselben ursprünglichen und unverfälschten Prägung.

Bei solchen Annäherungsversuchen war Dorigo immer verlegen. Ihn schreckte ihr geheimes Urteil. Er wußte, daß er kein Beau war, im Gegenteil, sein Gesicht hatte ihm immer Kummer bereitet. Schon als kleiner Junge, wenn er an den Ladenfenstern vorbeiging und, zufällig hinblickend, auf der Scheibe seinem Ebenbild begegnete. Jedesmal war es demütigend für ihn gewesen. Was für ein verabscheuungswürdiges, blödes Gesicht, wie konnte eine Frau daran Gefallen finden?

»Wie heißen Sie?« Am Anfang gelang es ihm nicht, sie zu duzen, obwohl er das Törichte einer solchen Verstellung wohl einsah.

»Laide.«

»Laide? Welch seltsamer Name.«

»Laide, Abkürzung von Adelaide natürlich.«

Da saß er, Dorigo, nun auf dem Sofa, hatte sich eine Zigarette angezündet, wie immer von der Anwesenheit eines unbekannten weiblichen Wesens eingeschüchtert, und beobachtete das Mädchen, das ihm verkauft werden sollte. In einigen Minuten würde er dieses frische und reizende Geschöpf, von dessen Existenz er nichts gewußt hatte, hinter dem aber sicher eine Familie, eine Kindheit, eine Jugend, eine von unzähligen Figuren bevölkerte und aus einem komplizierten Gewebe von Erinnerungen, Gewohnheiten, Bekanntschaften, Hoffnungen, physischen Besonderheiten, freundlichen Tagen und traurigen Stunden geschaffene Welt stand (die er nicht kannte) und das soviel jünger war als er, ausgestreckt auf einem Lager nackt in seine Arme schließen können.

Und alles würde so sein, als wären sie Mann und Frau, als hätten sie sich lange vorher gekannt, geliebt, oder als wäre zumindest eine logische Vorbereitung von Begegnungen, Einladungen, Versprechungen, Schmeicheleien und vielleicht auch Täuschungen vorangegangen. Statt dessen waren sie einander nie begegnet, wußten nichts voneinander, aber sie würde sich ihm in wenigen Minuten hingeben.

Und obgleich Dorigo kein Kind mehr war, schien ihm doch dies alles unwahrscheinlich und im gewissen Sinn schrecklich.

Aber war es früher in den Freudenhäusern, die er gern aufgesucht hatte, nicht genauso gewesen? Nein, denn auch wenn er es sich nicht richtig erklären konnte, es war dort etwas anderes.

Vielleicht wegen der gesetzlichen Sanktion, die aus diesen Frauen eine Kategorie für sich machte, so wie eine Miliz oder ein religiöser Orden. Denn halten wir etwa Carabinieri oder Priester für Menschen, wie wir es sind? Vielleicht für bessere, aber wie zu einer anderen Welt gehörende. Halten wir Nonnen für Frauen? Gewiß nicht. Heilige Geschöpfe, aber von einer anderen Rasse. So ging es einem mit den Frauen der Freudenhäuser. Sie konnten sehr jung oder von wunderbarer Schönheit sein – das kam gar nicht so selten vor –, aber man wurde das Gefühl nicht los, daß zwischen ihnen und uns eine unübersteigbare Schranke stünde: So viel vermag die Macht der Gewohnheit, der Vorurteile und der Autorität des Gesetzes.

Vielleicht lag der Grund auch darin, daß sich die Mädchen dieser Häuser fast nackt präsentierten, in ziemlich lächerliche, schwülstige, rhetorische und meist kitschige Gewänder gehüllt, die Beine und Busen frei ließen. So daß alles Unbekannte von vornherein ausgeschlossen wurde. Eine richtige Uniform, die aber nichts mit den Abendkleidern zu tun hatte, die sie doch im Aussehen vorspiegeln sollten. Und auch das trug dazu bei, aus ihnen eine von der übrigen Menschheit vollständig getrennte Kategorie zu machen.

Oder war es, weil diese Mädchen der Freudenhäuser von sich aus nichts unternahmen, wie andere Mädchen zu sein. Sie spielten ihre Rolle ohne jedes sentimentale Zugeständnis. Sie waren oft freundlich, manchmal zärtlich, aber eine hermetische Wand trennte sie von dem Kunden; zwischen ihnen bestand – mit ganz seltenen Ausnahmen, in denen der bürokratische Zauber zerbrach und es dann meist ein Unglück gab – nur ein körperliches Verhältnis. Jedes andere Interesse war von vornherein ausgeschlossen. Wenn der Mann, neugierig geworden, etwas von ihrem privaten Leben erfahren wollte, erhielt er nur vage und konventionelle Auskünfte.

Und was das Mädchen anging, so verlangte es die gute Regel, daß es nicht neugierig war: Wer war der Kunde? Welchen Beruf hatte er? Besaß er eine Familie? War er reich? Diese Fragen, die für ein normales Liebesverhältnis so wichtig sind, gehörten nicht zum Spiel. Beide Partner hielten sich daran und taten nichts, um diese Regel zu verletzen. Zudem vereinfachte diese gegenseitige Interessenlosigkeit alles und machte es sehr viel weniger verpflichtend.

Mit diesen Mädchen hier aber, die sich genauso verkauften, doch unter anderen Umständen, in einem anderen Milieu und in einer ganz anderen Art und Weise, änderte sich die Lage. Diese hier unterschieden sich nicht von den Mädchen des normalen Lebens, aus dem einfachen Grund, weil sie zu diesem gehörten. Schon äußerlich sahen sie genauso aus wie die Frauen, mit denen ein Mann aus gutem Hause Umgang pflegt. Ihr Auftreten, ihre Angewohnheiten, oft sogar ihre Ausdrucksweise waren dieselben. Sie besaßen manchmal Väter, Brüder, Verlobte, die sich nicht von den Kunden unterschieden. Es gab keine trennende Schranke, sie gehörten nicht zu einer anderen Rasse, vielleicht waren sie sogar am Vorabend Gast derselben wohlangesehenen Familie gewesen, in der auch er verkehrte.

Deswegen bekam die Prostitution hier ein so beunruhigendes Aussehen, sie wurde in gewissem Sinn unlogisch und daher sehr viel anziehender. Und deswegen hatte Antonio jedesmal das Gefühl, eine verbotene Grenze zu überschreiten; die Gesetze, zwischen denen er immer gelebt hatte und nach denen eine Frau eine verbotene Frucht war, die man nur nach langen und oft vergeblichen Mühen gewinnen konnte, zerbrachen wie durch ein Wunder, um seiner Lüsternheit zu genügen.

Im Vergleich zu den erfahrenen Profis der Prostitution, die auch der lasterhaftesten Phantasie folgen konnten, waren diese Callgirls unerfahrene Anfängerinnen. Dafür aber umgab sie ein Geheimnis.

4

An diesem Punkt unterbrach Frau Ermelina seine Gedanken.

»Es macht Ihnen doch nichts aus, Herr Doktor, wenn wir ein Kleid anprobieren?«

»Aber bitte.« Dorigo wußte, daß Ermelina vorgab, eine Boutique zu besitzen, um ihr Handwerk als Kupplerin zu tarnen. Im Schlafzimmer stand deswegen auch ein die ganze Wand ausfüllender Schrank, der wahrscheinlich voller Kleider hing.

Diese Ablenkung erleichterte übrigens das heuchlerische Zeremoniell der Erwartung. Um eine gewisse äußere Form des Anstandes zu wahren, ging dem Ins-Bett-Gehen jedesmal eine Viertelstunde der Plauderei über mehr oder weniger nichtige Dinge in gezwungen heiterem Ton voraus. Dann, nachdem der Gesprächsstoff erschöpft war, trat meistens ein verlegenes Schweigen ein, bis Frau Ermelina aufmunternd sagte: »Nun, wie wäre es, wenn Sie hinübergingen?«, oder das Mädchen selbst ihn bei der Hand nahm und zum Aufstehen einlud und so einen Wunsch simulierte, der nie verfehlte, einen Eindruck zu machen. Frau Ermelina brachte ein hellbraunes Kleid aus schwerer Strickwolle: »Das hält warm«, meinte sie.

Ohne einen Schatten von Verlegenheit zog Laide den grauen Pullover und den schottischen Faltenrock aus. Sie stand dann in einem schwarzen Unterkleid da. Antonio betrachtete ihre Beine. Sie waren schlank, stark und fest mit schon entwickelten, aber trotzdem noch kindlichen Waden, noch ohne die hervortretende Muskulatur wie bei den meisten der Tänzerinnen. Auch die feste Rundung der Arme, die man so selten antrifft, fiel ihm auf. Eine natürliche, volkstümliche Kraft und zugleich kindliche Unschuld lagen in ihnen. Während sie sie hob, um sich das Kleid über den Kopf zu ziehen, bemerkte er, daß die Achselhöhlen unrasiert waren: seltsam bei einer Tänzerin.

»Es scheint wie nach Maß gearbeitet«, sagte Frau Ermelina. Ohne zu sprechen, näherte sich Laide einem Spiegel, der an der Wand hing. Und die Arme hebend, ordnete sie die Haare, die sich im Kleid verfangen hatten.

Und während sie so, die Arme hebend, ihm den Rükken zukehrte, wendete sie den Kopf und sah Antonio mit einem kleinen, maliziösen Lächeln an. Ob sie wohl wußte, in dieser Pose sehr schön zu sein? Hatte sie es mit der plötzlichen Intuition der Frau bemerkt, als sie sich im Spiegel sah? Oder hatte es sie jemand gelehrt?

Bei dieser Drehung bot sich ihr Antlitz frontal in seinem natürlichen Schnitt mit einer solch anmaßenden Sicherheit dar, als wollte es sagen: Siehst du? Ich bin anders als die andern. Ich gefalle dir, nicht wahr? Doch ohne zweideutige Koketterie. Kleine Mädchen machen es so, wenn sie das Kleid der ersten Kommunion anziehen und es der Mutter, dem Vater, den Geschwistern vorführen.

Doch dieser bewußte Augenblick löste in der Tiefe seines Wesens etwas aus, ein geheimnisvolles Klingen wie ein von weit herkommender Ruf in einer großen, einsamen Landschaft.

Sicher konnte er weder verstehen, was in diesem Augenblick vorging, noch überhaupt seine Bedeutung erfassen. Unerwartet erhellte ein Blitzlicht die dunklen Eindrücke vergangener Tage: Er erinnerte sich, diesem Mädchen schon einmal begegnet zu sein.

Im Corso Garibaldi in Mailand existiert noch eine Gruppe uralter Häuser, die in einem Gewirr von Mauern, Balkonen, Dächern, Schornsteinen aneinandergereiht sind und in denen der Geist der alten Stadt – nicht der reichen Leute, sondern der Armen – mit besonderer Stärke weiterlebt. Stück für Stück ist das alte Mailand zerstört worden. Lediglich die feierlichen Paläste sind verschont geblieben, die doch im Grunde aussehen wie alle Paläste in allen Ländern und die überall unabhängig vom Stil den Stolz und die Eitelkeit derselben Menschenklasse ausdrücken, während doch gerade in den Behausungen der armen Teufel die ursprüngliche Seele eines Volkes hervortritt. Aber was verstehen schon Spekulanten von diesen Dingen; mit ihren Milliarden nivellieren sie aus Geldgier die unsauberen, staubigen, tausendjährigen Stadtteile.

Im Corso Garibaldi überdauerte noch hartnäckig, wenn auch an den Rändern von der Spitzhacke angegriffen, eine unberührte Insel. Und zwischen den Nummern 72 und 74 gab es dort einen von einem Bogen überspannten Durchgang, der in eine enge und kurze Gasse führte. Ein in Stein gehauenes Schild besagte: Vicolo del Fossetto.

So eng war der Eingang in diese winzige Straße, daß die Mehrzahl der Vorübergehenden sie nicht einmal bemerkte. Nach acht oder neun Meter verbreiterte sich jedoch die Gasse zu einem von verfallenen Gebäuden umgebenen Platz. Es war ein vergessener Winkel, ein Labyrinth von Sträßchen, von Hausfluren, Durchgängen, Plätzchen, Treppen und Treppchen, wo noch ein regeres Leben herrschte. Wer weiß, warum diese Ecke wohl »la Storta«, die Krumme, hieß?

Wer lebt dort? Was geht nachts hier vor sich? War es ein Ghetto der Armen? Oder ein Nest des Verbrechens und des Lasters? Die schlauchartigen Gassen, die dieses Durcheinander von Häusern durchschneiden, tragen meist keine Namen. Abends kommt das Licht von untauglichen gelblichen Lämpchen, die die Eingänge der Hausflure schwach beleuchten. Radiomusik, Rufe, Gezänk, ein bellender Hund. Und dann die Stille.

Es war einige Monate her, es muß im September oder Oktober gewesen sein, und die Lichter am Abend waren schon entzündet, als Antonio zu Fuß auf dem Heimweg von seinem Büro nach der Piazza Castello, wo seine Wohnung lag, durch den Corso Garibaldi gegangen war. Nach der Piazza Foppa, gegen das Zentrum, beginnt in der Straße das Großstadtgewühl. Auf der einen wie auf der anderen Seite sind die Häuser fast alle alt oder sogar uralt.

Ein Laden neben dem andern. Dunkle Gänge, die zu seltsamen, düsteren Höfen führen. Doch auf dem Bürgersteig ein Menschengewimmel, aber es ist nicht das unverständliche, trostlose, fast verzweifelte Gewühl, das sich abends zum Beispiel in gewissen Stadtvierteln Neapels ausbreitet, sondern ein lebhaftes, fröhliches, volkstümliches Treiben ohne Elend, Erwartung oder Verlassenheit, eher Eile war zu spüren oder Sorge, nicht zur Zeit zu kommen. Und die Gesichter – oder schien es nur so – sahen weniger gespannt, weniger ängstlich, weniger unpersönlich aus als in andern Stadtteilen, die doch zentraler liegen, wohlhabender und moderner sind.

Plötzlich bemerkte Antonio ein junges Mädchen, das vor ihm herging. Sie trug ein grau-lila Kleid in Pied-de-poule mit weißen Bordüren, eng in der Taille und mit einem weiten, kurzen Rock, wie es die Mode will, und einem Bolero aus dem gleichen Stoff. Den rechten Arm von einer großen Ledertasche hinuntergezogen, ging sie mit energischen, herrischen, fast arroganten Schritten, ohne die Hüften zu bewegen, in einer schönen und selbstsicheren Haltung und indem sie die hohen, dünnen Absätze rhythmisch auf dem Pflaster aufschlagen ließ. In der Bewegung hatten die jungen Beine ein schnelles Zucken, das sich von den Knöcheln über die Biegung der Waden entlang der erregenden Verlängerung der Muskeln fortsetzte und sich unter dem Rock verlor.

Wie fast alle Frauen, wendete auch das Mädchen den Kopf zu den Schaufenstern, um sich zu spiegeln, obwohl die Beleuchtung von innen ein klares Bild verhinderte. Doch sie tat es schnell und ohne besondere Absicht, wie aus instinktiver Gewohnheit. Antonio konnte sie so flüchtig erkennen.

Die perspektivische Verkürzung der Wangen in ihrer vollkommenen Linie, die gerade, etwas hervorstehende Nase, die dem Gesicht einen besonderen Ausdruck verlieh, die langen schwarzen, glatt zurückgestrichenen Haare, die in einem großen Knoten zusammengefaßt waren. Den Mund konnte er nicht erkennen, nur nach der feinen Linie des Kinns ahnen. Er mußte klein, fest und überheblich sein.

Ein Mädchen aus dem Volk mit einer physisch voll ausgeprägten, aber nicht besonders auffallenden Persönlichkeit, der man erst nach und nach gewahr wird, um ihre natürliche Eleganz zu entdecken. Sie mochte 18 Jahre alt sein.

Von den flüchtigen Blicken in die Schaufenster abgesehen, hielt sie den Kopf aufrecht und ruhig, als sähe sie geradeaus, ohne die Entgegenkommenden zu beachten. Antonio verlangsamte seinen Schritt, um ihr folgen zu können. Seit den lang zurückliegenden Studentenjahren war er niemals Frauen auf der Straße gefolgt oder hatte sie angesprochen. Auch damals nur selten, vier- oder fünfmal alles in allem, nicht daß er es manchmal nicht gewünscht hätte, sondern aus unüberwindlicher Schüchternheit und weil er überzeugt war, nicht gefallen zu können. Die wenigen als junger Mann gemachten Erfahrungen waren zudem mißglückt. Schuld war sein Minderwertigkeitskomplex. Antonio, der in Gesellschaft seiner Freunde geistreich und gelöst zu sein verstand, wurde, wenn er eine Frau anhielt, vollständig blöde, fand kein Wort, stotterte, und seine Stimme bekam aus Verlegenheit einen falschen Ton, wurde hart und abweisend. Er merkte es wohl, wenn ihm die Worte über die Lippen kamen, aber er konnte nichts dagegen machen.

Auch diesmal dachte er nicht im entferntesten an die Möglichkeit, sie ansprechen zu können. Es war klar, daß das Mädchen aus einer ganz anderen Welt als der seinen kam. Das vervielfältigte zwar das Interesse, schuf aber unübersteigbare Schwierigkeiten. Was könnte er ihr sagen? Was könnte er ihr anbieten? Wie könnte er ihre Sympathie erwecken? Zweifellos gefiel ihm diese jungen Verkäuferin oder dies Modell oder Mannequin oder diese Dirne – oder was immer ihr Beruf war – außerordentlich. Dann war da noch der Altersunterschied, ein Handikap, das er seit einiger Zeit schmerzlich fühlte. Nichts zu machen, er würde sie bald in einem Haus, einem Laden, einer Straßenbahn verschwinden sehen und ihr niemals wieder begegnen.

Tatsächlich bog sie in die kleine Gasse zwischen den Nummern 72 und 74 ein. Doch bevor sie verschwand, drehte sie sich plötzlich um, um hinter sich zu schauen. Die Beleuchtung war an dieser Ecke schwach, aber Antonio konnte doch ihr Gesicht sehen. Blaß, mager, kindlich, mit runden, erstaunten Augen. Es schien ihm außerordentlich schön, von fast spanischem Schnitt.

Einen Augenblick lang trafen sich ihre Blicke. Für die Dauer einer Sekunde blieben sie aneinander hängen. Er hätte sie grüßen wollen oder wenigstens lächeln, aber er fand nicht den Mut dazu. Ihr Ausdruck, als sie den Mann betrachtete, war der vollständiger Gleichgültigkeit. Dann ging sie unbekümmerten Schrittes in den dunklen Vorhof hinein.

Sollte er ihr folgen? Antonio blieb am Eingang der Gasse stehen und starrte der schlanken Silhouette nach, die sich im Gegenlicht verlor, denn am Ende der Gasse befand sich ein Hof oder eine Verbreiterung, die ziemlich erleuchtet war. Erst nachdem das unbekannte Mädchen dort unten verschwunden war, wagte auch Antonio einzubiegen. Am Ende der kurzen Sackgasse befand er sich auf dem kleinen, oben beschriebenen Plätzchen.

Von dort zweigten zwischen den Häusern andere Sträßchen und Gänge ab. Ein Laufbursch mit einem Tablett voller Gebäck ging an ihm vorbei. Aus einem Fenster im Erdgeschoß lehnte sich eine ältere Frau, um die Läden zu schließen, und betrachtete ihn voller Neugierde. Auch drei Kinder, die mit Marmeln unter einer Straßenlaterne spielten, drehten sich nach ihm um. Aus dem Gewirr der Häuser ringsumher, die alle die nämlichen eingezäunten ärmlichen Galerien besaßen, auf die sich die Wohnungen öffneten, drangen Stimmen, Lärm, Musik. Man hörte einen Hammer auf Metall schlagen. Der appetitanregende Geruch von mit Knoblauch gewürzter Suppe lag in der Luft.

Es war wie ein kleines Dorf, das sich in der Parade der Hochhäuser eingenistet hatte. Ein Stück Mailand, von dem man nichts ahnte und von dem er nie etwas gehört hatte. Abgesehen von dem elektrischen Licht und von einem vor einer Tür vergessenen Motorroller, war alles so geblieben wie vor einem, ja vor zwei Jahrhunderten.

Antonio hätte gern die umliegenden Gassen erkundet. Bis wohin reichte diese geheime Zitadelle? Gab es dort noch andere Plätze? Konnte man auf der andern Seite in die Via Statuto oder Via Palermo hinausgehen? Vielleicht wäre er auch dem Mädchen noch einmal begegnet.

Doch war er wie immer zu feig dazu. Er fühlte sich fremd, denn letzten Endes gehörte er nicht hierher, sicher war auch der winzige Platz Privateigentum. Wenn ihn jemand nach dem Grund seines Kommens fragen würde, was hätte er antworten können?

Resigniert entfernte er sich und zündete sich eine Zigarette an. Wer weiß, wo die kleine Spanierin jetzt steckte? Ob sie wohl hier wohnte? Oder nur eine Freundin besuchen oder zu einem Rendezvous gehen wollte? Er würde ihr nie mehr begegnen. Trotzdem hatte Antonio dank einer jenen plötzlichen, scheinbar absurden Ahnungen, denen man im Augenblick vielleicht keine Beachtung schenkt, aber die im Unterbewußtsein haftenbleiben, bis sie eines Tages, nach Monaten und Jahren, vom Mechanismus des Schicksals ausgelöst, wieder auferstehen, ein Vorgefühl: als ob diese Begegnung in seinem Leben von

Bedeutung sein würde, als ob das flüchtige Begegnen ihrer Blicke eine unlösbare Bindung zwischen ihnen geschaffen hätte, ohne daß sie selbst etwas davon wußten. Schon früher hatte er mehr als einmal die unglaubliche Macht der Liebe feststellen können, fähig, mit unendlicher Weisheit und Geduld durch eine schwindelnde Kette scheinbarer Zufälle zwei feine Fäden wieder zu verknüpfen, die sich in dem Gewirr des Lebens von einem Ende der Welt zum andern verloren hatten.

Doch dann folgten Tage, Arbeit, Reisen, neue Gesichter, Antonio hatte nicht mehr daran gedacht und die erregende Silhouette vergessen, im tiefen Unterbewußtsein seines Gedächtnisses begraben.

5

Doch als im gefälligen Salon Frau Ermelinas die Minderjährige, die nackten Arme wie die Griffe einer Amphora hebend, sich umwendete und ihm zulächelte, tauchte plötzlich die Erinnerung an jenen September- oder Oktoberabend im Corso Garibaldi wieder auf.

Er konnte nicht sagen, ob sie es war. In seiner Erinnerung war das Mädchen des Corso Garibaldi vielleicht hübscher gewesen, aber es bestand eine überraschende Ähnlichkeit des Menschentypus zwischen beiden. Natürlich umgab diese Laide nicht dasselbe Geheimnis.

Oder hing die heftige Anziehungskraft, die sie auf ihn ausgeübt hatte, von der Tatsache ab, daß sie für ihn damals, an jenem Ort, ein unerreichbares Geschöpf war? Während diese hier zu seiner leichten und vollständigen Verfügung stand. Vielleicht waren es also nur die veränderten Umstände, die sie anders erscheinen ließen, während es sich doch im Grund um dieselbe Person handelte.

Laide hatte unterdessen, mit der Anprobe zufrieden, das Kleid abgestreift und stand wieder im Unterrock da.

»Du willst dich doch nicht wieder anziehen«, sagte Ermelina scherzend, denn das Mädchen hatte seinen Rock vom Sofa genommen.

»Kinder, drüben ist alles bereit.«

Das war eine der vorschriftsmäßigen Formeln. Antonio begab sich, Laide folgend, in das Schlafzimmer.

Doch auf der Schwelle, während das Mädchen schon eingetreten war, machte Ermelina dem Mann ein Zeichen, um ihn zurückzurufen. Sie flüsterte ihm ins Ohr:

»Passen Sie auf, sie ist ein bißchen seltsam, wissen Sie? Ihr gefällt besonders...«, und sie machte eine Bewegung, »ich sage Ihnen das vorher, damit Sie sich danach richten können.«

»Ah, sehr gut«, antwortete er, ohne jedoch etwas verstanden zu haben.

Das Bett war gemacht und eine Kattundecke darübergebreitet; anscheinend nahm die Besitzerin an, man würde unbedeckt der Liebe frönen. Aber das Zimmer war alles andere als warm. Antonio zog die Decke herunter und legte sich, kaum entkleidet, unter das Leintuch. Sie war noch im Badezimmer, um sich zu waschen.

Die fünf Minuten der Erwartung im Bett, während das Mädchen sich dort im Nebenzimmer zurechtmachte, waren vielleicht die besten. Die Einbildungskraft, in der Gewißheit einer bevorstehenden, ungestörten Erfüllung, entwickelte die erregendsten Vorstellungen, die dann natürlich wenigstens um 80 Prozent enttäuscht werden würden.

Sie tauchte, immer noch im Unterrock, auf. »Hallo«, sagte sie ihm zuwinkend. Und dann mit einer gewissen Verwunderung: »Du hast dich unter die Decke gelegt?«

»Meine Liebe, es ist hier nicht gerade warm.«

»Ja, du hast recht, es ist nicht warm.«

Dann zog sie mit derselben Unbefangenheit und ohne den geringsten Anflug von Scham den Unterrock aus und dann die Strümpfe, als befände sie sich allein in einem hermetisch verschlossenen Raum, während er sie, die Vorfreude auskostend, betrachtete. Unter dem Unterrock trug sie lila Höschen und eine raffinierte Guepière in hellerem Lila mit senkrecht verlaufenden schwarzen Streifen. Ermelina sah darauf, daß die Mädchen, die zu ihrer Equipe gehörten, gepflegte Unterwäsche trugen. Das war bei ihrer erlesenen Kundschaft sehr wichtig, Wenn Kleider und Mäntel abgetragen waren, so machte das nicht viel aus.

Den Kopf zur Seite geneigt, die Lippen durch die Anstrengung aufeinandergepreßt, löste Laide die Haken der Guepière auf dem Rücken. Dann öffnete sie sie wie eine Muschel und stand nackt da.

Es war der klassische Körper einer Tänzerin, schlank, mit schmalen Hüften und langen Schenkeln und den kleinen Brüsten eines Kindes. Sie schien wie eine Zeichnung von Degas.

In schnellem Lauf erreichte sie das Bett.

»Du hast recht, es ist kalt«, sagte sie und schlüpfte lachend unter das Leintuch und in seine Arme.

Er küßte sie sofort auf den Mund. Mit sichtlichem Vergnügen ging sie auf das Spiel ein und drängte ihre Zunge zwischen seine Lippen, doch ohne obszöne Unmäßigkeit, eher mit einer fast scheuen Zurückhaltung.

Antonio hob den Kopf, um sie zu betrachten. Dieses lustige und kindliche Gesichtchen, das unter ihm aus der Schwärze der offenen Haare hervorschaute. Sie schien sich wohl zu fühlen.

»Stimmt es, daß du Tänzerin bist?«

»Ja.«

»Und wo arbeitest du?« fragte er weiter und tat so, als ob Ermelina ihm nichts gesagt hätte.

»In einem Theater, in das auch du gehst.«

Was sollte das heißen? Hatte sie erfahren, wer Antonio

war, daß er als Bühnenbildner arbeitete, oder spielte sie nur so im allgemeinen auf eine Gesellschaftsklasse an, so als ob alle Angehörigen einer gewissen sozialen Schicht in die Scala gingen?

»In das ich gehe?«

»In ein Theater, in das auch du gehst.«

»Bist du Tänzerin in der Scala?« Sie nickte mit dem Kopf. Das Geständnis schien sie zu befriedigen.

»Ich gratuliere. Ich werde dir applaudieren.«

»Danke.«

»Wieso hast du dann aber keine rasierten Achselhöhlen?«

»Richtig, du erinnerst mich daran, daß ich zur Kosmetikerin gehen müßte.«

»Aber wie machst du das in der Scala, beim Tanzen?«

»Oh, dafür gibt es dort eine Art Schalen, die man unter den Achseln befestigt, und dann sieht man die Haare nicht, wenn man tanzt.« Sie schnitt ein Gesicht und zog die Oberlippe kraus, wie es kleine, etwas kokette Mädchen tun, wenn sie wollen, daß man ihnen verzeiht.

Er: »Du, wie heißt du doch richtig, Laide, ich habe da eine Frage. Wohnst du zufällig im Corso Garibaldi?«

»Ich?« machte sie mit einer erstaunten Gebärde. »Nein. Warum?«

»Nichts. Ich habe dich einmal im Corso Garibaldi gesehen.«

»Mich im Corso Garibaldi?« Sie schien aus allen Wolken zu fallen. »Wann denn?«

»Genau kann ich es dir nicht sagen, aber sicher sind es drei oder vier Monate her. Um September, Oktober herum.«

»Es sind mindestens zwei Jahre her, daß ich nicht mehr über den Corso Garibaldi gehe.«

»Du bist in eine Art von enger Seitengasse eingebogen, die in das Innenviertel führt, das man die ›Storta‹ nennt.«

»Ich in der ›Storta‹?« Und sie sprach das Wort mit einem reizenden rollenden »rr« aus. »Nette Gegend das, in die du mich gehen läßt! Nie in meinem Leben in der ›Storta‹ gewesen, Gott sei Dank.«

»Warum? Was wäre Schlimmes dabei?«

»Da hör mal einer an, in der ›Storta‹ wohnen doch nur Dirnen, Diebe, warme Brüder und Zuhälter.«

»Was weißt du denn davon?«

»Das wissen doch alle, oder etwa nicht? Was dachtest du denn?«

»Ich? Nichts. Ich wußte nicht einmal, daß dieses Quartier existierte.«

»Auf alle Fälle setze ich in diese Gegend keinen Fuß.« Sie schien etwas verstimmt.

»Was soll ich dir sagen, mir schien es eben, dich dort gesehen zu haben.«

»Es wird jemand anderer gewesen sein, der mir ähnlich sah. Was hatte sie denn an?«

»Wie soll ich das jetzt noch wissen?« sagte Antonio, der sich im Gegenteil noch gut darauf entsann.

»Und was hast du mich dort alles machen sehen? Männer aufhalten?«

»Ich weiß wirklich nicht, warum du das übelgenommen hast. Was habe ich denn Schlimmes gesagt?«

»Gewisses Gerede liegt mir eben nicht, verstanden? Schluß. Und jetzt...«

Sie zog ihn an sich und preßte ihren Mund auf seinen.

6

Wer war sie? Wohin ging sie? Mit welchen Erwartungen? Warum führte sie dieses Leben? Ein solch frisches, lebendiges, ursprüngliches Geschöpf. Wenn sie in einer Familie wie der seinen aufgewachsen wäre, würde sie dann auch zu Frau Ermelina gegangen sein? Was für eine verfehlte Kindheit lag hinter ihr? Oder war es nur Freiheitsdurst, Auflehnung, der Wunsch, Kleider zu besitzen, eine wilde Freude, sich zu demütigen, sich wegzuwerfen, sich zu verkaufen, den Körper anonymen Gelüsten zu überlassen, die Wollust wegzuschleudern?

Während er sich anzog, in dem besonderen heiteren und etwas melancholischen Gemütszustand, der auf die Befriedigung der Sinne folgte, schob Antonio den Musselinvorhang, der das Fenster verhing, fort und schaute hinaus.

Er glaubte nicht, so hoch oben zu sein. Gegenüber stand ein ebensolches, wenn nicht höheres Haus. Aber rechts davon öffnete sich eine Lücke, so daß der Blick frei über eine unabsehbare Aussicht von Terrassen und Dächern schweifen konnte. Vor allem Dächer, schwarze und von Schornsteinen übersäte. Darunter lag das Mailand, aus dem Laide kam. Die Häuser mit den offenen Galerien, die nach Katzen stinken, mit den im Mai blühenden Topfpflanzen, aufgehangener Wäsche und der Stimme eines Mädchens, das hingegeben singt, mit den üblen Zänkereien zwischen ihm und ihr, ausgefochten mit Worten, die man nicht ohne Scham wiederholen kann; mit der Sonne, die die aristokratischen Gärten bescheint, die gelblichen Mauern mit dem adligen Wappen ein wenig erwärmt und den Lumpensammler am Morgen ruft, der vorbeigeht, langsam näher kommt, unten stehenbleibt und, kaum hat man gedacht, schon wieder fern ist; mit dem Knirschen der Trambahn in der Kurve, mit den Blicken des Buchhalters, die sich jedesmal fast zischend auf den Nacken der kleinen fünfzehnjährigen Angestellten setzen, den Schluchten der vom Regen blanken, schwarzen, gläsernen Höfe der Wohnhäuser, mit dem Plattenspieler im siebenten Stock, der vergessen taa-taa-taa macht, weil sie auf dem Diwan liegt und er sie keuchend hält; am Morgen um halb zwölf, wenn der Getreidemarkt schließt, wird Herr Marsigliani aus Borgotaro kommen, hatte, bitte schön, eine kesse Blonde gesagt; der kleine Lieferwagen bringt Pakete mit Spulen, der Boß ist diesmal schlechter Laune, denn nur der Himmel weiß, wo man all dieses Diebesgut unterbringen kann; es liegt an dir, meine Liebe, was für einen Beruf hast du jetzt? Dienstmädchen? Bitte, hier ist meine Telephonnummer, eine Sache ist vor allem wichtig: Sauberkeit, auf das Parfüm kommt es nicht an, aber auf Seife und Zahnbürste ja, einer von den Typen, die sich in der Unterführung Carminati herumtreiben. Wußtest du, daß denen der Schatten fehlt? Die Tür kreischt in den Angeln, nein Mama, ich war bei der Nora, um Platten zu hören, und ein Wort gab das andere, so ist es spät geworden, dreitausend Lire für einen Abend, und dann wären noch der Blumenverkauf und die Trinkgelder, denn du wirst doch hoffentlich nicht die Zimperliche spielen, Hauptsache, du angelst dir einen von diesen Mummelgreisen und beutelst ihn ein wenig, Geldstücke springen da heraus. Milka hat sich im Herbst so einen geschnappt, einen widerlichen Kerl, aber zu einem halben Nerzmantel reichte es dann, nicht wahr? Das Summen des Lifts, hinauf und hinunter, er nimmt ihr Kinn zwischen zwei Finger und schüttelt es wütend sechs-, siebenmal, und dann hält er es noch fest, und sie sieht ihn entsetzt an. Keine Geschichten, Liebling, her mit den zwanzig Scheinen, und solltest du es noch einmal probieren, werden wir dich zurechtfrisieren, daß du keine hundert Lire bekommst, kapiert? Und dann die Ohrfeige, wie nur er sie zu verabreichen weiß, daß man das Gefühl hat, das Gesicht platzte, und man zu Boden fällt und sich aufschlägt. Um so besser, laß es dir eine Lehre sein. Manchmal schlägt er sie auch mit dem Hosengürtel auf den Po, und dann soll einer einmal sehen, was das für blaue Stellen zurückläßt, daß man mindestens eine Woche lang nicht arbeiten kann, auch auf die Schenkel manchmal, der Chauffeur vom Ingenieur Gasparri zieht sich jeden Abend um, aber wer gibt ihm das Geld für den Nightclub? Häßlich wie ein Gorilla, trotzdem sagt man, daß die Frau des Ingenieurs, die wie ein Engel, wie eine Madonna aussieht, jede Nacht fast wahnsinnig vor Eifersucht wird bei dem Gedanken, daß er unterdessen Champagner mit den feilen Weibsstücken säuft, aber sie kann nicht auf ihn verzichten, es ist wie eine Krankheit; im Büro der SNADL läutet das Telephon, zu dieser Stunde sechs-, siebenmal, und das ganze riesige Wohnhaus hat es gehört, es läutet richtig verzweifelt bis gegen halb vier, es ist eine Woche her, daß er es gemerkt hat, daß das Konto mit dreizehn Millionen überzogen war; im Keller in der Autowerkstatt schielt der, der von den Vorübergehenden immer nur den Bauch, die Leiste und von den Wagen immer nur die Schande der schmutzigen Überkrustung zu sehen bekommt, aber nie die Stunde der Ablösung herankommen sieht, nach der Uhr, dreiviertel sechs, zehn Minuten vor sechs; auch in dem im Erdgeschoß gelegenen Büro der TETRAM läutet das Telephon. Nein, nein, unmöglich, der gelassene Dürre mit der Zigarette im Mund lacht hämisch: Weniger als drei kommt überhaupt nicht in Frage, ich habe dich extra dorthin geschickt, laß mich jetzt das nicht bereuen, mit all den Ausgaben, die wir für dich gehabt haben, und unterdessen denkt er an die schwarzen Strümpfe auf den Waden einer gewissen Puppe, die er gesehen hat, schmal in den Schenkeln, aber das ist absurd, er hat ja Frau und Kinder; und die Absätze, die diesen ungehörigen Laut die Treppe herunter machen unter dem Druck der Hüften, die sich ganz ihrem fleischlichen Gewicht überlassen, schnell, Ines, da ist ein Herr, der auf dich wartet. Was für ein Herr? Stell dich nicht an, du kennst ihn doch, er kommt immer um diese Zeit, laß dich nicht bitten und nimm ihn ordentlich ran, du weißt doch, daß die dort oben im sechsten Stock sich die Augen aus dem Kopf stiert, über das Geländer lehnt, den Leib dagegenpreßt, um ihn, der nicht kommt, zu erwarten. Im Zwischengeschoß graut endlich der Morgen, vielleicht ist der Himmel groß und blau, vielleicht bedecken ihn Wolken, oder es ist die unselige Sache des aufziehenden Tages, der Augenblick, an dem die Sonne aufgeht, den die Stadt aber nicht erlebt, weil die Häuser fahl und verschlafen und verschlossen sind, und die wenigen, die noch leben, nur für einen Herzschlag lang den Hauch des Göttlichen fühlen, nur einen Augenblick lang, weil dann wieder der Schlaf da ist, der Druck auf dem Kopf, der Gedanke des Stundenplanes, das blasse und unlustige Licht des Morgengrauens in einer großen Stadt, aber ist sie wirklich so groß? Lächerlich, es gibt Hunderte in der Welt, die viel größer sind; im Erdgeschoß dringt das Licht durch geschlossene Fensterläden, Beweis einer gewissen Ehrbarkeit. Das kleine, nackte Mädchen sieht den Mann, der sie für diese Nacht gekauft hat, sie sieht ihn befriedigt und mit halboffenem Mund schlafend, der an ein Senkloch der Gosse erinnert und auch an die zuckenden Lichter auf dem Altar der Muttergottes, vor dem sie, mit einem schwarzen Schleier auf dem Kopf, sie selbst, ist das möglich, mit Tränen in den Augen in der Kälte des Morgens gekniet war und für ihre Liebe, für ihre Zukunft, für ihr Heim gebetet hatte. Ein Priester war duckmäuserisch im Mittelschiff umhergeschlendert, sie, soweit das mit seiner priesterlichen Würde vereinbar war, verstohlen ansehend, jener Duft von Weihrauch, das Bewußtsein der Häuser ringsumher, eines an das andere gereiht, senkrecht, steil, grau, von Menschen angefüllt, übereinandergeschach telte, schreckliche Bühnen, die sich um die kleine Kirche aus dem neunzehnten Jahrhundert mit den schwarzen, tropfenden Mauern zusammendrängen. Die Knie schmerzten sie, sie fühlte sich rein trotz der in der Gewalt des zahlenden Unbekannten zugebrachten Nacht, ja vielleicht gerade deswegen, wegen des persönlichen Opfers, das die Prostitution fordert, die Mutter zu Hause krank, vielleicht eine schreckliche Krankheit mit diesen Schmerzen im Unterleib. Jeden Abend und ringsumher die schwarzen, senkrechten Profile der Mauern, mit jenem Widerschein, der wie ein leichter Schatten das zarte bläuliche Licht des Zifferblattes auf dem Armaturenbrett des Supersportwagens auf sie wirft, während er eine Hand auf ihren Schenkel legt, nur eben so, zerstreut, als Vorgeschmack der Ware, und unterdessen blöde Gespräche führt. Kennen Sie die Geschichte von dem kleinen Jungen, der unanständige Ausdrücke wußte? Also es war einmal ein Junge, der in den Salon tritt, wo seine Mutter mit anderen Damen Tee trinkt, und sagt, fast wären wir in der Kurve, die er draufgängerisch nahm, mit einer Taxe zusammengestoßen, und weiter brausten sie im dritten Gang, dieses Gefühl von mechanischer Kraft hat etwas Schönes. Was wohl in ihn gefahren ist, wenn er nur keinen üblen Mundgeruch hat. Sie fühlt, daß auf dem linken Knie plötzlich eine Laufmasche beginnt, solch ein Pech bei den Preisen; der Herr Oberst a. D. mit seinem Pinscher, der ein Stockwerk höher wohnt und sie immer, und wie, ansieht auf der Treppe, mein Gott, wenn der wüßte. Sicher, die hohen Absätze sehen gut aus, wenn man auch schwer darin geht, aber die Waden kommen gut zur Geltung, und die Blicke der Männer heften sich wie Fäden daran, wie Spinnennetze fühlt sie sie. Diese Schweine. In der Schule sagte Schwester Celeste immer: Hört auf, euch im Fenster zu spiegeln, das ist Sünde, so sagte sie, und es war im Winter, und jenseits der Fenster war die Allee ganz von Schnee bedeckt und ungewöhnlich still, und so weit der Blick reichte, eine Laterne neben der andern, aber in dieser Nacht sind die Wagen selten, während auf den alten zerfressenen Treppen die Lampen auf jedem Stockwerk, die auf dem dritten ist sogar ausgebrannt, ein ärmliches und mattes Licht geben, das schreckliche Dinge erzählt. Gott, Gott, die düsteren Mauern, die Pfützen, der geheimnisvoll wartende Wagen, das unverständliche Laboratorium im Kellergeschoß, wo gewisse Gestalten ein und aus gehen, das häßliche Photographenatelier im ersten Stock, von dem man nicht weiß, wovon es eigentlich lebt, das phantastische Gewirr der Kamine auf dem Dach, die Flucht der Kabel, die in die Tiefe gehen, das übliche Pissen in die Ecke, das Trac-trac in der Nachbarwohnung, die Gedenktafel für den Patrioten, der vorstehende Ziegelstein, der abendliche Streit in der Beize im Hof, die Dichte der Leben, die dort in einer Art von schweigendem Summen gären und von denen man nichts weiß und nie etwas wissen wird. Schon stieg die Nacht herab, Lichter hier und dort, aber oben waren noch alle Häuser dunkel, schienen rätselhafte, von Ruß geschwärzte Silhouetten. Er stand am Rande eines unendlichen und dunklen Grabens, Laide aber kam aus diesem unbekannten Reich, und eine Stimme oder eher ein tiefes Läuten in seinem, Dorigos, Inneren rief ihn. Dummheiten, sagte er sich, sah auf die Uhr, und in diesem Augenblick kam Laide aus dem Badezimmer, sie hatte die Haare zusammengefaßt und schön straff in einem festen Knoten aufgesteckt, sie sah verteufelt gut aus, doch ohne Lippenrot. »Du bist noch nicht angezogen?« sagte sie.

7

Er sah sie einige Tage später bei Frau Ermelina wieder. Wie immer hatte er vorher telephoniert, jedoch nach Laide gefragt. Als sie ihm in dem sogenannten Salon von neuem gegenübertrat, war er ein wenig enttäuscht. Diesmal hatte sie die Haare im Nacken aufgesteckt und schien ungepflegt. In ihrem Gesicht traten die leicht plebejischen und gewöhnlichen Züge hervor: die mutwillige Knollennase, die Bewegung der Lippen, die sich ab und zu wie eine Schale mit schlauem, herausforderndem und selbstsicherem Ausdruck öffneten. Er war auch von der Unbekümmertheit beeindruckt, mit der Laide, obwohl er, Frau Ermelina und ein anderes, ziemlich häßliches, auf der Durchreise anwesendes Mädchen zugegen waren, unpassende Dinge erzählte. Sie sprach von ihren Kolleginnen, den Tänzerinnen, und bezeichnete sie alle als Flittchen.

»Es wird doch wohl auch noch welche geben, die Jungfrauen sind«, meinte Ermelina.

»Oh, sicher«, gab Laide lachend zurück, »die sind dann aber die Allerschlimmsten. Ich habe da eine Freundin, selbstverständlich aus guter Familie, die ein solches Schwein ist, weil sie immer« – und sie machte eine kleine, schlimme Handbewegung – »und dadurch solche Hüften bekommen hat, daß sie nicht mehr tanzen kann. Stellt euch vor, welch erbauliche Beschäftigung. Doch sie ist immer noch Jungfrau.«

»Warum sollten ihr denn davon die Hüften dick werden?« fragte Dorigo.

»Nichts schädlicher als das«, erklärte Laide bestimmt und mit dem Ton von jemandem, der es wissen muß.

Auch später im Bett war die Liebe nicht wie das erste Mal. Küsse und Zärtlichkeiten schienen bürokratische Formalitäten. Er versuchte, etwas über sie zu erfahren, aber Laide war nicht zu Vertraulichkeiten aufgelegt. Er erfuhr lediglich, daß sie bei einer zwölf Jahre älteren, verheirateten Schwester lebte und daß die Mutter vor einigen Monaten, der Vater vor fünfzehn Jahren gestorben war. Ihre Schwester sei immer leidend und der Schwager Besitzer einer kleinen Fabrik. Die Tatsache, Tänzerin in der Scala zu sein, sicherte ihr viel Freiheit, die Möglichkeit, außer Haus zu gehen und abends spät heimzukommen.

Aber vor allem war Laide besonders ausweichend, was die Scala anbetraf. Aus dem Wunsch heraus, von ihr geachtet zu werden und eine gewisse berufliche Bindung herzustellen, sagte ihr Antonio, daß er in diesen Tagen die Bühnenbilder und die Kostüme für Lachenards »L'étoile du soir« vorbereitete. War sie auch dabei? Oh, sicher, aber dieses Ballett gefiel ihr nicht.

»Aber warst du gestern bei der Probe?«

»Gestern, nein, da hatte ich ein wenig Fieber.«

Und was ihren Nachnamen anbetraf, so war es absolut unmöglich, ihn zu erfahren.

»Warum denn, wir können uns trotzdem sehen, nicht wahr?«

»Aber wovor hast du denn Angst?«

»Vor nichts, aber ich bin nun einmal so, je weniger man erzählt, um so besser.«

»Du hast also kein Vertrauen?«

»Was soll das heißen? Meinen Namen sage ich niemandem.«

»Aber deine Telephonnummer könntest du mir doch wenigstens geben.«

»Was du dir einbildest, die weiß nun wirklich niemand. Meine Schwester würde schöne Geschichten machen, wenn mich da jemand anrufen würde.«

»Wie macht es dann Ermelina, um dich zu verständigen?«

»Da telephoniere ich ab und zu.«

»Um zu wissen, ob es etwas Neues gibt?«

»Oder sie telephoniert mit mir um zwei Uhr nachts im ›Due‹.«

»Das Tanzlokal?«

»Ja.«

»Wieso? Gehst du denn jeden Abend dorthin?«

»Nicht jeden Abend. Wenn ich gehe, mache ich eine Nummer.«

»Was für eine Nummer?«

»Einen Slow.«

»Und was ziehst du dazu an?«

»Oh, ganz bedeckt, einen Trikotanzug.«

Dorigo war mit Freunden ein paarmal im »Due« gewesen. Der Name war eine Anspielung auf das Gefängnis San Vittore, das im Volksmund »El do« (die Zwei) heißt, weil das Eingangsportal die Nummer zwei trägt. Das Tanzlokal lag im Zentrum der Stadt, im Keller einer Bar. Es war eines von den sogenannten existentialistischen Lokalen, mit makabren oder abstrakten, im studentischen Geschmack gehaltenen Absonderlichkeiten dekoriert. Burschen und Mädchen, auch ganz junge darunter, ergingen sich in frenetischen Boogie-Woogies und Rock'n' Rolls und in akrobatischen Verrenkungen. Es war ein lustiges und in gewisser Beziehung sogar sympathisches Lokal, eher sportlich als sündhaft. Doch es lag im Keller mit einer engen Treppe, die hinunterführte, unverschämten und zweideutigen Schriften an der Wand in der naiven Dreistigkeit von Wandmalereien und einem gewissen, den Franzosen nachgeahmten Surrealismus, der dem Ganzen einen Anstrich von Verbrechen und Verdorbenheit gab, der die Damen des Bürgerstandes faszinierte. Es gab keine Animierdamen. Aber sicher waren die Nymphchen der einzelnen Nummern gerade keine Klosterschülerinnen. Schon allein durch die Tatsache, sich bei den Pirouetten und den Sprüngen an allen Körperteilen betasten zu lassen. Antonio entsann sich, einmal einem Slow beigewohnt zu haben, einer Art von modernem Apachentanz, bei dem die Tänzerin mehrmals auf die Erde geworfen und an den Haaren gezogen wurde. Laide mußte wohl so etwas Ähnliches machen.

»Aber entschuldige, wie machst du es mit der Scala?«

»Auch wenn Vorstellung ist, ist dort um Mitternacht, allerhöchstens um halb eins, doch alles zu Ende.«

»Und deine Schwester weiß, daß du im ›Due‹ tanzt?«

»Um Gottes willen, nein.«

»Aber um wieviel Uhr kommst du dann nach Hause, um drei, vier Uhr?«

»Spätestens um ein Uhr, halb zwei, sonst wehe mir.«

Es war alles etwas unwahrscheinlich, so zum Beispiel, daß Ermelina ihre Telephonnummer nicht kannte, daß die Schwester nicht wußte, was für ein Leben sie führte, keine Ahnung von den nächtlichen Vorstellungen im »Due« hatte, daß die Scala ihr erlaubte, in einem alles andere als seriösen Lokal zu tanzen. Doch sie sprach mit solcher Sicherheit, mit einem solchen Ton absoluter Aufrichtigkeit, daß es unmöglich war, ihr nicht zu glauben, es sei denn, man hielt sie für ein kleines Ungeheuer.

Aber was ging ihn das schließlich an? Er würde Laide ja doch nur noch ein paarmal besitzen und ihrer dann überdrüssig werden, weil die Neugierde erloschen war. Sie gehörte nicht zu jenen gewandten Professionellen, die es verstehen, auch nach langem Verkehr den Wunsch immer wieder neu anzufachen. Wenn er sich nach ihr oder ihrem Leben erkundigt hatte, so war es nur, weil ihn das unbekannte Milieu, die Existenz dieser kleinen Mädchen interessierte. Wie lebten sie? Mit was für Sehnsüchten? Wie konnten sie ein solches Leben aushalten? Wer waren ihre wirklichen Männer? Zu gleicher Zeit gehörten sie zur Welt der anständigen und normalen Familien und zu der des Verbrechertums, sie verkehrten mit der Jeunesse dorée, hatten Zugang zu ihren prächtigen Wohnungen, fuhren in ihren Ferrari und stiegen an Bord ihrer Jachten in der Illusion, zu diesem Kreis zu gehören, während sie in Wirklichkeit von ihnen nur als Mittel der Zerstreuung und der Lust gebraucht und daher verachtet wurden. Als Ehrengäste fanden sie Einlaß in die Garçonnières der Milliardäre, aber wenn sie Schwierigkeiten machten oder sich nicht ergeben den obszönsten und demütigendsten Kapricen unterzogen oder vielleicht zehntausend Lire mehr verlangten, konnte es geschehen, daß sie von betrunkenen Männern mit Ohrfeigen davongejagt und mit Schimpfwörtern beworfen wurden, genau wie die gewöhnlichsten Dirnen. Sie betonten, Luxusschneiderinnen und große internationale Hotels zu kennen, erzählten von eleganten Nightclubs, gaben sich in Geschäften von oben herab und nie zufrieden, schritten wie unnahbare Prinzessinnen mit verächtlichen Blicken auf der Straße, aber liefen dann außer Atem für einen Fünftausendlireschein, um in einem bescheidenen Hotel am Bahnhof die Gelüste eines fünfzigjährigen dicken und schmutzigen Maklers zu befriedigen, der sie wie ein Dienstmädchen behandelte.

Im Hinausgehen stieß er im Gang auf Ermelina. Die Tür des Salons war geschlossen, man hörte ein von Lachen unterbrochenes Tuscheln. Auch eine Männerstimme war dabei. Wahrscheinlich ein neuer Kunde. Vielleicht war Laide ihm bestimmt. Antonio gab Ermelina die zwanzigtausend Lire.

»Grüßen Sie mir Laide.«

»Aber nicht doch, sie kommt gleich.«

Ermelina öffnete die Tür zum Badezimmer einen Spalt.

»Bist du fertig? Herr Tonino will sich verabschieden.«

Laide kam im Unterrock aus dem Badezimmer und grüßte ihn mit einem lächelnden »Tschüs, Liebling«.

Dieses »Liebling« ging ihm gegen den Strich. Es klang so professionell. Er entfernte sich wie befreit. Trotzdem hatte die Begegnung mit Laide in ihm eine seltsame Beunruhigung hinterlassen. Vielleicht wegen der Erinnerung an jenes Mädchen im Corso Garibaldi. So, als ob ihn etwas innerlich getroffen hätte. Als ob dieses Mädchen von den andern verschieden sei. Als ob zwischen ihnen noch viele Dinge geschehen sollten. Als ob er aus dieser Begegnung gewandelt hervorgegangen wäre. Als ob Laide in vollkommener und intensiverer Weise die abenteuerliche und verbotene Welt darstellte. Als ob es eine Vorausbestimmung gewesen wäre. So wie jemand ohne ein besonderes Symptom das Gefühl hat, krank zu werden, aber nicht weiß, warum und weswegen. Oder das Tor sich unten in der Angel drehen hört und, trotzdem er in einem riesigen Haus mit Hunderten von anderen Familien wohnt, und am Eingang ein ewiges Hin und Her herrscht, plötzlich weiß, daß das Tor von jemandem geöffnet wurde, der ihn aufsuchen will.

Er fürchtete sich deswegen in gewisser Beziehung vor der dritten Begegnung, obgleich er sie herbeisehnte. Die Dinge konnten sich komplizieren und er noch weiter hineinverwickelt, noch mehr hineingezogen werden. Doch nichts von alldem geschah. Der Charme der kleinen Tänzerin hatte sich von selbst in der Banalität der üblichen bezahlten Liebe verflüchtigt. Laide war nur eine der vielen. Ohne Zweifel reizend, naiv und physisch anziehend. Aber leer. Zwischen ihm und ihr würde nie etwas sein.

Zudem fuhr er mit seinem Freund Soranza am Tag darauf zum Skifahren. Er blieb eine Woche in Sestrière, und dort war Dede, ein junges Mädchen aus bester Familie, das er letztes Jahr in Cortina kennengelernt hatte. Sie fuhren jeden Tag gemeinsam Ski. Laide hatte niemals existiert.

8

Die Ballettprobe für Lachenards »Abendstern« war auf vier Uhr anberaumt worden. Doch hatte man ihn erst im letzten Augenblick davon verständigt, und Antonio war für vier Uhr mit Laide verabredet gewesen.

»Wen wollen Sie?« hatte ihn Frau Ermelina am Telephon gefragt. »Soll ich Laide kommen lassen?« Und in ihrer Stimme schwang ein leichter Unterton, so als ob sie etwas gemerkt hätte.

»Wen wollen Sie?« hatte Frau Ermelina gefragt.

»Ach, ich weiß nicht recht«, war seine Antwort gewesen.

»Soll ich Laide kommen lassen?«

»Ja, Laide oder Lietta.«

»Lietta?«

»Aber ja, sie sagte mir, sie hieße Lietta.«

»Ach, jetzt erinnere ich mich, Lietta, eine Vollschlanke.«

»Jaja«, sagte er.

»Ziehen Sie Lietta vor?«

»Mir ist es gleich, bestimmen Sie, die eine oder die andere.«

Es war nicht wahr. Er hatte Lietta, ein großes Mädchen mit roten Haaren, vor ein paar Monaten kennengelernt und wieder Lust auf sie bekommen. Auf jene Schultern einer Diskuswerferin, jene flachen und zugleich mächtigen Brüste, jene Schenkel, die zu pressen verstanden. Laide kannte er, was die Liebe anbetraf, schon gut, sie konnte ihm keine neue Überraschung mehr bieten. Ein fraglos reizendes Geschöpf und auch sein Typ. Aber...

»Gut«, sagte Frau Ermelina am Telephon, »eine von beiden.«

Aber im letzten Augenblick hatte man ihn von der Probe verständigt, und er telephonierte, um abzubestellen.

»Da kann man nichts machen«, sagte Ermelina, »hoffentlich erwische ich sie am Telephon, um ihr zu sagen, daß sie nicht kommen soll.«

»Wen?«

»Ich hatte es mit Laide abgesprochen.«

»Das tut mir wirklich leid, aber es ist nicht meine Schuld.«

Es war nicht weiter schlimm. Im Grunde ging er aus schlechter Angewohnheit und nicht aus wirklicher Notwendigkeit hin, aus der unbestimmbaren Freude, ein fast unbekanntes Mädchen zu genießen, das für eine halbe Stunde die Seine wurde, wie eine Ehefrau, und das vielleicht sogar ein wundervolles Geschöpf war, nach dem sich alle auf der Straße umdrehten. Doch als er im Begriff war, sich auf die Bühne zu begeben, kam ihm in den Sinn, daß Laide auch dort sein mußte, denn das Ballett nahm das ganze Ballettkorps der Schule in Anspruch.

Er bewegte sich mit einer gewissen Verlegenheit auf der Bühne, denn für ihn, der nicht dazugehörte, waren die Tänzerinnen in erster Linie Frauen und dann erst Künstlerinnen, und es war zum ersten Mal, daß er sie so von der Nähe sah.

An der Rampe standen sechs, sieben Stühle, für den Choreographen Vassilievski, die Leiterin der Ballettschule, den Komponisten, der eigens dafür aus Paris gekommen war, den Dirigenten, den Maître de ballet und die andern. Etwas abseits ersetzte der zweite Dirigent am Klavier das Orchester.

Der Vorhang war offen, aber der Zuschauerraum lag im Dunkel. Nur einige Doppellämpchen erhellten mit weißem Licht den Boden. Dahinter und etwas höher öffnete sich die geheimnisvolle Höhle der Bühne mit ihrem phantastischen Gewirr von eingerollten Szenenbildern, Schnüren, Laufstegen, seltsamen Triebwerken, Galerien: schwindelerregende Perspektiven, die eine Welt für sich ahnen ließen, kompliziert, faszinierend und absurd. Die von ihm gezeichneten Bühnenbilder waren noch nicht fertig. Als Bühnenhintergrund fungierte die klassische perspektivische Darstellung eines Klosters, die vielleicht für die »Macht des Schicksals« gebraucht wurde.

Man stellte sich vor, ein Stuhl wurde ihm angeboten, man behandelte ihn mit respektvoller Liebenswürdigkeit wie einen Gast, der nicht über die Familienverhältnisse im Bild war.

In Wirklichkeit hätte es auch gar nichts ausgemacht, wenn er an diesem Tag nicht gekommen wäre. Die Kostüme waren noch nicht in Arbeit gegeben worden. Jedoch näherte sich ihm der Ballettmeister, während der Dirigent am Klavier die ersten Noten anschlug, um ihm zu sagen, daß die Primaballerina, Clara Fanti, ihn wegen des für sie gezeichneten Kostüms einiges fragen wollte. Und dabei lächelte er anzüglich, als wollte er sagen: Sie wissen ja, wie das ist, diese Damen haben immer etwas auszusetzen.

Da wurde ihm plötzlich bewußt, daß ihm Kostüme und Bühnenbilder vollständig gleichgültig waren. Hätte es sich nur um diese gehandelt, wäre er wahrscheinlich gar nicht gekommen, denn er hatte die Gewohnheit, sich um ein einmal vollendetes Werk nicht mehr zu kümmern, vielleicht aus Faulheit, in der Praxis aber wurde es zu einer Norm praktischer Weisheit. Er war wegen Laide gekommen, hatte es sich nur nicht klargemacht bisher und fühlte nun eine drängende Ungeduld in sich aufsteigen.

Eine Schar Tänzerinnen, es mochten zehn oder zwölf sein, schwebte herein wie die Schatten des Abends. Natürlich war keine von ihnen im Kostüm, alle trugen schwarze Trikots und die Haare von einem Band oder Tuch über der Stirn festgehalten, sie sahen unansehnlich aus und machten in ihrem Aufzug den Eindruck gewollter Ungezwungenheit, Unordentlichkeit, ja selbst Unsauberkeit wegen der weißen Staubflecken auf den Knien, den Ellbogen, den Sitzflächen. Aber gerade diese Ungepflegtheit gab den Mädchen etwas Aufreizendes und Herausforderndes. Und Antonio gab sich bald Rechenschaft darüber, daß sie, wohl auch weil ihre jungen Körper bis in die kleinsten Rundungen und Falten modelliert wurden, unendlich anziehender waren als in dem sorgfältig ausgearbeiteten Glanz der Kostüme.

Während er sie so aus der Nähe sah, ganz ihrer Arbeit

hingegeben, ohne Schminke oder Pfauenschwanz, einfach und schmucklos, nackter als wenn sie wirklich nackt gewesen wären, verstand Dorigo plötzlich ihr Geheimnis, verstand, warum seit undenkbaren Zeiten die Tänzerinnen als das Symbol der Weiblichkeit, des Fleisches, der Liebe gelten. Der Tanz war – so verstand er – ein wundervolles Symbol des Geschlechtsaktes. Die Regeln, die Disziplin, die eiserne und oft grausame Gewalt, die den Gliedern in schweren und schmerzhaften Bewegungen angetan wurden, der Zwang, dem sich diese jungfräulichen Körper unterwarfen, um versteckteste Perspektiven in aufs äußerste gespannten und enthüllenden Stellungen zu zeigen, das bis an den Rand des Möglichen gebrachte Lösen der Beine, des Oberkörpers, der Arme: Alles geschah nur, um den Mann zu befriedigen, und die Tänzerinnen gaben sich dem mit Begeisterung, mit Schmerzen und Schweiß hin. Und die Schönheit lag in eben dieser begeisterten und schamlosen Hingabe. Ohne daß sie etwas davon ahnten, schien alles ein Betonen, ein Darbieten, eine Einladung zur körperlichen Vereinigung zu sein. Die halboffenen Lippen, die zarten, weißen Achselhöhlen, die bis zum Krampf gespreizten Beine, die sich wie in einem Opfer darbietenden Brüste, das Sich-in-die-feurigen-Arme-eines-unsichtbaren-und-unersättlichen-Gottes-Werfen. Mit genialer Wissenschaft hatten die großen Choreographen dieses sinnliche Phänomen in, dem Anschein nach, keuschen und vor allem annehmbaren Formen stilisiert. Doch im Innern blieb die Schwungkraft, und so enthielt für den, der zu sehen verstand, eine Folge klassischer Tanzschritte eine viel stärkere Wirkung als der schlüpfrige Bauchtanz einer Entkleidungstänzerin im Nachtklub. Natürlich waren dies Dinge, die niemand mündlich oder schriftlich zugeben würde, aus der allgemeinen törichten Verschwörung der Scheinheiligkeit heraus, die die Welt der Liebe verhüllt.

Der Tanz – entdeckte Dorigo – war nichts anderes als der lyrische Ausdruck der Sinne, denn sonst blieb nur Dekoration oder Unsinn übrig. Die groben und unzüchtigen fleischlichen Angebote der Dirnen in den Freudenhäusern wurden zu lächerlichen Komödien im Vergleich zu den anzüglichen und maliziösen Lockungen der Tänzerinnen, die um so vieles tiefer gingen. Und je besser sie tanzten, je kühner, vollkommener, leichter, harmonischer, akrobatischer ihre Darbietungen wurden, um so intensiver wurde in dem, der ihnen zuschaute, der Wunsch, sie zu umarmen, sie an sich zu pressen, sie zu betasten, ihre Schenkel zu liebkosen, sie bis auf den Grund zu besitzen.

Eine Schar von Tänzerinnen, es mochten zehn oder zwölf sein, schwebte herein wie die Schatten des Abends.

Sie war nicht bei dieser ersten Gruppe. Mit einem inneren Beben vermeinte er einen Atemzug lang, sie in der dritten, einer mittelgroßen Brünetten, zu erkennen. Bei den schnellen Bewegungen, die sie machten, war es nicht leicht, sie zu unterscheiden. Dann näherte sich die Dunkle in einer Drehung und blieb, das eine Bein nach hinten ausgestreckt und auf der Fußspitze des andern balancierend, plötzlich stehen. Er konnte so ihr Profil sehen und feststellen, daß sie eine ganz andere Nase hatte.

Dann trat die Primaballerina auf, es folgte ein Pas de deux, und dann führte die erste Gruppe wieder eine gemeinsame Figur vor. Die Sache zog sich hin. Obwohl das Ensemble schon verhältnismäßig gut vorbereitet war und das Ballett in den Beinen hatte, unterbrach sie Vassilievski, angetan mit einer Art von Overall, doch häufig und vielleicht eher aus persönlichem Geltungsbedürfnis heraus, um dann ohne Musik den einen oder anderen Schritt vorzuführen, während er dabei seltsame Töne von sich gab: lala, tata. Er war nicht mehr jung, näherte sich schon den Fünfzigern, aber sein Aufschnellen, die Präzision seiner Bewegungen, seine Eleganz sowie seine Muskelkraft waren immer noch die seiner Glanzzeit, als er zu den zwei oder drei besten Tänzern der Welt zählte.

Endlich traten auch Leuchtkäfer auf, alle sehr jung und erschreckend mager, auch sie strapaziert und ein wenig schlampig, so wie Arbeiterinnen, die sich während der Werkstunden nicht darum kümmern, zu gefallen; auf den Proben würden sie sowieso nicht nach ihrer Schönheit beurteilt werden, und was Dorigo anbetraf, der in diesem Milieu neu war, so schien es, daß keine der Tänzerinnen ihn überhaupt bemerkt hatte. Aber auch zwischen den Leuchtkäfern befand sich keine Laide.

Es folgte ein Wirbel von zehn Fledermäusen, Tänzern diesmal, mit denen sich Vassilievski besonders befaßte, sie korrigierte, berichtigte, ihre Posen veränderte und neue Bewegungen improvisierte. Allein bei den Fledermäusen verging eine gute halbe Stunde mit Proben und wieder Proben.

Und da, während Antonio mit den Augen den Erklärungen Vassilievskis folgte, brachen von rechts die Kobolde herein. Aber er merkte es zuerst gar nicht.

Es waren acht Tänzerinnen. Nachdem sie in schnellem Trippeln auf den Zehenspitzen herangekommen waren, schlugen sie seitliche Purzelbäume, indem sie sich abwechselnd einmal mit den Füßen und einmal mit den Händen aufstützten und so einen Ringelreihen ausführten.

Antonio erkannte sie sofort. Sie hatte die Haare in einem Knoten im Nacken aufgesteckt, war ohne Lippenrot und hatte das veränderte Gesicht, wie es Frauen manchmal am Morgen beim Aufstehen haben, geradezu nichtssagend. Wahrscheinlich hätte er sie nach dem Gesicht überhaupt nicht wiedererkannt. Und auch nicht nach ihrem Körper, der leicht mit denen ihrer Gefährtinnen, die alle von derselben Größe und ebenso schmächtig waren, zu verwechseln war.

Er erkannte sie an der für sie so charakteristischen stolzen, trotzigen und trägen Haltung. Sie war das einzige der acht Mädchen, das die Purzelbäume nur geradeso andeutete, fast gleichgültig und ohne abwechselnd die Arme und die Beine in die Höhe zu werfen, sondern indem sie die Bewegungen nur markierte. So als wollte sie damit sagen: Das sind für mich ja doch nur Dummheiten, es lohnt sich nicht, sich dafür anzustrengen, ich kann ganz anderes machen.

Er heftete seine Blicke auf sie, aber sie schaute immer nach der anderen Seite. Sie war es und schien es dann doch wieder nicht zu sein. Mit dem Kostüm, das auch kein richtiges Kostüm war, veränderte sich auch der Ausdruck ihres Gesichtes. Zudem erschien sie ihm wegen der absatzlosen Tanzschuhe auch kleiner.

Sie trug eine schwarze Kombination mit langen Ärmeln, ebenfalls schwarze, dicke Trikotstrümpfe, die fast bis zu den Leisten reichten und von denen man nicht recht sehen konnte, wie sie festgemacht waren. Zwischen dem unteren Ende der Kombination und dem äußersten Rand des Strumpfes blieb auf der Seite ein halbmondförmiges Stück Haut frei. Sie war übrigens nicht die einzige, die so angezogen war, anscheinend war es gestattet. Dennoch hatte dieser nackte Streifen Schenkel, der da hervorlugte, einen besonderen Sinn, war eine Anspielung, wie ein Sichberufen auf andere verbotene Dinge.

Nachdem sie die Purzelbäume beendet hatte, kam sie auf nicht mehr als zwei Meter an ihm vorbei, und den Kopf von der einen auf die andere Seite drehend, mußte sie ihn sehen. Ihre Blicke waren über sein Gesicht hinweggegangen, aber kein Zucken und nicht die kleinste Veränderung in ihren Zügen ließen auf ein Erkennen schließen. So als ob sie ihn nie vorher gesehen hätte, als ob er nicht existierte.

Nein. Die Bühnenbilder, die Kostüme, seine Arbeit, nichts von alledem interessierte ihn mehr. Der Teufel soll es holen. Dorigo folgte ihr mit den Blicken, hoffend, daß sie sich auszeichne, daß sie besser als die andern tanze. In Wirklichkeit aber war sie weder besser noch schlechter als die andern, man sah, daß sie es wohl gekonnt hätte, aber daß es ihr daran gelegen war zu zeigen, daß sie keine Lust dazu hatte. Nachlässig machte sie gerade so viel, um nicht das Zusammenspiel mit den Gefährten zu stören.

Noch zweimal kam sie an ihm vorbei, und zweifellos sah sie ihn, aber sie tat, als blicke sie ins Leere.

Dann klopfte Vassilievski hörbar mit dem Fuß und machte eine Bewegung mit der rechten Hand, das Klavierspiel brach ab, es war das Zeichen, daß der Choreograph eine Pause einlegte. Tänzer und Tänzerinnen zerstreuten sich.

»Nein, nein, Kinder, bleibt hier, nur fünf Minuten. Es ist keine Zeit, um in die Ankleideräume zu gehen«, rief die Leiterin der Ballettschule, weil einige sich entfernen wollten.

In diesem Moment erschien der Direktor der Bühnenausstattung. Er war ein berühmter Bühnenmaler und großer Weltmann und beglückwünschte Dorigo zu seinen Entwürfen. Er bediente sich begeisterter Ausdrücke, wahrscheinlich übertrieben, doch waren sie ehrlich gemeint und entsprangen dem Wunsch, Antonio möge sich in diesem für ihn neuen Milieu, in dem er etwas verloren schien, wohl fühlen.

»Ich danke Ihnen«, sagte Antonio, »Sie sind sehr gütig. Wissen Sie, es ist das erste Mal, daß ich solch verpflichtende Bühnenbilder gemacht habe, aber ich rechne auf Ihre Hilfe. Ihnen gelingt es doch manchmal, aus einfach hingeworfenen Skizzen richtige Kunstwerke zu zaubern...«

Während er so sprach, sah er, daß Laide mit einem Tänzer von ausgesprochen schönem Körperbau, der mindestens einen Kopf größer war als sie, scherzte; sie stand dicht neben ihm, und einmal stieß sie ihn lachend mit der geballten Faust vor die Brust. Wie war sie sie selbst in dieser Bewegung: frech, maliziös, kokett, plebejisch und selbstsicher!

Es war wie ein schmerzhafter Nadelstich. Dieser lustige und kameradschaftliche Faustschlag ließ auf eine lange Zeit der Vertrautheit oder zumindest auf eine freie und ungezwungene Kameradschaft mit einer Vielheit von gemeinsamen Erinnerungen, gemeinsamer Arbeit, Scherzen, lustigem Herumstreifen in Mailand, Theaterklatsch, schlüpfrigen Witzen, vertraulichen Mitteilungen, vielleicht auch Liebesnächten schließen, und er wußte nur zu wohl, daß zwischen ihm, Antonio, und Laide so etwas nie möglich sein würde, schon allein der Altersunterschied war zu groß, im Grunde hätte er ihr Vater sein können.

Dann erschien Frau Novi mit Clara Fanti wegen der Änderungen am Kostüm.

»Gefällt es Ihnen nicht?« fragte Dorigo die Primaballerina.

»Nein, nein, es gefällt mir sehr gut, aber es ist einfach unmöglich, mit diesem Federbusch auf dem Kopf zu tanzen.«

Er betrachtete sie. So von der Nähe und im Trikot schien die Berühmte ganz anders als die winzige vibrierende Zauberfee, die er vom Parkett oder von den Seiten der Illustrierten zu sehen gewohnt war. Doch auch sie sah im Arbeitsdreß sehr viel verführerischer aus. Ihr gut gezeichnetes Gesicht hatte die Züge eines streng auf seine Würde haltenden Kindes, nur die Arme, die in der Muskulatur voll entwickelt waren, schienen mindestens dreißig Jahre alt zu sein, ihre Beine waren vollkommen, und sie hatte sie noch aufreizender gemacht, indem sie über das schwarze Trikot ein Paar lange, rosa Strümpfe angezogen hatte, die oben bis an das Ende der Beine, unten bis zu den Knöcheln reichten. Ohne die Schlankheit einzubüßen, wurden die Schenkel und besonders die Waden so stärker, fester und autoritärer und drückten die ganze Persönlichkeit der Figur aus, die sonst nur aus Leichtigkeit und fast zerbrechlicher Kindlichkeit bestand. Aber seltsam, Antonio fühlte keine Begierde in sich aufsteigen.

»Es ist kein Federbusch«, sagte er. »Es soll etwas ganz Leichtes werden, wie ein Filigran.«

»Woraus?«

»Schwer zu sagen. Ich gestehe, daß ich nichts davon verstehe. Aber ohne diesen Federbusch, wie Sie es nennen, müßte man das ganze Kostüm abändern.«

»Nein, nein, das Kostüm gefällt mir.«

»Aber da gehört dann ein Federbusch dazu.«

»Aber wie kann ich mit einem solchen Ungetüm auf dem Kopf tanzen? Können Sie mir das vielleicht sagen?«

Frau Novi, immer heiter und der Situation gewachsen, mischte sich ein. Sie schlug vor, den Federbusch ein wenig kleiner zu machen und aus ganz leichtem Material, so daß Clara ihn überhaupt nicht spüren würde.

Unterdessen hatten sich einige Tänzer und Tänzerinnen um sie versammelt, um die Kostüme anzusehen. Sie war aber nicht darunter.

Das Gespräch dauerte nur wenige Sekunden, dann entfernten sich Frau Novi und Clara Fanti.

Er blieb allein und verloren auf der Bühne zurück, die sich von neuem bevölkerte, da die Proben wieder begannen. Einen Augenblick lang stand er unschlüssig und sah sich um.

Da bemerkte er, daß, nur ein paar Schritte entfernt, Laide, ihm den Rücken zuwendend, die Hände auf die Hüften gestemmt, mit zwei Tänzern plauderte, unter denen sich jedoch der von vorhin nicht mehr befand.

Die Szene, die nun folgte, dauerte nur einen Herzschlag lang, aber sollte sich trotzdem für immer in seine Erinnerung prägen.

Eine andere Tänzerin, ein blondes Mädchen, näherte sich Laide und sagte:

»Mazza, komm doch, bitte, einen Augenblick her.«

Laide drehte sich um, um ihr zu folgen, nachdem sie ihren beiden Gefährten mit der linken Hand zugewinkt hatte, und befand sich so Dorigo fast direkt gegenüber.

Es war unvermeidlich, daß sie ihm wenigstens für den Bruchteil einer Sekunde ins Gesicht sah. Er wollte sie gerade begrüßen. Aus der Tatsache, daß sie ihm am Anfang nicht das kleinste Zeichen gemacht hatte, glaubte Antonio zu verstehen, daß die Kleine in der Scala vorzog, so zu tun, als ob sie ihn nicht kenne: vielleicht aus einem gewissen Bedürfnis der Sauberkeit heraus, um, wie man sagt, das Heilige nicht mit dem Unheiligen zu mischen. Aber jetzt waren sie sich so nahe, standen fast Gesicht gegen Gesicht und waren auch verhältnismäßig isoliert (niemand beobachtete sie), daß ein Sich-nicht-Begrüßen absurd wurde.

Antonio hielt sich jedoch zurück und wartete darauf, daß sie ihm guten Tag sagte. Doch nachdem sie ihm ins Gesicht gesehen hatte, wandte sich die Tänzerin auf die andere Seite, um ihrer Freundin zu folgen. Und in diesem Sichabwenden war keine Eile, kein Überstürzen, so charakteristisch für den, der einer Begegnung aus dem Weg gehen will. Das Seltsame lag gerade darin: daß keine Spur von Verstellung oder Komödie bei dem Mädchen zu spüren war. Sondern nur eine absolute Gleichgültigkeit oder, mehr noch, die vollkommene Abwesenheit jeglicher Reaktion, denn selbst Gleichgültigkeit ist noch ein Reagieren auf die äußere Wirklichkeit. Es war aber so, als hätte sie ihn, obgleich sie ihn angesehen hatte, nicht wahrgenommen. Als sei er eine Mauer, ein Möbelstück oder so etwas Alltägliches, daß es schon fast nicht existierte. Es schien so gar nicht zu ihr zu passen, und Dorigo blieb es einfach unverständlich. Laide hätte doch einen ängstlichen Blick haben sollen, Überraschung, Verdruß oder Erschrecken zeigen können, das ihr die Lippen geöffnet hätte. Nichts von alldem. Es war unverständlich und beunruhigte ihn.

Er überlegte: Es war nur verständlich, daß sie ihr doppeltes Leben, das der Prostituierten und das der Balletteuse an der Scala streng voneinander getrennt halten wollte, und es war verständlich, daß sie einen Kunden aus ihrem privaten und beruflichen Leben auszuschalten versuchte und daß dieser Kunde, wenn sie ihm in der Scala begegnete, zu irgendeinem x-beliebigen Unbekannten wurde.

Darüber nachdenkend, fühlte Dorigo sich auch als Mann und als Künstler gedemütigt und beleidigt.

Aber das, was sich eben zugetragen hatte oder vielmehr nicht zugetragen hatte, schien ihm viel schlimmer und noch demütigender für ihn. Es bestürzte und ärgerte ihn, ohne daß er sich den Grund dafür erklären konnte. War es, weil er feststellen mußte, daß er, Antonio, nicht einmal als Erinnerung für sie existierte? Daß seine Eigenschaft als Bühnenbildner ihr nicht den geringsten Eindruck gemacht hatte? Oder weil sie zu betonen schien, in Dorigo nichts anderes als einen Kunden zu sehen, eine physisch vollständig gleichgültige Larve, und keinesfalls dazu aufgelegt war, ihn als einen Arbeitskameraden zu betrachten. Oder war es wegen der Unmöglichkeit, sie zu interessieren, ihr zu gefallen, auf irgendeine Weise in ihre Welt einzudringen?

An diesem Punkt seiner Überlegungen angekommen, überfiel ihn eine richtige Wut. Warum nahm er sich das so zu Herzen? Warum ärgerte er sich nur? Was ging ihn im Grunde diese Laide an? Als Bettgefährtin, der er schon fast überdrüssig war, kannte er schon alle ihre Möglichkeiten. Und was das übrige anging, so war sie nichts weiter als ein dummes Ding, oder sollte er etwa dem romantischen Zauber der Tänzerin erlegen sein? War das möglich? Sollte er so hoffnungslos provinziell sein? Und was für eine Tänzerin war sie überhaupt? Irgendeine drittklassige, eine Nummer ohne irgendwelche künstlerische Persönlichkeit. Und dann, und dann, war er wirklich sicher, daß sie es gewesen war, die er auf der Probe gesehen hatte?

9

Drei Tage danach telephonierte er mit Frau Ermelina. »Hören Sie, könnte ich morgen nachmittag Laide sehen?«

Er hatte immer noch nicht die Tatsache verwunden, daß sie so getan hatte, als habe sie ihn nicht gesehen und wollte eine Erklärung von ihr.

»Laide?« fragte Frau Ermelina zurück. »Wissen Sie, daß sie an dem Tag, an dem Sie, Herr Tonino, nicht kommen konnten, pünktlich hier war, die Arme?«

»Um vier Uhr?«

»Punkt vier Uhr war sie hier.«

Das war unverständlich. Um vier Uhr war die Probe in der Scala, und er hatte Laide auf der Bühne gesehen. Oder sollte das kleine Biest es fertigbekommen haben, das Theater noch zeitig genug für den Auftritt der Kobolde zu erreichen? Vielleicht war ihre unlustige Art dort daraus zu erklären.

Dorigo zog es jedoch vor, Frau Ermelina weiter nicht darüber auszufragen, das waren Dinge, die sie nichts angingen. Sie verabredeten sich für den nächsten Tag um halb drei Uhr.

Doch am nächsten Morgen rief ihn Laide im Büro an, es war das erste Mal, und ihr Stimmchen mit dem rollenden »R« bereitete ihm ein seltsames Vergnügen.

»Hör zu«, sagte sie, »du mußt mir einen Gefallen tun. Um zwei Uhr zwanzig muß ich nach Rom fahren.«

»Nach Rom? Wozu denn?«

»Onkel und Tante haben mich eingeladen, sie tun das jedes Jahr, und es ist eine Gelegenheit, die ich mir nicht entgehen lassen will.«

»Und die Scala?«

»Ich habe mir ein Attest vom Arzt geben lassen.«

»Dann sehen wir uns also nicht?«

»Doch, ich meinte, ob du nicht früher kannst?«

»Früher, wann?«

»Ich weiß nicht, um eins, Viertel nach eins. Du könntest mich dann zum Bahnhof fahren.«

»Dann muß ja alles im Galopp gehen.«

»Tja, wenn du nicht kannst, kann man nichts machen.«

»Nein, nein, sehen wir uns ruhig. Um ein Uhr also?«

Ob Laide wirklich etwas daran lag, ihn zu sehen? Oder ob es nur wegen der fünfzehntausend Lire war? Dorigo hatte an diesem Tag eine Menge Arbeit, doch konnte er es einrichten. Daß er sein Mittagessen übersprang, machte ihm nichts aus.

Um ein Uhr war er bei Frau Ermelina. Sie führte ihn in den Salon und verschwand sofort wieder in der Küche, sie hatte ihr Mittagessen noch nicht beendet. Man hörte eine andere Frauenstimme. Er steckte sich eine Zigarette an.

Fünf Minuten nach eins, zehn Minuten nach eins. Frau Ermelina erschien wieder.

»Immer dasselbe mit diesen unvernünftigen Mädchen. Wissen Sie, wo ich gestern hinmußte, um Ihre Laide endlich aufzutreiben, am Telephon antwortete niemand?«

»Wohin?«

»In den Nightclub, in den ›Due‹, wo sie ihren Auftritt hat.«

»Ist sie jeden Abend dort?«

»Wenn sie in Mailand ist, ja.«

»Warum, geht sie oft fort?«

»Ja, in der letzten Zeit ist sie immer in Modena.«

»Wieso Modena?«

»Sie sagt, sie arbeite dort, Modephotographien.«

»Ausgerechnet in Modena?«

»Es soll ein bekanntes Modeatelier dort geben, behauptet sie, aber wer weiß, ob es stimmt.«

»Und jetzt ist es schon Viertel nach eins, und sie hat mir gesagt, daß sie um zwei Uhr zwanzig zum Zug muß.«

»Das hätte sie wirklich nicht machen sollen.«

»Sie wird wohl nicht mehr kommen.« (Zum zwanzigsten Male schaute er auf die Uhr, wie lächerlich, als warte er auf seine erste Liebe, dabei handelte es sich nur um ein beliebiges Callgirl, das jedem zur Verfügung stand, der Lust hatte, zwanzigtausend Lire daranzuwenden oder eventuell auch weniger, denn es war nicht ausgeschlossen, daß Laide es unter der Hand auch für weniger tat. Je mehr diese Mädchen verdienen, desto mehr geben sie aus, nie reicht das Geld, und fünftausend Lire verdient jeder gern, auch viertausend oder drei, bei diesen Gedanken fühlte Dorigo etwas in sich aufsteigen, einen Unwillen, eine Qual, ein unvernünftiges Brennen, er schaute noch einmal auf die Uhr, es war siebzehn Minuten nach eins.)

»Nein, nein«, sagte Frau Ermelina, »wenn sie gesagt hat, daß sie kommt, so kommt sie auch, Sie können ganz ruhig sein«, und mit einem bösen Lächeln: »Mich sitzenzulassen, können die sich nicht erlauben.«

»Trotzdem bleibt keine Zeit mehr, wenn sie um zwei Uhr zwanzig fahren muß, bis sie dann am Bahnhof ist...«

»Sie wird schon kommen, wird schon kommen, keine Bange.« Sie nickte drei-, viermal mit dem Kopf zur Bestätigung und kniff die Augen dabei ein wenig zu. Wollte sie damit sagen, daß sich Laide die fünfzehn- oder zehntausend Lire nicht entgehen ließe? Oder daß sie nie wagen würde, Frau Ermelina den nötigen Respekt zu versagen, denn sonst wehe ihr, hier hätte sie den Fuß dann nicht mehr hereinsetzen können, Flittchen wie sie gäbe es Tausende in Mailand, auch jüngere und frischere, die nichts anderes ersehnten als zu ihrer, Frau Ermelinas Equipe zu gehören, es war eine der schicksten in der Stadt, nur Kunden aus ersten Kreisen, reich und alles ohne Risiko, Kupplerinnen gibt es noch und noch, aber die nützen dann die armen Dinger bis aufs Blut aus oder verursachen Unannehmlichkeiten, denn es ist doch wohl alles andere als angenehm, wenn eine Studentin aus guter Familie oder eine verheiratete Frau, die Mann und Kind hat, nackt im Bett mit irgend jemand überrascht wird, von dem sie nicht einmal den Namen weiß, und auf die Questura mit der grünen Minna gebracht wird, um dort mindestens vierundzwanzig Stunden mit den schmutzigsten Weibern zusammenzusitzen, ganz abgesehen von dem Nachspiel in der Familie, dem Skandal, den Szenen, und wenn sie obendrein noch minderjährig ist, mit gerichtlichen Komplikationen. Bei ihr, Ermelina, hingegen konnten sie wie in Abrahams Schoß schlafen, denn unter ihren Kunden gab es zu viele hochstehende Persönlichkeiten, als daß da Unannehmlichkeiten passieren konnten. Und im übrigen – vielleicht wollte sie auch das sagen – hatten diese jungen Dinger Dampf vor ihr. Zwar war sie die Anständigkeit in Person, hatte Herz, denn wie vielen hatte sie schon aus der Patsche geholfen, wie eine Mutter war sie für diese armen Geschöpfe. Aber wehe ihnen, wenn sie wagen sollten, sie hineinzulegen, das hätte gerade noch gefehlt. Die eine oder andere hatte es wohl einmal versucht, aber die Lust dazu war ihr dann für immer vergangen. Mit wenig kann man Mädchen, die ein bißchen zu weit gegangen sind, hineinlegen, und sie, Ermelina, war gut unterrichtet, sie wußte über alles Bescheid, ein Telephonanruf reichte da manchmal oder ein anonymes Briefchen, um denen den Kopf wieder zurechtzusetzen. Es wäre nicht die erste, die sie ruiniert hätte. Antonio wurde sich plötzlich bewußt, von Ungeduld getrieben vom Sofa aufgestanden zu sein und nervös im Zimmer auf und ab zu gehen, unfähig, sich weiter zu beherrschen, während ihn Ermelina wohlgefällig musterte. Für sein Alter hatte der Herr Architekt aber noch viel Feuer.

»Wie wäre es mit einem Kaffee?« fragte sie dann.

»Nein, danke«, entfuhr es ihm, »ich habe noch gar nicht Mittag gegessen.«

Ermelina fing zu lachen an.

»So etwas, ein Herr wie Sie... wegen Laide die Mahlzeit überspringen. Wissen Sie, daß ich das wirklich sympathisch finde? Sie sind ja noch ein großer Junge.«

In diesem Augenblick läutete es an der Tür. Es war eine Minute vor halb zwei.

10

Blaß, außer Atem und mit dem Ausdruck eines gehetzten Tierchens, trat sie herein.

»Mein Gott, wie du aussiehst!« sagte Frau Ermelina und klopfte ihr liebevoll auf die Wange. »Was ist denn passiert?«

»Ich bin ja so gelaufen, so gelaufen«, antwortete Laide, ohne überhaupt Antonio zu begrüßen. »Im Theater war noch Probe, und sie ließen mich nicht früher gehen.«

»Aber wenn du für eine Woche nach Rom gehst«, sagte Antonio, »was haben denn dann Proben noch für einen Zweck?«

»Im Theater ist das halt so. Wieviel Uhr haben wir?«

»Schon halb zwei.«

»Nun geht schon und verliert nicht noch Zeit«, forderte Ermelina sie lachend auf.

Um es Laide zu erleichtern, entkleidete sich Dorigo blitzschnell. Aber es schien seltsamerweise, als hätte sie keine Eile.

»Bin gleich wieder da«, sagte sie und zog sich ins Bad

zurück. Er sah immer wieder auf die Uhr, von drüben hörte er lange Wasser rauschen, dann erschien sie wieder, es war ein Uhr siebenunddreißig.

»Sag mir eins«, fragte er sie sofort, nachdem er sie in die Arme genommen hatte, »warum hast du eigentlich auf der Probe neulich so getan, als würdest du mich nicht kennen?«

Sie war schnell mit der Antwort bei der Hand: »Sei mir nicht böse, aber ich ziehe vor, das zu vermeiden. Wenn du wüßtest, was für bösartige Klatschbasen dort herumlaufen. Hätte ich dir guten Tag gesagt, würden alle gleich fragen, woher und wieso ich dich kenne und so weiter.«

»Aber ein Lächeln oder ein Nicken hätte dich doch nichts gekostet.«

»Nein, darin bin ich nun einmal genau.«

»Ich weiß aber jetzt, wie du heißt.«

»Na und, Laide natürlich, das wußtest du doch schon.«

»Nein, ich meine den Nachnamen.«

»Du kennst meinen Nachnamen?«

»Ja.«

Sie entzog ihm ihren Mund.

»Los, wie heiße ich?«

»Mazza.«

Da fing sie zornig an mit den Fäusten auf das Kissen zu schlagen.

»Wie ärgerlich, wie ärgerlich, ich hab' dir doch gesagt, daß ich gewisse Dinge nicht ausstehen kann. Wie hast du es denn erfahren?«

»Durch Zufall, eine ist gekommen und hat dir gesagt: ›Mazza, hör mal.‹«

»Mir ist das nicht recht.«

»Warum denn, hast du kein Vertrauen zu mir?«

»Was heißt Vertrauen, es ist immer besser...«

Welch hübschen Mund sie doch hatte, klein, lebendig, weich. Er versuchte ihr eine Gefälligkeit zu tun, es lag ihm daran, ihr gegenüber großzügig zu sein und als richtiger Gentleman zu erscheinen. Zehn Minuten vor zwei war schon alles vorüber. Liebe konnte man das allerdings nicht nennen, aber sie mußte doch noch ihren Zug erreichen.

»Wo sind denn deine Koffer?«

»Unten bei der Portiersfrau.«

»Ich bin fertig, und du?«

»Nur noch den Lippenstift.«

Sie traten zusammen aus dem Zimmer.

»Wie du heute aussiehst«, sagte Frau Ermelina noch einmal, »du scheinst ganz verändert.«

Und sie: »Bin ich wirklich so häßlich?«

»Aber nein, du siehst nur aus, als hättest du dir zuviel zugemutet.«

»Ich weiß, ich schaffe es einfach nicht mehr mit dem Theater. Ich will's dort aufgeben, es ist doch nicht mehr wie früher und ein fürchterliches Milieu jetzt.«

Man bat ihn, draußen auf dem Korridor zu warten. Anscheinend mußten die beiden Frauen noch abrechnen. Er hörte Stimmen, kurz danach kam sie.

Es waren zwei recht hübsche Koffer. Der größere aus schwarzem und weißem Leder war so schwer, daß man Mühe hatte, ihn vom Boden aufzuheben.

Mit diesem Gewicht ging er bis zu seinem Auto, das er nicht weit entfernt geparkt hatte. Es war fünf Minuten vor zwei, und die Sonne strahlte über Mailand. »Warum sagtest du vorhin, daß es ein fürchterliches Milieu sei?« fragte er, ihm schien der Kommentar von seiten eines Mädchens wie sie merkwürdig.

»Aber ja, aber ja«, mahnte sie ungeduldig, »tu mir die Liebe an und laß mich damit in Ruhe. Ich habe die Nase voll und bin fest entschlossen, von dort fortzugehen.«

Sie waren bei Antonios Fiat 600 angekommen und luden die Koffer auf.

»Und wann wirst du endlich diesen Klapperkasten wechseln?«

»Laß nur, um in der Stadt herumzufahren, ist der noch der bequemste.«

»Na, ich bin an etwas Besseres gewöhnt.«

»An was denn, Jaguar, Mercedes, Rolls-Royce?«

»Ach, ich habe ja nur gescherzt.«

Sie waren aus dem großen Haus der Via Velasca 25, Ermelina hatte dort ihre Wohnung im sechsten Stock, ein neues Haus, sicher nicht älter als zwei, drei Jahre, herausgegangen, und Dorigo hatte den Koffer bis zum Missoriplatz getragen, wo sein Auto stand. Im sechsten Stock war dort ein langer Korridor und im Halbdunkel am Ende eine Tür, dahinter wohnte Frau Ermelina. Dorigo verstaute die Koffer auf den Hintersitzen, der Parkwächter, ein freundlicher Mann, der dem Minister Pella ähnelte, kam herbei, und Antonio gab ihm hundert Lire Trinkgeld. Als Laide sich setzte, rutschte der Rock hinauf, und ihre Knie waren zu sehen, sie trug rauchgraue Strümpfe, nicht nur die Knie sah man, auch etwas mehr, eine Vorahnung. Im Hause von Ermelina war das Schlafzimmer sauber, aber ganz kahl, das Bett groß, aber es gab kein Kruzifix und kein Madonnenbild, nur einen scheußlichen Öldruck mit einem Marinemotiv.

Sie sagte: »Tu mir doch den Gefallen und fahr an der Via Larga vorbei, ich muß bei meinem Schuhmacher noch meine Schuhe abholen.«

Er fuhr an, der Verkehr war groß, und man kam nur langsam vorwärts, er warf einen Blick auf die Uhr, es war schon zwei Uhr.

Er betrachtete Laide an seiner Seite, es war das erste Mal, daß sie im Wagen mit ihm fuhr. Aber sie schaute nicht zu ihm hin.

Er dachte, Laide würde ihn ansehen, nicht daß er sich einbildete, schön zu sein, aber im Grunde hätte es ihr doch schon aus Eitelkeit Freude machen sollen, sich von einem so distinguierten Herrn protegiert zu sehen, denn sie schien nicht an diese Sorte Menschen gewöhnt, und sicher war ihr ein so vornehmer Typ noch nicht begegnet oder doch, natürlich, sie wird auch solche gehabt haben und mit ihnen ins Bett gegangen sein, sie geküßt und mit ihnen alles das gemacht haben, was mit diesen Begegnungen zusammenhängt, aber niemand wird sie so behandelt haben wie er, alle werden in ihr nur das Flittchen zu zwanzigtausend gesehen haben, dem man die üblichen Schmeicheleien sagte, hinter denen doch nur tiefe Verachtung stand, während er – so argumentierte er – keinen Unterschied zwischen anständig und zweifelhaft machte, sie wie eine Dame behandelte, nicht einmal eine Prinzessin würde er besser behandeln oder mehr Umstände mit ihr machen. Zumindest ein Lächeln oder einen dankbaren Blick, fand er, hätte er verdient. Aber sie schaute ihn nicht an, obwohl er fortwährend den Kopf zur Seite drehte, um sie anzusehen. Sie schaute gerade vor sich hin, auf die Straße, mit einem gespannten und fast angstvollen Ausdruck, sie war nicht mehr das arrogante und selbstsichere Mädchen. Sie hatte fast kein Lippenrot, sie war nicht mehr hübsch, sie war das verängstigte Tierchen, das bei Frau Ermelina erschienen war.

»Hier ist es, kannst du hier halten?«

»Mach aber bitte schnell, denn sonst muß ich Strafe zahlen.«

Sie war keineswegs mehr das freche, stolze kleine Mädchen, sie war wie eine gehetzte Kreatur, die zu flüchten versuchte. Sie stieg aus dem Wagen und trat in ein niedriges altes Portal. Er zündete sich eine Zigarette an, es war fünf Minuten nach zwei.

Kurz darauf kam sie zurück und hielt einen Cellophanbeutel mit zwei Schuhen in der Hand.

»Sind es neue?«

»Nein, nein, ich habe sie der Absätze wegen hergebracht.«

Nun ging es im Eiltempo nach dem Bahnhof. Er mußte sie immer wieder ansehen, aber sie schaute nicht auf ihn, sie blickte geradeaus, und ihre Nase war nicht mehr kapriziös und übermütig, sie war zum wichtigsten Teil des Gesichtes geworden, und es schien, als wittere sie eine nahe Gefahr.

Sie saß schweigend da und war ganz in sich verschlossen, ungeduldige und sorgenvolle Gedanken hielten sie gefangen, und es war nicht die Angst, den Zug zu versäumen, es war etwas viel Wichtigeres. So als ob die Umwelt feindlich sei und sie sich vor ihr in acht nehmen müsse. So als ob das, was sie in fünf Minuten, in einer Stunde, morgen erwarten würde, eine Drohung wäre. So als ob die Reise, die sie unternehmen wollte, keine Freude und kein Ausruhen brächte, sondern lediglich eine Last sei, der sie sich unterziehen müßte. Sie war nicht mehr schön, sie war blaß und von einem geheimen unangenehmen Gedanken gequält. Er betrachtete sie immer wieder, aber sie gab den Blick nicht zurück.

Doch je spähender sie sich umsah, desto ferner und unerreichbarer wurde sie, einer Welt zugehörend, die ihm verschlossen war. Dorigo fühlte, wie sein Begehren stärker wurde, obwohl sie ihm nicht gehörte, sondern andern, vielen andern, unbekannten Männern, die er haßte und die er sich vorzustellen versuchte: groß, unbefangen, am Steuer mächtiger Wagen, die sie wie einen Gegenstand behandelten, der ihnen gehörte und der zu ihrer kompletten Verfügung stand, den man im geeigneten Augenblick, abends nach dem Nightclub, schon ein wenig angetrunken, mit aufs Zimmer nimmt, so wie es die antiken Satrapen zu tun pflegten, die sie gar nicht richtig ansehen, wenn sie sich auszieht, sondern hinüber ins Bad gehen, um ihr Bedürfnis zu erledigen oder sich den Mund mit

Odol auszuspülen, sicher, sie dann nackt im Bett anzutreffen, vielleicht betasteten sie dann, wenn sie Lust dazu verspürten, ihre Brüste ein wenig oder spreizten im besten Falle mit den Armen ihre Schenkel, beugten sich nieder und tauchten als Zeichen höchster Herablassung ihre Mäuler in den Schamhügel, aber am nächsten Morgen, auf dem Golfplatz in Monza, würden sie das überhaupt nicht erwähnen, irgendein beliebiges Flittchen war sie für sie, nicht wichtiger als das Getränk, das man, um den Durst während einer langen sonnigen Fahrt im offenen Wagen zu stillen, in einer Dorfschenke eingenommen hatte, um dann weiterzufahren und die Wirtschaft zu vergessen und mit ihr das nette dunkle Schenkmädchen, das beim Suchen nach der Seltzflasche sich vorgebeugt hatte und man so im weiten Ausschnitt des schlampigen sommerlichen Kleides ganz deutlich die beiden festen Brüste sehen konnte, einen Augenblick lang hatte man gedacht, es wäre gar nicht so übel, hier anzuhalten und sie in der heißen, von Mücken durchsummten Nacht auf dem Bett festzuhalten, sie zu entblößen, während draußen von Zeit zu Zeit die riesigen Überlandlaster vorbeidonnern, und ihre dunklen, kräftigen Glieder zu betasten, den Geruch von Schweiß und Waschseife einzuatmen, und die sich dem reichen Fremden mit der naiven Eitelkeit des Landmädchens hingeben würde, das sich einbildet, das Abenteuer des Groschenromans zu erleben, den sie zwei Stunden vorher gelesen hatte, als die Stammgäste Frazzi und Viscardoni hinten in der Ecke Karten spielten, vielleicht merkt er – dachte sie –, was ich für ein Stück Weib bin, nachdem er mich besessen hat, bringt mich mit seinem wunderbaren Auto nach Mailand, kauft mir ein Haus, führt mich ins Theater, und ich kann es denen mit den flachen Brüsten stecken, daß sie vor Neid grün und gelb werden. Doch draußen im Auto wartet Claudia, die Intellektuelle, die einem schon auf die Nerven geht, trotzdem kann man sie nicht einfach so sitzenlassen, das ginge gegen die bürgerlichen Gepflogenheiten, man muß doch eine gewisse Haltung wahren, und so ist es denn am besten, man schlägt sich die Lust nach der Kellnerin aus dem Kopf, geht wieder hinaus in die Sonne, steigt in den Wagen, hält auf die Autobahn zu, während Claudia von Zeit zu Zeit verschlafen fragt: »Wo sind wir eigentlich?« Neben ihm aber, in seinem kleinen Wagen, saß Laide, ein menschliches Wesen mit all ihren Kindererinnerungen, Träumen, Begierden, Schulängsten, unerfüllten Wünschen nach Spielzeug und schönen Kleidern, Erinnerungen an Festtage, die mit großen Hoffnungen begannen und mit Enttäuschung am Abend in der düsteren fensterlosen Kammer geendet hatten, eine weite Welt der Erinnerung, der Wirklichkeit, der Hoffnung, abgetragener Schuhe, selbstgemachter Unterröcke, der Illusion, etwas Besonderes zu sein, Aufmerksamkeit zu erregen, jemand, in den sich die großen Herren verlieben würden, aber nichts von all dem trifft ein, die wunderbare Kreatur ist einfach dem Angebot und der Nachfrage des Marktes ausgeliefert, die Kupplerin sagt: »Ich hätte da ein Kind, genau wie Sie es suchen, dunkel, schlank, sinnlich, wissen Sie?« Und er sagt: »Hoffentlich nicht wie das letztemal, denn da war es eine blöde Gans, die nicht einmal zu küssen verstand«, und dann wird Laide hereingeführt, und ohne überhaupt nach ihrem Namen zu fragen, nimmt er sie auf die Knie, beginnt sie zu betasten, öffnet wie gedankenlos den Reißverschluß auf dem Rücken, und sie läßt es geschehen, und dann reizt er ein wenig wie im Spiel die kleinen entblößten jungfräulichen Brüste und sucht mit der andern Hand tiefer zu greifen, um zu sehen, wie sie reagiert, nein, nein, Schluß damit, es war ja verrückt, was kümmerte es ihn schließlich, was das Mädchen getrieben hatte, mit wem und wo? Das fehlte gerade noch, sich in seinem Alter an eine solche, wie sie es war, zu hängen, sollte sie sich nur von wem sie wollte und von wie vielen sie wollte, abknutschen lassen, er hatte wichtigere Sachen im Kopf, sicher, sie gefiel ihm, nicht nur ihr Gesicht und ihr Körper, sondern auch ihre ganze Art zu sprechen, die Mailänder Mundart, wie sie sich bewegte und die Beine setzte, sie neben sich im Auto zu wissen, machte ihm Freude, wenn auch gerade heute, blaß und abgespannt, wie sie war, kein besonderer Staat mit ihr zu machen war, fast häßlich schien sie, aber ihre Nähe tat ihm gut, und daß sie zu ihm ins Auto gestiegen war, deutete doch auf ein gewisses Vertrauen, das ihm schmeichelte, lächerlich, aber es war wirklich so, es schmeichelte ihm wie die Gunstbezeigung eines sehr viel Höherstehenden, denn für diesen flüchtigen Augenblick jetzt im Wagen gehörte sie, wenn auch nicht gerade ihm, aber auch niemandem anderen, während sie vielleicht in Kürze, in drei Stunden, diesen Abend wieder, nackt, von einem andern jungen, muskulösen, männlichen Körper umfangen, in die Arme genommen, besessen werden würde, aber nicht jetzt, noch nicht für diese kurze Fahrt, die vor ihnen lag. Er dachte nach, aber sagte nichts. Und sie dachte, und man verstand gut, daß es an etwas war, das ihn, Antonio, nicht betraf, vielleicht überlegte sie, auf welche Art und Weise zu etwas Geld zu kommen wäre. Bis plötzlich die Ruhe vorüber war und sie, nachdem das Auto in der Zufahrtsgalerie vor dem Hauptbahnhof in Mailand angehalten hatte, verloren und gespannt ausstieg und mit den Augen einen Gepäckträger suchte, der ihr die Koffer abnehmen könnte. Dann drehte sie sich um: »Gib mir deine Adresse!«

»Warum?«

»Ich schick' dir eine Ansichtskarte.«

Taxi hupten in seinem Rücken. Er fuhr los und sah sie zum letztenmal von hinten, wie sie mit dem sicheren und hochmütigen Schritt der Tänzerin zur Billettausgabe ging. Aber fuhr sie wirklich ab?

11

Warum nahm er es sich nur so zu Herzen? Warum mußte er fortwährend daran denken? Wovor hatte er Angst? Daß Laide verschwinden würde? Solch ein Blödsinn! Er brauchte nur anzuläuten, und sie würde in einer Taxe herbeieilen; und er hätte sie zu seiner Verfügung, mit frischer Wäsche und gebadet, daß man sie ungestraft an jeder Stelle ihres Körpers küssen konnte.

Nein, es nützte nichts, sich das immer wieder zu sagen. Es reichte nicht aus. Sie würde zwar auf einen Anruf von Ermelina herbeieilen, das stimmte schon, und mit ihm ins Bett gehen, aber im Grunde war das eine Angelegenheit von einer halben Stunde, einer Stunde allerhöchstens und für sie nur ein kurzes Zwischenspiel, dem man mit Freundlichkeit, aber auch mit der größtmöglichen Schnelligkeit nachkam. (Dorigo hatte wohl gemerkt, daß es ihm nicht gelang, sie an seiner Lust teilnehmen zu lassen, sie schloß die Augen, hielt die Lippen halb offen, aber das war auch alles, kein wirkliches Erzittern, kein Seufzen oder Stöhnen, nun, immer noch besser als die abstoßende Komödie gewisser Prostituierter, die davon überzeugt waren, daß alle Männer ohne Ausnahme in der Liebe Idioten seien.)

Eine halbe Stunde, allerhöchstens eine Stunde mit ihm, und das ein paarmal in der Woche. Und sonst? Alle anderen Stunden des Tages und der Nacht? Wohin ging sie dann? Mit wem verkehrte sie? Ihr wirkliches Wesen, ihre Hoffnungen, ihre Vergnügungen, Freuden, Eitelkeiten, Lieben waren woanders, nicht in der kurzen Zeitspanne, die sie mit Antonio verbrachte. Dort war sie wirklich, dort war all das, was er gern von ihr hätte wissen wollen, dort war die geheimnisvolle, bezaubernde, aber vielleicht auch schändliche und düstere Welt, die ihm verschlossen war. Wie es ihn ärgerte, wenn er sie zum Beispiel nach dem Zusammensein fragte, ob er sie im Auto nach Hause begleiten könnte, und sie darauf sagte, nein, sie wollte noch einen Moment bei Ermelina bleiben, um ein Kleid anzuprobieren, und er nur zu gut verstand, daß das Kleid nur irgendein Vorwand war und daß sie in Wirklichkeit nur dort blieb, weil sie einen andern Kunden erwartete. Oder wenn sie sich des Abends begegnet waren und sie vor ihm wegging, weil man sie im Theater erwartete oder weil sie nicht spät nach Hause kommen wollte, aus Angst vor den Szenen ihrer Schwester, oder weil eine Freundin sie unten mit dem Wagen abholte.

Und dann stimmte es auch nicht, daß Laide, um sich zehn- oder fünfzehntausend Lire zu verdienen, immer zu seiner Verfügung stand. Heute zum Beispiel war die Verabredung für halb drei Uhr abgesprochen gewesen, und Ermelina hatte ihm am Telephon gesagt, daß sie sie gestern im »Due« gesucht hätte, ja sich extra von einer Freundin hätte dorthin begleiten lassen, und daß Laide ihr versichert habe, um halb drei Uhr dazusein, und Antonio hatte sich hinbegeben, aber nur diese Wanna, das unglückselige Wesen, vorgefunden, denn Ermelina war in der Küche, und Wanna sagte ihm, daß Laide gerade angerufen hätte, daß sie nicht könnte, weil sie nach Modena fahren müßte. Er war trotzdem geblieben und verstand selbst nicht, was mit ihm los war, Wanna schaute ihn fast mitleidig an und sagte dann: »Da hat man sich also richtig verbrannt?« Aber er antwortete nicht einmal darauf, sondern zündete sich in dem leeren Salon eine Zigarette an, Wanna rückte ein bißchen näher und berührte ihn da und dort, und Antonio, um sich von dieser Bedrängnis zu befreien, machte ihr – nachdem er eine Zeitlang widerstanden hatte und sogar fest entschlossen gewesen war, wegzugehen – ein Zeichen, auch um ihr zu beweisen, daß ihre Vermutung von vorhin nicht stimmte. So gingen sie denn in das Nebenzimmer, Wanna entkleidete sich und begann mit ihren perversen Spielen, die ihm sonst, aber heute nicht, gefallen hatten, und alles erschöpfte sich in wenigen Augenblicken in einer rein animalischen Lust.

Vom Bett aus, während er sich, sichtlich niedergeschlagen, wieder anzog, betrachtete ihn Wanna mit einem mitleidigen Lächeln:

»Da hat man sich also wirklich verbrannt.«

»Was soll das heißen?«

»Nun, die Laide natürlich.«

Er zuckte mit den Schultern.

»Sag mal«, fragte nun Wanna, »versteht sie es wirklich so gut?«

»Was für Reden! Mir gefällt sie.«

»Los, sei ehrlich, kann sie soviel wie ich?«

»Was soll das bedeuten?«

»Merkwürdig, wenn die andern das erste Mal mit Laide ins Bett gehen...«

»Wenn sie das erste Mal, was dann?«

»Haben sie genug, stop, kehren nicht wieder, ziehen vor, zu wechseln.«

»So?«

»Du bist der erste, die andern wechseln. Und dabei ist sie doch nett, mit den schwarzen Haaren, nicht wahr?«

Er betrachtete sie voller Haß. Diese Dirne da sprach von Laide, als ob sie eine wie sie wäre, bereit, ihren Körper dem ersten besten zu verkaufen. Aber natürlich hatte sie recht, doch es schien ungeheuerlich, daß das frische junge Mädchen auf demselben Niveau stehen sollte wie diese Berufsprostitutierte und daß diese sie als Kollegin betrachtete.

»Sag schon, daß sie nett ist, nicht wahr?« wiederholte Wanna, um ihn hochzunehmen.

»Hör schon auf!« antwortete Antonio endlich aufgebracht.

Wanna brach in Lachen aus.

»Schaut ihn an, er will nicht, daß man schlecht von seiner Liebe redet. Der Jungfrau. Die hat schon ein ganzes Regiment konsumiert, deine Laide. Ich kenne die Mädchen, das kannst du mir glauben, aber eine, die sich so ranhält, habe ich wirklich noch nicht gesehen... doch was geht das mich an, wenn sie dir gefällt.«

»Ich finde sie sehr nett«, sagte er.

Und Wanna daraufhin: »Sehr nett?« Ihre Stimme wurde plötzlich böse. »Und ihre Spezialität, kennst du die auch?«

»Was für eine Spezialität?«

»Na, in der Liebe natürlich. Hast du die noch nicht bemerkt?«

»Was bemerkt?«

»Nein? Dann ist es besser, du erfährst es nicht, denn wenn du es wüßtest, würde dir wahrscheinlich die Lust vergehen, garantiert. Oder vielleicht auch nicht. Ihr Männer seid ja so.«

»Wie so?«

»Nichts!«

»Willst du mir nun endlich sagen, was das für eine Spezialität ist?«

»Besser nicht, zwar ist es kein Geheimnis, sie ist die erste, die davon spricht, sie rühmte sich sogar dessen vor mir, die ich zwei Jahre in den bewußten Häusern zugebracht habe, wahrscheinlich aus Angabe, um nicht als die Unerfahrene zu gelten, will sich herausstellen, wahrscheinlich stimmt es gar nicht. Nein, ich sag' es dir nicht, gerade weil sie diese Spiele nicht mit dir getrieben hat...«

»Was für Spiele?«

»Spiele, Übungen, Schweinereien, Schmutzereien, nenne sie, wie du willst, aber da sie sie gerade mit dir nicht getrieben hat, denke ich, es war lauter Angeberei.«

»Warum, ist es wirklich so etwas Schreckliches?«

»Aber was, schrecklich, im Gegenteil, wundervoll, wenn es gut gemacht wird.«

»Also, willst du es mir nun endlich erklären oder nicht?« Er fühlte einen brennenden Schmerz in der Höhe des Brustbeines.

»Ich habe dir ja schon gesagt, besser nicht, aber du hast dich ja richtig verbrannt, mein Guter.« Und in ihrer Stimme klang Mißgunst.

»Ich gehe«, sagte Dorigo, faltete zwei Zehntausendlirescheine, legte sie unter eine leere Kristallvase und ging dem Ausgang zu.

Wanna versuchte einzulenken.

»Nimm's nicht krumm, wie kann man nur so sein, hast du denn nicht kapiert, daß alles nur ein schlechter Witz war?«

»Auch die Spezialität, von der du da geredet hast?«

»Aber ich kenne sie ja gar nicht, deine Laide, hab' sie vielleicht drei-, viermal gesehen, guten Tag, guten Abend, weiter nichts, was soll ich da schon über sie wissen?«

»Du hast also alles erfunden?«

»Ja.«

»Eine Gemeinheit!«

Sie warf sich lachend aufs Kissen zurück. »Um dich wütend zu sehen, ich mag dein Gesicht, wenn du wütend bist.«

Er entfernte sich unwillig, aber verstand, daß es viel besser wäre, aufzugeben. Wer weiß, in was für unglaubliche Geschichten Laide verwickelt war. Er, Antonio, war ihr vollständig gleichgültig, und es waren ja so viele und bessere Mädchen als sie im Umlauf. Er erinnerte sich, während des Krieges in Taranto einmal in eine bildhübsche Brünette aus Triest vernarrt gewesen zu sein, die in einem Freudenhaus arbeitete. In den Marinestützpunkten gab es in der damaligen Zeit in den Bordells ausgesuchtes

Material. Jene Luana war sehr zärtlich mit ihm gewesen. Er hatte angefangen, an sie zu denken, und war fast jeden Tag dort gewesen, und wenn sein Schiff nach Messina hinüberwechselte, hatte er ihr sogar Postkarten geschrieben, wer weiß, ob sie sie je bekommen hatte. Er entsann sich der Traurigkeit, die ihn erfüllte, als sein Schiff den Stützpunkt verließ und er sie wegen des Militärgeheimnisses nicht einmal davon unterrichten konnte, es war ein Sommermorgen gewesen, ein bläulicher Nebelschleier war über der Reede gelegen, hinter der die noch schlafende Stadt im Morgenlicht weiß leuchtete. Während die hellen Streifen der Häuser immer ferner rückten, hatte er vom Deck aus intensiv und mit einem Gefühl von zehrender und poetischer Bitterkeit nach der Richtung geschaut, wo das Stadtviertel mit dem Freudenhaus lag, sicher schlief sie müde und träumte nicht von ihm, einer unter den Hunderten, mit denen sie verkehrte, aber er hatte sie wirklich gern gehabt, ein sauberes Gefühl für sie empfunden, gewünscht, etwas für sie tun zu können, sogar daran gedacht, ihr bei der Rückkehr einen Ring oder ein Armband zu schenken, um so irgendwie in ihr Leben eintreten zu können. Aber nach wenigen Tagen dachte er nicht mehr an sie, die heftigen Gemütsbewegungen des Krieges hatten das absurde Gefühl hinweggefegt. Und er hatte sie nie mehr wiedergesehen.

Nach der verfehlten Begegnung bei Ermelina entschloß sich Antonio, sich dieses ärgerlichen Schmerzes zu entledigen. Er fuhr am nächsten Tage zum Skifahren, blieb eine Woche fort, fühlte sich ruhig und nahm bei der Rückkehr, in Frieden mit seiner Seele, die Arbeit wieder auf.

12

Er denkt nicht mehr daran, vierzehn Tage waren vergangen, er denkt nicht mehr daran. Er befindet sich in seinem Büro, es ist Mittag, er hat es eilig und will seine Arbeit beenden, um halb drei kommt sein Freund, sie wollen nach Sankt Moritz fahren, das Wetter macht ihm etwas Sorge, es sieht so aus, als wollte es regnen, er denkt wirklich nicht mehr daran, das Telephon läutet. Mechanisch hebt er den Hörer ab. »Hallo!« Die Stimme mit dem rollenden »R«. Es war das zweite Mal, daß Laide ihn anrief. Die Stimme traf ihn irgendwie ganz tief im Innern, es war wie das Gefühl eines wunderbaren Aufatmens. Woher kam das, warum aufatmen? Wenn er doch auf Laide verzichtet hatte. Nicht mehr an sie dachte. Warum diese Freude? »Wieso rufst du mich an?«

»Nichts, warum ist es dir nicht recht? Ich wollte dir guten Tag sagen.«

»Im Gegenteil, es freut mich. Was hast du die ganze Zeit getrieben?«

»Ach, wenn du wüßtest, wie viele lästige Sachen. Arbeit in Modena.«

»Was für Arbeit?«

»Photographien, du weißt doch.«

Einen Herzschlag lang durchfuhr ihn der Gedanke, nicht noch einmal anzufangen, die Sache auf sich beruhen zu lassen, es genügte zu sagen, daß er für einen Tag fortführe, vielleicht später, ein unverbindliches Verschieben. Ein Nichts würde ausreichen, ein Nichts, und er wäre gerettet.

Doch warum gerettet? Welche Gefahr lief er denn? Es war ja lächerlich. Wenn er schließlich auch von Zeit zu Zeit mit Laide ins Bett ginge, das war doch nicht das Ende der Welt! Diesmal hatte sie ihn ja gesucht. Vielleicht sprach sie sogar die Wahrheit und war wirklich alle diese

Tage fort gewesen. Und kaum zurück, hatte sie eben mit ihm telephoniert. Vielleicht gefiel ihr Antonio. Vielleicht war die Erinnerung an ihn ihr als etwas Sauberes, etwas Vertrauenerweckendes haften geblieben, vielleicht brauchte sie ihn, vielleicht war sie dieses törichten Lebens überdrüssig geworden, vielleicht hatte sie genug von den ordinären Typen, dem zweideutigen Milieu, den unzuverlässigen Freundinnen, vielleicht fühlte sie sich einsam.

»Also«, sagte er, »kann man sich mal wieder sehen?«

»Sicher, wollen wir uns heute treffen?«

»Heute kann ich nicht, ich gehe Ski fahren, aber morgen bin ich wieder da.«

»Ach so..., gut, dann telephoniere ich am Montag.«

»Wann?«

»Um zwölf Uhr.«

»Gut, auf Wiedersehen also, und danke für den Anruf.«

»Aber ich bitte dich, Wiedersehen.« Dorigo schien es, als klänge aus ihrer Stimme ein wenig Enttäuschung, so als hätte Laide gehofft, er würde auf das Skifahren verzichten, um sie gleich wiederzusehen.

Besser so, dachte er, sich rar machen ist immer die beste Taktik. Er war noch ruhig, ja mehr als das, er war zufrieden, er fühlte sich leicht und selbstsicher. Daß der Telephonanruf ihn glücklich gemacht hatte, schien ihm nicht verdächtig. Warum auch. Er dominierte doch jetzt die Lage.

Aber am Montag, als die Wanduhr Mittag anzeigte, bemerkte er, daß ihn Unruhe erfaßte. Er gab sich Rechenschaft darüber, daß er den ganzen Morgen darauf gewartet hatte, daß es Mittag würde, ja daß die Erwartung schon am Vorabend angefangen hatte, als er nach Mailand zurückgekehrt war, nein, daß die Erwartung schon in demselben Augenblick in ihm gewesen war, als Laide am Telephon gesagt hatte: »Aber ich bitte dich, Wiedersehen.« Während dreier Tage hatte er, ohne es zu wissen, gewartet.

Und nun schaute er unaufhörlich auf die Uhr. Jede Minute machte das mechanische Uhrwerk track, und der Zeiger rückte ein klein wenig vor. Und jedes Track war ein Eckchen Zeit, das entschwand, und eine Möglichkeit weniger, daß Laide ihr Versprechen halten würde. Wie viele Dinge konnten sich seit Freitag ereignet haben, wie viele Männer sie begehrt, ihr den Hof gemacht, jünger, reicher und anziehender als er, wie viele Gelegenheiten in drei Tagen für ein kleines, törichtes Mädchen, das sich ins Leben stürzte.

Zehn Minuten nach zwölf stand er auf, er konnte sich einfach nicht mehr auf seine Arbeit konzentrieren, er hätte einen Brief beantworten sollen, aber er überlas ihn immer wieder, ohne den Sinn zu verstehen.

Er dachte: Wenn sie innerhalb von fünf Minuten nicht anruft, so will das heißen, daß sie sich nicht mehr meldet. Vielleicht ist sie überhaupt nicht in Mailand, sondern noch in Modena oder Rom oder wer weiß wo.

Aus dem andern Zimmer rief ihm Maronni zu, daß Herr Blisa von der Papierfabrik gekommen wäre, um über das Projekt des Sportplatzes zu diskutieren. Doch falls Laide ihn gerade jetzt anrufen würde, wenn er hinüberging?

Die Tür seines Büros war eine von jenen, die sich, mit einem Federkolben versehen, automatisch schließen. Er sperrte sie ganz auf und stellte einen Stuhl dazwischen, damit der Türflügel offen blieb. Auch die Tür des andern Zimmers ließ er in seinem Rücken halb offen, zum Glück schloß sich diese nicht automatisch.

Er bemerkte, daß Maronni ihn merkwürdig ansah.

»Ich erwarte einen Telephonanruf«, sagte er, »von außerhalb.«

Maronni lächelte. »Von außerhalb?«

»Ja, aus Como.«

Die Lüge gelang ihm leidlich gut, meistens kostete ihn das große Mühe.

Auch hier hing eine Uhr. Track bei jeder Minute. Überall in dem großen Gebäude gab es solche Uhren, die jede Minute track machten. Neulinge waren davon beeindruckt. Später gewöhnte man sich daran, man hörte das Track nicht mehr, man fuhr nicht mehr zusammen. Auch in dem schönen Büro Maronnis gab es eine solche Uhr. Sie zeigte zwölf Uhr sechzehn an, zwölf Uhr siebzehn. Man diskutierte über die Vorderfront, die auf die Straße gehen sollte. Blisa schwebte etwas außerordentlich Repräsentatives vor, er deutete sogar Säulen an. Ihn davon zu überzeugen, etwas geschmackvoller zu bauen, schien vergebliche Liebesmühe.

Antonio sah verstohlen, wie der Zeiger der Uhr nach vorne schnellte. Zwölf Uhr neunzehn. Sie wird nichts mehr von sich hören lassen, sie wird ihn nicht mehr anrufen, sie wird mit andern unbekannten, andern jungen, andern selbstsicheren Männern im Nebel verschwinden. Vielleicht ist es besser, eine glatte Wand zu bauen mit senkrecht verlaufenden Einbuchtungen, es war ihm alles gleichgültig, wo war sie jetzt? Es wird doch hoffentlich ein Telephon geben, dort wo sie jetzt ist? Ein Telephonbuch, um eine Nummer nachzuschlagen, denn wahrscheinlich wird sie seine Nummer vergessen haben. Es kostete ihn eine große Anstrengung, über das Projekt zu diskutieren, doch gelang es ihm mit langen Pausen. Er schaute wieder auf die Uhr: zwölf Uhr zwanzig. Laide würde nicht mehr anrufen. Existierte sie eigentlich? Gab es ein Mädchen mit einem so komischen Namen? Sie hatte nie existiert. Oder sie hat existiert und existiert nun nicht mehr. Doch sie existierte, aber irgendwo weit, weit fort.

Zwölf Uhr einundzwanzig, die Uhr hatte track gemacht, und er hat es endlich gehört. Er wird sie nie wiedersehen.

Unter einem Vorwand verließ er Maronni und Blisa und schloß sich in sein Büro ein. Allein, atmete er auf.

Wie schwer war es doch, sich in Gegenwart anderer zu beherrschen oder gar zu lachen und zu scherzen. Jetzt bestand wenigstens keine Gefahr, das Läuten des Telephons zu überhören, er zündete sich eine Zigarette an, um sie nach zwei Zügen wieder fortzuwerfen, es schien ihm schon mitten in der Nacht zu sein, so dunkel war es in ihm, es war ja verrückt, es war lächerlich, schlimmer noch, es war seiner unwürdig, solche Geschichten wegen eines Callgirls zu machen, es gab Tage, an denen sie gar nicht einmal hübsch war, wenn auch nicht gerade häßlich, so doch unbedeutend, und er hing sich an diesen tröstenden Gedanken, sie war nicht schön, sie war ganz durchschnittlich, es lohnte sich nicht.

Aber das reichte nicht aus. Er sah das lebendige und amüsante Gesichtchen vor sich, die ihr eigene physische Fröhlichkeit, die Beine, deren Schenkel auch noch unter dem Rock lang und mager waren und die beim Schreiten eine übermütige Jugend ausdrückten, er sah die wunderbare Schamlosigkeit, dennoch spontaner und keuscher als die erzwungene Schamhaftigkeit von Klosterschülerinnen, mit der Laide, wenn es heiß war, beim Sichsetzen ohne jede Verlegenheit den Rock hinaufzog und die Schenkel entblößte, er dachte an die kindliche Hingabe, wie die eines kleinen Mädchens, dem man erklärt hatte, daß alles doch nur ein Spiel sei und nichts Böses dabei wäre, und er sah hinter ihr die unbekannten Schatten der Männer und der Frauen, zu denen sie gehörte, schräge Lichtstreifen in die Ecken der Tanzböden, zweideutige Telephongespräche, verrücktes Rasen auf der Autobahn in den Wagen reicher Bürgersöhne, die bei 160 Stundenkilometer Geschwindigkeit mit der rechten Hand nach ihrem Köpfchen greifen, um sie tief und lang in den kleinen Mund zu küssen, ihre Art, sich mit unsicheren und doch stolzen Schritten zu bewegen, wie ein Kämpfer, der sich in die Höhle des Drachens begibt, ihr Trotz, das Sagen und doch Nichtsagen, ihr Profil, denen ähnlich, die man bei den Malern des vorigen Jahrhunderts antraf, in dem zugleich Volk, Rasse, Geschlecht, Familie, ja selbst Geschichte steckte, ihre runden Augen, die manchmal starr, manchmal erschreckt, manchmal impertinent und hart und manchmal lustig und vertrauend wie die der Landmädchen, die zum Erntefest gehen, aussehen konnten, dieses Ihren-Körper-Verkaufen, als handle es sich um den Modesport kleiner Mädchen, ihre strenge Würde im Bett, dieses Sich-nie-der-Sinnlichkeit-Überlassen, diese vollständige Hingabe, von der er wußte, daß sie im Grunde Zurückhaltung war, diese Prostitution als naives Ritual ihrer Kaste, demzufolge sie, die Arme, ihnen, den Reichen, ihren nackten Körper zur Lust überließ, ihr Wunsch, dieses törichte, verrückte, konformistische Leben zu führen, das für so viele junge Dinger eine Spielart des Existierens ist, ihr rollendes, aristokratisches R, Echo vielleicht eines vergangenen Geschlechtes, das sich in den feuchten Krümmungen verfallener Paläste zwischen dem Hin und Her fackeltragender Diener verloren hatte.

Das Telephon läutete. Sie ist es nicht, zwang er sich zu sagen. Sie ist es nicht.

Er hörte ein langsames, müdes, zögerndes »Hallo«, in dem totales Mißtrauen der Welt gegenüber mitschwang, unverständlich für ein Mädchen von zwanzig Jahren.

»Hallo«, sagte er.

13

Sie trafen sich jetzt nicht mehr bei Ermelina. Laide sagte, daß sie sich mit ihr überworfen hätte, und führte ihn in die Wohnung einer Freundin. Aber er benützte dann das Appartement seines Freundes Corsini, der fast ständig von Mailand abwesend war. Es war eine heitere Wohnung am

Ende der Via Vincenzo Monti, in der Nähe des Messegeländes, mit einem großen Wohnzimmer und einer Treppe, die von dort nach dem oben gelegenen Schlafzimmer führte. Sein Freund war selten da, und nachmittags war sie praktisch immer leer. Laide gefiel sie sehr, alles, was ihr erlaubte, an dem wohlhabenden und bürgerlichen Leben teilzunehmen, machte ihr unendliches Vergnügen. Obgleich die Möbel modern waren, merkte man sofort, daß der Bewohner ein Mann von Geschmack und eine solide Persönlichkeit sein mußte, das Ganze hatte absolut nicht den Anstrich eines pied-à-terre. Laide strich neugierig und zufrieden, wie ein Kind, das nach versteckten Ostereiern sucht, umher, durchstöberte Küchenschränke und Eistruhe, und es schien, als machte es ihr Vergnügen, seine Erwartung unter den saumseligsten Vorwänden endlos zu verlängern. Nicht daß Antonio ungeduldig gewesen wäre, sie zu besitzen, doch nur im Bett, wenn er sie nackt in den Armen halten konnte, nur in diesen wenigen Minuten gelang es ihm, die schreckliche Unruhe zu beschwichtigen, die ihm dieses Mädchen verursachte. Im Bett war sie viel lustiger und lebendiger als sonst, nicht daß ihr die Liebe mit Antonio große Freude bereitete, es war sogar klar, daß ihr im Grunde wenig daran lag, aber das Bett wurde zu einem großen Spielplatz für sie, auf dem es Spaß machte, sich zu wälzen, Scherze zu treiben, sich unter den Decken zu verstecken (denn bedeutete nicht für alle Kinder das Sich-unter-die-Decke-Strecken ein Eintauchen in eine geheimnisvolle und bezaubernde Welt, in eine riesige Höhle, von der man nicht wußte, was sich alles in ihr versteckte, und die man nicht bis ans Ende auskundschaften will, aus Furcht, geschnappt zu werden, und wo es geraten war, während man sich rutschend in der schwarzen Wölbung vorwärts bewegte, immer im Rücken die Decke im Auge zu behalten, damit sie nicht das Licht ausschließt, sondern ein

Spalt offen bleibt, ein Loch, eine helle Ritze, die die Rettung vor einer unerwarteten Gefahr garantiert?) zudem war das Bett der ideale Ort für kleine Streitereien, um sich beleidigt zu zeigen, zu schmollen, sich gegenseitig zu reizen und herauszufordern, ideal für jene Geplänkel, die so wichtig sind, um der Liebe einen besonderen Reiz zu geben. Alle diese kleinen Koketterien, die man fast nicht beschreiben kann, hatten nichts Berufsmäßiges oder Berechnendes, es war gerade ihre absolute Frische und Natürlichkeit, die Antonio erregte, ihn sogar irritierte und zur Verzweiflung bringen konnte.

Im Bett verlor Laide dazu ihre Art, sich von oben herab zu geben, auf die sie, zum Beispiel auf der Straße, soviel Wert legte, nackt war sie noch ganz Kind, auch wegen der kleinen Brüste und des schmalen Beckens, es kann sogar sein, daß sie das weiß, sich daran freut, sich endlich siegreich als Herrin der Lage fühlt, sie gibt vor, nicht zu merken, daß sich ihr im Liebesspiel der Knoten löste und nun die schwarzen Haare wie Tinte aus einem zerborstenen Glas ergießen, und läßt sich ihm gegenüber lächelnd zu eitlen Geständnissen hinreißen, die so kindlich sind, daß sie sie noch viel jünger erscheinen lassen.

»Weißt du, was ich Besonderes habe?« sagte sie ihm. »Daß ich noch ein Kind bin, aber doch schon ganz Weib.«

»Einmal sagte mir ein Junge«, erzählte sie weiter, »ich war damals noch ganz klein, noch nicht einmal zwölf Jahre alt, du, Laide, bist dazu geboren, die Männer verrückt zu machen.«

»Weißt du, was ich bin?« fragte sie ihn in der plötzlichen Erregung einer heiteren Erinnerung, einer der wenigen vielleicht, die sie besitzt, und sie sagt es feierlich, als spräche sie eine magische Formel, die sie aus dem Elend erlösen könnte: »Ich bin die Wolke. Ich bin der Blitz. Ich bin der Regenbogen. Ich bin ein entzückendes Kind.« Sie ist nackt und kniet auf dem Bett, ihm ganz geöffnet und betrachtet ihn mit impertinenten Augen. Und wölbt in der für sie charakteristischen Bewegung die schmalen Lippen ein wenig vor in kindlicher Aufreizung und Herausforderung. Während Antonio, mit all seinem lächerlichen literarischen Ballast im Kopf, von soviel instinktiver Weisheit eingeschüchtert, sie in hingebender Bewunderung anstarrt.

14

Plötzlich wird ihm das klar, was er vielleicht schon vorher wußte, aber sich nicht eingestehen wollte. So wie jemand schon seit geraumer Zeit die unverkennbaren Symptome einer schrecklichen Krankheit fühlt, aber diese hartnäckig so auslegt, damit er das Leben so wie vorher weiterführen kann, doch einmal kommt der Augenblick, wo er der Heftigkeit des Schmerzes erliegt und klar und schrecklich die Wahrheit vor ihm auftaucht und das Leben plötzlich einen andern Lauf nimmt, die liebgewordenen Dinge fern, fremd, leer und abstoßend werden und der Mensch vergeblich nach etwas sucht, an das er sich klammern könnte, um nicht die Hoffnung zu verlieren, denn er ist vollständig wehrlos und einsam, nichts existiert außer seiner Krankheit, die ihn langsam aufzehrt, und seine einzige mögliche Rettung besteht darin, sich von ihr zu befreien oder sie doch wenigstens in Schach zu halten oder sich ihr so lange zu widersetzen, bis die Infektion mit der Zeit an Virulenz verloren hat. Doch vom Augenblick der Erkenntnis an fühlt er sich zu einem Dunkel geschleift, das er nie geahnt hatte, es sei denn bei andern, und in das er von Stunde zu Stunde mehr versinkt.

Der 3. April gegen fünf Uhr. Er ist im Auto und will, von der Scala kommend, in die Via Verdi einbiegen, aber es ist rotes Licht, die Autos drängen sich, die Fußgänger passieren, die Sonne steht noch hoch, es ist ein wunderschöner Tag, in diesem Augenblick stellte er sich Laide am Rande der Rennbahn in Modena vor, wohin sie – wie sie ihm gesagt hatte – gegangen war, um für Modephotographien Modell zu stehen, sie ist dort glücklich, Zugang zu der außergewöhnlichen Welt gefunden zu haben, von der die Zeitungen fabelhafte Dinge berichten, sie scherzt mit zwei Kollaudatoren in weißen Overalls, gutaussehenden jungen Leuten, personifizierte Symbole moderner Männlichkeit, einer macht ihr den Hof und fragt sie törichterweise, warum sie nicht zum Film ginge, denn eine wie sie hätte doch sicher große Chancen dort, der andere schweigt, er ist dunkel, untersetzt, mit hartem, vierschrötigem Gesicht, er schweigt und lächelt nur ab und zu wie ein Mitverschwörer, bald geht die Sonne unter, die Rennbahn verödet, und er wird die Kleine in sein möbliertes Zimmer mit ins Bett nehmen, schon gestern hat sie nicht die geringsten Schwierigkeiten gemacht, so, als ob es die selbstverständlichste Sache der Welt sei, er war sogar etwas verwundert gewesen, ein Mannequin so leicht und obendrein gratis zu bekommen, die Verkehrsampel gab grünes Licht, Dorigo fuhr beim Hupen des Hintermanns zusammen, mit solchen gutaussehenden Männern unterhält sich Laide, mit ihnen geht sie mit Begeisterung und ohne einen Pfennig zu verlangen, ja, es ist gar nicht ausgeschlossen, daß sie ihnen eventuell sogar ein kleines Geschenk macht, um ihnen zu beweisen, wie seriös, sportlich und selbstlos sie ist, das nötige Kleingeld dafür zu besorgen ist Sache der älteren Herren, die sich bei Ermelina & Co. eindecken, und mit denen ist es ganz etwas anderes, dann ist es Arbeit, zwar nicht allzu schwere, denn meist handelt es sich um gebildete Leute, die halbwegs anständig aussehen und sauber sind, aber natürlich mit Liebe hatte das nichts zu tun, und jede körperliche Befriedigung ist ausgeschlossen.

Mein Gott, war es nicht möglich, an etwas anderes zu denken? Es war eine fixe Idee, immer das gleiche quälende Argument, vor dem Brerapalast angekommen, überfiel ihn die Bestürzung, denn in diesem nämlichen Augenblick hatte er begriffen, hoffnungslos unglücklich, ohne jede Möglichkeit einer Rettung zu sein, ein absurdes, törichtes, dennoch so intensives und wahres Gefühl, das ihm keine Ruhe mehr ließ.

Jetzt wird ihm klar, obwohl er sich dagegen aufzulehnen versucht, daß der Gedanke an sie ihn jeden Augenblick des Tages verfolgt, daß jedes Ding, jede Person, Lage, Lektüre, Erinnerung ihn blitzschnell über gewundene und bösartige Beziehungen wieder zu ihr zurückführen. Es war wie ein Brand, der sein Innerstes verzehrte, eine unbewegliche und schmerzhafte Spannung seines ganzen Wesens, so als ob von einem Augenblick zum andern etwas Schreckliches geschehen könnte und man vor Schmerz und Kummer, Unruhe, Demütigung, verzweifeltem Begehren, Schwäche, Sehnsucht gekrümmt bliebe und die Krankheit alles zusammenmische und einen Block alles umfassenden, undurchsichtigen Leidens daraus forme. Und es half nichts, sich zu sagen, es sei lächerlich, töricht, verderblich, die klassische Falle für Dummköpfe aus der Provinz, daß jeder ihn einen Idioten schelten würde und daß er daher von keiner Seite Trost, Hilfe oder Mitleid zu erwarten hätte, daß dies nur von ihr kommen könnte, aber daß er ihr völlig gleichgültig wäre und dies nicht aus Bosheit oder Absicht, sondern weil er nur irgendein Kunde für sie war, denn schließlich, was wußte Laide schon davon, daß Antonio in sie verliebt war? Ein solcher Gedanke konnte ihr gar nicht kommen, ein Mann aus einem anderen Milieu, ein Mann von fast fünfzig Jahren. Und die andern? Seine Mutter? Die Freunde? Schlimm wäre es, wenn sie es wüßten. Trotzdem, auch mit fünfzig Jahren kann man noch wie Kinder sein, sich genauso schwach, verloren und erschrocken fühlen wie ein Kind, das sich im Dunkel des Waldes verirrt hat. Unruhe, Angst, Bestürzung, Eifersucht, Ungeduld, Verzweiflung. Liebe!

Gefangener einer falschen und verfehlten Liebe, gehörte ihm sein Gehirn nicht mehr, Laide hatte sich dort eingenistet und saugte es aus. In den verborgensten Winkeln seines Kopfes, in den entferntesten und unterirdischsten Höhlen, wo er sich zu verstecken suchte, um für einige Augenblicke aufatmen zu können, überall traf er auf sie, die ihn nicht ansah, keine Notiz von ihm nahm, die am Arme junger Männer unbefangen scherzte, in schamlosen Tänzen von schmutzigen und boshaften Partnern an allen Körperteilen betastet wurde, die sich unter den Blicken des Buchhalters Fumaroli, den sie eine Minute vorher kennengelernt hatte, entkleidete, es war wie ein Fluch: Sie hatte sich in sein Gehirn eingenistet, sie sah aus seinem Gehirn die andern an, telephonierte mit ihnen, bändelte mit ihnen an, liebte sie, kam herein, ging hinaus, fuhr ab, immer in frenetischer Bewegung wegen hunderterlei besonderer Angelegenheiten und geheimnisvoller Geschäfte.

Und alles, was nicht sie war, sie nicht betraf, die übrige Welt, die Arbeit, die Kunst, die Familie, die Freunde, das Gebirge, die andern Frauen, Tausende und Abertausende von wundervollen Frauen, viel schöner und viel sinnlicher als sie, kümmerte ihn nicht mehr, konnte wegen seiner verderben und untergehen, denn nur sie, Laide, konnte Abhilfe für diesen unerträglichen Schmerz finden, und es war nicht einmal nötig, daß sie sich besitzen ließ oder besonders nett zu ihm war, es reichte, daß sie bei ihm war, an seiner Seite saß, zu ihm sprach oder, wenn auch gegen ihren Willen, ein paar Minuten gezwungen wurde, von ihm Notiz zu nehmen, denn nur in diesen kurzen Minuten, die hie und da vorkamen und die so lange dauerten wie ein Hauch, nur dann fand er ein wenig Frieden. Dann hörte das Feuer in der Brustgegend auf, Antonio wurde wieder er selber, das Interesse am Leben, an seiner Arbeit kehrte zurück, alles bekam wieder einen Sinn, die Welt der Poesie, der er sein Leben gewidmet hatte, begann wieder mit dem alten Glanz zu leuchten, und eine unbeschreibliche Erleichterung durchströmte sein ganzes Wesen. Er wußte zwar, daß sie ihn bald verlassen und daß das Unglücklichsein ihn fast sofort wieder überfallen würde, und er wußte auch, daß es nachher noch schlimmer sein würde, aber es machte ihm nichts aus, das Gefühl der Befreiung war so vollständig und so wunderbar, daß er an nichts anderes mehr dachte.

Und es war seltsam, Laide gab ihm keine besondere Lust. Im Gegenteil, nach dem erstenmal wurde diese immer schwächer, nur bei ihrer ersten Begegnung hatte sie sich wirklich etwas angestrengt, aber auch damals, ohne dabei ein besonderes Virtuosentum zu erreichen. Jetzt blieb sie meist passiv, so als ob sie fühlte, daß es nicht mehr nötig sei, daß er sie ja doch immer den andern Mädchen vorziehen würde. Eines Tages, als er zu sagen gewagt hatte: »Mein Gott, du bleibst immer wie ein Stück Holz, willst du nicht auch einmal etwas tun«, hatte sie ihm geantwortet: »Das ist Sache des Mannes und nicht der Frau.«

Oft hatte er gehört, wie man von meist älteren Männern sprach, die zu Sklaven einer Frau wurden, weil nur diese und keine andere sie befriedigen konnte. Eine Art sexueller Zauberei.

Am Anfang hatte er sich gefragt, ob das nicht vielleicht bei ihm der Fall wäre. Aber leider verstand er bald, daß sein Fall ganz anders und viel schwerer war. Wenn es sich nur um eine sexuelle Bindung gehandelt hätte, so wäre kein Grund zur Beunruhigung gewesen. Alles hätte man dann mit ihr auf der Ebene des Gebens und Nehmens ordnen können.

Nein, der körperliche Besitz kümmerte Antonio nur bis zu einem gewissen Grad. Wenn eine Krankheit sie zum Beispiel gezwungen haben würde, auf die Liebe zu verzichten, hätte ihn das glücklich gemacht.

Er stellte sich zum Beispiel vor, Laide würde bei einem Unfall ein Bein verlieren. Wie schön würde das sein, krank, auf immer von der Welt der Prostitution, des Tanzes, der Abenteuer abgeschnitten. Nur er, Antonio, übriggeblieben, um sie anzubeten. Vielleicht war dies die einzige Möglichkeit, daß Laide ihn, wenn nicht anders, so aus Dankbarkeit, ein wenig lieben würde. Nein. Er liebte sie um ihrer selbst willen, wegen ihrer Weiblichkeit, ihrer Kapricen, ihrer Jugend, ihrer volkstümlichen Ursprünglichkeit, Verschmitztheit, Schamlosigkeit, Frechheit, Freiheit, wegen ihrer Geheimnisse. Sie war das Symbol einer plebejischen, nächtlichen, heiteren, lasterhaften, ruchlos kühnen und selbstsicheren Welt, die voll unersättlichen Lebens um die Langeweile und die Ehrbarkeit des Bürgertums pulsierte. Sie war das Unbekannte, das Abenteuer, die Blume der alten Stadt, die im Hof eines verfallenen, schlecht beleuchteten Hauses zwischen Erinnerungen, Legenden, dem Elend, der Sünde, den Schatten und den Geheimnissen Mailands erblüht war und die, obgleich viele über sie hinweggeschritten waren, dennoch frisch und reizend und duftend geblieben war.

Es würde genügen – überlegte er –, wenn Laide ihm nur ein wenig gehören würde, er war von der Idee besessen, als eine Persönlichkeit in die Existenz dieses kleinen Mädchens einzutreten, wichtig für sie zu werden, wenn auch nicht das Wichtigste in ihrem Leben. Stolz würde er darüber sein, stolzer, als wenn eine schöne und mächtige Königin (oder selbst Marilyn Monroe) von Liebe entflammt vor ihm gekniet hätte. Ein Callgirl, eine der vielen zu festen Preisen, eine kleine Dirne, die jeder haben konnte.

Es war keine sinnliche Betörung, es war eine tiefe Verzauberung, so als ob ein neues Schicksal, an das er nie gedacht hatte, ihn, Antonio, riefe und ihn immer weiter mit unwiderstehlicher Gewalt zu einer unbekannten und dunklen Zukunft hinzöge. Und von welcher Seite man auch die Lage betrachtete, sie ließ keine Lösung offen. Auf ihn warteten lediglich endloser Ärger, Demütigungen, Eifersucht und Kummer.

Er verstand auch, daß es Wahnsinn gewesen wäre, sie dazu zu bewegen, mit ihm zu leben, ein Heim zu gründen, einen gemeinsamen Haushalt zu führen. Er würde nur der Lächerlichkeit anheimfallen, und sie würde schon nach einer Woche genug davon haben, bei ihren Angewohnheiten und einem Altersunterschied von dreißig Jahren.

Auch der Versuch, sie bessern zu wollen, hatte keinen Sinn. Für Laide war die Prostitution keine Strafe, Sklaverei oder entehrendes Joch. Es schien viel eher ein erregendes Spiel zu sein, das sie keine besondere Mühe kostete. Und die unausbleiblichen Demütigungen, wenn sie, um die Kupplerinnen nicht zu vergrämen, gezwungen war, abstoßende und scheußliche Männer zu ertragen? Als Dorigo einmal darauf angespielt hatte, war ihre Antwort nicht ohne gewissen Stolz gewesen: »Nun, ich habe immer Glück gehabt, mir sind nur junge hübsche Jungen vorgekommen.« – »Erzähl mir doch keine Geschichten, das eine oder andere Mal wirst du schon mit einem Alten und vielleicht sogar Zahnlosen geschlafen haben.« – »Und ich sage dir, daß es nicht so war, ich habe immer Glück gehabt. Natürlich versuche ich, sie mir vorher anzusehen. Wenn sie mir nicht gefallen, dann kannst du sicher sein, daß ich nicht mit ihnen gehe.« – »Hast du je einen abgelehnt?« – »Ach, laß mich schon in Ruhe, es war nie nötig.«

Das Traurige an der Sache war gerade das. Während er sie wirklich liebte und nicht nur begehrte, war es unmöglich, daß sie seine Liebe erwiderte. In Laides Augen war er ein alter Mann. Seine künstlerische Persönlichkeit, sein intellektueller Charme, der manchmal Frauen von Welt beeindruckte, war ihr vollständig gleichgültig. Um von ihr beachtet zu werden, war der Besitz eines Maserati, letztes Modell, sehr viel wichtiger als die Tatsache, das Pantheon gebaut zu haben.

Obgleich der physische Besitz in zweiter Linie kam, wurde der Gedanke an ihren Körper zu eifersüchtiger Qual. So wie der Kranke nicht der Versuchung widerstehen kann, unaufhörlich die kranke Stelle zu berühren, und so den Schmerz erneuert und reizt, so hörte Dorigos Einbildung nicht auf, hypothetische, aber mögliche Szenen auszudenken, mit dem einzigen Resultat, seinen Kummer zu vermehren: Mitleidlos vervollkommnete er die Details bis in die obszönsten Kleinigkeiten. Er sah sie in die Garçonnière eines neuen, ältlichen Kunden treten, zu dem sie Ermelina geschickt hatte, und sich nach den üblichen Redensarten und Komplimenten auf seine Knie setzen, nachdem sie den Rock gerade so weit hochgezogen hatte, nicht aus Angst ihn zu verknittern, sondern um die Weichheit und Wärme der Schenkel besser fühlen zu lassen, und lächelnd, während er schon seine große Hand unter ihren Pullover gesteckt hat, um ihre Brust zu betasten, mit der ihr eigenen verschmitzten Manier die Lippen spitzt und sie ohne Umschweife in schamloser Hingabe auf die seinen drückt und er sie dann in äußerster Erregung fast zum Bette trägt, er sah in Gedanken die beiden nackten Körper, die Umarmungen, das Sich-Winden, die Küsse, ihr Gefallen daran, in dem Mann die wildeste Spannung hervorzurufen, um so einen Grund zu haben, auf ihren Körper stolz zu sein, und in der Hoffnung, ein Extrageschenk zu erhalten von einem, von dem sie nicht einmal den Namen weiß oder was er für einen Beruf hat und den sie vielleicht nie im Leben wiedersieht, aber unterdessen reizt sie ihn, küßt ihn voller

Eifer auf die empfindlichsten Stellen, amüsiert sich über das spasmodische Zucken des Alten, wie ein Kind, das eine Kröte anstößt, um sie hüpfen zu sehen. Alles, was Befleckung, Verhöhnung, Schmutz, verworfene Demütigung für ein kleines Mädchen darstellt, wickelte sich in Dorigos Gedanken ab, und wenn er zufällig an seinem Schreibtisch saß, blieb er unbeweglich, abwesend, grausam gespannt und mit dem Eindruck, daß diese Tortur Jahre und Jahre seines Lebens aufzehrte. War vielleicht eine dunkle Freude in diesem schmerzhaften Phantasieren? Dienten diese perversen Mutmaßungen nicht etwa dazu, Laide noch aufreizender, fremder, unerreichbarer und daher des Begehrens und der Liebe würdiger zu machen?

15

Sie legte eine Platte auf. Sie waren in der Wohnung von Dorigos Freund Corsini, zur Zeit der Mailänder Messe. Die Sonne schien auf die Terrasse, die Rolläden waren bis fast auf den Boden zugezogen, und dennoch drang, wenn man aufmerksam hinhörte, das Geräusch der rollenden Wagen, jenes Summen des Lebens, der Ungeduld, der Pläne, der ringsumher gärenden Gier, Motoren, Stimmen, Schritte, Geld, Dummheit, Musik, Schweiß, tierische Begierde bis zu ihnen in den achten Stock, aber sie merkten es nicht. Sie, weil sie an nichts dachte und nur ihren obskuren Berechnungen und Kapricen nachhing, er, weil für ihn nichts mehr in der Welt existierte als dieses kleine Mädchen mit dem flinken und anmaßenden Gesicht, den langen, schwarzen Haaren und dem Herzen, wieso? Hatte sie überhaupt ein Herz?

»Was hast du aufgelegt?« fragte er.

»Den schönsten Cha-Cha-Cha, den es gibt: ›Los Carinosos‹«, antwortete sie mit derselben Sicherheit, wie ein anderer Tristan oder Rigoletto nennen würde, allbekannte Musiknahrung. Und in einem Ausbruch kindlicher Überschwenglichkeit begann sie allein zu tanzen.

Sie tanzte ungeheuer sicher. Der abwechselnde Rhythmus brachte sie wie eine Welle vor- und rückwärts, aber zu gleicher Zeit beherrschte sie den Antrieb. Plötzlich war nichts Falsches, nichts Verschwiegenes, nichts Verborgenes, Feiges, Kleinliches mehr um sie. Die Arme wie kleine gefaltete Flügel in die Höhe gestreckt, die Hüften im Schnellen des Sprunges wiegend, das Gesicht in einem unbeweglichen Lächeln verschlossen, das nicht mehr zu ihrem gehörte, sondern das der Musik zu sein schien, natürlicher Gedanke schöner Dinge, stolz auf sich selber, Herausforderung, Opfergabe. In der Bewegung, die sie vor und wieder zurückbrachte, warf sie den Kopf in einer Geste der Hingabe in den Nacken, als stünde ihr ein Altar, ein Gott, das Leben, gegenüber.

Sie war stehengeblieben, um den Plattenständer zu betrachten, als sie gerade die Treppe hinaufgehen wollten, die zum Schlafzimmer führte, und nun fingerte sie darin herum.

»Was machst du denn?« fragte er. »Wir können ja nachher ein wenig Musik hören.«

Sie hatte nicht geantwortet. Ihre kleinen und außerordentlich zarten Hände hatten schon eine Platte aus dem großen Futteral gezogen, den Deckel des Grammophons gehoben und es, man könnte sagen, mit erfahrenen Händen angedreht. So erfahren, daß ihm ein schrecklicher Verdacht kam, ob Laide vielleicht schon einmal hier gewesen war? Ob sein Freund sie etwa kannte und hierhergebracht hatte? Wie sonst hätte sie so selbstverständlich den Plattenspieler bedienen können, der einen ziemlich komplizierten Mechanismus besaß?

»Woher kannst du das so gut?«

»Eine Freundin von mir, Flora, hat genau denselben. Ich habe ihn schon mindestens hundertmal bedient.«

Im richtigen Moment fiel der Pick-up in einer duckmäuserischen Bewegung, wie die eines Reptils, herab. Beim ersten Kontakt begann die Musik.

»Was hast du aufgelegt?« hatte er gefragt.

»Es ist der schönste Cha-Cha-Cha, den es gibt. ›Los Carinosos‹. Im ›Due‹ spielen sie ihn immer. Aber es ist nicht leicht, ihn als Platte zu finden.«

»Kannst du gut Cha-Cha-Cha tanzen?«

»Das will ich meinen!«

In ihrer Stimme war unwilliger Stolz, als ob sein Zweifel sie beleidigt hätte. Ob sie Cha-Cha-Cha tanzen kann? Würde man einen Fangio fragen, ob er Auto fahren könnte? Und allein, in der Mitte des großen Zimmers, hatte sie zu tanzen begonnen.

Nein, denkt Antonio, es ist unmöglich, daß sie mit Corsini hier gewesen ist. Corsini hat eine feste Freundin und geht nicht mit andern Mädchen. Und zudem hätte Laide sicher, als ich sie das erstemal hierherbrachte, Geschichten gemacht, um Unannehmlichkeiten zu vermeiden. Sie führt das Leben, das sie nun einmal führt, aber sie hält außerordentlich darauf, nicht für eine von denen gehalten zu werden. Wenn sie aus Zufall erfahren hätte, daß einer, mit dem sie zusammengewesen war, mein Freund wäre, wer weiß, was sie alles anstellen würde, damit ich nichts davon erführe. Ja, die Geschichte von der Freundin, die einen ebensolchen Plattenspieler hat, ist ziemlich plausibel.

»Was hast du aufgelegt?«

»Es ist der schönste Cha-Cha-Cha, den es gibt: ›Los Carinosos‹.«

Sie hat zu tanzen begonnen. Sie trägt ein lilafarbenes Kleid aus grobem Gewebe, das eng die Brust umfaßt, in der Taille von einem Gürtel gehalten ist, der Rock kurz am Knie und bauschig. Der Cha-Cha-Cha geht ihr nicht in die Beine, sondern in das Becken, in die Wirbelsäule, zwingt den Körper in ein sehnsüchtiges Wiegen, ein Sichüberlassen, ein Geben und Nichtgeben, Anbieten und Zurückziehen, wie ein Stoßtrab auf einer Straße, der immer wieder auf sich zurückfällt, wie ein wollüstiges Draufbestehen, wie ein Spielen zwischen zwei Wellen, eine rhythmische Liebeserfüllung, die hin und herzieht, frenetisch, abgemessen, präzis, müde, unersättlich, wie eine fieberhafte Erregung, die den Menschen abends im afrikanischen Busch überfällt, wenn die Seele sich der Einbildung und der Erinnerung überläßt, wie das blasse Licht in der kleinen Gasse, aus deren Tiefe eine Stimme ruft, wie die roten zweideutigen Lippen, die einen Augenblick lang in der Zurückhaltung des Scheinwerfers sich stumm in einem Versprechen öffnen, wie die traurige Jugend, die sich dem Dunkel, das sie erdrücken wird, lachend hinwirft, Hoffnung, sogar Ideal vibriert darin, Beben, aus der Tiefe kommend, Stimmen von Landschaften, die wir niemals kennenlernen werden, Imitation eines Triumphes, der nie stattfinden wird, sanfter, grausamer Hammer, der dreimal klopft und dann anhält, dreimal drei und dreimal drei und dann über die Schleusen stürzt, dreimal drei, auf die großen Felsblöcke schlägt, daß die Wasser wild aufschäumen, Epilepsie, Harfe, Verderben, während sie mit spitzen Absätzen darübergleitet, darüberwogt, spielt und wie ein wissendes Kind lächelt, das hier den unwiderstehlichen und wahren Sinn des Lebens findet.

Etwas in dem volkstümlichen Motiv der Musik, einfach wie ein dürrer Zweig und doch von Jahrhunderten beladen, nahm Abschied, noch von liebender Macht erfüllt, für das, was gewesen war und niemals wiederkehrt, zugleich mit dem unklaren Vorgefühl kommender Dinge, denn wirkliche Musik ist ein Bedauern des Vergangenen und Hoffnung auf die Zukunft, die ebenso schmerzlich sein wird. Was bleibt, ist die Verzweiflung des Heute, aus diesem und jenem gewoben, den Grenzen jeder Poesie.

»Was hast du aufgelegt?« hatte er gefragt.

»Den schönsten Cha-Cha-Cah, den es gibt: ›Los Carinosos‹.«

Er setzte sich auf den Diwan und schaute sie bestürzt und verloren an. Wie ein Jäger, der sich aufgestellt hatte, um einen Hasen zu schießen und einen Drachen erblickt. Wie der vertrauende Soldat, der sich plötzlich einem Heer mit Infanterie, Kanonen und Panzerwaffen gegenübersieht. Wie einer, der erkennt, einen hundertmal Stärkeren herausgefordert zu haben.

Vielleicht glaubte sie zu spielen, indem sie tanzte, sie gab sich keine Rechenschaft darüber, was geschehen war. Sie gab ihrem jugendlichen Impuls, ihrer übersprudelnden Energie, der Lust, sich bewundern zu lassen, nach. Sie wußte natürlich, daß sie den Cha-Cha-Cha phantastisch tanzte und so vollständig beherrschte, daß sie manchmal aus Koketterie vorgab, zu stolpern. Doch sie merkte nicht, was in ihrer Seele vorging, während sie tanzte.

Denn hier, von einer geheimnisvollen Macht getragen, löste sich das kleine Mädchen mit den schrecklichen Angewohnheiten, das seinen Körper zu einem festen Preis für Stunden vermietete, ohne es zu wissen, von den Miasmen der Hintertreppe und erhob sich zum Licht.

Oder versteht sie doch unklar, daß sie im Tanzen zu einem anderen Wesen wird? Errät sie vielleicht unklar, daß es eine wunderbare Art ist, sich zu rächen? Befreit sie sich, indem sie sich an den Rhythmus verliert? Hier tanzt sie vor einem so viel älteren Mann, der sie, dank seines Geldes, in Kürze besitzen wird, und gestern und heute und morgen verkauft sie sich an andere Männer wie ihn, die eine Frau nötig haben. Sie leidet nicht besonders darunter, aber weiß, daß es andere Mädchen gibt, die wie sie leben, sich unterhalten, reisen, flirten, zu Festen und Empfängen gehen, Auto fahren und Nerze besitzen, ohne deswegen für Geld den Büstenhalter ausziehen zu müssen, sie weiß sogar, daß andere Mädchen morgens um sechs Uhr aufstehen und acht, neun Stunden am Tag für vierzig- und fünfzigtausend Lire im Monat arbeiten, soviel wie sie oft in ein paar Tagen verdient, und deshalb sind in ihr Neid und Scham, ein Gefühl des Unnötigseins und des fortschreitenden Verderbens. Aber jetzt, während sie den Cha-Cha-Cha tanzt, genießt sie das wundervolle Gefühl, frei, leicht und rein zu sein, niemandem als sich selbst zu gehören, ja nicht einmal sich selbst, sondern etwas viel Schönerem, der Musik, dem Tanz, der Poesie.

Sie trug ein lilafarbenes Kleid aus grobem Gewebe, das eng die Brust umfaßt, in der Taille von einem Gürtel gehalten, den Rock kurz am Knie und bauschig. Sie lächelte verschmitzt in der Ekstase der Bewegung, die feinen Lippen halb geöffnet und leicht nach vorne gewölbt wie Blumenblätter. Er saß da und betrachtete sie mutlos. Wie echt, wie ursprünglich, wie schön war sie! Es würde ihm niemals gelingen, sie zu erreichen. Sie stand außerhalb, sie war die Fremde, gehörte zu einer andern, unerreichbaren Welt, sie war die Verkörperung der... des... ach, all dessen, was er bisher nicht gehabt und dummerweise verachtet hatte, der Torheiten, der übermütigen und verbotenen Nächte, der sogenannten Abenteuer, die aus Flüstern in verbotenen Winkeln bestehen, Korridoren der Grandhotels, Türen, die sich lautlos öffnen, leisen Worten am Rand des Bettes, Anspielungen, wirbelhafte Geschichten, die sie bezaubern, Lachen, dem Arm, der ihre Taille erfaßt und dem sie sich langsam, ach langsam überläßt, während draußen im Garten in der vollständigen Stille der Mond am Himmel steht.

Nicht einmal jetzt, dachte er mit Bitterkeit. Sie tanzte den Cha-Cha-Cha allein in der Mitte des großen Zimmers. In Kürze würde sie mit ihm die Treppe hinaufgehen, das Armband und die Kette ablegen, ihn fragen, ob sie hinüber ins Bad gehen könnte, halb nackt wiederkehren und sich aufs Bett legen und sich ihm vollständig hingeben, aber was nützte das? Er liebte ja nicht die, die sich bald neben ihn legen würde. Hätte sie ihm auch tausendmal gehört, sie würde doch nicht mehr die Seine sein als jetzt, das heißt überhaupt nicht. Es war die andere, die Besitz von ihm ergriffen hatte, die Laide eben dieses Augenblicks, das Mädchen, das jenseits des Grabens das leuchtende Glück zu sehen vermeinte und mit einem leichten Frösteln ins Wasser gesprungen war, das aber kein Wasser, sondern Schmutz, klebriger, weicher Ton, schrecklicher von den Großstädten ausgelegter Leim war, von dem sie nach und nach aufgesaugt wird, in den sie jeden Tag mehr und mehr versinkt, während sich das goldene Licht am andern Ufer immer weiter und weiter entfernt und zu einer unerreichbaren Fata Morgana wird und der Graben zu einem unermeßlichen Sumpf, zu undurchsichtigem totem Morast; sie selber geht trotzig weiter, man hat ihr gesagt, daß man durchhalten müsse, daß, wenn man zu denen gehöre, die schnell den Mut verlören, es besser wäre, erst gar nicht anzufangen, und außerdem gibt diese klebrige Masse, in die sie schon bis über die Schenkel eingetaucht ist, ein merkwürdiges Gefühl der Freude, doch manchmal wendet sie den Kopf und sieht zurück zum Ufer, von dem sie gekommen ist, sie kann es noch gut erkennen, denn der Weg, den sie zurückgelegt hat, ist erschreckend kurz, sie sieht die Leute, die Männer, die Frauen, die Mädchen wie sie, die anscheinend ruhig leben und arbeiten und nicht daran denken, den Abkürzungsweg über den Graben zu nehmen, am Abend die Tür schließen und deren Haus ruhig und sauber ist, wo keine zweideutigen Telephonanrufe läuten, das Schloß am Tor nicht um drei Uhr nachts quietscht, keine Luxuswagen mit vollblütigen, gestriegelten Vierzigjährigen etwas abseits, damit man sie nicht bemerkt, hinter der Ecke halten – dort drüben, am anderen Ufer, läuft das Leben der richtigen Familien, so geordnet, durchschnittlich und langweilig, daß es leicht war, es zu verachten, trotzdem steigt manchmal die Ahnung in ihr auf, daß es vielleicht schön wäre, so zu leben, ja sie begreift, daß gerade das wirklich ihr tiefster Wunsch wäre, der Hafen, den sie gern anlaufen würde, die Welt, so verschieden der ihren und ihr verschlossen.

Und da versucht sie aus dem Loch zu kommen, sie will den anderen, jenen, die vom anderen Ufer herab über sie spotten, sie verachten, zeigen, daß sie auch Lebensberechtigung hat, und vergißt alles, was geschehen ist, wird wieder zum Kind, fast um wieder von vorn anzufangen. Das ist Laide, die allein vor dem ihr fremden Mann den Cha-Cha-Cha tanzt, die sich in einer selbstlosen Geste der Schönheit verwandelt, zu einer Rose wird, zu einer kleinen Wolke, einem unschuldigen Vogel, um so, fern allem Häßlichen, ihre Minute der Reinheit zu verkörpern.

16

An jenem Tag schien Laide sehr viel lustiger und sorgloser als sonst. Ob sie sich endlich wohl fühlte neben ihm? Oder eine wärmere Beziehung sich zwischen ihnen anbahnte? Ein breiter Sonnenstrahl fiel schräg in ihr Schlafzimmer auf den grünen Teppich, und der heitere Widerschein erhellte den ganzen Raum.

Sie lagen schon ausgestreckt auf dem Bett, sie noch im Unterrock. Im sicheren Bewußtsein der bevorstehenden Liebesstunde waren dies für Dorigo die seltenen Augenblicke der Pause und der Erleichterung. Kein Bangen, daß sie nicht mehr anrufen, ins Nichts verschwinden könnte, oder ohne Vorhersage Mailand für immer verlassen hätte. Keine Folter der Erwartung, wenn die ausgemachte Zeit des Anrufes näher rückte; und nicht der grausame Ablauf der Minuten, wenn die Zeit verstrich und sich die Vermutung, der Verdacht, die entschwindende Hoffnung in einem wirbelnden Crescendo überstürzten und ihn in einen stumpfsinnigen Automaten verwandelten. Das Unglaubliche war noch einmal Wahrheit geworden, Laide saß an seiner Seite, sprach zu ihm, entkleidete sich, ließ sich liebkosen, küssen und besitzen, würde eine Stunde, anderthalb Stunden bei ihm bleiben in der Geborgenheit eines bequemen Heimes, das ihnen beiden vollständig zur Verfügung stand. Wie alles leicht und einfach wurde. Die vorangegangenen Leiden schienen ihm selber absurd. Warum sollte Laide sich ihm denn versagen? Er war ein angenehmer, gepflegter, kultivierter Mensch, empfing sie in einem einer Prinzessin würdigen Rahmen. Es war doch geradezu verrückt, zu denken, daß ein Mädchen wie Laide sich zwei so leicht zu verdienende Zehntausendlirescheine entgehen lassen würde. Die Lage erschien ihm dann so klar und beruhigend, daß sie die Möglichkeit neuer Qualen ausschloß. Plötzlich fühlte sich Dorigo stark und selbstsicher, und das Gefühl, geheilt zu sein, gab ihm sein Wohlbefinden wieder, das er glaubte, für immer verloren zu haben. Nein, er mußte endlich aufhören, sich zu sorgen, nichts Dümmeres konnte es geben. Schließlich kam es ihm doch nur darauf an – und er sagte sich das, vollkommen überzeugt davon, ehrlich zu sein –, daß Laide ab und zu mit ihm ginge, und im übrigen könnte es ihm gleichgültig sein, was sie sonst triebe, er hatte nicht die Absicht, sie vollständig auszuhalten, wo hätte er auch das nötige Geld dazu auftreiben sollen?

(»Wieviel hast du eigentlich zum Leben nötig?« hatte er sie eines Tages gefragt, während sie im Auto zu Corsinis Wohnung fuhren. »Na«, hatte sie geantwortet, »ich verdiene fünfzigtausend in der Scala, wenn ich weitere fünfzig hätte, würde mir das reichen.« Doch mit etwas Überlegung sah man, daß das Gerede war, würde sie sonst dieses Leben führen?)

Er fühlte sich dermaßen Herr der Lage, daß er meinte, sogar spielen zu können. Warum sollte er ihr nicht gestehen, was eine Stunde vorher brennende Wahrheit für ihn gewesen war? Vor einer Stunde hätte er es nicht gewagt, es wäre ihm zu gefährlich erschienen. Aber jetzt, was hatte er zu verlieren? Jetzt war er sicher, sie nicht zu verlieren. Jetzt hatte er verstanden. Jetzt konnte er sich diesen Luxus leisten.

Oder war diese Beichte doch nur ein letzter Versuch, sie aufzurütteln, ihr zu verstehen zu geben, daß er nicht wie die anderen wäre, daß er in ihr nicht nur die Bettgefährtin sah, im Gegenteil, daß ihm an dieser Art von Liebe gar nicht soviel gelegen war, daß er etwas ganz anderes von ihr ersehnte?

»Hör einmal zu«, sagt er, während er leicht die Hand auf ihren nackten Schenkel legt, »du sollst mir einen großen Gefallen tun.«

Sie schaut mißtrauisch zu ihm hin: »Was denn?«

»Du sollst mir helfen.«

»Erkläre dich deutlicher.«

»Mir helfen, du kannst es.«

»Helfen, wie?«

Während er spricht, versteht er, daß es eigentlich ein Trick für Schulkinder ist, ein zu naiver Notbehelf, aber ihm ist nichts Besseres eingefallen. Er, der sich für talentiert und mit wunderbarer Phantasie begabt hält, hat nichts Besseres gefunden. Aber schließlich ist sie ziemlich ungebildet, und die Männer, mit denen sie meistens verkehrt, sind eher einfach, vielleicht funktioniert also, was er sich ausgedacht hat, und vielleicht sieht es sogar geistreich aus. Und wer weiß, vielleicht ist es für sie das erstemal.

»Eine schlimme Sache«, sagt er.

»Warum?«

»Ich habe mich toll verliebt, ganz toll in ein Mädchen verliebt, das du kennst.«

»Das ich kenne?«

»Ja, und du, wenn du nur wolltest, könntest ein gutes Wort für mich einlegen.«

»Und da wendest du dich ausgerechnet an mich?«

»Ich betrachte dich als eine Freundin, bist du es etwa nicht?«

»Schon, aber ich finde es nicht gerade zartfühlend, daß du mich um so etwas bittest.«

»Ja, wenn du nicht willst.«

»Nein, sag es ruhig.«

»Es ist vielleicht besser, wir lassen es auf sich beruhen.«

»Ach nein, bitte, sag es schon. Ist sie hübsch?«

»Für mich sehr.«

»Und du sagst, daß ich sie kenne?«

Neugierig geworden, hat sie sich lächelnd aufgesetzt, die Brüste sind dann nicht mehr schön straff, sondern etwas schlaffer, aber immer noch reizend und klein und mit den Spitzen nach oben gebogen.

»Du sagst, ich kenne sie?«

»Ja.«

»Kenne ich sie gut?«

»Ja.«

»Wie heißt sie denn?«

Da wirft er sich wie ein Junge auf den Bauch und versteckt sein Gesicht in den Kissen. Hat Laide verstanden? Merkt sie, daß er scherzt? Hat sie es von Anfang an verstanden? Vielleicht schon von dem Augenblick an, als er sie auf den Bahnhof brachte? Ist es überhaupt schon eine alte Sache für sie, und hat sie es vom ersten Tag an gemerkt, an der Art, wie er sie damals ansah, als sie das Kleid bei Ermelina anprobierte? Denn alle Frauen, auch die weniger durchtriebenen, haben ein untrügliches Gefühl dafür, was in den Männern in gewissen Fällen vor sich geht, spüren die geheimnisvolle Schaltung, die die Seele entzündet und verbrennt, und es kann gut sein, daß der Mann es zuerst nicht gleich merkt, ja es nicht einmal ahnt, sie aber steigt im nämlichen Augenblick auf den unsichtbaren Thron und beginnt das reizvolle Spiel, das ihn verrückt macht.

»Wer ist sie? Wie heißt sie?«

Er hebt sich ein wenig hoch, beugt sich über sie und flüstert ihr in ein Ohr: »Ein Name, der mit ›L‹ anfängt.«

Sie wendet sich ihm endlich lächelnd zu, aber ohne zu antworten.

»Du hast es schon gewußt?« fragt er.

Lächelnd bejaht sie mit dem Kopf.

»Wirst du ein gutes Wort für mich einlegen?«

»Aber ist das denn nötig?«

Antonio wundert sich, daß sie das Spiel mitmacht.

»Natürlich ist es nötig. Liebe ist eine böse Krankheit.«

»O nein«, sagt Laide, »im Gegenteil, sie ist schön.«

»Mag sein, wenn sie erwidert wird, aber in meinem Fall...«

»Nein, nein, es ist schön, verliebt zu sein, wunderschön.«

»Warst du es schon einmal?«

»Ja.«

»In wen?«

»Er ist tot, einer, der mich heiraten wollte.«

»Und er liebte dich wirklich?«

»Sicher, ich sagte doch, daß er mich heiraten wollte.«

»Dann ist es natürlich etwas anderes.«

»Warum?«

»Weil ich dich gern habe und du mich nicht.«

»Man muß einem doch auch Zeit lassen, ich kenne dich doch noch nicht lange.«

Er ist enttäuscht. Sie hat nicht die geringste Überraschung oder Genugtuung über das gezeigt, was er ihr gesagt hatte. Als ob sie daran gewöhnt und er nur einer unter vielen sei. Als ob es etwas wäre, was sie schon lange wußte und worauf sie Anspruch hätte. Als ob er irgendein dummer Kerl sei. Er hatte den Wunsch, ihr weh zu tun.

»Wie dem auch sei«, sagt er zu ihr, »du hast kein Vertrauen zu mir.«

»Wieso?«

»Du hast mir einen Haufen Lügen erzählt.«

»Das stimmt nicht, ich habe dir immer die Wahrheit gesagt.«

»Auch was deinen Nachnamen anbetrifft?«

»Was willst du damit sagen?« Sie ist hart geworden und schaut ihn mit ängstlichen und wachsamen Augen an.

»Du heißt Anfossi und nicht Mazza.«

»Wer hat dir das gesagt?«

»Das ist doch unwichtig, stimmt es, oder stimmt es nicht?«

»Und wenn schon, im Theater haben die meisten einen anderen Namen.«

»Und wie nennen sie dich an der Scala?«

»Rosanna Mazza.«

»War das nötig?«

»Sag mir lieber, wer hat es dir gesagt? Ich wette, es war Ermelina.«

»Und wenn auch?«

»Dieses Miststück. Gott sei Dank habe ich nichts mehr mit ihr zu tun.«

»Hast du dich mit ihr gestritten?«

»Was geht dich das schon an? Wenn ich dir sage, daß sie eine widerliche Person ist.«

»Es muß doch einen Grund haben?«

»Gründe gibt es genug. Und ich kenne sie alle. Laß schon, du bringst meine Haare in Unordnung.«

»Was hast du heute? Schlechte Laune?«

Sie merkt, daß sie einlenken muß. Mit schmollender Miene richtet sie ihre Blicke auf ihn, klappert mit kindlicher Koketterie mit den Augenlidern und sagt:

»Komm, Antonio, mir ist kalt.«

Doch im selben Augenblick, als er sich über sie beugt, um ihren schmalen nackten Körper zu umarmen, bemerkt er, daß seine schöne Sicherheit von vorhin verschwunden ist, denn es stimmt ja gar nicht, daß Laide immer zu seiner Verfügung sein wird, es ist ja gar nicht wahr, daß er sich darauf verlassen kann, gerade in der freundlichen Passivität, mit der das Mädchen seine Umarmung erwidert, und in der förmlichen Geste, ohne Schwung und Erregung, mit der sie ihre Arme um seinen Hals gelegt hat – so wie es die Frauen beim Ball auch mit einem Fremden tun, der sie zum erstenmal zum Tanz auffordert –, liegt die ganze unselige Distanz, die sie trennt. Vorhin, als sie über die Liebe scherzten, war sie ihm viel näher und verständlicher als jetzt, wo sich ihre Körper in Liebe vereint hatten.

Doch auch dieser kurze Augenblick ging vorüber, sie verschwand im Bad, und er blieb ausgestreckt, leer und freudlos auf dem Bett zurück, dann kam sie wieder, um ihre Kleider, das goldene Armband, die Uhr aufzulesen, und sagte: »Mein Gott, wie spät es ist, tu mir den Gefallen und steh auf.« Von dem grünen Teppich war der Sonnenstrahl verschwunden, wahrscheinlich hatte eine Wolke die Sonne verdeckt, und ärgerlich fügte sie hinzu: »Solch ein Bart, ich weiß nicht, wie ich das morgen früh machen soll.«

»Was ist denn morgen früh los?«

»Ich habe dir doch gesagt, daß ich nach Modena muß.«

»Nein, du hast mir nichts davon gesagt.«

»Weil du immer alles vergißt.«

»Was machst du denn in Modena?«

»Photographieren, mindestens hundertmal habe ich dir das erzählt.«

»Verdienst du wenigstens gut damit?«

»Ganz und gar nicht, aber wenn ich nein sage, bleibt man eben draußen.«

»Wieviel?«

»Fünf-, sieben-, manchmal auch zehntausend.«

»Für jede Photographie?«

»So siehst du aus!«

»Und die Reise? Das Hotel?«

»Das wird extra bezahlt.«

»Und wie lange bleibst du dort?«

»Ich glaube, zwei Tage.«

»Warum ›glaube‹?«

»Weil man es bei der Arbeit nie weiß.«

»Und am Abend, was machst du am Abend?«

»Was soll ich schon in Modena machen?«

»Übrigens, wohnt nicht dort der Vetter von dir?«

»Ja, aber der ist schrecklich langweilig.«

»Ist er in dich verliebt?«

»Du bist wohl verrückt!«

»Gehst du mit ihm ins Bett?«

»Das fehlt noch. Ich weiß nicht, warum du denkst, daß alle nur das im Kopf haben! Der ist ein ordentlicher Junge, der mich respektiert.«

»Nicht einmal einen Kuß?«

»Der wagt ja nicht einmal mich zu berühren.«

»Er denkt wohl, du bist noch Jungfrau?«

»Das hoffe ich schwer, er betrachtet mich als seine Schwester.«

»Was macht er denn?«

»Er ist Ingenieur und arbeitet an der Ölleitung.«

»Und will dich natürlich heiraten?«

»Er schon, ich denke nicht daran.«

»Und geht ihr zusammen spazieren?«

»Manchmal.«

»Wohin? Ins Kino?«

»Ja, manchmal ins Kino.«

»Ist es ein hübscher Junge?«

»Nicht übel.«

»Gefällt er dir?«

»Wenn ich dir doch schon gesagt habe, daß er mir gleichgültig ist. Er ist halt mein Vetter, und ich mag ihn leiden.«

»Auch wenn du mit ihm ins Bett gingest, wäre ja weiter nichts Schlimmes dabei.«

»Aber mir paßt es nicht, stell dir das vor in einer Stadt wie Modena, alle wüßten es sofort.«

»Er würde es gern tun, was?«

»Er? Du kennst ihn nicht, der ist so schüchtern, zu Hause ist er wie im Internat gehalten. Stell dir vor, wenn er nach Mailand kommt, gibt ihm sein Vater nur einmal in der Woche den Hausschlüssel.«

»Wie alt ist er denn?«

»Fünfundzwanzig oder sechsundzwanzig, glaube ich.«

»Und wie heißt er?«

»Marcello, und willst du vielleicht sonst noch etwas wissen?«

»Mitnichten, bitte, bitte, mach, was du willst, meine Liebe.«

»Ich habe das Verhör nämlich gründlichst satt, verstehst du?«

Er schwieg verärgert. Wie gern würde er ihr eine herunterhauen, wenn er nur fähig dazu wäre.

Sie hatte es gemerkt. »Gleich bist du beleidigt, und dabei wollte ich dich um eine Gefälligkeit bitten.«

»Was für eine Gefälligkeit?«

»Siehst du, wie du bist, gleich beleidigt, besser nichts sagen.«

»Wie du willst.«

»Ich muß nämlich morgen um sieben Uhr früh fahren und weiß nicht, wie ich es mit dem Taxi machen soll.«

»Ganz einfach, per Telephon.«

»Um die Zeit gibt es keine.«

»Was für ein Unsinn, um sieben Uhr kein Taxi.«

»Und dann kann ich nicht telephonieren, weil meine Schwester das Telephon im Schlafzimmer hat.«

»Kannst du sie nicht wecken?«

»Du kennst sie nicht.«

»Soll ich dich abholen?«

»Um die Zeit? Wie kannst du da aufwachen?«

»Ganz einfach, ich wache auf.«

»Und was sagst du bei dir zu Hause?«

»Frühaufstehen ist niemals verdächtig«, sagte er und lachte.

»Willst du mich wirklich begleiten?«

»Was ist schon Besonderes dabei? Um wieviel Uhr?«

»Der Zug fährt um sieben Uhr vierzig, es reicht, wenn du um sieben Uhr zehn da bist.«

»Wo?«

»Bei mir zu Hause.«

»Aber du weißt doch, daß ich nicht weiß, wo du wohnst.«

»Via Squarcia Nr. 7.«

»Und wo ist das?«

»Weißt du, wo die Radrennbahn Vigorelli ist? Ganz in der Nähe davon, du kannst im Stadtplan nachsehen.«

»Reicht es aber um zehn nach sieben?«

»Auch mit deinem Klapperkasten sind wir in einer halben Stunde auf dem Bahnhof, um sieben Uhr sind die Straßen zudem leer.«

Frühaufstehen konnte Antonio auf den Tod nicht leiden, dabei wäre es so leicht gewesen, einem Taxifahrer 1000 Lire zu geben, damit er um sieben Uhr vor ihrem Hause wartete, aber er sagte nichts davon. Da war die Aussicht, Laide, wenn auch nur für wenige Minuten, wiederzusehen. Sie an seiner Seite zu haben, auf diese Weise ein wenig an ihrem Privatleben teilzunehmen. Das wundervolle Gefühl, daß sie ihn nötig hat. Und vor allem die Gewißheit, daß wenigstens heute abend die schreckliche Qual der Unsicherheit und der Erwartung nicht sein würde, daß er arbeiten oder wie in den alten Zeiten mit den Freunden lachen und plaudern könnte. Ein Aufschub, ein kleines Stückchen Glück.

»Was machst du heute abend?«

»Probe im Theater.«

»Und gehst du nachher ins ›Due‹?«

»Ich bin doch nicht verrückt, wo ich morgen so früh raus muß.«

Unklar fühlte er, daß so manches in der Geschichte, die sie ihm erzählt hatte, nicht stimmte. Die Scala, die Photographien, das Tanzlokal, die Familie, der Vetter, Ermelina, so viele Dinge, die nicht zusammenstimmten. Aber so natürlich war ihr ganzes Gehaben, daß alle Zweifel sich verflüchtigten, wenn sie sprach. Nein, es war ganz unmöglich, daß sie Lügen erzählte. Ein wenn auch unbedeutendes Schwanken, eine Unsicherheit, ein falscher Ton, ein Zaudern, er lauerte gespannt, um sie zu beobachten, in ihr zu lesen. Denn er war ja intelligent, von einer fast krankhaften Feinfühligkeit für Nuancen. Ein kleines Mädchen wie Laide, so weit von allen psychologischen Komplikationen entfernt, er würde es sofort merken, wenn sie nur den leisesten Betrug inszenierte.

17

Zwischen der gedeckten Radrennbahn Vigorelli und dem Messegelände befindet sich ein breiter, freier Platz mit einer Grasinsel in der Mitte, im Norden von der geschlossenen Aufstellung neuer Häuserblocks abgegrenzt.

Hier hielt Antonio zehn Minuten nach sieben mit seinem kleinen Fiat, denn er war geradezu lächerlich pünktlich und wollte nicht, daß sie es merkte, es wäre ein zu offensichtliches Geständnis gewesen.

Es war feucht und kalt. Er zündete sich eine Zigarette an, obwohl er das Rauchen auf nüchternen Magen nicht vertrug.

Es goß in Strömen. Ein heftiger und wütender Frühlingsregen peitschte über die fahle, leere und verschlafene Stadt. Nur er war unterwegs. Alle anderen schliefen, alle anderen wußten von nichts.

Die Ruhepause war zu Ende. In wenigen Minuten würde er sie sehen. War er dessen wirklich so sicher? Und wenn alles ein Scherz gewesen war? Oder konnten sich in der Zwischenzeit nicht hunderterlei Dinge ereignet haben? Wie hätte sie ihn dann benachrichtigen können?

Es war die ungastliche und undankbare Stunde, in der keine Wünsche mehr laut werden; Vergnügungsstätten und Lasterhöhlen sind schwarz und geschlossen, die Liebenden in körperlicher Müdigkeit erschöpft, die Lichter schon gelöscht, obwohl das Tageslicht noch nicht ausreichte.

Auch die Autos der unverbesserlichsten Nachtschwärmer waren heimgekehrt. Alle hatten sich in die Wärme ihrer Betten zurückgezogen, ab und zu rollten nur Wagen der Müllabfuhr vorbei. Und das Tageslicht war noch kein wirkliches Licht, war Gräue, Schlaf, Zwielicht, absolute Gleichgültigkeit.

Wehe dem, der sich in einer Stadt von dieser gnadenlosen Stunde bei strömendem Regen und in Einsamkeit überraschen läßt.

Er fühlte sich wie ein ungerecht bestraftes und geschlagenes Kind, das man vergessen hatte. Alle schliefen um diese Zeit, die Brüder, die Mutter, die Freunde, alle, denen er nötig war und die ihn nötig hatten. Sie existierten nicht mehr. Sie waren vom Morgenschlaf, der tief und wohltuend ist, wenn es regnet, gefangen. Er war allein, vergessen, verirrt, einer teuflischen Pein ausgeliefert, über die die Leute so gern spotten. Und ringsum lag die große Stadt, noch unbeweglich unter dem Regen, aber sie würde bald erwachen und zu atmen beginnen, zu kämpfen, sich zu winden, angstvoll auf und ab zu galoppieren, zu schaffen und zu zerstören, zu verdienen, zu besitzen und zu beherrschen, von einer Unzahl von Wünschen und einer geheimnisvollen Beharrlichkeit getrieben, große und armselige Dinge zu vollbringen, mit Arbeit, unter Opfern und unendlichen Schmerzen, mit Heftigkeit und alles überwindendem Wollen, Muskelkraft und geistiger Anstrengung, Gier nach Besitz und Herrschaft, immer vorwärts, nur vorwärts, während er hier in seinem von Wasser triefenden kleinen Wägelchen festgenagelt saß voller Verzweiflung wegen eines schmalen, jungen, weißen Körpers, der – vielleicht – nur einen Schimmer von Seele besaß, Laide hieß und den niemand kannte. Graue Nässe und hermetisch geschlossene Häuser, Bühnenvorhängen gleich, wie Leben, die ihn nichts angingen. Die Welt? Amerika und Rußland? Die Herrschaft über die Erde?

Es gab viel Wichtigeres: Würde sie zeitig aufwachen? Der Wecker läuten? Sie sich schnell genug anziehen? Der Koffer fertig gepackt sein? Herrgott im Himmel, laß den Koffer schon bereitstehen, daß sie nicht deswegen auf die Reise verzichten muß. Ob sie noch schläft? Oder schon im Bad, sich im Spiegel betrachtend, mit dem Finger über die Stelle am Augenrand fährt, wo die Nacht ein winziges

Fältchen zurückgelassen hat? Was sie wohl in Modena machen wird? Wer dort auf sie wartet? Wo sie den Abend zubringen wird? Ob sie allein schläft? Oder mit wem? Nein, es reicht, daß sie kommt. Es reicht, daß sie hinter dem Tor der Via Squarcia (das er gestern abend von innen inspiziert hat) mit ihrem hochmütigen Schritt auftaucht und alle Befürchtungen in sich zusammenfallen. Er hatte das Gefühl, daß der Regen ihn herunterzog, daß eine unbekannte Kraft ihn nach und nach von alldem trennte, was bisher sein Leben ausmachte. Mehr als einmal hatte er solche Dinge in Romanen gelesen und nie daran geglaubt, es für absurde Geschichten gehalten, und nun steckte er selber darin und kämpfte nicht einmal dagegen an. Nur manchmal, abends, in der Erregung der Nacht, wehrte er sich, aber nicht jetzt, jetzt trieb ihn der klatschende wilde Regen mit sich, und er hob aus dem Strudel nicht einmal die Hand, um um Hilfe zu rufen.

Die Zeit schien stillzustehen. Seine Uhr zeigte schon zehn nach sieben, aber Antonio hatte die Gewohnheit, sie immer etwas vorgehen zu lassen, und es wird deswegen kaum mehr als zwei, drei Minuten nach sieben sein. Noch eine Zigarette. Und wenn sie ihre Absicht geändert haben sollte und die Abreise verschoben? Wie lange würde er auf sie warten? Er fühlte sich müde und betrachtete sein Gesicht im Rückspiegel. Was für ein verabscheuungswürdiges Gesicht, besonders der Mund. Aber es war wohl Zeit. Er ließ den Motor an.

Die Via Squarcia lag verlassen da. Vor ihrem Haus war ein Gitter und dahinter ein geräumiger Hof, im Hintergrund ein Pavillon. Er hatte den Wagen so geparkt, daß er den Eingang im Auge behalten konnte. Die gläserne Pförtnerloge war noch dunkel. Seine Uhr zeigte sieben Uhr zwanzig, es war also wahrscheinlich erst sieben Uhr zehn, sieben Uhr elf, es regnete etwas weniger. Eine neue Zigarette. Ob sie kommen würde?

Es war schon spät, noch fünf Minuten, und sie würde den Zug nicht mehr erreichen. Was war geschehen?

Ununterbrochen schaute er nach der Uhr, er versuchte sich zu zwingen, etwas Zeit dazwischen verstreichen zu lassen, aber da ist das Bangen. Ach, endlich.

Er hörte das Geräusch einer sich schließenden Glastür und dann hinter dem Eisengitter im Halbdunkel eine Gestalt. Etwas öffnete sich in ihm, befreite ihn vor dem Ersticken, ließ ihn zum Leben zurückkehren.

Sie, sie.

Eine Frau mit einem Tuch auf dem Kopf trat aus dem Haus. Sie war mindestens vierzig Jahre alt. Das Licht in der Portiersloge wurde angedreht.

Dreiundzwanzig Minuten nach sieben. Sie war nicht aufgewacht, obwohl ihr viel an Modena lag, auch wenn er nicht wußte, warum eigentlich. Unmöglich, daß sie noch nicht unten war, wenn sie zeitig genug aufgestanden war.

Er stieg aus dem Auto und die Stufen zur Portiersloge hinauf. Ein Mann saß dort.

»Hören Sie, könnten Sie bitte Fräulein Anfossi über das Haustelephon verständigen, daß das Auto, das sie erwartet, hier sei?«

Widerwillig kam der andere seiner Bitte nach:

»Sie läßt sagen, sie käme sofort herunter.«

Sofort? Fünfundzwanzig Minuten nach sieben, es waren zwar wenige Menschen auf der Straße, aber wenn die Verkehrsampeln schon zu funktionieren begonnen hatten, war es unmöglich, in einer Viertelstunde den Bahnhof zu erreichen.

Halb acht. Was machte sie nur um Gottes willen? Zwei Minuten nach halb acht. Laide würde niemals mehr auftauchen, niemals mehr herunterkommen, ihn nicht mehr anrufen, nichts mehr von sich hören lassen. Der Zug war verpaßt.

Das Schloß des Gitters öffnete sich, und sie kam mit

ihrem gewollt gleichgültigen Schritt auf ihn zu. In der Rechten eine Ledertasche, in der Linken einen großen weißen Koffer.

Dorigo ging ihr entgegen. Sie schien fast erstaunt, ihn dort zu sehen. »Kannst du mir helfen?« Er nahm ihr den Koffer ab.

»Wir schaffen es nicht mehr.«

»Der Wecker hat nicht geläutet. Gut, daß mich der Portier angerufen hat.«

»Weißt du, daß es schon halb acht Uhr vorbei ist? In fünf Minuten kommen wir unmöglich zum Bahnhof.«

»Warum fünf Minuten?«

»Hast du nicht gesagt, er ging um sieben Uhr vierzig?«

»Der nächste fährt um acht Uhr fünf.«

»Das hättest du mir gleich sagen können.«

»Und wer hätte gewußt, daß der Wecker nicht ging?«

Sie hatte ihm nicht einmal guten Tag gesagt oder ein Lächeln geschenkt. Auch dann, als sie neben ihm im Wagen saß, sah sie ihn nicht ein einziges Mal an, sie war nur damit beschäftigt, den Verschluß ihrer Tasche, der nicht richtig funktionierte, hin und her zu probieren.

Sie hatte sich nicht gewaschen, nicht geschminkt, nur einen hellen Trenchcoat übergezogen, sie sah abgezehrt und fast häßlich aus, aber Antonio atmete auf, sie saß neben ihm im Wagen und gehörte für ein paar Minuten sozusagen ihm, überließ ihm ihre physische Gegenwart, für ein paar Minuten wußte er, was sie machte, für ein paar Minuten ging sie nicht mit anderen, der Regenmantel war kurz, zwei runde, glatte Knie sahen darunter hervor, die Strümpfe waren straff gezogen.

»In welchem Hotel wohnst du in Modena?«

»Weiß ich noch nicht.«

»Er wartet wohl auf dich?«

»Wer er?«

»Dein Vetter, dein kleiner Vetter.«

»Was weiß ich.«

»Wie lange bleibst du fort?«

»Weiß ich auch nicht, hängt von der Arbeit ab.«

»Von den Photographien, meinst du?«

»Hundertmal hab' ich dir das schon gesagt.« Es schien sie zu verdrießen, sie fühlte wahrscheinlich, daß er Verdacht geschöpft hatte.

»Rufst du mich an, wenn du zurückkommst?«

»Sicher.«

»Telephonierst du mit mir von dort?«

»Gern, wenn es mir möglich ist.«

Er sah vor sich auf die Straße, sie waren in der Via Procacini, es regnete noch ein wenig, sie sah wieder unruhig und gespannt aus, wie ein gehetztes Tierchen, wie damals, als sie nach Rom gefahren war. Aber das hatte nichts mit ihm zu tun, er hatte keinen Teil an dieser Unruhe, da war eine Partie im Gang, ein Duell, ein Spiel, eine Intrige, ein Komplott, wer weiß was, zwischen ihr und anderen unbekannten Menschen ihrer Welt. Er war davon ausgeschlossen. Er war nur der reiche Freund, der zahlte.

18

Als er ins Büro kam, fand er eine Benachrichtigung der Telephonistin vor: »Aus Modena hat Ihre Nichte Laide angerufen und bittet Sie, sie morgen früh dort im Hotel Moderno abzuholen.«

Modena? Wie viele Kilometer? Nicht einen Augenblick lang dachte er, etwa nicht hinzufahren. Dann fiel ihm sein bescheidener Wagen, der schon ziemlich ramponierte Fiat, ein.

Er begann die Flucht zu organisieren. Es war kein Problem, am Morgen zu fahren, denn ein außergewöhnliches Frühaufstehen rief zu Hause keinen Verdacht hervor, nur abends war es schwer, sich frei zu machen. Aber alles war einzurichten, wenn er nur um 5 oder 6 Uhr für eine geschäftliche Verabredung zurück sein könnte. Doch war es natürlich eine Hetze.

Zufällig traf er am selben Abend mit einem alten Freund, Menotti, zusammen, der einen offenen Sportwagen besaß. Während des Abendessens, überzeugt, daß der andere es unter irgendeinem Vorwand ablehnen würde, fragte er ihn, ob er ihm wohl für den nächsten Tag den Spider leihen könnte. Menotti maß der Bitte gar keine Bedeutung bei. Natürlich gern, wenn Dorigo bis zum Abend zurück wäre.

Der Gedanke, Laide in einem offenen Sportcoupé abholen zu können, gab Antonio Selbstvertrauen, denn im Grund besteht unser Leben eben aus solch törichten Illusionen.

Er fuhr dann am Steuer des schönen Wagens durch den duftenden Maiabend von Corsico, wo sie gespeist hatten, längs des Kanals nach Mailand zurück, und der ungewohnte Wind im Nacken störte ihn seltsam. An seiner Seite saß eine schöne Frau, deren Namen er nicht einmal kannte und die ihm vollständig gleichgültig war, die Lichter der Straßenlaternen flogen vorbei, und die neugierigen oder neidischen Blicke der Vorübergehenden streiften ihn. Seine Gedanken waren beim nächsten Tag, an dem er sie wiedersehen würde, bei der wundervollen Gewißheit, daß Laide ihn zum erstenmal gerufen hatte. Das Eintauchen in die tiefe blaue Nacht gab ihm ein Gefühl der Schwerelosigkeit und durch den offenen Wagen von berauschender Nacktheit, so wie wenn er als Kind, Anfang Mai, die Knickerbocker mit den kurzen Hosen vertauschte und die bloßen Beine ihm ein unbestimmtes Gefühl der Wollust und physischer Freiheit vermittelt hatten.

Das Aufstehen um 6 Uhr, das ihm an sich schwerfiel, wurde zu etwas Wunderbarem beim Gedanken, daß sie ihn erwartete, und beim Gedanken an den Wagen, mit dem er sie abholen würde. Mit diesem Auto kam ein wohlhabender, sportlicher, weltgewandter, erfolgreicher, moderner, jugendlicher, den Filmhelden ähnelnder Mann an. Es wird ihr fabelhaften Eindruck machen, denn wenn Laide ihn mit einem Spider vorfahren sah, konnte sie ihn nicht mehr für einen Intellektuellen, einen unansehnlichen, einen armen Kleinbürger halten. Dieser Wagen würde ihm endlich erlauben, mit vollem Recht in ihre Welt einzutreten, in die Welt der reichen, kühnen Männer, die die kleinen Mädchen wie Automobile behandeln, ja mit noch größerer Gleichgültigkeit, und die diese eingeschüchtert anstaunen und von denen sie sich ohne Widerstand manipulieren lassen.

Um ½7 Uhr fuhr er fort. Die Straßen waren leer. Schade, daß der Himmel grau verhangen war. Jedesmal, wenn sein Fuß den Gashebel berührte, wurde die Entfernung, die ihn von ihr trennte, kleiner, und er, sonst bis zur Übertreibung vorsichtig, flog nur so durch die Stadt. Die Häuser lagen noch fahl und verschlafen, die Verkehrsampeln hatten noch gelbe Augen, die Stadt dämmerte vor sich hin.

Noch war es der Sonne nicht gelungen, den Dunst zu besiegen, als er schon die Autobahn erreicht hatte. Die Straße war leer.

Er hatte noch nie versucht, mit 120 bis 130 Stundenkilometer zu fahren. In beängstigender Weise verengten sich bei der schnellen Fahrt die weißen Streifen an der Seite trichterförmig.

Sicher schlief sie um diese Zeit. Allein? Sie war dort, in der Ferne, jenseits des Horizonts, noch unendlich weit fort.

Ringsumher gab es keine Häuser, keine Gutshöfe, keine Tankstellen wie auf den gewöhnlichen Straßen. Nur verlassen daliegende Äcker, von Nebel dampfende Wiesen und im Hintergrund gestaffelt lange regelmäßige Reihen riesiger Pappeln, die sich in der Ferne verliefen. Im Dahinrasen schienen sich die Bäume längs der Fahrstraße am äußeren Ende zu vereinigen, um dann einzeln zu beiden Seiten abzufädeln, während andere, noch weiter entfernte, ihm vorzueilen schienen, um sich am Horizont dicht zu drängen, so als ob zwei ungeheuer große Plattformen sich in entgegengesetzem Sinn, eine von rechts und eine von links, um ihn drehen würden.

Noch war die Sonne nicht da, aber man verstand, daß sie hinter den Schleiern von Feuchtigkeit und Nebel existierte. Fröstelnd erwartete sie die sich endlos hinziehende Landschaft. Immer höher stieg mit nervösem Zittern der weiße Zeiger des Tachometers; kalte Luft wirbelte in Antonios Nacken.

Dann schien es ihm, als wollten ihm die Reihen der Pappeln mit ihrer Bewegung, die in der Gegenrichtung zu der seines Wagens verlief, etwas sagen. Ja, die Flucht der Bäume – so weit das Auge reichte, fließendes und schillerndes Geflecht der Perspektive einer doppelten Rotation der Landschaft – erreichte eine besondere Intensität des Ausdrucks, so wie wenn jemand sich anschickt zu sprechen.

Er flog dahin in der Richtung seiner Liebe, aber die Bäume entglitten ihm am Rand der Wiesen, wurden von einer Kraft, die stärker war als sie, fortgerissen. Jeder Baum hatte eine Physiognomie, eine besondere Form, ein anderes Profil. Und es waren Tausende und Abertausende. Aber eine gemeinsame Kraft zog sie in den Abgrund. Alle Pappeln der unabsehbar weiten Landschaft flohen genau wie er, in zwei riesigen gebogenen Flügeln kreisend.

Es war ein grandioses Schauspiel an diesem einsamen Morgen, vor sich die leeren Straßen, die leere Landschaft, keine Menschenseele weit und breit, es schien, als hätten alle außer ihm vergessen, daß dieser Erdenfleck existierte. Sie war dort in der Ferne hinter der letzten Baumkulisse, ja noch viel weiter fort, und wahrscheinlich schlief sie, den Kopf zwischen die Kissen gesteckt, und durch die Ritzen des Fensterladens drang das Licht eines neuen Tages, die unbewegliche Masse ihrer schwarzen Haare beleuchtend. Ob sie allein war?

Unerwartet wurde ihm der Sinn jenes natürlichen Zaubers klar. Denn was wollten ihm die Pappelreihen am Horizont sagen, die wie in einer Prozession dahinzogen, vor ihm flohen und doch zur selben Zeit ihm entgegenliefen, um sich dann wieder verbraucht hinter ihm im Nebel zu verlieren, während unerbittlich neue Scharen vor ihm auftauchten, um sich auf ihn zu stürzen?

Plötzlich verstand er, was sie sagen wollten, verstand den Sinn der unsichtbaren Welt, wenn sie uns staunen läßt, wir »ach wie schön« ausrufen und etwas Großes in unsere Seelen Eingang findet. Ein ganzes Leben hatte er zugebracht, ohne die Ursache zu verstehen. So oft hatte ihn eine Landschaft, ein Denkmal, ein Platz, eine Straßenecke, ein Garten, das Innere einer Kirche, ein Felsen, ein Sträßchen, die Wüste mit Bewunderung erfüllt. Nur jetzt gab er sich endlich Rechenschaft über das Geheimnis.

Ein überaus einfaches Geheimnis: die Liebe. Das, was uns in der unbeseelten Welt fasziniert, die Wälder, die Ebenen, die Flüsse, die Berge, Meere, Täler, Steppen, aber auch die Städte, die Paläste, die Steine und dann der Himmel, die Sonnenuntergänge, die Stürme und weiter noch der Schnee, die Nacht, die Sterne, der Wind, alle diese an sich leeren und gleichgültigen Dinge füllen sich mit menschlicher Bedeutung, weil sie, ohne daß wir es vermuten, eine Vorahnung der Liebe enthalten.

Wie töricht von ihm, dies nicht schon früher gemerkt zu haben. Was für ein Interesse würde eine Felsenklippe, ein Forst, eine Ruine haben, wenn nicht eine Erwartung damit verknüpft wäre? Und wenn es nicht die Erwartung des Geschöpfes wäre, das uns glücklich machen könnte? Was für einen Sinn hätte sonst ein romantisches Felsental oder eine geheimnisvolle Schlucht, ohne den Gedanken, sie zu einem Spaziergang bei Sonnenuntergang, wenn die Vögel nur noch leise zwitschern, dorthin zu führen? Was für eine Bedeutung hätten die Tempelmauern der antiken Pharaonen, wenn wir nicht in deren Schatten davon träumen könnten, ihr zu begegnen? Und was kümmerten uns sonst die malerische Häuserecke in Flandern, das Café des Boulevards oder der Suk in Damaskus, wenn wir nicht annehmen würden, daß auch sie dort eines Tages vorbeiginge und ein Stück ihres Lebens darin verstrickte? Und hätte das Kapellchen an der Straßenkreuzung soviel Pathos, wenn es nicht auch eine Anspielung verbergen würde? Anspielung, die sich auf das Geschöpf bezöge, das uns glücklich machen könnte?

Er dachte an das beleuchtete Fenster am Winterabend, an den Strand unter den weißen Felsen, wenn die Sonne hoch steht, an das beunruhigende, krumme Gäßchen im Herzen der Altstadt, an die Terrassen des Grandhotels bei einem Galaabend, an die Heuschober im Mondlicht, dachte an die Schneepisten um Mittag im April, an das Kielwasser des weißen, festlich beleuchteten Ozeandampfers, an die Friedhöfe im Gebirge, an die Bibliotheken, das Feuer im Kamin, an die leeren Logen im Theater, an Weihnachten, an die Morgendämmerung. Überall verbarg sich der uneingestandene Gedanke an sie, auch wenn wir noch gar nicht wissen, wer sie eigentlich ist.

Wie erbärmlich wäre unsere Schwärmerei dem großen Schauspiel der Natur gegenüber, wenn wir dabei nur an uns dächten und sie nicht auf einen anderen Menschen ausdehnen könnten.

Selbst das Gebirge, das er so geliebt hatte, die nackten, rauhen ungastlichen Felsen, augenscheinlich so im Gegensatz zu den Dingen der Liebe, bekamen jetzt eine ganz andere Bedeutung. War es Herausforderung an die ungebändigte Natur? Überwindung des eigenen Ichs? Eroberung des Abgrundes? Stolz, den Gipfel erreicht zu haben? Welch schreckliche Torheit, wenn es nur das bedeuten würde, Schwierigkeiten und Gefahren würden lächerlich und bedeutungslos werden. Lange hatte er über diese Probleme nachgedacht, ohne die Lösung zu finden. Jetzt hatte er sie gefunden. Auch in der Liebe zu den Bergen war eine andere Seelenregung verborgen.

Genauso wie er es vielleicht aus Scham abgeleugnet haben würde, wenn ihm jemand dies, als er noch ein Junge war, erklärt hätte, auch wenn er es schon verstand, so sagten jetzt die andern nein, das ist ja verrückt, das ist Rhetorik, altmodische Romantik. Aber wenn man sie fragt, können sie doch keine andere Erklärung dafür finden, warum ein Sturm auf dem Meer oder ein verfallener Bogen aus der Zeit der Cäsaren oder die schwankende Laterne in einem verrufenen Viertel sie so erschüttert. Niemals würden sie zugeben, daß auch für sie in diesen Schauspielen der Natur die Ahnung eines Liebestraumes liegt, trotz dem Abscheu, den ein solcher Ausdruck geben kann.

Immer noch lösten sich die Klumpen der Bäume von dem entferntesten Punkt der geraden Straße, wo sie aufgestellt waren – während der Himmel schon ganz blau wurde und die Sonne sich ausbreitete –, langsam in zwei Strahlenbündeln, um dann in steigender Beschleunigung an beiden Seiten von ihm wegzugleiten, die näher gelegenen Reihen schnell, langsam und faul die weiter entfernten, so weit das Auge reichte, in einem doppelten Kreisen der Landschaft. Und wenn er auf den Gashebel drückte, beschleunigte sich die Bewegung der Bäume, und es schien, als gehorche ihm die ganze Ebene.

Ihm kamen auch die Karawanen ältlicher Vogelscheuchen ins Gedächtnis, die aus Amerika herbeiströmten und vor Museen und Kirchen aus Omnibussen stiegen. Ob wohl auch diese Unglücklichen von einem Land ins andere zogen, einer Liebesahnung folgend? Wahrscheinlich, habt Mitleid mit ihnen. Selbst in diesen von Gesundheit strotzenden Standardruinen hatte sich, ohne ihr Wissen, der Ruf erhalten, sie waren sechzig, siebzig, achtzig Jahre alt, ehrbare, sittenstrenge Damen, sie würden sich zu Tode schämen, wenn sie wüßten, was sie wirklich auf und ab durch die Welt treibt. Und trotzdem, läge nicht über diesen Reisen jener romantische und unwahrscheinliche Schimmer, nie hätten sie ihre Heime verlassen. Das Herumziehen von Grenze zu Grenze, von Hotel zu Hotel würde zur Qual werden.

Und die allgemeine Tatsache der Dichtkunst? Warum finden sich in allen Strophen, die die geliebte Frau besingen, so viele Landschaften, Wälder, Gärten, Meeresufer, Flüsse, Bäume, Sonnenuntergänge? Warum erkennen die Dichter, mehr noch als die andern, in der Natur die schicksalhafte Beziehung? Die alten Türme, die Wolken, die Stromschnellen, die rätselhaften Gräber, das Schluchzen der Brandung an den Felsen, das Sichneigen der Zweige unter dem Sturm, die Verlassenheit des kiesigen Strandes am Nachmittag, alles bezieht sich auf sie, auf die geliebte Frau, die uns verbrennen wird. Alle Dinge der Welt verschwören sich zu einem weisen Komplott, um der Fortpflanzung zu genügen.

Es war eine so schöne und geniale Ahnung, daß sie ihm unter anderen Umständen Befriedigung verschafft hätte. Aber heute bereitete sie ihm, gerade weil sie so wahr war, nur Schmerz. Die fliehenden Bäume spiegelten den Zustand seiner verzweifelten und unsinnigen Liebe wider. Er eilte in ihrer Richtung, obwohl er wußte, daß ihn dort unten nur neuer Kummer, neue Demütigung und Tränen erwarteten. Aber er eilte trotzdem atemlos dahin, den Fuß auf dem Gashebel, aus Angst, eine Minute zu verlieren.

Die Pappeln der Tiefebene, die mit gebücktem Rükken in Prozession vorbeizogen, schienen ihm zuzurufen: Halt an, Mann, kehr um, denk nicht mehr an sie, folg uns, renn nicht in dein Verderben. Wir führen dich ins ferne Paradies der Bäume, wo es nur Wohlbefinden gibt, Vogelgesang und Seelenfrieden, besteh nicht darauf.

Und ihre Rede war so überzeugend, daß ihn plötzlich eine innere Erregung ergriff, er auf die rechte Seite der Fahrbahn fuhr und anhielt. Doch im nämlichen Augenblick hielt auch die Landschaft, so weit das Auge reichte, an, und vor ihm, am Ende der leeren Asphaltstraße, blieb die Gruppe der Bäume kompakt und unbeweglich stehen, fädelte sich nicht mehr von einer zur andern Seite ab, die Pappeln flohen nicht mehr, sie sagten nicht mehr, bleib stehen, sie wagten nichts mehr zu sagen, denn sie verstanden, daß nichts mehr zu machen war, die Bäume sagten jetzt: »Ja, du hast recht, dort unten im Süden, wo die Straße aufhört, steht sie und erwartet dich, um dich zu verdammen, aber es hat keinen Sinn mehr.

Denn die Sonne steht schon hoch, und wir können dich nicht mehr retten.«

19

Sie ist nicht mehr da, sie ist schon abgereist, das Telephonfräulein hat es falsch verstanden, es ist unmöglich, daß sie noch dort ist, unmöglich, daß sie ihn gerufen hat.

Er fragte nach dem Hotel Moderno. Dort unten, gleich hinter dem Platz. Im selben Augenblick begann wieder die unselige Unruhe, er hielt den Wagen an und trat herzklopfend ein, es war ein Hotel wie viele andere in der Provinz, rechts die schmale Portiersloge. Fräulein Anfossi? Wen soll ich melden? Dreiviertel neun, ob sie schon angezogen ist? Sie ließe sagen, daß sie in fünf Minuten herunterkäme, er möge so lange warten.

Er setzte sich auf einen kleinen Sessel, von dort sah man durch eine Glaswand in einen großen Saal mit Tischchen an den Wänden, ob man hier wohl am Abend tanzte? Mit wem wird sie getanzt haben?

Unerwartet war sie plötzlich da, zerzaust und noch ungeschminkt.

»Wieso bist du so früh gekommen?«

»Das hat mir das Telephonfräulein ausgerichtet. Morgen früh, so stand es auf dem Billett.«

»Aber ich muß mich noch anziehen, die Koffer packen und mich dann bei meiner Familie verabschieden, die so nett zu mir gewesen ist.«

»Um wieviel Uhr willst du dann abfahren?«

»Ich weiß nicht recht, hast du es so eilig? Wir könnten kurz nach zwölf starten.«

»Und hier in Modena essen?«

»Also höre, trink du jetzt irgendwo einen Kaffee, und ich mache mich oben fertig.«

Sie grüßte die Kellner mit einer gewissen Vertraulichkeit, scherzte mit dem Mädchen an der Bar, schien hier zu Hause zu sein, sie war selbstsicher in ihrer stets etwas kekken Art, blaß und die Nase mutwilliger denn je. Wie alle dunkelhaarigen Mädchen, wenn sie gerade aus dem Bett kommen, war ihr Gesicht noch irgendwie nicht richtig in Ordnung, die Haut von blasser, marmorfarbener Transparenz, Nachtschatten um Wangen und Mund, und sie besaß jene sinnliche Jungfräulichkeit, die sich jeden Tag erneuert, jene entwaffnende Aufrichtigkeit des Körpers, der überrascht worden war; alte Frauen macht es noch häßlicher, und auch die Jungen erscheinen weniger hübsch, aber dafür nackter, kraftvoller, schmutziger, wilder, erregender, vertrauter, das Schöne und das Häßliche traten gleichermaßen stärker hervor, so bei Laide der volkstümliche Einschlag, die Dreistigkeit, der kleine Mund öffnete und schloß sich, und die festen Lippen, besonders die Unterlippe, schoben sich vor wie kapriziöse und freche Blumenblätter.

Antonio betrachtete sie mit dem unerwartet tröstlichen Gefühl, sie häßlich zu finden, es gab Tausende von kleinen Mädchen, die besser aussahen, es war also nicht so, daß jeder Mann ihr nachlaufen mußte; und auch er selbst machte sich jetzt nicht mehr so viel daraus. Einen Herzschlag lang hoffte er sogar, sich von der Besessenheit befreien zu können, aber es war nur ein kurzer Augenblick, Laide hatte sich gesetzt, trank einen Milchkaffee und hielt mit der Rechten den Arm des Kellners fest, der sie angeschaut hatte, und sagte:

»Giacomo, bring mir bitte eine von den Brioches, du weißt schon, welche ich meine.« Und Antonio bemerkte, daß der Kellner ein Junge von einundzwanzig Jahren war mit einer langen, kräftigen Nase, einem kleinen Kinn, eher häßlich, doch besaß er eine gewisse schlaftrunkene mannhafte Spannung, und Antonio fragte sich, ob er wohl... Es war absurd, es war schrecklich, es war von erschreckender Einfachheit, vielleicht hatte Laide ihn sich, dachte er, nur so, einer Laune folgend, in dieser Nacht in ihr Zimmer kommen lassen.

Giacomo kam lächelnd mit dem Briochegebäck auf einem Teller, sie nahm sie und sagte:

»Ich gehe unterdessen hinauf, die Koffer schließen.« Antonio begleitete sie bis an die Treppe: »Kann ich nicht mit hinaufkommen?« – »Du bist wohl verrückt?« meinte sie.

Er setzte sich wieder in den kleinen Korbsessel in der Ecke, von dem aus er die Treppe im Auge behielt, und wartete auf sie. Von seiner Loge im Hintergrund konnte der Portier ihn beobachten. Antonio fühlte sich außerordentlich verlegen und lächerlich; in seinem Alter sich von einem kleinen Mädchen so am Gängelband führen zu lassen. Der Onkel! Als ob der Portier nicht längst gemerkt hätte, was da gespielt wurde. Der klassische Fall des alten Liebhabers, der zahlt, und des Mädchens, das sich mit jungen Männern amüsiert. Aus dem Blick eines vorübergehenden Kellners schien er Ironie zu lesen.

Schritte auf der Treppe, nein es waren Männerschritte. Ein junger Mann im Pullover, mit einer Wildlederjacke über dem Arm, tauchte auf. Ein sportlicher Typ. Vermutlich einer der hier trainierenden Rennfahrer. Sollte er der Grund gewesen sein, fragte sich Antonio, daß Laide nicht gewollt hatte, daß er sie hinaufbegleitete?

Vielleicht hatte er sich gerade in ihrem Zimmer rasiert, während sie mit ihm, Antonio, unten ihren Kaffee trank?

Dorigo beobachtete ihn genau, aber der junge Mann ging, ohne auf ihn zu achten, dem Ausgang zu. Das beruhigte ihn. Denn wenn er mit ihr im Zimmer gewesen wäre, so hätte sie sich doch sicher einen Vorwand ausdenken müssen, um hinunterzugehen, vielleicht würde sie ihm gesagt haben, ihr Onkel sei eingetroffen. Und in diesem Fall hätte der junge Mann sicher, wenigstens aus Neugier, einen Blick auf ihn geworfen.

Im übrigen war das sowieso eine absurde Hypothese. Denn Laide, immer so sehr bemüht, den Schein zu wahren (lächerliches Bemühen, nach seiner Ansicht, denn er war fest davon überzeugt, daß alle sie längst, vom Portier bis zum letzten Hotelgast, als Flittchen auf Reisen eingestuft hatten, man stelle sich vor, eine die erzählt, sie mache Modephotographien!), hätte garantiert niemals einen jungen Mann bei sich im Zimmer behalten, sondern würde ihn nach dem Liebesspiel so schnell wie möglich wieder auf das seine zurückgeschickt haben.

Eine Regung innerer Auflehnung. War er denn drauf und dran, vollständig zu verdummen? Warum dieses ununterbrochen mühevolle Sinnieren über eifersüchtige

Verdächtigungen? Was für Verpflichtungen hatte sie denn ihm gegenüber? Etwa wegen der fünfzigtausend Lire, die sie von ihm geliehen hatte (eine Geschichte von Schulden, die sie während der Krankheit ihrer Mutter auf sich genommen hätte, mit der Verpflichtung, sie ratenweise abzuzahlen, und am nächsten Tag war gerade eine fällig gewesen) und die er mehr als glücklich war, ihr geben zu können, aus dem Gefühl heraus, endlich ein persönliches Band zwischen ihnen zu knüpfen? Nein, er konnte doch wohl ehrlicherweise nicht erwarten, daß diese fünfzigtausend Lire ihr auch nur entfernt so etwas wie eine Verpflichtung von Treue ihm gegenüber auferlegen würden? Sie konnte tun und lassen, was ihr Spaß machte, und sich von wem sie wollte hin und her stoßen lassen. Was hätte er daran aussetzen können?

Er schaute auf die Uhr, zwanzig Minuten waren verstrichen, dort auf der andern Seite in dem großen Saal mit den Glaswänden strahlte die Sonne, er stand auf und ging hinaus, um das Verdeck des Wagens herunterzulassen, es lag ihm daran, Laide einen offenen Wagen vorzuführen, den Frauen gefällt das, es sieht sportlich, modern, wohlhabend aus, er selbst fühlte sich in diesem Auto, obgleich es eigentlich kein Luxuswagen war, wie ein anderer, jünger, selbstsicherer, beneidet, es war das erste Mal, daß er einen solchen benützte, aber er hatte schon bemerkt, daß ihn alle auf der Straße ansahen, alle Frauen und besonders die jungen. Während er das Verdeck herunterließ und es in dem dafür bestimmten Platz faltete, was ein ziemlich kompliziertes Manöver war, bemerkte er, wie zwei jüngere Diener des Hotels auf die Schwelle getreten waren und ihn mit dem typischen Interesse jüngerer Leute für auffallende Wagen beobachteten.

Er versuchte, so schnell wie möglich zu machen, weil er fürchtete, Laide könnte schon kommen. Als er wieder ins Hotel trat, sagte ihm der Portier lächelnd:

»Ihre Nichte ist noch nicht heruntergekommen.«

Seine Nichte? Das paßte ihm ganz und gar nicht, das sah ja fast so aus, als wollte sie von vornherein klarstellen: Ihr bildet euch doch nicht etwa ein, daß dieser Fünfzigjährige mein Geliebter ist? So als ob sie sich irgendwie gedemütigt fühlte, öffentlich zuzugeben, ein Verhältnis mit einem Mann zu haben, der bequem ihr Vater sein könnte: Sicher, Laide hatte ihn eingeladen und als ihren Onkel vorgestellt, und das zeigte, daß sie sich seiner nicht schämte, daß sie im Gegenteil vielleicht sogar auf diese erdichtete Verwandtschaft Wert legte, darauf, aus so guter Familie zu kommen, Lieblingsnichte eines bekannten und geachteten Mannes zu sein. Und nicht nur das, es schuf zwischen ihnen beiden ein Band, auch wenn es unecht war, das sehr viel fester verknüpfte, als das vollkommen gehaltlose zwischen einem Callgirl und seinem Kunden. Antonio fühlte eine unendliche Freude über alles, was ihm so oder so erlaubte, in Laides Leben einzutreten, in diese zweideutige, komplizierte, sündhafte und so überaus mailändische Welt.

Er verstand es auch, daß es für Laide äußerst bequem war, ihm die Rolle des Onkels zuzuschreiben. Dieses Alibi erlaubte ihr, mit diesem und jenem anzubändeln und gleichzeitig sich von Antonio begleiten zu lassen, ohne daß dies irgendwie skandalös aussah. Es hätte ihm Genugtuung verschafft, dem Portier zu antworten:

»Nichte, niemals meine Nichte gewesen, die Dame.« Aber dann hatte er sich noch rechtzeitig abgefangen: Er hätte doch nur die Figur des an der Nase herumgeführten, gehörnten alten Liebhabers gemacht und wäre dazu noch das Risiko eingegangen, daß Laide, wenn sie von der Sache Wind bekommen hätte, fähig gewesen wäre, ihn wütend vor allen Leuten zum Teufel zu wünschen.

Das waren seine Gedanken, als sie herunterkam. Sie war tadellos aufgemacht, frisiert und leicht geschminkt, trug ein Plisseekleid und hielt ein winziges Malteserhündchen auf dem Arm. Hinter ihr kam der Hausdiener mit einem Koffer und zwei Handtaschen, einem Beautycase und einem Wildledermantel über den Arm.

»Ist das dein berühmtes Hündchen?«

»Tun wir die Koffer gleich in den Wagen?« sagte sie schnell, ohne zu antworten, und er bemerkte, daß sie sich umsah, um zu kontrollieren, ob jemand anderer, außer dem Hausdiener, Antonios Frage gehört hatte. Denn es war doch außerordentlich seltsam, daß ein Onkel noch nie das Hündchen seiner Lieblingsnichte zu Gesicht bekommen hatte.

Er bemerkte, daß Laide ganz plötzlich schlechter Laune geworden war, sie beschleunigte ihre Schritte, um sich so etwas von dem Hausdiener zu distanzieren, und sagte:

»Wenn ich etwas nicht ausstehen kann, so ist es von Privatangelegenheiten vor Fremden zu reden.«

»Was habe ich denn gesagt?«

»Nichts, nichts«, machte sie leise, denn der Hausdiener näherte sich, »in gewissen Dingen seid ihr Männer vollkommene Idioten.«

Zum Glück hellte sich ihr Gesicht aber schnell wieder auf, als sie vor dem Hotel des roten Spiders ansichtig wurde, der sie dort in der Maisonne funkelnd erwartete.

»Gehört der dir?«

»Nein, ein Freund hat ihn mir geliehen.«

»Natürlich, und wann entschließt du dich, deinen alten Kasten zu wechseln?«

Sie verstauten das Gepäck im Kofferraum, dann sagte sie: »Tust du mir einen Gefallen?«

»Was denn?«

»Im Hotel muß ich noch eine Kleinigkeit bezahlen.«

»Mit anderen Worten: die Rechnung?«

»Da siehst du, wie du bist, du mußt sofort etwas

Schlechtes denken, die Rechnung ist schon bezahlt. Hast du vielleicht gedacht, ich lasse dich nur aus Mailand kommen, um die Rechnung zu bezahlen? Hältst du mich wirklich für so eine? Nein, es ist die Rechnung des Portiers, vier- oder fünftausend Lire.«

Es machte dann fünftausendzweihundert. Er zahlte sie. Und kam wieder heraus. Er schlug ihr dann vor, da es noch nicht zwölf Uhr war, sofort zu starten, denn er mußte am Nachmittag im Büro sein. Und statt in Modena zu essen, könnten sie in Parma anhalten, auch in Parma gäbe es gute Restaurants.

»Warum?« sagte Laide. »Es zwingt uns doch niemand, so früh abzufahren? Wir können es nach dem Mittagessen tun, und auf der Autostraße kommst du immer noch zeitig genug ins Büro. Zudem möchte ich Marcello auf Wiedersehen sagen.«

»Und wer ist Marcello?«

»Mein Vetter, zehnmal habe ich dir das schon gesagt.«

»Und hast du ihn in diesen Tagen nicht genug gesehen, deinen lieben Vetter?«

»Ein einziges Mal, es gibt so viel Arbeit auf dem Bauplatz. Laß mich sehen, ob ich ihn jetzt endlich erwische.«

Sie ließ Antonio stehen und ging zum Portier hinein. Um nicht aufdringlich zu erscheinen, rührte er sich nicht. Er sah durch die Hoteltür, wie sie telephonierte. Sie schien sehr zufrieden zu sein. Sie lachte. Er konnte kaum abwarten, daß sie aufhörte. Er zündete sich eine Zigarette an und sah, wie sie immer weitertelephonierte und immer weiterlachte.

Endlich legte Laide den Hörer nieder und holte ihn auf dem Bürgersteig im Schatten des überhängenden Daches ein. Sie sah glücklich aus.

»Also?«

»Ich weiß nicht, ob ich dir schon sagte, daß ich absolut einer Familie adieu sagen muß, die so nett zu mir gewesen ist, ich kann nicht einfach fortgehen, ohne mich zu verabschieden.«

»Wer weiß, wann wir dann zum Essen kommen.«

»Ach, aus dem Essen mache ich mir nichts. Wir könnten es vielleicht so machen: Marcello kommt gleich vorbei und begleitet mich zu der Familie. Du kannst unterdessen essen gehen. Und zwischen vierzehn und vierzehn Uhr dreißig treffen wir einander und fahren gleich ab, so verlierst du keine Zeit.«

»Und ich komme extra aus Mailand, dich abzuholen, damit du mich hier allein sitzenläßt?«

»Nun ärgere dich nicht, wie soll ich es sonst anders mit der Familie machen?«

»Und die Geschichte mit deinem Marcello gefällt mir noch weniger. Das sieht ganz so aus, als ob er dein Vetter sei wie ich dein Onkel.«

Laides Augen weiteten sich vor Überraschung und Wut.

»So einer bist du, für dich gibt es nur Flittchen. Kann man denn nicht jemanden gern haben, ohne mit ihm ins Bett zu gehen? Ich würde ihm nicht einmal mehr ins Gesicht sehen, wenn er keinen Respekt vor mir hätte.«

»Du willst mir doch nicht etwa erzählen, daß er dir nie einen Kuß gegeben hätte.«

»Verflucht nochmal«, stieß sie erbittert hervor, »ich habe es ja gewußt, daß du wieder Geschichten machen wirst. Ihr seid alle gleich, ihr Männer. In eurer Phantasie sind wir eben alle Dirnen! Nein, wenn du es absolut wissen willst. Marcello hat mich nie geküßt. Wir stehen wie Geschwister zusammen. Kapiert?«

»Unnötig, daß du dich so aufregst, du kannst ja schließlich tun und lassen, was du willst.«

»Ah, ich soll mich also nicht aufregen, da nennst du mich einfach Dirne, und dann soll ich mich nicht aufregen.«

»Und wer hat Dirne zu dir gesagt?«

»Du, weil du glaubst, weil ich mit dir ginge, ginge ich auch mit ihm. Er hätte allenfalls Grund, sich zu ärgern, wenn er wüßte, daß zwischen uns beiden...«

Antonio war überwältigt. Antonio glaubte ihr, es war unwahrscheinlich, aber Antonio glaubte ihr, sie sprach mit einem solchen Anschein von Wahrheit und beleidigtem Stolz. Um fähig zu sein, so zu lügen, müßte sie ein Ungeheuer sein, nein, es ist vollständig unmöglich, daß ein kleines Mädchen wie sie auf eine so vollkommene Art heucheln kann, dazu wären die Intelligenz und die Phantasie eines Shakespeare nötig gewesen.

»Schon gut«, sagte er besänftigt. »Was hast du denn deinem Marcello erzählt, wer ich sei?«

»Mein Onkel.«

»Ein plötzlich aufgetauchter Onkel?«

»Ja, ich habe ihm gesagt, daß du vorher viel herumgereist bist und im Ausland warst.«

»Und er hat das geglaubt?«

»Warum sollte er es nicht glauben? Es sind doch nicht alle so wie du. Aber halt... mir scheint, da kommt er.«

20

Er sah ihm mit gewissem Bangen entgegen. Doch nein. Marcello war nicht der Typ, der einem Angst machen konnte. Nicht einmal ihm, einem Fünfzigjährigen. Er erschien auf einem Motorroller, war mit ziemlich schlechtem Geschmack gekleidet, trug eine gelbgrüne Krawatte und einen gestreiften Anzug. Aber das Gesicht? Wichtig war das Gesicht.

Dieses Gesicht entsprach der Beschreibung, die Laide von ihm gegeben hatte. Er war ein langer Bursche, größer als Antonio, wenn er sich auch schlecht hielt. Aber das Gesicht? Das Gesicht war wichtig.

Das Gesicht entsprach bis ins kleinste der Beschreibung. Häßlich? Nein, nicht häßlich. Schlimmer. Ausdruckslos, ohne Leben, stumpf. Aber nicht häßlich. Die Augen, besonders die Augen. Stumpf, ohne Blitzen, ohne Funken, ohne Sinnen, ohne Hintergedanken. Gutmütig, leicht unbeholfen. Ja, ihre Beschreibung traf vollkommen zu.

Man stellte sich vor. Die Verlegenheit war gering.

»Nun hör mal zu«, sagte Laide, »du weißt doch, wo der große Platz ist, geradeaus, kaum zweihundert Meter von hier, dort wo es bergab geht. Du ißt ruhig, und wir treffen uns auf dem Platz.«

»Um wieviel Uhr?«

»Welche Zeit haben wir jetzt?«

»Zwanzig Minuten nach zwölf Uhr.«

»Sagen wir um vierzehn Uhr fünfzehn?«

»So spät?«

»Meine Freunde wohnen eben etwas außerhalb.«

»Gut, also um vierzehn Uhr fünfzehn, aber bitte sei pünktlich.«

»Könntest du mir noch einen Gefallen tun?«

Antonio schaute auf Marcello; Marcello schien abwesend, vollständig uninteressiert, apathisch.

»Was ist es denn?«

»Könntest du Picchi solange nehmen?« – »Den Hund?«

»Ja, ich kann ihn doch nicht auf der Vespa mitnehmen, du wirst sehen, er ist ein Liebling.«

»Bekommt er was zu fressen?«

»Ah, das kann er dann noch in Mailand, höchstens ein bißchen Reissuppe mit Fleisch, aber, um Gottes willen, nur rohes Fleisch und wenig, er ist doch so klein, mein Picchitier.«

Mit einem graziösen Sprung, der von langer Übung zeugte, setzte sich Laide auf dem Soziussitz zurecht. Marcello ließ den Motor an. Sie winkte noch Antonio kurz zu, dann drehte sie sich nach vorne, es schien, als lehnte sie sich an seine Schultern, und wandte sich nicht mehr um. Er blieb mit dem Hündchen im Arm in der Sonne zurück.

Etwas erhob schwach in seinem Innern die Stimme. Sieh mal, das ist nicht richtig, denk an dein Alter, sie fährt da auf einem Roller mit einem Jüngling von zweiundzwanzig oder fünfundzwanzig Jahren davon und läßt dich einfach sitzen wie einen Idioten. Und obendrein noch das Hündchen. Verstehst du, wie lächerlich das ist? Verstehst du, was du für eine Figur machst?

Er stand mit dem Hündchen auf dem Arm vor dem Hoteleingang, und auf der Schwelle waren immer noch die beiden livrierten Diener von vorhin. Sie betrachteten ihn, weder verwundert noch höhnisch noch ironisch. Sie betrachteten ihn nur.

Er begab sich in das erste beste Restaurant. Es war ein bekanntes Lokal, und es war ziemlich heiß, er nahm in einem Seitensaal Platz, wo noch wenige Leute saßen. Dort setzte er das Hündchen auf den Boden, das trotz seiner Winzigkeit von schrecklicher Lebendigkeit war.

Er bestellte Schinken, er hatte keine Lust zu essen, allein schon der Gedanke ans Essen verursachte ihm Übelkeit. Er war allein. Zwei Tische weiter hatte ein Paar Platz genommen, es schienen Ausländer zu sein. Sie, eine blasse Blonde, interessierte sich sofort für das Hündchen und begann es zu locken, aber Picchi schaute nicht einmal zu ihr hin.

Nur mit Mühe schluckte er etwas hinunter, wo war sie wohl jetzt? Servierwagen, mit den herrlichsten Speisen beladen, fuhren an ihm vorbei, aber was kümmerte ihn das? Es war zuviel für sein Alter. Er stellte sich vor, irgendein Bekannter überraschte ihn hier und würde ihn nach dem Hund fragen. Es war wirklich zuviel für sein Alter. Er bestellte einen Paillard. Vielleicht würde er den hinunterkriegen. Die blonde Ausländerin interessierte sich nicht mehr für den Hund.

Von jeher schon ging er ungern allein in ein Restaurant. Um das zu vermeiden, überschlug er lieber die Mahlzeit. Der Paillard wurde ihm gebracht. Auch die Suppe für den Hund. Es war drückend heiß, der Saal jetzt ganz besetzt, alle aßen mit gutem Appetit, waren lustig, der Teufel sollte sie holen. Halb zwei, wie heiß es war, noch eine Dreiviertelstunde. Es war ein Restaurant erster Ordnung, die Kellner kamen und gingen. Die Suppe war nicht nach Picchis Geschmack. Eine Banane zum Nachtisch, das war wohl das einfachste, aber die Banane war unreif, und er ließ die Hälfte davon auf dem Teller zurück. Ein Mokka. Der Kellner, enttäuscht über einen solchen Gast, brachte die Rechnung. Dreiviertel zwei. Noch eine halbe Stunde. Und er hatte nicht einmal eine Zeitung mit zum Lesen. Er wartete längere Zeit auf das Wechselgeld, aber der Kellner trödelte herum, Picchi begann an seinem Hosenbein zu kratzen, er wollte auf die Knie springen, Antonio nahm ihn hinauf und streichelte ihn, er verstand sich auf Hunde. Und wenn er einfach abfahren, Koffer und Hündchen im Hotel abgeben würde? Unklar verstand er, daß ein Mann, ein wirklicher Mann, so und nicht anders handeln würde. Aber er war kein Mann mehr, er war ein Unglücklicher, ein Kind, schlimmer als das, er war ein Wurm, ein verächtliches Geschöpf, und auch das verstand er unklar.

Mit einer Art innerem Hohngelächter stellte er sich die Szene vor. Sie kommt mit dem lieben Vetter auf den Platz und findet ihn nicht mehr vor. Sie suchen die umliegenden Straßen ab. Nichts, es ist schon 14.40 Uhr. Ob er wohl noch im Restaurant ist? Aber auch hier ist er nicht zu finden. Vielleicht ist er ins Hotel zurückgegangen? Dort, kaum ist Laide eingetreten, kommt ihr der Portier mit einem Lächeln entgegen, das eine Menge Dinge ausdrückt: »Ihr Onkel, Signorina, läßt Ihnen ausrichten, daß er abfahren mußte, und bittet Sie, ihn zu entschuldigen, er konnte nicht warten...« – »Und meine Koffer?« – »Sind hier.« – »Und mein Hündchen?« – »Ist auch hier.« Sie wird blaß vor Wut und beherrscht sich nur mühsam, um sich nicht vor dem Portier zu verraten. (Sie denkt, das sei noch nötig – daß ich nicht lache!) Am liebsten aber würde sie in die gröbsten Schimpfworte ausbrechen und über diesen Onkel herfahren. Denn was soll sie jetzt machen? Ohne eine Lira in der Tasche? Denn Marcello... mein Gott, dem leiht sie ja noch ab und zu etwas... Diesen Ärger und diese Demütigung. Dabei merkt sie, daß der Portier alles verstanden hat und sie plötzlich von oben herab und mit einer gewissen Überlegenheit mustert, was er vorher nicht getan hat. Es ist ja klar genug, daß sie eine von denen ist und die Geschichte von der Arbeit als Photomodell ein kindisches Alibi war. Und tatsächlich, als sie nun sagt, daß sie dann eben noch eine Nacht hierbleiben würde, beeilt er sich, ihr zu sagen, daß leider ihr Zimmer schon vergeben sei und auch kein anderes frei sei. Und als sie sich ärgert und sich aufs Bitten verlegt, sagt er: »Ich weiß nicht, liebes Fräulein, ob Ihnen das genügen würde, aber um Ihnen entgegenzukommen, könnten wir Ihnen vielleicht im letzten Stock ein Zimmer zur Verfügung stellen, gerade neben dem meinen ist noch ein kleines frei.« Das wäre eine gesunde Lektion: Der Onkel Antonio war also doch nicht solch ein Schlappschwanz, wie man angenommen hatte. Verliebt, schön und gut, soviel man will, aber alles ließ er sich von dieser Göre denn doch nicht gefallen.

Wollüstig malte sich Antonio diesen imaginären Sieg bis ins einzelne aus, obwohl er sich gleichzeitig Rechenschaft darüber gab, daß er niemals dazu fähig sein würde. Es war so, wie wenn jemand sich Katastrophen vorstellt, Erdbeben, eine Schlacht, eine fürchterliche Krankheit, den totalen Zusammenbruch. Denn bei dem Gedanken, sie niemals mehr wiederzusehen, befiel ihn eine grenzenlose Furcht. Nein, alles, nur nicht diese Strafe. Was würde er ohne sie machen? Wie könnte er das aushalten? Laide war die Welt, das Leben, das Blut, das Sonnenlicht, der Ruhm, der Reichtum, die Befriedigung aller Sehnsüchte. Schon das Gefühl, ihren Hund auf den Knien zu spüren – er war Gott sei Dank eingeschlafen –, tröstete ihn. Denn das Tierchen gehörte Laide und war eine Garantie, sie, wenn auch nur für eine Minute, wiederzusehen. Verfluchtes, kleines, vorlautes, widerspenstiges, geliebtes Hündchen, das eine solch wunderbare Macht besaß.

Der Kellner brachte das Wechselgeld. Es war 13.50 Uhr, aber man mußte auch die Möglichkeit in Rechnung stellen, daß vielleicht unterdessen ein Reifen an seinem Auto geplatzt war. Er stand ungeduldig auf. In einem Spiegel sah er sein eigenes Gesicht, häßlich, angespannt. Wie schade.

Kein Reifen war geplatzt. Um 14.05 Uhr war er schon auf dem Platz und parkte das Auto. Aber hier in der Sonne im Wagen sitzen bleiben, das konnte er auch nicht. So stieg er mit dem Hündchen aus.

In der Mitte des Platzes befand sich eine kleine Grasinsel. Dort ließ er den Hund, immer an der Leine, etwas spazierengehen. Wenige Leute gingen vorbei, aber der eine oder andere blieb stehen, es war ein zu reizender kleiner Hund. Zwölf Minuten nach 14 Uhr, dreizehn Minuten nach 14 Uhr. Endlich! In zwei Minuten würde sie da sein, mit ihm fortfahren, an seiner Seite sitzen, in der Sonne, sie beide allein auf der Autostraße, zum ersten Mal auf einem Ausflug zusammen und niemand da, der sie stören könnte. Und er würde endlich mit ihr sprechen, er hatte sich entschlossen zu sprechen, so konnte es nicht weitergehen, sollte es kosten, was es wolle, aber er hielt einfach dieses ewige Geziehe nicht mehr aus, dieses Sich-nur-ab-und-zu-Sehen, dieses Ihr-nie-telephonieren-Können, diese berechnende Liebe zu zwanzigtausend Lire, wenn er nur erst einmal mit ihr im Auto säße und sie niemand mehr störte, weder jener zweideutige Vetter Marcello noch ihre Verwandten noch die Beaus aus dem »Due«, mit denen sie am Abend tanzte, noch die Kupplerinnen. Sie beide allein in der Unendlichkeit der Ebene. Nie war er fähig gewesen, zu einem Mädchen zu sprechen und ihr zu sagen, was ihm sein Herz eingab, niemals, niemals, immer war er unfähig dazu gewesen, aber jetzt war sein Herz so übervoll, er würde sprechen, auch auf die Gefahr hin, sich zu zerstören, es ging um Leben und Tod, er hielt es nicht länger aus.

In der Sonne wurde es so unerträglich heiß, daß er den Hund aufnahm und an den Straßenrand ging, dort wo die Häuser etwas Schatten gaben. 14 Uhr und 17 Minuten. Von einem Moment zum andern. In seinem Alter mit einem lächerlichen Hundevieh im Arm auf ein Callgirl zu warten, das, während er gespeist hatte, vielleicht mit einem andern ins Bett gegangen war und mit ihrem Freund lange über ihn gelacht hatte, über ihn, den Idioten, der alles glaubte, was man ihm erzählte, und vielleicht lacht sie jetzt in diesem Augenblick noch im Bad, während sich ihr Freund den Schweiß nach der Anstrengung abwischte. Aber warum denn? Vielleicht war es gar nicht so. Im Grund konnte ja alles auch stimmen. Es ist sogar ganz ausgeschlossen, daß es nicht stimmt, denn wo würde sein kleines Mädchen sonst diese Sicherheit herhaben. Es stimmte. Sicher stimmte es. Aber warum ließ sie ihn dann hier auf der Straße mit dem Hündchen im Arm so lange warten? Hielt Laide so wenig von ihm? Wollte sie ihn demütigen? Wenn seine Kollegen etwas davon erfahren würden, seine Freunde ihn sehen würden? Gerade dieser verfluchte Hund machte die Situation so peinlich. 14.25 Uhr, schon zehn Minuten zu spät. Warum? Er war ein Mann von fast fünfzig Jahren, seriös, geachtet, respektiert, ein fast bedeutender Mann. Und zu gleicher Zeit ein Kind, allein, schlecht behandelt, gedemütigt, und niemand wußte von seinem Kummer, niemand auf der Welt, und wenn auch jemand etwas davon gewußt hätte, Mitleid würde er trotzdem nicht mit ihm haben. Das Hündchen machte eine Bewegung, es war müde, auf seinem Arm zu sitzen, es hatte Lust zu laufen. Niemand auf der Welt konnte Barmherzigkeit über seinen unwürdigen, über seinen törichten Kummer fühlen, im Gegenteil, alle würden sie über ihn lachen, auch alte Freunde hätten nur Hohngelächter für ihn übrig gehabt.

Es war gerade in einem von diesen Augenblicken, in denen das spasmische Warten einer physischen Erschöpfung Platz gemacht hatte und seine müden Augen nichts mehr wahrnahmen, als der Roller Marcellos mit Laide auftauchte.

»Es ist zwanzig Minuten vor drei Uhr«, sagte Antonio.

»Nun, und? Jetzt bin ich ja da«, antwortete Laide selbstsicher, ohne weiter darauf einzugehen.

21

Marcello begleitete sie auf dem Roller bis vor die Stadt. Antonio drückte auf den Gashebel, um ihn abzuschütteln, und als sie in eine Gegend mit weniger Verkehr kamen, begannen sie ihn hinter sich zu lassen.

Da kniete sich Laide auf den Sitz, um zurückschauen zu können, und bewegte grüßend den Arm. Als ob sie nach China verreisen oder ihn nie wiedersehen würde, so stellte sie sich an.

Verstand sie denn nicht, daß dies für Antonio einer Ohrfeige gleichkam? Wie konnte er weiter an die Geschichte des schüchternen, respektvollen und keuschen Vetters glauben?

Endlich setzte sich Laide wieder hin, aber sie drehte sich noch immer zurück, um mit der ausgestreckten rechten Hand zu winken.

»Bist du nun endlich fertig?«

»Mit was?«

»Dem geliebten Vetter zuzuwinken.«

»Was heißt da geliebter Vetter? Wie oft soll ich es dir noch wiederholen, daß es niemals etwas zwischen uns gegeben hat? Ich habe nun wirklich diese Geschichte bald satt.«

»Keine Ursache, dich aufzuregen.«

»Nein, denn ich kenne dich zur Genüge. Wenn du dir einmal etwas in den Kopf gesetzt hast, dann kann dir das niemand mehr ausreden. Aber damit du es weißt, Lügen habe ich dir niemals erzählt.«

»Auch damals nicht mit dem Namen?«

»Welchem Namen?«

»Nun, als du behauptetest, Mazza zu heißen, statt Anfossi.«

»War keine Lüge, denn in der Scala nannte ich mich Mazza.«

Er schwieg. Die Versicherungen Laides, daß nichts Schlimmes an dem war, was sie tat, daß sie nicht mehr zu Frau Ermelina ginge, daß das »Due« ein ganz solides Lokal sei, daß Marcello nie wagen würde, sie anzurühren, daß sie nach Modena ginge, um zu »arbeiten«, daß alles in ihrem Leben in Ordnung und wohlanständig sei, daß alle ihre Alibis bis ins kleinste stimmten, hatte die außergewöhnliche Wirkung, ihn zu beruhigen und zu überzeugen, trotz den andauernden und energischen Einwänden des gesunden Menschenverstandes; es war, als hätte er ein magisches Fixiermittel getrunken.

Doch nun wollte er Laide den lang überdachten Plan unterbreiten. Dieser Pakt war von grundlegender Bedeutung für Antonio, konnte seine Rettung bedeuten.

Denn woher kamen seine Qual, seine Unruhe, sein Kummer, die Unfähigkeit zu arbeiten, zu essen, zu schlafen? Warum war er nicht mehr er selbst, sondern ein zitternder Sklave, unfähig zu reagieren?

Das Warum war nur zu klar. Er hatte Laide zum Leben nötig, aber Laide gehörte ihm ja nicht, Laide kam und ging, telephonierte oder telephonierte nicht. Um bei der Wahrheit zu bleiben, sie hatte bisher immer ihr Wort gehalten, aber wenn sie ihn nun plötzlich nicht mehr anrufen würde oder ihm versprechen würde, es zu tun, und dann doch nicht telephonierte? Mit anderen Worten, es war so ein unsicheres und schwankendes Gut, auf das er nicht zählen konnte. Und gerade aus dieser großen Unsicherheit kamen seine Pein und seine Qual.

Er bog nun in die Seitenstraße ein, die zur Autobahn führte, kurz danach begann die große, überhöhte Kurve, die in die Autobahn einmündete, die Sonne schien wunderbar, es war 15.15 Uhr. Wie schön, einen roten offenen Sportwagen zu steuern, mit einem reizenden und pikanten kleinen Mädchen an der Seite, das, übermodern, über all das Bescheid wußte, was übermoderne kleine Mädchen wissen mußten, und nicht nur das allein: an der Seite des geliebten Geschöpfes, der Frau, die man über alles auf der Welt begehrt, die Besessenheit, Alpdruck, Schicksal, Rätsel, Laster, Verdammnis, Liebe bedeutet. Sie trug ein weißgetupftes blaues Kopftuch, unter dem Kinn geknüpft – verlockendes, hochmütiges, kleines Bauernmädchen. Es war schön, in einem offenen Wagen zu fahren, nur schade, daß so wenige Leute unterwegs waren, niemand, der sein wundervolles Vorrecht richtig einschätzen konnte, an einem Mainachmittag in einem roten Spider mit einem solchen Geschöpf auszufahren, kleines Mädchen und auch wieder nicht, Kind und Frau, Blume und Sünde; man mußte nur richtig hinschauen, um alles zu sehen. Wenn man nur so weiterfahren könnte und nicht zur Arbeit müßte, wenn nur die Sonne nicht unterginge und die Straße kein Ende nähme, wenn sie nur nicht nach Mailand zurück müßte. Denn wenn sie auch keine Eile hatte, so mußte sie doch, wie sie sagte, am Abend dort sein, sie sei zu einer Tante eingeladen. Er hatte weiter nichts darauf geantwortet, denn man weiß ja, was Tanten für waghalsige, kleine, vorurteilslose Mädchen bedeuten, die auf Geld aus sind, er würde sie auch gewiß nicht danach fragen, es käme einer Ohrfeige gleich, eigensinnig wie sie nun einmal war, aber er hätte darauf schwören können, daß sie heute abend eine Verabredung hatte. Vielleicht hatte sogar Ermelina gestern extra aus Mailand angerufen, es gäbe da eine fabelhafte Gelegenheit mit einem Herrn aus Biella, steinreich und hochanständig, einer von denen, die, wenn sie den Typ finden, der ihnen liegt, dann nicht knauserig sind, denen es auf ein Billett mehr oder weniger nicht ankommt und der eventuell an etwas Festes dächte, zwei-, dreimal in der Woche aus Biella herüberkäme. Für den Rest wäre sie wie ein Vogel, und deswegen habe sie, Ermelina, Laide und nicht einer anderen telephoniert, denn Laide, wenn sie wollte, verstünde, sich beliebt zu machen. Vielleicht gefielen diesem Kunden, vorausgesetzt, daß er wirklich ein feiner und wohlerzogener Herr sei, gewisse Spielchen, sie sage dies natürlich nur so, schließlich, was ist schon Schlimmes dabei? Laide war ja ein intelligentes Kind und verstand die Lage, auch ohne daß man ihr es extra erklärte, sie machte keine Geschichten wie diese blöde Nietta, diese Rührmich-nicht-an, die gerade neulich einen Industriellen mit einem schicken Mercedes und Chauffeur, dazu noch ein stattlicher Mann, vergrämt hatte und der sich nun sicher nicht mehr bei ihr, Ermelina, blicken ließe, nein, nein. Schluß damit, sagte sich Antonio, der wieder von seinen eifersüchtigen Phantasiegebilden gequält wurde, vielleicht waren sie völlig grundlos. Oder doch nicht? Laide hatte sich an ihn gewendet, um sich mit allem Gepäck, Hund usw. nach Mailand bringen zu lassen, damit sie schon am Nachmittag zu Hause sei, um sich für den Abend zurechtmachen, waschen, parfümieren, die Wäsche wechseln zu können, um den neuen Kunden zu beeindrucken. Nein, nein, Schluß damit. Das Hündchen war ihm unterdessen auf die Knie gehüpft und hinderte ihn am Steuern; die große gerade Straße begann jetzt. Von der Sonne schläfrig geworden, hatte sich Laide zusammengekuschelt und den Kopf an den oberen Rand des Sitzes gelehnt, sie schien die Absicht zu haben, einzuschlafen. Vielleicht – dachte er – fühlte sie die matte und köstliche Müdigkeit nach dem Liebesspiel mit Marcello, während er, Antonio, im Restaurant gegessen hatte; und man weiß ja, wie heftig und frenetisch diese letzten Umarmungen vor dem Abschied oder einer langen Trennung sein können. Aber wenn sie jetzt einschlief, verflog sich sein fiebriger Mut, um ihr jenen Plan zu entwickeln. Daher sagte er mit einer großen Willensanstrenung: »Laide?«

»Ja?«

»Ich wollte dir etwas sagen.«

»Und?«

»Ich habe dich nötig. Ich gebe es zu, ich muß dich sehen.«

»Und sehen wir uns etwa nicht?«

»Ja, schon. Aber ich wollte es in einer anderen Art. Kurz, ich mache dir einen Vorschlag. Hör zu und denk darüber nach, und morgen, übermorgen, wann du willst, gibst du mir eine Antwort.«

Sie schwieg.

»Also, ich gebe dir fünfzigtausend Lire in der Woche, und du versprichst mir, daß wir uns zwei-, dreimal sehen, im übrigen brauchst du keine Angst zu haben, ich lasse dir freie Hand und will auch gar nicht wissen, was du machst.

Wenn du einen Tag nicht kannst, so sagst du es mir, und wenn du für ein paar Tage von Mailand fortgehen willst, so sagst du es mir, aber ich, siehst du, weiß auf diese Art, daß wir uns wirklich sehen, und es ist auch gar nicht nötig, daß wir jedesmal zusammen ins Bett gehen, es ist auch schön, gemeinsam ins Kino zu gehen oder ins Theater oder zum Essen. Ansonsten lasse ich dir freie Hand... Natürlich, wenn du Ermelina und Ähnliches aufgeben könntest, würde ich das, das ist doch klar, vorziehen. Ich habe dir ja schon gesagt, daß ich dich wirklich gern habe... Also, denk einmal darüber nach, und sprechen wir ruhig von etwas anderem oder, wenn du willst, mach auch ein Schläfchen.«

Doch sie wandte sofort mit einer entschlossenen und sicheren Geste den Kopf zur Seite und schaute ihn an: »Nein, ich habe es nicht nötig, darüber nachzudenken«, sagte sie, »ich nehme ohne weiteres an.«

Ein Strom neuen Lebens pulsierte in ihm. Plötzlich hörte die Qual auf, die Welt kehrte wieder in die alten Fugen zurück, die Lust an der Arbeit, der Kunst, der Natur, der schönen Dinge stellte sich wieder ein, das Gefühl der Befreiung war so stark und mitreißend, daß Antonio sich wunderte. Hatte die Hölle von so wenig abgehangen?

Ja, die Lage hatte sich plötzlich umgekehrt. Jetzt war sie unten, jetzt war er der Herr. Und er fragte sich nicht, ob es nicht verabscheuungswürdig sei, in einem Liebesduell nur auf Grund des Geldes zu siegen. Die Tröstung und das Glück waren so groß, daß die Art, wie er sie erreicht hatte, keine Wichtigkeit mehr besaß.

22

Doch in dem nämlichen Augenblick, als er sie mit allem Gepäck, den Koffern, Handtaschen, der Trousseau und dem Hündchen vor ihrem Haus abgeladen hatte und sie hinter dem Gittertor verschwunden war und er sich von seiner Unrast geheilt glaubte, die Gedanken auf sein übriges Leben, die Arbeit, die Familie, die Mutter, die Freunde, die Stadt mit ihren täglichen Zerstreuungen richtete und erwartete, wie ehemals Geschmack an den Dingen zu finden, zu jener vielleicht banalen Seelenruhe, täglicher Sicherheit, bürgerlicher Genugtuung zurückzukehren, als er glaubte, wieder auf dem bequemen Pfad angekommen zu sein, der ihn zu neuen beruflichen Erfolgen führen würde, wurde er sich auf einmal bewußt, allein zu sein.

Allein, und niemand war in der Lage, ihm zu helfen oder ihn auch nur zu verstehen, nicht einmal, um ihn zu bemitleiden. Und die Arbeit, die Familie, die Freunde, die Abende in Gesellschaft sagten ihm nichts mehr, alles war leer und ohne Sinn um ihn. Er hatte sich nicht befreit, das war die Sache, er hatte sich ja gar nicht befreit. Nach wie vor war er von dem Gedanken an sie beherrscht, der Qual, der Unruhe, dem Kummer, dem Unglück.

Schlimmer als vorher sogar, denn der Pakt mit Laide gab ihm jetzt – auch wenn er es zu leugnen versuchte – einen Schimmer von Recht über sie. Von diesem Nachmittag an war er nicht mehr der Gelegenheitsfreund oder der anhängliche Kunde, sondern etwas mehr, eine Art von offiziellem Geliebten oder Beschützer, wenn er ehrlich mit sich wäre, so müßte er sich sagen, daß er ihr im Grund ein Gehalt zahlte, damit sie ihm wenigstens teilweise gehöre, um sie zu einem ständigen Verkehr, den er vorher nicht verlangen konnte, anzuhalten, so wie es die Herren Direktoren mit ihren Mätressen machen, noch so oft konnte er sich sagen, daß sein Fall anders läge, daß er ihr ja freie Hand ließe, daß er sie lediglich darum gebeten hatte, etwas öfter mit ihm zusammenzukommen, damit er die Sicherheit habe, sie nicht von einem Tag zum anderen zu verlieren, wie es bisher möglich war. Ja, Antonio, der vorurteilsfreie Künstler, war auch zum »Herrn Direktor« geworden, hatte die elende Rolle übernommen, die ihm immer gleichbedeutend mit Mittelmäßigkeit und Impotenz erschienen war.

Schlimmer als vorher, denn dieses sich im Keim befindende Recht machte die Freiheit Laides jetzt noch unerträglicher und ihn noch eifersüchtiger. Im Grund waren bisher die Begegnungen mit dem Mädchen eine wundervolle Gewährung, ein Privileg, gewesen. Denn ihrer Welt war er fremd geblieben, eine Art Mauer verbarg ihr Leben mit seinen Geheimnissen, und er konnte nicht annehmen, sie je kennenzulernen, ihre Familie, die erste Liebe, ihre Freunde, ihre Verbindung zu Kupplerinnen, die Abende im »Due«, die zweifelhafte Geschichte der Scala, nur aus dem Grund, weil sie ab und zu mit ihm ging. Antonio wartete draußen, und jedesmal, wenn Laide erschien, war es wie eine Erlösung. Dann ging sie wieder in ihre Welt zurück, er wußte nichts mehr von ihr und gab das Warten auf.

Aber jetzt hatte sich in der Mauer eine kleine Tür aufgetan, und er war hineingeschlüpft, nur ein paar Schritte weit, aber es war dunkel um ihn, und er sah nichts mehr, weniger als früher, als er noch draußen wartete. Aber er war doch eingedrungen, hatte sich, wenn auch nur für wenig, ganz wenig, in ihr Leben eingeschlichen, und er war glücklich darüber, als habe er einen Schritt vorwärts gemacht, als sei es seine Eroberung, obgleich es schlimmer ist als früher, denn nun ist er kein Fremder mehr, in einem gewissen Sinn hätte er sogar Anrecht darauf zu wissen, aber er weiß nichts und kann nicht einmal fragen oder nachforschen, aus Angst, alles zu zerstören, denn wehe ihm, wenn Laide auch nur annehmen würde, daß er sich wegen der lumpigen fünfzigtausend Lire in der Woche berechtigt glaubt, irgendwelche Ansprüche anzumelden. Hatte er ihr nicht selber gesagt, daß er sie frei ließe? So bedrängten ihn und verdrehten sich mehr noch als vorher die wenigen Dinge, die Laide über sich selbst erzählte, schreckliche Dinge manchmal, die in seinem Innern ein schwer zu beschreibendes Brennen hervorriefen, das zugleich Mitleid, Eifersucht, Wut, Geilheit war und das die Liebe immer von neuem anfachte. Zweideutige und schändliche, falsche und wahre und vielleicht sogar mit feiner Bosheit erfundene Ausschnitte aus ihrem Leben, in der Absicht, ihn zu erregen, sich interessant zu machen, selbstsicher zu zeigen, jenseits von Gut und Böse, in denen sich schamlose Dreistigkeit mit unklarem Lebensdurst, Lust, sich an dem elenden Los zu rächen, plebejischer Stolz und kindliche Naivität mischten. Ein Beispiel:

Sie erzählte, als ganz kleines Mädchen, mit nur vier Jahren, an die Scala gekommen zu sein; ihre Mutter habe es so gewollt, und in der Ballettschule hätte man ihr den Spitznamen »Mäuschen« gegeben. Erna Allasio, die damalige Leiterin, interessierte sich für sie. Und nach und nach wäre sie wirklich gut geworden. Mit Erfolg hätte sie den Pas de deux getanzt und sogar manchmal à solo wie die Primaballerinen. Doch kostete das Tanzen außerordentliche Anstrengung. Oft fühlte sie sich schlecht, und es gelang ihr nur schwer, sich zu beherrschen. Bis sie eines Tages – man habe gerade »Alt-Mailand« gegeben – zusammengebrochen wäre, hinausgetragen werden mußte und der herbeigerufene Arzt Herzschwäche konstatiert hätte. Sie habe aber trotzdem weiter tanzen wollen, mit immer größeren Anstrengungen ihr Herz überanstrengt, so daß sie jetzt zum Beispiel nicht mehr ins Gebirge könne, weil ihr schon bei 1200 Meter Höhe der Atem ausginge. Auch aus diesem Grund wäre sie entschlossen gewesen, die Scala aufzugeben. Aber wenn Antonio dann weiterfragte, wich sie aus. Er konnte nicht erfahren, ob sie die Scala nun definitiv verlassen hätte, wann sie ausgetreten wäre oder ob sie noch weiter dabeisei. Ab und zu sagte sie: »Heute früh war ich zum Üben dort« oder »Heute abend habe ich Arbeit«. Er kontrollierte es nach dem Programm, und meistens stimmte es. Wenn er dann mehr wissen wollte, bekam sie eine Nervenkrise. Ihr ganzes Leben als Tänzerin war in einen Nebel gehüllt. Dabei bestand kein Zweifel darüber, daß sie wirklich Tänzerin gewesen war, zuviel wußte sie über die Scala, zu viele Namen, Angewohnheiten, Lieferanten von Trikots und Tanzschuhen waren ihr bekannt. Doch Antonio hatte den Verdacht, daß Laide seit geraumer Zeit nicht mehr an der Scala arbeitete. Es tat ihm leid, daß sie nicht mehr Tänzerin war, wie schade, denn Tänzerin an der Scala zu sein, würde ihre Persönlichkeit bereichert haben, sie bedeutender gemacht, sie aus der unseligen Gruppe der Callgirls gezogen, sie zu einer Künstlerin gestempelt haben, sie wäre nicht mehr das x-beliebige Dirnchen gewesen, sondern hätte sich in vollkommener Weise in das Bild Mailands eingefügt, dessen Verkörperung sie zu sein schien: reizendes, impertinentes, wehendes Fähnlein über der endlosen Szenerie der Dächer, Schornsteine, Kirchen, Fabriken, über den versteckten Höfen, alten Gärten, den Geschichten, dem Aberglauben, dem Elend, dem Lärm, den Verbrechen, den Festen. Aber es gab trotzdem noch zu viele Widersprüche und Lücken. So war es schlechthin unmöglich, daß man bei einem in der ganzen Welt berühmten Ballettcorps wie der Scala jemanden behielt, der jeden Abend eine Nummer in einem mehr oder weniger schlecht beleumundeten Nachtlokal tanzte. Manchmal zweifelte Antonio sogar daran, sie wirklich damals bei der Probe des »Abendsterns« auf der Bühne gesehen zu haben. Im Moment hatte er nicht daran gezweifelt, daß sie es gewesen war, aber konnte es nicht auch eine Autosuggestion gewesen sein? Es ist so leicht, ein Mädchen mit dem andern zu verwechseln, es reicht, daß die Frisur, das Make-up, die Kleidung anders waren. Und bei der Probe damals waren alle auf so seltsame Weise zurechtgemacht gewesen. Denn wie hätte man auch andererseits die merkwürdige Tatsache erklären können, daß Laide, vorausgesetzt, sie war es wirklich, ihn nicht eines Blickes gewürdigt hatte? So, als ob er einfach nicht existiere? Und wie konnte man verstehen, daß die Kollegin, die sich der angeblichen Laide näherte, diese mit Mazza anredete, während Laide doch Anfossi hieß? Und was sollte man dazu sagen, daß Laide, wenn Ermelina die Wahrheit gesagt hatte, tatsächlich um vier Uhr ausgerechnet an dem Tag der Probe dort gewesen war, während er sie doch auf der Bühne gesehen hatte, wie sie mit den anderen den Reigen der Kobolde tanzte? Da war auch noch eine andere Erinnerung: Nach der Vorstellung hatte er sich von dem Photographen der Scala die Photos der neun Kobolde im Kostüm geben lassen, aber keine Laide erkennen können: Natürlich, es war nicht leicht, im Kostüm, mit der Aufmachung, jemanden zu unterscheiden. Diejenigen, die Laide hätten sein können, waren mindestens zwei. Und das schönste dabei war, daß, als er ihr ziemliche Zeit nachher die Photos gezeigt und sie gefragt hatte, wer sie nun sei, sie fast beleidigt gewesen war und geantwortet hatte: »Und da erzählst du immer, daß du mich liebst; nicht einmal erkennen kannst du mich!«

Diese Sonderbarkeiten, die Laide immer sofort und ohne die geringste Verlegenheit mit Geschichten erklärte, die absurd genug klangen, wurden jetzt zu ebenso vielen Beweisen, daß das Mädchen nicht mehr bei der Scala war. Nur ein Rätsel blieb ohne Lösung: Wie konnte ihm Frau Ermelina, nachdem das Stück in Szene gegangen war und er einmal mit ihr wegen einer Verabredung mit Laide telephoniert hatte, sagen: »Gratuliere, Laide hat Sie in der Proszeniumsloge gerade über der Bühne gesehen, Sie sind allein dort gesessen.« Das stimmt, der Intendant hatte ihm erlaubt, in seine Loge zu gehen, wo sonst niemand war. Andererseits war es ausgeschlossen, daß Laide bei der Vorstellung im Parkett oder in einer anderen Loge gewesen sein konnte, ganz abgesehen davon, daß er, schüchtern wie immer, sich im Hintergrund gehalten hatte, so daß man ihn nur von der Bühne aus oder von den gegenüberliegenden Logen sehen konnte. Oder hatte Laide unter den Tänzerinnen der Scala eine Freundin, die sie über alles informierte? Um das zu erfahren, hätte Antonio ja auch direkt bei der Ballettschule nachfragen können, sicher hätte man ihm dort Rede und Antwort gestanden. Aber nachdem das Stück nun vom Programm abgesetzt worden war, hatte er keinen Grund mehr, auf die Bühne oder in die Ballettschule zu gehen. Nur deswegen dort vorzusprechen, hätte merkwürdig ausgesehen, zudem vermeinte er in seinem Herzen schon die Antwort zu wissen, daß nämlich dort keine Adelaide Anfossi bekannt sei. Vielleicht würde man auch hinzufügen, hüten Sie sich vor der, die haben wir vor drei Jahren an die Luft gesetzt aus Gründen, über die es besser ist, zu schweigen. Sicher, so etwas Ähnliches würde man ihm dort zur Antwort geben, und für Dorigo wäre das nur noch schlimmer gewesen. Nein, besser nicht nachforschen, besser die Sache auf sich beruhen lassen, Laide würde doch nur noch neue Geschichten erfinden, man kam nie zu Ende mit ihr.

So erzählte sie zum Beispiel, mit der Scala auf Tourneen in Deutschland, England, Südafrika, Ägypten, Mexiko und New York gewesen zu sein. Aber wenn er nach den Einzelheiten fragte, so erinnerte sie sich an nichts, wenn er fragte, wo sie gewohnt hätte, wußte sie es nicht mehr. Hingegen schien sie in Italien eine Unmenge Luxushotels zu kennen, in jeder Stadt war sie in einem solchen abgestiegen. Wieso? Hatte die Scala sie so elegant untergebracht? »Natürlich nicht, ich wohnte für mich und zahlte die Differenz.« Auch die Hotels der Riviera gab sie vor zu kennen. So sagte sie zum Beispiel, daß im »Bristol« oder irgendeinem andern Grandhotel in Santa Margherita die Zimmer so sympathisch seien. Alle mit Bad, natürlich, zwei ineinandergehende Zimmer. Er hütete sich zu fragen, mit wem sie dort gewesen war. Denn sie würde doch nur antworten, mit ihrer Mutter oder dem Großvater oder sonst einem alten und ungefährlichen Verwandten die Ferien dort zugebracht zu haben. Antonio hingegen dachte an pikante Weekends mit Milliardärssöhnen oder älteren Junggesellen, von der Arbeit und den Jahren füllig geworden, die sich bei Caraceni kleiden, sehr gepflegt sind, durch wöchentliche Kardiogramme gut kontrolliert, mit eher fetten, haarigen und feuchten Händen, die bei der Umarmung schwer keuchen und ihre kindlichen Brüste gierig pressen.

Kurz nachdem sich Laide mit Frau Ermelina überworfen hatte, waren sie zu einer Freundin von Laide, Flora, gegangen, die eine kleine Wohnung in der Nähe der Piazza Napoli besaß. Antonio kannte sie, er war zwei- oder dreimal mit ihr zusammen gewesen, es war ein flottes Mädchen, schade nur, daß sie ein so längliches Gesicht hatte, der Körper war wundervoll, sie sagte, sie studiere Jurisprudenz. Wenn Antonio und Laide hingingen, war sie nicht zu Hause. Laide wußte, daß Antonio sie kannte, aber es machte ihr nichts aus. Sie erzählte, daß Flora einen Freund habe, der sie im Hotel Gallia unterhielte und eine halbe Million im Monat für sie zahle, doch wegen einer Dummheit, wegen eines Nichts, wegen einer Laune hätte sie alles verdorben. »Wenn mir so einer vorgekommen wäre, dann hätte ich ihn mir bestimmt nicht entwischen lassen.« – »Hat er sie im Bett mit einem andern überrascht?« – »Nein, das glaube ich nicht, es muß etwas anderes gewesen sein, Dummheit, Trotz, ich erinnere mich nicht mehr genau.« – »Wie war er denn, alt?« Laide lachte: »Sicher kein Jüngling mehr, wenn er ihr eine halbe Million im Monat zahlen konnte.« – »Und wenn dir jemand so viel anbieten würde, nähmst du es denn an?« – »Na, du bist aber gleich schnell bei der Hand... Du wirst mich doch nicht mit so einer auf eine Stufe stellen, hoffe ich... Habe selten eine gesehen, die so hinter den Männern her ist...« Dabei nahm sie vorsichtig die Überdecke vom Bett, legte sie sorgfältig zusammen, man sah, daß es ihr drauf ankam, sich Flora warmzuhalten, sie ordnete sogar die Platten, die auf einem Stuhl herumlagen, wieder ordentlich in den Ständer, hing einen heruntergefallenen Morgenrock auf und leerte die Aschenbecher. Antonio sagte: »Geht sie denn nicht auf die Universität?« – »Die und Universität? Hast du eine Ahnung, die ist ein solches Schwein, die geht sogar mit Frauen.« – »Wieso? Hat sie es auch mit dir probiert?« – »Na, ich dachte, sie täte nur so, ihr Männer erregt euch doch, wenn ihr gewisse Sachen seht, statt dessen...« – »So wart ihr also einmal zu zweit mit einem Mann?« – »Ich schwöre dir, nur ein einziges Mal, und nur, weil Ermelina uns so sehr darum gebeten hatte.« – »Und wer war er denn?« – »Er? Erinnere mich nicht mehr.« – »Und Flora tat nicht nur so?« – »Du hättest sie sehen sollen, wie sie mich küßte, sie schien verrückt zu werden.« – »Und du ließest es dir einfach gefallen?« – »Woher denn, ich fand es scheußlich.« Sie hatte den scherzenden Ton beibehalten, aber jeder Satz traf mit einem schrecklichen Schlag Antonios Herz, Schändung, Scham, Eifersucht, um so bitterer wegen der heimtückischen Naivität, mit der Laide ihre Heldentaten zum besten gab. »Wieviel verdient Flora wohl?« – »Ach, Geld verdient sie genug, aber sie muß ihre Familie unterhalten, die sie buchstäblich aussaugt, so hat sie nie einen Heller. Mir schuldet sie noch fünfzehntausend Lire.« – »Hat sie dir jemanden verschafft? Spielt sie auch die Kupplerin?« – »Ach nein, das ist eine alte Geschichte, noch vor der Zeit, als wir beide uns kannten. Es war aber nichts Schlimmes dabei. Es war ein Ausflug.« – »Ein Ausflug, der im Bett endete, was?« – »Du denkst natürlich gleich an etwas Schlimmes. Nein, einfach ein Ausflug. Sie hatte sich verpflichtet, den mitzumachen, und konnte dann nicht, so schickte sie mich. Und er hat mich dann bezahlt.« – »Nun, wenn einer zahlt, so wird er das nicht umsonst getan haben, nehme ich an.« – »Du bist wirklich eklig, immer bereit, einen zu beleidigen...« – »Entschuldige, man braucht absolut nicht boshaft zu sein, um das zu glauben.« – »Zu glauben, was zu glauben? Denkst du, alle sind wie du? Zum Beispiel Furio Sebasti...« – »Und wer ist Furio Sebasti?« – »Du wirst doch hoffentlich von ihm gehört haben? Der die große Installationsfabrik besitzt?« – »Reich?« – »Das Geld möchte ich haben, eine Jacht in Portofino, wo 30 Gäste Platz haben.« – »Und du warst mit an Bord?« – »Ich nicht, aber er telephoniert mit mir ab und zu, führt mich zum Essen aus oder ins Theater, und jedesmal sind es zwanzigtausend Lire.« – »Um nur so eben mit dir auszugehen?« – »Na, ich verliere doch einen Abend dabei.« – »Und telephoniert er oft mit dir?« – »Ich habe ihn seit Monaten nicht mehr gesehen. Er reist immer in der Welt umher.« – »Aber wie kann er mit dir telephonieren und ich nicht?« – »Er ist ein Freund meines Bruders. Aber du bist wirklich langweilig. Willst du vielleicht noch etwas wissen?«

Er schwieg. Wer weiß, was das für ein Ausflug gewesen war. Wetten, daß es zwei Paare gewesen waren. »Ah, du bist also die Freundin von Flora? Gar nicht so übel. Gratuliere.« Sie steigen in den Wagen. »Weißt du, daß ich direkt froh bin, daß Flora nicht kommen konnte? Du bist genau der Typ, der mir gefällt. Ich kann diese Vollbusigen nicht ausstehen. Während du... laß mich mal fühlen... nur einen Moment, du wirst doch keine Geschichten machen, hoffe ich... wenn du die Freundin von Flora bist... es sieht uns ja niemand... so, siehst du... und jetzt, während ich steuere... leg dein Händchen mal schön brav hierher.« Eine Wut, eine wilde Ohnmacht stieg in Antonio hoch, während er in Gedanken die Szene rekonstruierte. Doch Laide reißt ihn heraus: »Warum machst du plötzlich so ein Gesicht? An was denkst du denn?«

Das erste Mal, als Antonio sie in die Wohnung Corsinis gebracht hatte, hatte ihm Laide blaue Flecken auf den Armen und den Schenkeln gezeigt. »Wie hast du dir denn die beigebracht?« – »Im ›Due‹ bei meiner Nummer«, hatte sie mit einem gewissen Stolz geantwortet. »Mein Partner gibt mir an einem gewissen Punkt einen Stoß, und ich falle auf den Boden. Man kann sich da blaue Flecken beim Blue-Tanzen holen.« – »Warst du auch gestern dort?« – »Ja, warum? Da fällt mir ein, könntest du mir einen Gefallen tun? Wenn wir nachher fortgehen, begleite mich doch bis an das Messegelände, es ist ja ganz in der Nähe.« – »Was willst du denn dort machen?« – »Ein Freund ist dort, einer von denen, die immer ins ›Due‹ kommen, gestern abend hat er mich nach Hause begleitet, und ich habe im Auto Armband und Uhr vergessen.« – »Wieso das?« – »Ich hatte es so eilig beim Anziehen und Fortgehen, hatte sie in die Hand genommen und auf dem Sitz vergessen.« – »Mir scheint das etwas seltsam.« – »Du bist immer bereit, Schlechtes zu denken. Er ist ein guter Freund, und wenn ich sage Freund, so ist es das und nichts anderes.« Er bestand nicht weiter darauf, und sie sprachen nicht mehr darüber, doch als sie fortgingen, konnte er dem Wunsch nicht widerstehen, doch etwas mit ihr zusammen zu bleiben, es störte ihn auch nicht, daß es schon spät fürs Büro war, und auch die Scham, sie zu einem Mann zu begleiten, hielt ihn nicht zurück, der wahrscheinlich gestern abend, im Dunkel, im Automobil... (»Nein, Liebling, nicht hier, nicht heute abend... Im Auto mag ich das nicht... Paß auf, daß mein Rock nicht zerknittert... Warte einen Moment, daß ich das Armband ausziehe...«) Sie trafen ihn am Stand für Elektrogeräte, er stand auf und kam zu ihnen her, so an die Dreißig, ziemlich unbedeutend. »Ich habe das Auto am Eingang Via Domodossola gelassen, das ist ein bißchen weit von hier.« Laide zu Antonio: »Kommst du auch mit?« – »Nein, es ist schon spät, ich gehe besser.« – »Tschüs also, vielleicht komm' ich nachher im Büro vorbei, tschüs und vielen Dank auch.« Der Mann und Laide gehen zusammen fort. Und er geht allein weiter, und schon steigen wieder Kummer und Verzweiflung in ihm hoch, wie das Wasser einer Schleuse, die geschlossen gewesen war und nun plötzlich geöffnet wird, hervorbricht. Warum setzt ihn Laide solch demütigenden Situationen aus? Macht sie es mit Absicht? Hat sie Freude daran, ihn zu quälen? Oder tut sie es ganz unschuldig, weil sie nichts daran findet? Er fühlt sich immer weiter abstürzen, ihm fällt der Professor Unrat im »Blauen Engel« ein. Wie wahr ist doch diese Geschichte. Als er, jung und sorglos, diesen Film gesehen hatte, schien es ihm eine vollständig unwahrscheinliche Geschichte. Ein geachteter Gymnasialprofessor sich derartig zu erniedrigen! Heute versteht er es. Die Liebe? Ein Fluch, der einen überfällt, und Widerstehen ist unmöglich.

Sie erzählte ihm, daß ihre Mutter sie nie gemocht hatte. Als Kind machte sie ihr wunderschöne Kleider, schenkte ihr herrliches Spielzeug, aber nur, um damit in der Nachbarschaft zu protzen. Aber sie liebte sie nicht. Wegen nichts und wieder nichts schlug sie ihr mit den Fingerknöcheln auf den Kopf, und seitdem litt Laide immer an schrecklichen Kopfschmerzen. Die Mutter haßte sie beinahe. Und haßte auch einen Jungen, der ihr Verlobter war, ein ordentlicher Junge. Als er eines Tages bei einem

Motorradunglück ums Leben kam, erfuhr die Mutter zuerst davon und rief Laide sofort in der Scala an. »Ich habe eine gute Nachricht«, sagte sie ihr, »so Gott will, hat sich deine Liebe mit dem Motorrad zu Tode gestürzt. Genick gebrochen. Ich bin wirklich froh darüber.« Sie war daraufhin auf die Toilette gegangen und hatte sich mit dem Taschenmesser die Pulsadern durchschnitten, und damit die andern es nicht merkten, hatte sie sie verbunden und war davongelaufen. Aber da das Blut in Strömen hervorquoll, war sie mitten in der Galleria ohnmächtig zu Boden gesunken. Man hatte sie ins Krankenhaus gebracht, und dort war sie monatelang geblieben. »Wie ist das möglich?« fragte er. »Warum haßte sie dich so? War sie denn niemals liebevoll zu dir?« – »Weißt du, wann sie nett war? Wenn ich Geld nach Hause brachte.« – »Und sie fragte dich nie, wie du es verdienst?« – »Da war sie nicht so heikel, ob es von da oder dort herkam, war ihr egal: Hauptsache, es war Geld. Ja, dann konnte sie sogar zärtlich sein. Laidchen hin und Laidchen her. Eklig.« – »Ob sie nicht doch vermutete, was du für ein Leben führtest?« – »Natürlich wußte sie es, besser als ich, aber was kümmerte sie das schon? Hauptsache: Geld kam in die Kasse.«

Dann erzählte sie, daß ihre verheiratete Schwester ein Kind erwartet und sie sich eine Wohnung suchen müßte. Und natürlich, ohne es direkt zu sagen, rechnete sie damit, daß er, Antonio, ihr dabei behilflich wäre. Antonio hatte auch herumgefragt, und von einem Kollegen war ihm eine kleine Wohnung angeboten worden, eine Art Garçonniere, aus der dieser im nächsten Monat ausziehen würde. Antonio und Laide gingen zusammen hin, um sie anzusehen, doch sie war sofort davongelaufen: »Um Himmels willen, überhaupt nicht daran zu denken. Weißt du, wer in der Etage darüber wohnt? Mathilde.«

»Und wer ist Mathilde?« – »Aber ich habe doch schon von ihr gesprochen (dabei stimmte das nicht), die ist eine von denen.« – »Und du bist öfter hierhergekommen?« – »Die hatte eine Spezialität. Zu ihr kamen die Kunden am Morgen, um zehn, um elf Uhr.« – »Wieso, waren es Händler aus der Provinz?« – »Nein, wirkliche Herren, feine Kavaliere. Ich erinnere mich da an einen jungen Mann, gar nicht so übel, der immer absolut mich haben wollte. Jeden Morgen, verstehst du? Durch zehn Tage hindurch. Dann hatte ich aber genug.« In den Worten Laides schwingt fast eine naive Eitelkeit mit, als ob sich ein kleines Mädchen mit seinen Triumphen in der Schule brüstete. »Und stell dir vor«, fügte sie hinzu, »und das letzte Mal bin ich dort gerade eine halbe Stunde, bevor die Polizei kam, herausgegangen. Das hätte noch gefehlt, minderjährig, wie ich war.« – »Und was ist dann passiert?« – »Mir nichts. Mathilde war sieben Monate im Kittchen, und alle Zeitungen haben davon gesprochen.« – »Und jetzt wohnt sie immer noch dort?« – »Das weiß ich nicht genau, ich habe keinen Verkehr mehr mit ihr gehabt, aber ich denke doch. Du kannst dir also denken, daß ich dort nicht wohnen will.«

Einmal waren sie im Auto zusammen. Laide hatte ihn gebeten, bei einem Zeitungskiosk zu halten und ihr ein Modejournal zu kaufen. Als sie die Zeitung in der Hand hält, zeigte sie ihm das Titelbild: zwei Mädchen im Badekostüm auf einem Strand, eine im Sand liegend, die andere stehend. »Aber wie, du erkennst mich nicht?« – »Welche? Die Stehende?« – »Aber sicher, siehst du denn nicht, daß ich es bin?« Antonio war verblüfft, sicher, das Mädchen ähnelte ihr, aber Laide hatte eine ausgeprägtere Nase und einen schmaleren Mund. »Aber siehst du nicht, was die für runde Lippen hat? Das sind nicht deine.« – »Da sieh einer her, du weißt halt nicht, wie die uns vor der Aufnahme schminken, und dann muß man den Mund auf eine besondere Weise halten. Natürlich ist man nachher schwer zu erkennen.« – »Wenn du es sagst.« – »Was soll das heißen, wer soll es denn sonst sein?« Später als sie sich vor ihrer Wohnung trennten, nahm Laide das Journal vom Sitz hinter sich auf, zeigte ihm noch einmal das Titelbild und rief strahlend aus: »Gott, so ein hübsches Mäuschen hast du.« Er hätte darauf geschworen, daß die schöne Badende nicht sie gewesen war, beim Näherhinsehen hatte er gemerkt, daß auch die Form der Ohren anders war, aber er wagte nicht, darauf zu bestehen. Im Gegenteil, er glaubte nun auch daran. Nein, es war unmöglich, daß es eine Lüge war, denn wenn es eine Lüge wäre, so hätte Laide einen andern Ton in der Stimme gehabt, hätte nicht so entschlossen und gebieterisch sein können. Oder könnte es möglich sein, daß Laide, obwohl sie niemals für dieses Photo Modell gestanden hatte, sich einbildete, wirklich die schöne Badende zu sein? Eines Tages hatte sie ihm erzählt, daß Fabrizius Asnenghi, der jüngste der Grafen Asnenghi, eine Schwäche für sie habe. Er sei unendlich reich und besäße eine reizende kleine Wohnung in der Nähe der Via XX Settembre. Er sei, sagte sie, ein sehr distinguierter Typ, außerordentlich liebenswürdig, auch ganz hübsch, wenn auch etwas langweilig. Wenn sie zu ihm ging, mußte sie immer, bis es soweit war, eine Stunde lang Platten anhören, während er Pfeife rauchte und Whisky trank. Jedesmal brachte er sie dann mit seiner Flaminia-Sportmaschine nach Hause und steckte einen Scheck über fünfzigtausend Lire in ihre Handtasche. Manchmal gebe Fabrizius auch Feste mit einem Haufen von Leuten, alle betrunken, und dann passierten da Sachen! »Also auch Orgien machst du mit?« sagte Antonio, und es schien, als müßte er ersticken. »Tolle Sachen.« – »Nackte Frauen wahrscheinlich.« – »Ja, es gibt auch solche, die Entkleidungskunststücke machen, Mädchen aus der Gesellschaft aber. Doch ich nicht. Weißt du, was ich mache? Ich stelle mich an die Bar und bereite die Getränke. In solchen Fällen wage ich nicht einmal zu tanzen.

Ich stelle mich an die Bar, und von dort holt mich keiner weg, auch wenn sie sich über mich lustig machen.«

Es waren die zerstreuten Fetzen eines Bildes, das Antonio nicht zu enträtseln vermochte. Traurige, elende, vielleicht sogar abscheuliche Dinge. Wenn er daran dachte, so wurde nur eine elende, armselige Gestalt daraus, die gierig an den dürftigen Illusionen verdorbener Groschenblätter hing. War sie gut? War sie freigiebig? Gab es Licht um sie? Nein. Je mehr sich Antonio in Gedanken verzehrte, desto mehr wurde Laide zu einem verzweifelten Problem. Ausgestreckt auf seinem Bett liegend, starrte Antonio endlose Stunden lang auf zwei Risse im Gips der Decke, die seltsam einer Sieben ähnelten. Auf diese unregelmäßigen Sprünge konzentrierten sich seine Besessenheit und seine Pein. Ihre Worte, ihre Bewegungen, ihr Gesicht tauchten vor ihm auf, während er über sich die unbeweglichen Risse betrachtete, die spöttisch, bösartig, voller Philosophie auf ihn herabschauten. Wort für Wort wiederholte er sich das, was sie ihm gesagt hatte. Ausrufe, banale und dumme Sachen, Witze, Kindheitserinnerungen. Alles schien sich zu verschwören, aus ihr ein unseliges Geschöpfchen zu machen, das in dem mächtigen Sog der Stadt untertaucht, der Tag für Tag Männer und Frauen fortzieht und vernichtet. Gott im Himmel, warum liebte er sie so sehr. Warum konnte er nicht ohne sie leben? Was konnte sie ihm geben? Alles um ihn schien zu antworten, daß Laide nur Demütigung und ohnmächtige Wut bedeuten könnte, daß auf dieser Seite nur das Verderben gähnte.

Aber trotzdem, in diesem schamlosen und eigensinnigen kleinen Mädchen glänzte eine Schönheit, die es ihm nicht gelang zu bestimmen und durch die sie sich von allen anderen Mädchen unterschied, die wie sie bereit waren, auf einen Telephonanruf herbeizueilen. Die andern schienen, mit ihr verglichen, wie tot. In Laide aber lebte wunderbarerweise die harte, anmaßende, freche, stolze, unverschämte Stadt, sie war eine Art Blume in der Entweihung der Seelen und der Dinge, zwischen den zweideutigen Tönen und Lichtern, im düsteren Schatten der Massenwohnungen, in der frenetischen Trostlosigkeit von Zement und Gips.

23

Es ist Nachmittag in Corsinis Wohnung. Laide sitzt nackt auf dem Rand des Bettes und zupft sich vor einem Spiegel, den sie auf dem Nachttisch installiert hat, mit einer Pinzette die Augenbrauen aus. Sich auszuziehen und nackt in der Wohnung herumzulaufen, kostet sie keine Mühe. Ihre Schamlosigkeit ist so kategorisch, daß sie jede Arglist verliert. Auch Antonio ist nackt. Hinter ihrem Rücken, auf dem Bett kauernd, verfolgt er ungeduldig ihr Tun. Seit mindestens einer halben Stunde ist Laide schon damit beschäftigt. Sie beginnt in der Mitte und reißt sich, langsam nach der Mitte zu, ein Haar nach dem andern aus, so daß die Brauen schön voneinander entfernt stehen; dann verbessert sie die Ränder, damit die Bogen dünn werden. Wer hat sie das gelehrt? Auf diese Weise erscheint ihre Stirn viel höher.

Sie hat sich ganz auf ihre Arbeit konzentriert, sie kümmert sich nicht um Antonio, der leidet. Nicht daß er sich nach der Lust sehnt, ihre Gleichgültigkeit bringt ihn zur Verzweiflung.

»Laide, dauert das noch lange?«

»Mein Gott, hast du es eilig, ich habe doch gerade erst angefangen, du kannst wohl heute nicht mehr an dich halten?«

Er kauert hinter ihren Schultern und betrachtet verzaubert ihr Gesicht im Spiegel, die Sicherheit ihrer Hände, die Bewegungen der Lippen und der Zunge in der Anstrengung der Konzentration. Obwohl Laide den Rücken etwas krumm hält, stehen die Brüste doch gerade, und auch ihr Bauch macht keine Falten. Antonio muß sich beherrschen, um zu widerstehen. Es ist nicht Begierde, sondern Wut. Er überlegt: Tut sie es nun absichtlich? Amüsiert sie sich damit, mich zu erregen und zu demütigen? Oder bin ich ihr vollständig gleichgültig? Oder ist es beides zusammen? Es wäre so natürlich, daß ich sie jetzt von hinten umarme und ihre Brüste in meine Hände nähme. Aber ich lasse es lieber. Denn wer weiß, was sie dann für Geschichten machen würde. Ich bleibe lieber wie ein Idiot liegen und begnüge mich damit, sie anzuschauen. Wenn ich wenigstens hinüberginge, um ein Buch zu lesen, vielleicht würde sie sich dann nicht mehr so interessant vorkommen, vielleicht würde sie mich sogar holen. Aber ich bin unfähig dazu.

»Eine ist fertig«, verkündet sie.

»Eine was?«

»Eine Augenbraue, die rechte geht dann schneller.«

»Warum schneller?«

»Ich weiß nicht, auf der Seite geht es eben besser.«

Er sagt sich: Was habe ich nur Schlimmes begangen, daß mir so etwas zustößt? In seinem ganzen Lebem war er noch nie in einer solchen Lage: Nackt auf einem Bett, mit aufgerissenen Augen ein dreißig Jahre jüngeres Ding betrachtend, ein unverfrorenes Flittchen, das auch nicht einen Schimmer von Sympathie für ihn fühlt. Noch niemals hatte er nach einem kleinen Mädchen geschmachtet, dem er vollkommen gleichgültig ist, das ihn nicht nötig hat, weil es solche wie ihn zu Dutzenden bekommen kann, und das nur mit ihm geht, weil es ihm augenblicklich in den Kram paßt. Er, der raffinierte Intellektuelle, sich an eine solche Person zu verlieren. Und trotzdem, so einfach ist es wieder nicht. Denn dieses unverfrorene Geschöpf besitzt etwas, was er in keiner andern gefunden hat. Antonio weiß nur noch nicht, was es eigentlich ist. In dieser schamlosen Göre schlummert etwas Gesundes, Sauberes, Schönes. Oder sollte es nur in seiner literarischen Phantasie existieren? Ist die nackte und traurige Wahrheit nicht vielmehr die, daß er alt zu werden beginnt und sich an Laide gehangen hat als an die letzte mögliche Gelegenheit der verlorenen Jugend? Sind vielleicht nur ihre zwanzig Jahre, ihre langen, schwarzen Haare, ihre Kinderbrüste, ihre schmalen Hüften und langen Schenkel, die an die Tänzerinnen von Degas erinnern, jene schöne, gesunde und saubere Sache, die er zu spüren vermeint? Machte er sich nicht selbst etwas vor?

Einer hat mir erzählt, eines Tages vollständig den Kopf wegen eines Mädchens verloren zu haben, das sich nur über ihn lustig machte, fast wahnsinnig war er dabei geworden, aber an einem Morgen, beim Aufwachen, hatte er plötzlich gemerkt, daß ihm nichts mehr an ihr gelegen war, vom Abend zum Morgen war er kuriert gewesen. Könnte mir das doch auch zustoßen! Daß sie mit mir telephonierte und ich antworten könnte, daß es mir leid tue, ich aber heute keine Zeit hätte und morgen auch nicht und so weiter. Wie sie sich dann ärgern würde, die Kleine. Ob sie sich dann auch noch stundenlang die Augenbrauen auszupfen würde, während ich ungeduldig darauf warte, sie lieben zu dürfen?

»So, fertig. Gefall' ich dir?« fragte Laide und drehte ihr Gesicht ihm zu. Dann stand sie auf, stellte den Nachttisch zurecht, hing den Spiegel wieder ins Bad, steckte die Pinzette in ihre Tasche. Warum hatte sie nur diese Ordnungsmanie. Doch dann, statt ins Bett zurückzukehren (Antonio hatte sich schon lange ausgestreckt und wartete darauf, sie in die Arme nehmen zu können), holte sie das Telephon aus dem andern Zimmer auf den Nachttisch, befestigte den Stecker, ging noch einmal hinüber und kehrte, mit dem »Corriere della Sera« in der Hand, zurück, schlug die Seite mit den Anzeigen auf, faltete das Blatt ordentlich und begann die Zimmerangebote zu studieren.

»Darf man fragen, was du jetzt vorhast?«

»Nichts weiter. Ich muß mich nur ein bißchen umtun, wenn ich ein Zimmer finden will. Hier sind drei Adressen, ich will es einmal probieren.«

»Und kannst du das nicht auch nachher machen?«

»Nein, nachher ist es womöglich zu spät, und niemand antwortet mir mehr.«

»Ich warte nun schon eine Stunde.«

»Du liebe Zeit, es wird doch keine Tragödie geben, wenn du auch einmal eine halbe Stunde später ins Büro gehst.«

»Es ist nicht deswegen.«

»Weswegen denn?«

»Du bist...«

»Du bist dumm, willst du sagen, richtig, ich bin nicht so intelligent wie du, aber statt zu streiten, hätte ich in der Zwischenzeit schon mindestens zwei Telephongespräche führen können.«

Warum war sie nur so abscheulich zu ihm? Ihm kam der Gedanke aufzustehen, sich anzuziehen und, ohne ein Wort zu sagen, fortzugehen, eine herrliche und gesunde Lehre für sie. Aber es war nur ein flüchtiger Gedanke. Niemals würde er die Kraft dazu finden. So blieb er denn auf dem Bett liegen; legte seinen Arm um ihre Taille, was sie sich gnädig gefallen ließ, während sie unterdessen ihre Gespräche führte. »Hallo! Ja, ich telephoniere auf Ihre Annonce hin... So?... Sehr nett von Ihnen... Und wo ist es?... Im dritten Stock, sagen Sie?... Ja, ich könnte vorbeikommen... Sind Sie jetzt im Büro, Herr Advokat?« Ihre Stimme war ausgesucht höflich und liebenswürdig, mit einem kleinen Unterton von Herausforderung und Koketterie. »Hallo! Ja, ich telephoniere auf die Annonce in der Zeitung hin und würde gern wissen, ob... Wie sagen Sie?... Sie sind Herr Tamburini?... Nein, Juli wäre noch zeitig genug für mich... Drei Zimmer und Zubehör, für mich wäre das vielleicht ein wenig zu groß... Nein, nein, man kann nie wissen... Ich sehe sie mir gern an... Nein, für mich allein... Nein, ich arbeite an der Scala... Ja, im Theater, als Tänzerin... Aber ich bitte Sie« – es folgte ein fröhliches Lachen – »ja ich komme morgen früh vorbei, einverstanden... und vielen Dank.«

Er fragte dumm: »Was hatte der dir denn so Lustiges erzählt?«

»Nichts weiter, du weißt ja, wie idiotisch die Männer sind, kaum hören sie, daß man Tänzerin ist, so bilden sie sich gleich alles mögliche ein... Als ob ich da morgen hinginge.«

»Warum gehst du nicht hin?«

»Ich habe einen guten Riecher für solche Sachen. Wenn da einer so viele Komplimente macht, ist das nichts, zudem ist der auch noch Sizilianer, aber die Stimme war gar nicht so übel.«

Antonio sah sie flehend an. »Laß es doch jetzt genug sein, Laide, es ist heute auch nicht einmal sehr warm. So nackt hole ich mir noch etwas.«

»Nun warte schon«, sagte sie ungeduldig und wählte eine dritte Nummer.

Sie telephonierte an eine dritte, an eine vierte, an eine fünfte Adresse. Ihr Stimmchen mit dem rollenden R, das noch stärker als sonst hervortrat, wurde flötend, und es schien, als ob auf der andern Seite lauter junge, geistreiche, galante Männer antworteten, die hübschen, naiven, jungen Mädchen auflauerten, die Beschützer nötig hatten. Es war klar, daß sie aus dem einzigen Grund telephonierte, weil es ihr Spaß machte, Antonio zu ärgern und aufzustacheln und ihn mit diesen absurden Mätzchen am Telephon eifersüchtig zu machen.

Plötzlich, er wußte selbst nicht wie, übermannte ihn die Wut. Er rißt ihr die Zeitung aus der Hand und warf sie auf den Boden:

»Nun höre endlich auf.«

Ihre Reaktion war die eines armen verfolgten Kindes; sie sprang auf und ging zu dem Stuhl, wo ihre Kleider lagen, nahm den Büstenhalter in die Hand und begann sich anzuziehen. »Gut«, rief sie mit Tränen in der Stimme, »ich geh' fort, und du siehst mich nicht mehr wieder. Aber es macht nichts, ich schlafe dann halt unter den Brücken.« Es gelang ihr, den Büstenhalter auf dem Rükken zu schließen. Nun griff sie nach dem Hüftgürtel: »Ich gehe fort, ich gehe fort, ich gehe fort, hast du verstanden?«

Antonio blieb verwirrt. Die Angst, sie könnte ihre Worte wahr machen und vielleicht für immer fortgehen, überwand auch den letzten kläglichen Rest seiner Würde. Er sprang vom Bett auf, holte sie ein, umarmte sie fest und begann mit zitternder Stimme zu flehen: »Um Gottes willen, Laide, sei doch nicht so, ich flehe dich an, sei doch nicht so.«

Sie ließ sich ein wenig bitten und setzte sich dann, gekränkt, wieder auf den Bettrand nieder, nahm den Hörer wieder auf und begann von neuem zu telephonieren. Und natürlich war es Antonio, der die Zeitung wieder vom Boden aufhob.

24

»So sehen wir uns also heute abend?«

»Ja, aber es wird spät werden, denn heute abend kommt meine Schwester aus der Klinik zurück, und ich muß das Haus herrichten, ich will, daß sie alles in Ordnung vorfindet.«

»Schön und gut, aber du hast ja den ganzen Nachmittag dafür.«

»Entschuldige, aber ich mache die Sachen gründlich, und diesen Nachmittag muß ich zudem ausgehen, ich habe eine Verabredung mit dem Pedikeur.«

»Wann kommst du dann also. Um acht, halb neun, dreiviertel neun?«

»Mach, was du willst, aber ich glaube kaum, daß ich vor halb zehn ...«

»Gut, ich werde also um halb zehn da sein.«

Um halb zehn ist die Straße schon fast leer, nur wenige parkende Wagen und dann meist kleine. Er postiert seinen so, daß er vom Führersitz aus ihr Fenster beobachten kann. Es sind zwei Fenstertüren, die auf einen großen Balkon gehen. Das Haus ist modern, fünfstöckig. Sie wohnt im vierten Stock.

Obwohl es ziemlich spät ist, gehen verhältnismäßig viele Leute ein und aus. Im Innern wird das Haus zu einer riesigen Mietkaserne, in der zahllose Familien wohnen.

Antonio hat angehalten und schaut hinauf, bei einem der Fenster ist der Laden geschlossen, das andere ist erleuchtet. Es ist warm. Nach fünf Minuten steigt er aus seinem Auto und geht, eine Zigarette rauchend, längs des Trottoirs auf und ab. Hier begegnet er nur wenigen Leuten. Das Trottoir führt an einem Gitter entlang, hinter dem ein weiter, von einem Schuppen eingefaßter Hof liegt.

Es muß sich um das Depot oder das Warenlager einer Firma handeln. Am Ende des Hofes befindet sich eine private Tankstelle und daneben eine Halle mit einem blauen Licht, wie man sie in Kriegszeiten hatte. Unter dem Wellblechdach steht eine Bank. Auf der Bank sitzt ein Mann, es sieht so aus, als schliefe er. Sonst ist kein anderes lebendes Wesen zu sehen.

21.40 Uhr. Antonio fühlt, wie die übliche Spannung sich seiner bemächtigt. Es ist eine Unruhe, die jede Fiber seines Körpers ergreift, eine Angst, die immer höher und höher steigt. Jedesmal wiederholt sich diese unerträgliche Unruhe, obwohl er sich sagt: Laide ist immer gekommen, Laide hat ihr Wort stets gehalten, Laide kommt vielleicht zwanzig Minuten zu spät, aber sie kommt. Es würde ausreichen, die Gewißheit zu haben, daß sie kommt, er wäre bereit, auch Stunden zu warten, wenn er absolut sicher wäre, würde das Warten eine Freude sein. Aber diese Gewißheit hat er nicht. Das Vorangegangene reicht nicht aus. Jedesmal, wenn zehn Minuten vorübergegangen sind, bedrängt ihn die fixe Idee: Laide kommt heute abend nicht, Laide wird nicht kommen und morgen nicht telephonieren, Laide kommt nicht und wird nie mehr telephonieren, Laide kommt nicht, weil sie von Mailand abgereist ist, Laide hat einen Besseren als dich gefunden, jünger, unterhaltender, reicher, sie ist für immer fortgegangen. Oder: Es sind schon zwölf Minuten über die verabredete Zeit, und das letztemal kam sie nur zehn Minuten zu spät, die längste Verspätung war einmal sechzehn Minuten, es fehlen also noch ein paar Minuten, machen wir es so: Wenn sie heute auch nach zwanzig Minuten nicht kommt, sie hat ja selbst gesagt, daß sie putzen muß, vielleicht hat sie die Zeit nicht richtig berechnet, sie ist ja so gründlich bei der Putzerei, fähig, eine Scheibe sechs-, siebenmal zu polieren, so wird sie mich heute abend wahrscheinlich länger als zwanzig Minuten warten lassen, aber für mich ist das entsetzlich, sie macht es vielleicht gar nicht aus böser Absicht, sie denkt nicht daran, aber für mich ist es trotzdem entsetzlich, jedesmal ist das so, ich gebe zu, es ist meine Schuld, ich habe nun einmal diese fixe Idee, man kann nichts dagegen machen, aber ich ertrage es nicht mehr. Nein, es kann nicht so weitergehen, ich arbeite nicht mehr, ich esse nicht mehr, ich schlafe nicht mehr, man spricht mit mir, und ich höre nicht zu, ich bin wie ein Automat, ich bin nicht mehr ich selber, ich ruiniere mich, ich muß Schluß damit machen. Sei ein Mann, und ziehe dir diesen Zahn aus, geh für ein paar Monate fort, such dir ein anderes Mädchen oder auch zwei, drei, wirf die paar Groschen, die du beiseite gelegt hast, zum Fenster hinaus, besser kannst du dein Geld nicht anlegen, nur Schluß damit, ich kann nicht mehr.

Schluß damit, Schluß damit, faß dir ein Herz und geh wenigstens weg. Wenn du schon nicht zu etwas anderem fähig bist, warte noch höchstens eine Viertelstunde und gehe dann fort, wer weiß, wie erstaunt sie sein wird, ja, alle Freunde, denen ich mich anvertraut habe, und es sind schon zu viele, denn kaum spreche ich mit jemand länger als eine Viertelstunde, muß ich schon wie unter Zwang davon sprechen, und sie hören mir alle zu, und ob sie mir zuhören, denn es muß unterhaltend sein, festzustellen, wie einer völlig verdummt ist. Und mein Unglück muß sie trösten, nur deswegen hören sie mir zu und scheinen so interessiert, ja, alle Freunde geben mir immer den einzigen Ratschlag: Stelle dich gleichgültig, zeig, daß du dem Rendezvous kein großes Gewicht beilegst, warte nicht mehr als zehn Minuten und geh dann fort, diese Taktik verfehlt nie ihren Zweck, es ist immer so in der Welt gewesen: Um bei den Frauen Erfolg zu haben, muß man Indifferenz an den Tag legen. Ja, ihr seid schnell bei der Hand mit euren Ratschlägen, aber wenn ich nun fortgehe und sie niemals mehr etwas von sich hören läßt und mit mir nicht telephoniert; sie ist kein dummes Schäfchen, diese Laide, sie hat einen eisernen Stolz. Sie wird nie hinter mir herlaufen, nein, es ist schon besser, ich warte, doch schon sind wieder sechzehn Minuten verstrichen, und ich habe wirklich genug, im Parterre beobachtet mich da eine am Fenster, nicht, daß sie am Fenster steht, sie hat sogar das Licht ausgedreht, aber ich sehe doch, wie sie ab und zu ans Fenster kommt, gerade so weit, daß sie hinaussehen kann, und immer blickt sie nach meiner Seite, wer weiß, wie sie lacht. Es ist gar nicht ausgeschlossen, daß sie noch andere herbeiruft und sie dann zusammen lachen. Ein Mann, der die Fünfzig überschritten hat, wartet auf so eine, so eine wie? Ach besser nicht darüber reden, die aus dem vierten Stock natürlich, erst zwanzig Jahre alt und schon mit allen Wassern gewaschen. Fünfzig Jahre, sicher, aber wenn man mich mit Gleichaltrigen vergleicht, so schneide ich immer noch gut ab, ich habe keinen Bauch, bin noch elastisch, natürlich das Gesicht, das verfluchte Gesicht, da sind an gewissen Tagen Falten darin, aber es sind nicht nur die Falten, es ist die allgemeine Erschlaffung, obwohl es doch ein mageres Gesicht ist. Aber es ist nicht gesagt, daß nur fette Gesichter erschlaffen, aber mehr als fünfundvierzig, sechsundvierzig Jahre gibt mir noch keiner, und zum Teufel, ich kann noch zeugen, also? Und wenn ich das noch kann, so soll sich niemand darüber aufregen, auch wenn ich mit einer Vierzehnjährigen ins Bett ginge, wieviel Heuchelei, wieviel abscheuliche Heuchelei. Es ist schon zehn Minuten vor zehn, zwanzig Minuten Verspätung ist zuviel, soll ich zum Portier gehen, daß er hinauftelephoniert? Es ist natürlich etwas komisch, und er würde selbstverständlich sofort verstehen, um was es da geht, als ob er nicht schon so wüßte, daß Laide sich mit Männern herumtreibt. Besser noch fünf Minuten warten, aber nicht mehr als fünf Minuten, denn sonst schließt er das Tor ab, dann weiß ich doch wenigstens, daß sie zu Hause ist, es könnte ja auch sein, daß die ganze Geschichte von der Schwester, die aus der Klinik nach Hause kommt, nur ein Vorwand war, um etwas anderes zu rechtfertigen. Vielleicht ist Laide unterdessen mit jemand anderem zum Essen ausgegangen, vielleicht mit dem Grafen, daß ihn der Teufel hole, der ihr erst immer Bach-Platten vorspielt. Um Gottes willen, schon fünf Minuten vor zehn, wenn ich mich jetzt nicht entschließe, sperrt er das Tor zu.

Er zieht einen Fünfhundertlireschein aus der Tasche, fünfhundert Lire sind an sich ein übertriebenes Trinkgeld, aber es ist besser großzügig zu sein, man kann nie wissen, er geht also durch das Tor, steigt die vier Stufen zur Portiersloge hinauf, klopft an das Glas, weil er drinnen niemand sieht, ein Mann um die Fünfzig taucht auf. »Verzeihen Sie, könnten Sie zu Fräulein Anfossi hinauftelephonieren«, sagt er und steckt ihm den Fünfhundertlireschein zu. Erst macht er ein paar Geschichten, nimmt ihn dann aber doch und ruft sie über das Haustelephon an, er hört sofort ihr typisches »Hallo«: schleppend, gleichgültig, voller Geheimnisse. »Kommst du endlich?« Sie wird sofort gereizt: »Ich bin noch nicht fertig.« – »Und wie lange wird das noch dauern? Kannst du mir ungefähr sagen, wie lange du noch brauchst?« – »Ich weiß es wirklich nicht, ich kann es nicht sagen.« – »Soll ich nun warten oder weggehen?« – »Mach, was du willst, wenn du warten willst, so warte.« Und damit legte sie den Hörer nieder.

Er geht hinaus und wieder das Trottoir hinauf und hinab. Wie merkwürdig, der unter der Halle schläft noch immer, aber schläft er wirklich? Genauer hinschauend, sieht Antonio, daß es ja gar kein Mann ist, sondern ein Gestell, ein Ding aus Holz, ein dunkler Schatten, der die Form eines Menschen hat. Der Hof ist vollständig leer, auch die Straße ist jetzt leer, auch vor das Fenster, von dem aus man ihn beobachtete, ist der Laden heruntergelassen worden, erleuchtet sind nur zwei Fenster im ersten und ihr Fenster im vierten Stock. Er zündet sich eine Zigarette an, dann eine zweite. Es ist schon zehn Minuten nach 22 Uhr, ob Laide wirklich noch putzt? Vielleicht ist sie mit einem andern Mann zusammen? Es mag schon stimmen, daß die Schwester abwesend ist, aber vielleicht hat sie diese Gelegenheit benutzt, um einen jungen Mann ins Haus kommen zu lassen, und wer weiß, wie sie sich bei dem Gedanken verhält, daß er da draußen auf der Straße wartet. Vielleicht stehen sie sogar beide nackt hinter dem heruntergelassenen Laden und beobachten ihn, er hält sie fest umschlungen, und sie erzählt ihm, daß der da unten vollständig den Kopf verloren hat und daß sie im Grunde nur mit ihm ginge, weil er gut zahle, zuzusetzen habe sie sowieso wenig, denn der Dummkopf da unten begnüge sich mit wenig, es reiche ihm, sie zum Essen einzuladen oder mit ihr ins Kino zu gehen, kann man wohl idiotischer sein? Wieder ist es soweit, die teuflische Phantasie seines Gehirns beginnt von neuem zu arbeiten, sie vergiftet ihm das Leben, sie macht es zur Hölle. Jaja, es geschieht ihm recht, dem Intellektuellen, der sich immer darüber wundert, daß die Dichter von der Liebe sprachen und in ihren Werken nur dieses Thema behandelten, scheinheilig hatte er behauptet, daß es doch in der Welt noch andere Dinge gäbe, wichtigere Dinge außer den Frauen, nicht wahr? Nichts als Scheinheiligkeit, denn er wußte es auch schon damals, aber er hatte nicht den Mut, es zuzugeben, er war darin wie alle andern, und jetzt spürte er es am eigenen Leib, was die Frau für den Mann bedeutet, was es heißt, ein hübsches, junges Mädchen zu begehren. Jetzt denkt er darüber nach, wie unrecht die Welt hat, die so tut, als gäbe es keine sinnliche Begierde, die sie totschweigt, während doch in Wirklichkeit, wäre nur jeder ehrlich mit sich selbst, sich alles darum dreht. Denkt nicht sofort jeder, wenn er ein unbekanntes Mädchen auf der Straße trifft: Ist sie begehrenswert? Würde ich gern mit ihr ins Bett gehen? Und stellt er sich nicht sogleich die zweite Frage: Gibt es eine Möglichkeit, mit ihr ins Bett zu gehen? Und in der besten Gesellschaft, ja selbst in der Kirche, wenn ein Mann eine junge und hübsche Frau sieht – ich wette, auch die Priester tun es –, fragt er sich, ob unter den Kleidern die Brüste straff stehen oder ob die Taille eng ist und – Antonio zum Beispiel denkt sofort daran – ob sie ausrasierte Achselhöhlen habe. Vor allem wenn das Mädchen sehr jung ist, bietet es mit den geöffneten glatten Achselhöhlen, die Arme hebend, den erregendsten Teil ihres Körpers dar, und natürlich fragen sich alle, wie die Schenkel sind und das Gesäß, ja es gibt solche, die vor allem nach dem Gesäß fragen. Doch alle, alle denken an dieselben Dinge, wenn sie ein Mädchen oder sogar ein Kind sehen, nur sagt es keiner, niemand hat den Mut, es auszusprechen, niemand wagt es zuzugeben, weil sie alle verächtliche Heuchler sind, sie leben, sprechen, führen sich auf, als ob sie nur der Verdienst, die soziale Stellung, die Kinder, das eigene Heim interessiere. Dabei weiß man doch, daß sich alle Anstrengung, alle verborgenen Gedanken allein auf diese Sache konzentrieren, aber sie ist tabu, niemand wagt von ihr zu sprechen. Wenn jemand einem Freund ein Geschenk machen will, und sei es noch so großzügig, so wird er ihm vielleicht einen Kunstgegenstand, vielleicht ein Automobil oder sogar eine Jacht schenken, niemals wird er ihm aber das geben, was dem andern die größte Freude machen würde; eine schöne Dirne. Keiner schenkt das, auch nicht die Milliardäre, die ihre Freunde in Paläste und Villen bitten, ihnen erlesene Speisen vorsetzen, Liköre und Champagner anbieten, Hunderttausende Lire ausgeben, um sie zu unterhalten, aber sie träumen nicht einmal davon, ihnen ins Gastzimmer ein hübsches Mädchen zu schicken, bereit, alle ihre Wünsche zu erfüllen. Dabei ist doch gerade dies, besonders gegen Abend, die Sehnsucht aller, aber niemand darf es wissen, man wird geboren, man wächst heran, man wird alt und stirbt und tut immer so, als sei physische Liebe eine angenehme, aber nicht sonderlich wichtige Angelegenheit. Dabei ist sie doch die wichtigste von allen, und er, Dummkopf und Heuchler, hatte das bisher nicht einsehen wollen, erst jetzt merkte er es, weil er sich verbrannt hat, weil er sieht, wie die Männer auf der Straße Laide ansehen, ja wie sie sogar hinter ihr herpfeifen. Einmal hatte sie ihn vom Büro abgeholt, in einem Kleid wie ein Nymphchen, kurz und bauschig, die schwarzen Haare in einem Zopf aufgesteckt. Mit ihrem impertinenten Gesichtchen sah sie nicht älter als fünfzehn, allerhöchstens sechzehn aus, als sie dann zusammen aus dem Haus traten, hatten die auf der anderen Straßenseite ihr Mittagsbrot verzehrenden Maurer langgezogene bewundernde Pfiffe ausgestoßen, sie amüsierte sich hüfteschwenkend köstlich darüber, aber auch ihm hatte es Freude gemacht, mit fünfzig Jahren ein so schönes Kind zu besitzen, was machte es dann schon aus, daß sie es für Geld tat. Hauptsache war, daß sie mit ihm ins Bett ging und die andern vor Neid platzten. Denn sie beneideten ihn, doch dafür muß er jetzt zahlen, denn in diesem Fall ist Neid nur der Wunsch, Laide zu besitzen. Auch den andern gefällt sie, warum sollte auch ein so aufreizender Typ – wohlverstanden aufreizend und nicht sinnlich, aufreizend ist etwas ganz anderes – nicht gefallen. Er schaut zwischendrein immer wieder auf die Uhr: Zwanzig Minuten nach 22 Uhr, fünfzig Minuten wartet er nun schon, nicht einmal als Student hat er es so lange ausgehalten, und wenn er jetzt wegginge, könnte sie wirklich nicht protestieren, es wäre sogar ein einfaches Gebot des Anstandes, denn wenn er jetzt noch länger wartet, so ist das unwürdig. Wahrscheinlich rechnet sie auch gar nicht mehr damit, wahrscheinlich ist sie überzeugt, daß er schon fortgegangen ist, denn wenn einer auch noch so verliebt ist, es gibt eine Grenze, wie aber, wenn sie trotzdem noch kommen sollte?

Kummer und Verlangen waren so groß, daß es ihm schien, als saugten sie Jahre und Jahre seines Lebens aus. Er war nur noch ein Automat, ein stumpfsinniger Automat, als sie unerwartet um dreiviertel elf Uhr mit unbekümmerten, festen und energischen Schritten aus dem Haus trat. »Weißt du, daß du mich eine und eine Viertelstunde hast warten lassen?« – »Wenn es dich interessiert«, gab sie lächelnd zurück, »Marcello habe ich einmal am San-Babila-Platz eine und eine Dreiviertelstunde warten lassen, und damals regnete es noch obendrein.«

Leider gelang es ihm nicht, die Sache von der humoristischen Seite zu sehen, er war verliebt, und deshalb ging ihm jeder Sinn von Humor ab, er gab sich wohl Rechenschaft darüber, aber konnte nicht dagegen an. »Du gibst also zu, es absichtlich getan zu haben?«

»Was heißt hier absichtlich. Ich hätte eigentlich noch den ganzen Vorplatz machen sollen.«

»Warum hast du dann aber die Television angedreht?«

»Ich und Television angedreht?«

»Ja, man konnte es deutlich von hier unten sehen, du hast das Licht im Zimmer gelöscht, und gleich darauf ging unten links ein kleines blaues Licht an, der Widerschein des Fernsehapparats.«

»Du träumst wohl, als ob ich mich für den politischen Kommentar interessierte.«

»Woher weißt du dann, daß heute abend der politische Kommentar gesendet wird?«

»Weil sie es schon gestern gesagt haben. Erst sollte der ›Musichiere‹ kommen, aber dann hat man den auf drei Viertel elf verschoben.«

»Wie schade, also kein ›Musichiere‹ heute abend.«

»Warum?«

»Wo finden wir ein Restaurant mit Fernsehapparat?«

»Das macht nichts, gehen wir doch irgendwo in der Nähe hin. Dort ist eine Milchbar, da war ich auch schon mal.«

»Eine Milchbar?«

»Ja, warum? Genierst du dich etwa?«

»Und wann gehen wir dann essen?«

»Ach, das können wir auch nachher machen.«

25

»Antonio«, sagte sie, während sie zusammen im Auto über die Bastionen der Porta Venezia nach Cassinis Wohnung fuhren, es war ein sonniger Tag, aber doch irgendwie welk und schwül, wie die Mailänder Sommertage meistens sind. »Antonio, ich muß dich um einen Gefallen bitten, es liegt mir schrecklich viel daran, und du sollst mir nicht nein sagen.«

»Wenn ich's tun kann, tu ich's gern.«

»Natürlich kannst du es, und mir liegt doch soviel daran, ich gehe jetzt in die Ferien, wie du weißt, ich hab' sie wirklich nötig, die Mailänder Luft hat mir nie gutgetan.«

»In die Gegend von Sassuolo?«

»Ja, nach Rocca di Fontanara.«

»Warst du schon einmal dort?«

»Früher, mit meiner Mutter, einmal sogar viermal hintereinander.«

»Also los, um was handelt es sich denn?«

»Bitte, begleite mich hin, ich weiß sonst wirklich nicht, wie ich es mit allen Koffern, dem Hündchen und so weiter machen soll.«

»Und Marcello, der geliebte Vetter, wird wahrscheinlich auch dort sein?«

»Nun hör schon auf mit ›geliebter‹ Vetter, du weißt doch, wie wir zusammen stehen, er ist wie ein Bruder für mich, und zudem arbeitet er auf der Baustelle fast zehn Kilometer von Modena entfernt, wenn er mich drei- oder viermal in den vierzehn Tagen besuchen wird, so ist das viel.«

»Du mußt doch zugeben, daß das ein wenig merkwürdig klingt, ein junger Mann von Fünfundzwanzig kommt doch nicht zum Gedichtevorlesen, oder ist er etwa impotent?«

»Was heißt da merkwürdig, wenn du es nicht glaubst, so laß es bleiben, es lohnt sich wirklich nicht, ehrlich mit dir zu sein. Wenn du es genau wissen willst: Seit wir zusammen sind, war ich nicht mehr bei Ermelina, vorgestern hat sie mir schon wieder telephoniert, sie habe da einen Deutschen, der schon seit Monaten auf mich warte, sie hatte sich dann für den Abend mit mir verabredet, aber ich bin nicht hingegangen.«

»Wo verabredet?«

»Wir sollten uns in Contibar treffen.«

»Und du hast sie nicht einmal verständigt?«

»Was kümmert sie mich schon, aber wenn du keine Lust hast, mich zu begleiten, so brauchst du es nur zu sagen, ich finde schon jemand, der etwas netter ist als du.«

»Habe ich etwa nein gesagt? Gut, ich begleite dich.«

»Nein, nein, du ärgerst mich doch nur immer wieder mit dieser Geschichte von Marcello, dabei solltest du mir dankbar sein, daß ich mit jemand gehe, mit dem ich nichts Schlechtes mache.«

»Und wann willst du reisen?«

»Am Montag.«

»Und warum gerade am Montag, wäre der Sonntag nicht bequemer?«

»Nein, am Sonntag ist immer ein solcher Rummel auf den Straßen.«

»Gehst du ins Hotel?«

»Ja, man hat mir ein neues empfohlen, gut und billig.«

Der Montagmorgen war in graue Nebel gehüllt, Laide sagte, sie fühle sich schlecht und habe die ganze Nacht nicht geruht. Bis Lodi saß sie verschlafen neben ihm, dort hielten sie an, und sie trank einen Kaffee und aß drei Brioches, im Osten wurde der Himmel heller.

Plötzlich, kurz nach Parma, fing Laide an zu singen, die Sonne war aufgegangen, sie hatte ein Tuch um den Kopf geschlungen, das sie wie ein kleines Bauernmädchen erscheinen ließ, und sie sang, aber es waren keine Schlager, sondern eine Folge von Liedern, die aus der fernen Tiefe des Volkes stammten, einfach und gewöhnlich vielleicht, ohne Sehnsüchte und ohne Schmachten, Kasernen- und Kneipenlieder, voller Anzüglichkeiten, doch nüchtern und aufrichtig.

Sie sang nicht ordinär, sondern frei, nicht boshaft, sondern verschmitzt wie eine kleine Gaunerin, die plötzlich die Luft der Straße und des Hofes ihrer Kindheit wiederfindet, die Zeit, als sie sich dort als kleines Mädchen mit den andern balgte oder zum Spiel in die Waden der Erwachsenen biß, die auf den Bänken der Anlagen saßen, oder in die Keller stieg, um nach den Mäusen, ihren Freunden, zu sehen und einmal eine mit nach Hause gebracht hatte, die mindestens ein Pfund wog, aber zahm in ihren Armen saß und ihr die Händchen leckte.

Antonio entsann sich, einmal nachts in Mailand, es mochte zwei Uhr gewesen sein, von einem rhythmischen und dreisten Gesang aufgeweckt worden zu sein, der wahrscheinlich von einer Gruppe von Jungen stammte, die mit ihren Rädern die Allee auf und ab zogen. Am Anfang hatte Antonio nicht verstanden, was sie sangen, aber dann erkannte er das Lied vom Schornsteinfeger, er hatte es sicher schon hundertmal gehört, auch die Bauern sangen es auf dem Land, wo er als Kind gewesen war, und sicher hatte er es auch selbst in den Bergen gesungen, es war ihm immer als ein ziemlich ordinäres Lied vorgekommen, aber in jener Nacht verwandelten es die unbekannten Jugendlichen in etwas Wunderschönes und Mächtiges, in eine Ballade der Wut und des Verlangens, die aus dem Innersten Mailands zu kommen schien, sicher, die Sänger waren keine wohldressierten Choristen, es waren Jungen aus dem Volk, die sich verspätet hatten und vielleicht sogar ein wenig betrunken waren, aber das hörte man nicht heraus, denn so groß waren die Sicherheit und die Kraft, das Maß und so vollkommen dieses unverfrorene Sichausströmen. Auf diese Weise gesungen, wurde aus dem alten trivialen Lied ein Hymnus, ein geheimer Schwur, eine geheimnisvolle Kampfansage.

Und mit Staunen stellte Antonio fest, daß Laide auf dieselbe Weise sang, mit dem gleichen hämmernden Rhythmus, dem nämlichen Schwung, als ob sie darin ihre verirrte Seele, den ursprünglichen Sinn ihres Lebens fände. Er drehte sich immer wieder zu ihr hin, er hatte sie noch nie so schön gesehen, von rührender Reinheit, von Lebensfreude erfüllt, und Antonio war auf eine törichte Weise stolz darauf, nein, sie war doch keine von den üblichen vergnügungssüchtigen und dreisten kleinen Mädchen, sie war ein menschliches Wesen in der ganzen Fülle dieses Begriffes.

»Sing es, bitte noch einmal.«

Sie lachte und begann von neuem, und ohne Pause ging sie zu andern Liedern, richtigen Rekruten- und Bordellsongs über, die sie aber, wer weiß wie, in edle alte Gesänge verwandelte, die sogar bis zu den Lagerliedern der Landsknechte zurückzuführen schienen. Plötzlich aber schwieg sie, wieder von der angstvollen, bei ihr so häufig wiederkehrenden Spannung eines verfolgten Tierchens gepackt. Und als er sie bat, doch weiterzusingen, sagte sie, in den Mailänder Dialekt verfallend: »Nun hör schon auf, wie langweilig du bist.« Mit einem Schlag schien sie eine andere geworden zu sein.

Sie waren unterdessen von der Autobahn del Sole abgebogen, und die Straße schlängelte sich die Hügel hinauf zwischen wunderschönen Wiesen und einsam gelegenen Baumgruppen.

»Hübsche Gegend«, sagte er, nur um etwas zu sagen, in der dummen Verlegenheit, die ihn immer ergriff, wenn er mit einer Frau allein war, die er erst seit kurzem kannte. »Warst du noch nie hier?« – »Nein, aber es ist das erste-

und wahrscheinlich auch das letztemal«, sagte er. »Warum?« In blitzschneller Intuition drehte sie den Kopf zu ihm hin und sah ihn an. »Weil ich sehr gut verstehe, liebe Laide, daß du ein reizendes Geschöpf bist, das ich sehr liebe, aber unsere Verbindung ist eine unselige Sache, und je länger sie dauert, desto mehr frage ich mich: Was bedeute ich schon für dich, abgesehen von der finanziellen Seite? An einem gewissen Punkt angelangt, sollte man den Mut haben, den Dingen ins Gesicht zu sehen. Denk nur einmal an den Altersunterschied.«

Wo hatte er nur die Kraft hergenommen, ihr all das zu sagen, was er schon hundertmal hatte aussprechen wollen, wozu er aber nie den Mut gefunden hatte. Und was beabsichtigte er damit? Welche Schlußfolgerungen wollte er ziehen? Er hätte es selbst nicht sagen können, ja, er hatte noch nicht einmal zu Ende gesprochen, als er es schon bereute, vielleicht war es ein falscher Schachzug gewesen? Vielleicht nahm sie ihn beim Wort? Wenn sie ihm nun recht gäbe, wenn sie sagen würde, ja, sie verstände ihn nur zu gut, es sei besser, sich zu trennen? Bei diesem Gedanken fühlte er wieder das Schreckliche, es war wie ein schmerzhafter Druck in der Magengegend.

Laide aber gab ihm nicht recht. Vor sich auf die Straße blickend, antwortete sie ruhig: »Nein, denn weißt du, ohne mich kannst du ja gar nicht leben.«

In diesem Augenblick verstand Antonio, daß alles vergeblich sei und daß er verloren war. Sie sah auf die sich sanft zwischen den Wiesen hinziehende Straße, sie sah nicht zu ihm hin, der an ihrer Seite saß und seinen unscheinbaren Fiat steuerte, diesen armen kleinen Wagen, ganz ungeeignet für sie, die zwar heute nachlässig angezogen, ohne Lippenrot und schlecht frisiert war, doch trotzdem wäre für sie ein Ferrari oder ein Mercedes mit silbernen oder goldenen Kotflügeln, die schon von weitem von Hügel zu Hügel glänzten, angebrachter gewesen. In ihrer fraulichen Selbstsicherheit, erstaunlich für ihr Alter, hatte sie gesagt: »Nein, denn weißt du, ohne mich kannst du ja nicht leben.« Und er hatte nicht darauf zu antworten gewußt, wohl hätte er es ihr mit hundert schneidenden, geistreichen oder hochmütigen Sätzen zurückgeben können, aber er hatte es gelassen, er war noch einmal unterlegen, sie hatte ihn besiegt, das kleine Mädchen hielt ihn mit ihren zarten, feinen, schrecklichen Händen, sie preßte sie nicht, ein winziger Druck hätte schon ausgereicht, um ihm zu zeigen, daß, wenn sie wirklich zudrücken würde, es um seinen Hals geschehen wäre, aber sie tat es nicht, sie lächelte nicht einmal, es war so natürlich für sie, es war nicht einmal ein Spiel oder ein Gefecht, es war die selbstverständlichste Sache der Welt, ein x-beliebiger Augenblick in ihrem Leben, für sie, die die unwiderstehliche Kraft ihrer Weiblichkeit vorantrieb.

Es war ein schöner und angenehmer Tag voller Sonne, die Landschaft lag grün, lächelnd und einsam vor ihnen, auch die Wölkchen am Himmel waren schön, und es wäre so leicht gewesen, an ihrer Seite glücklich zu sein, hätte sie nicht gesagt: »Nein, denn ohne mich kannst du ja doch nicht leben.« Und es stimmte. Deswegen hatte er geschwiegen. Ja, er war alt, ein alter Mann – sagte sich Antonio – den sie, samt seinem ganzen Universum, mit ihrer zärtlichen, warmen, wohlgepflegten und reizenden Hand umschloß, trotzdem hielt ihn eine große Kraft aufrecht, denn wenn er, was die Jahre anbetraf, auch alt war, seine Seele war jung, mindestens so jung wie ihre, wahrscheinlich sogar noch jünger, und diese Kraft, die ihn stützte, war nicht böse, nicht schmutzig, auch wenn sie sich des Geldes bediente, um sich zu entfalten, es war eine törichte, selbstlose, verrückte Sache, die, wer weiß wie, aus ihm, dem verabscheuungswürdigen Kleinbürger, entsprungen war, einem Trompetenstoß, einer Lichtantenne ähnlich, war wie der zischende und wilde Flug des Felsens, der senkrecht in den Abgrund fällt, um dort unten später zu zerbersten, der aber bis dahin lebt, lebt, es war – bei der Barmherzigkeit Gottes – Liebe.

Sie kamen im Hotel an, es war neu, freundlich, und ähnelte einem Bungalow in den Kolonien. Antonio half ihr das Gepäck hinaufzutragen, man hatte ihr ein Eckzimmer mit zwei Betten gegeben. »Ich nehme immer ein Doppelzimmer, ich wechsle gern das Bett, und nun bin ich so daran gewöhnt.« »Es kann unter Umständen auch sehr bequem sein«, sagte er, es gelang ihm nicht, die Bemerkung zu unterdrücken, obgleich er wußte, daß sie sich dagegen auflehnen würde. »Bequem für was? Fängst du schon wieder an? Damit du es nur weißt, ich habe noch nie mit einem Mann eine Nacht verbracht, und auch aus diesem Grund mag ich nicht heiraten.«

Er verstand, daß Laide vorgezogen hätte, daß er unten warte, während sie ihre Sachen in den Schrank ordnete, sie war keineswegs bereit, ihm die Rolle des Geliebten zuzuerkennen, doch sie verstand, daß sie damit etwas zuviel verlangte. Deswegen, und um dem Personal zu zeigen, daß zwischen ihr und dem Onkel nichts bestünde, ließ sie die Tür weit offen. Kleider, Wäsche, Schuhe waren mit geometrischer Genauigkeit in den Koffern geordnet gewesen. Aus dem Beauty-case zog sie eine Batterie von Büchschen und Fläschchen, die auch einer Diva Ehre gemacht hätte. Peinlich genau stellte sie diese im Halbkreis auf den Toilettentisch. Dann legte sie den Teppich für das Hündchen hin, die Plastikschale für sein Wasser und einen anderen Behälter für sein Futter.

Es schien ihr Freude zu machen, alles so lang wie möglich hinauszuschieben, immer wieder glättete und faltete sie die Wäsche, legte sie von einem Fach ins andere, als habe sie die Absicht, Jahre in diesem Hotel zu verbringen. Er sah auf die Uhr, er wäre gern um fünf Uhr wieder in Mailand gewesen.

Ab und zu ging Laide auf den Balkon und sah hinaus, vielleicht erwartete sie Marcello, aber Marcello ließ sich nicht blicken. Endlich, um halb zwei, war sie soweit, sie gingen hinunter, und sie sagte, daß sie vorzöge, in Modena zu speisen. Antonio dachte bei sich: Das sieht geradeso aus, als wolle sie sich hier im Hotel so wenig wie möglich mit mir zeigen. Warum? Schämt sie sich wegen des Altersunterschieds? Wenn sie mich doch für ihren Onkel ausgibt. Oder will sie sich das Terrain für die Ankunft Marcellos freihalten. Was für eine Rolle spielt Marcello wirklich? Die des Vetters? Des Verlobten? Die Sache mit dem Onkel war für Antonio eine ewige Quelle des Ärgers und der Demütigung, aber er hatte nicht den Mut gefunden, sich dagegen aufzulehnen.

Er hätte nur zu sagen brauchen: »Ich mache dich darauf aufmerksam, daß wenn du mich einmal in Gegenwart von Fremden Onkel nennst, ich laut verkünden werde, daß ich niemals dein Onkel gewesen bin.« Vielleicht hätte sie sich sogar, wenn auch wütend, danach gerichtet. Aber lohnte es sich wirklich, sie so aufzubringen, ihre naive Strategie über den Haufen zu werfen, durch die sie im Grunde nur, koste es was es wolle, die Illusion der Anständigkeit aufrechtzuerhalten suchte? So fuhren sie denn nach Modena, um dort zu essen. Es war ein trübseliges Mahl, und sie sprachen kaum miteinander. Jetzt, da die Stunde der Trennung näher rückte, fühlte Antonio wieder die Unruhe in sich aufsteigen, die durch eifersüchtigen Verdacht noch verdoppelt wurde.

Es war fast drei Uhr, als sie aus dem Restaurant traten, und es war sehr heiß. »Ich gehe also«, sagte Antonio. »Bring mich doch bitte noch bis zu einem Kino hier in der Nähe«, meinte sie. »Um diese Zeit ins Kino?« – »Ja, so wird es schneller fünf Uhr, um halb sechs habe ich mich mit Marcello auf dem Hauptplatz verabredet.« Sie stiegen in den Wagen. Antonio saß wie auf Kohlen, das Hündchen hatte sich auf seinen Knien breitgemacht und nagte an den Knöpfen seiner Jacke. Auf halbem Weg änderte Laide ihre Absicht, oder vielleicht tat sie das gar nicht, sondern hatte von Anfang an das im Sinn gehabt, aber nicht gewagt, ihn darum zu bitten. »Bitte fahr doch hier links die Straße hinauf.« – »Warum denn?« – »Halte bitte hier an der Ecke an.« – »Willst du hier aussteigen?« – »Nein, bitte sei so nett, die erste oder zweite Straße rechts ist Via Cipressi, Nr. 6 ist die Pension, in der Marcello wohnt. Es macht dir doch nichts aus, zu fragen, ob er zufällig zu Hause ist. Weißt du, er wohnt als Untermieter bei einer Dame, und da möchte ich mich lieber nicht sehen lassen.« – »Und da muß ausgerechnet ich hingehen?« – »Was ist schon Schlimmes dabei? Es sind nicht mehr als fünfzig Meter.«

Hier wäre endlich die Gelegenheit, Antonio, zu zeigen, daß du kein Hampelmann bist, lehn dich dagegen auf, sag ihr, daß sie alles von dir verlangen kann, aber niemals das, den Kuppler zu spielen. Aber Laide war unruhig, wenn er jetzt Schwierigkeiten machen würde, wäre sie imstande, ihn einfach sitzenzulassen und vielleicht für immer von ihm fortzugehen. Bei der Nr. 6 fragte er nach Marcello. Ein junger Mann erschien und sagte, daß Marcello noch auf der Baustelle sei. »Wer will ihn denn sprechen?« – »Fräulein Anfossi ist hier draußen.« – »Laide?« – »Ja.« – »Dann komme ich mit.« Der junge Mann ging mit Antonio bis zum Auto, die Begrüßung war fröhlich. Sie duzten einander. Dann stellte Laide ihn vor. »Peppino, verzeih, aber deinen Nachnamen weiß ich nicht mehr ... mein Onkel.« Peppino kehrte wieder in das Haus zurück. Von dort zum Kino war es nicht weit. Antonio konnte nicht mehr länger ruhig bleiben, es schien ihm, daß er nun genug Geduld gehabt habe.

»Ich verstehe einfach nicht, Laide, daß du dir nicht klarmachst, daß gewisse Dinge einfach geschmacklos sind, wenn nicht überhaupt ...«

»Wenn nicht überhaupt?«

»... richtige Flegeleien, wenn du es wissen willst. Ausgerechnet mich mußt du in das Haus deines...«

»Meines was?«

»Ach, lassen wir es lieber.«

»Nein, lassen wir es nicht«, schrie sie aufgebracht, »mußt du mich denn immer wie eine Dirne behandeln? Ich habe die Nase voll davon, ja?« Und mit dem rechten gebogenen Arm machte sie eine Bewegung, als wolle sie sich einen Bart abschneiden. »Direkt verrückt kann man mit dir werden, der da wagt überhaupt nicht, mich anzurühren, du aber gehst mit mir ins Bett, wann du willst, aber nein, das genügt nicht, der Herr ist eifersüchtig! Du mit deinen feinen Manieren, sofort bist du bereit, einen zu beleidigen. Du beschmutzt auch die unschuldigsten Gefühle, du kannst nicht zugeben, daß zwischen einem und einer Sympathien bestehen können, ohne daß sie zusammen schlafen, du bist wirklich erbärmlich, wirklich, man sieht, daß du niemals mit anständigen Mädchen zusammen warst und immer nur mit Dirnen zu tun gehabt hast, deswegen sind eben alle für dich Dirnen, es existieren für dich gar keine anderen als Dirnen.« Sie hielten auf einem freien Platz. Zwei vorübergehende Frauen drehten sich um, als sie ihre erboste Stimme vernahmen.

»Sprich wenigstens etwas leiser, willst du denn, daß dich alle hören.«

»Das ist mir völlig egal, sollen sie nur ruhig zuhören, ich habe es jetzt gründlich satt, wenn du es wissen willst.«

Antonio schwieg, sie hatte ihn wieder besiegt. Nun war sie zu Ende. Nach einigen Minuten sagte er und war bemüht, einen kühlen Ton anzuschlagen:

»Ich fahre also, es ist schon spät.«

»Tschüs; ich telephoniere mit dir, wahrscheinlich muß

ich übermorgen nach Mailand, ich komme dann in deinem Büro vorbei.«

»Wie du willst«, sagte er und schaltete voller Wut den ersten Gang ein.

26

Vierzehn Tage getrennt sein. Vierzehn Tage unaufhörliches Brüten über die Krankheit, die sein Inneres verwüstete. Fast war es eine Erleichterung, nicht jeden Tag auf den Anruf Laides warten zu müssen. Dafür wurden aber durch die Entfernung quälende Vorstellungen vervielfacht. Am Abend, ausgestreckt auf seinem Bett liegend, die Augen auf die beiden Sprünge der Zimmerdecke geheftet, die die Ziffer Sieben bildeten, kreisten Antonios Gedanken unermüdlich um seinen Schmerz. Laide telephonierte mit ihm zwar alle drei, vier Tage, sie war pünktlich, das mußte man ihr lassen, doch es war nur ein kleiner Trost, der nicht ausreichte.

Er betete zu Gott, daß er ihn aus dieser Hölle befreien möge. Wer weiß, vielleicht würde er doch eines Morgens aufwachen und ein anderer sein, frei, leicht. Das wäre eine wundervolle Sache. Jetzt ist es fast zwei Uhr nachts, morgen früh wollte sie im Büro anrufen, würde sie es tun? Dieses ohnmächtige Schwachsein! Das Brennen im Magen! Mit wem ist sie jetzt zusammen? Allein? Oder ist sie irgendwo tanzen gegangen? Doch darauf kommt es nicht an. Zwischen Montag und heute, Freitag, kann viel passiert, neue Interessen können in ihr Leben getreten sein. Vielleicht denkt sie überhaupt nicht mehr an mich, es sei denn des Geldes wegen. Ich fühle mich entsetzlich schlecht. Die Beruhigungsmittel wirken überhaupt nicht mehr. Ich kann nicht mehr sitzen und nicht mehr ausgestreckt liegen. Wo befindet sie sich jetzt? Das Fürchterliche ist, daß keine

Hoffnung besteht, auch wenn sie mit mir telephoniert, auch wenn sie mit mir geht. Denn warum sollte sie nicht auch noch wenigstens einmal mit mir gehen? Ich bin fest entschlossen, ihr dann alles zu sagen, damit sie es wenigstens weiß. Damit kein Mißverständnis herrscht. Sie kann dann immer noch machen, was sie will. Ich will ihr alles schreiben. Besser ein entschiedenes Nein, ein Riß, ein Schmerz, eine lange Trauer als dieser unerträgliche Zustand. Schlafen, schlafen können, es ist die einzige Pause.

Aber dann lauern wieder beim Erwachen, wenn die letzten Fetzen der Träume verweht sind, die Angst und dieses Gefühl, verurteilt zu sein. Die Gedanken forschen sofort: Warum, warum bloß? Sie! Da fängt das Herz wieder wild zu schlagen an, und das Gehirn füllt sich mit jenen fixen Ideen, die sein Bewußtsein überschwemmen und ihm keinen Ausweg lassen. Was immer er auch denken mag oder, besser, was immer er zu denken versucht, überall ist sie und verstellt ihm den Weg. Er sagt sich, es ist absurd, sie verdient es nicht, es lohnt sich nicht. Jaja, das sind alles ausgezeichnete Gründe. Aber an dem Tag, an dem er verzichten, nicht mehr darauf bestehen, die Angst in brennenden Schmerz verwandeln würde, was bliebe ihm dann? Leere, Einsamkeit, die Aussicht auf eine Zukunft, die immer elender, immer verlassener würde. Gott im Himmel, hilf mir!

Er dachte an einen Brief, den er ihr schicken könnte, kein Friedensvertrag hatte je größere geistige Anstrengung gekostet. Einfach zu schreiben, allgemein verständliche Ausdrücke zu benutzen, denn sonst würde sie vielleicht nicht verstehen, was er ihr sagen wollte. Er müßte ihr zeigen, daß er entschlossen war, aber trotzdem dürfte er nicht zu weit gehen, müßte ihr harte Dinge sagen, aber doch so, daß sie sie nicht beleidigten oder jene seltsame Würde verletzten, auf die sie so viel hielt, und er müßte sich zur gleichen Zeit verständnisvoll und zärtlich zeigen. Am nächsten Tag war folgender Brief daraus geworden:

»Liebe Laide! Erschrick nicht über diesen Brief. Lies ihn in aller Ruhe, vielleicht in der Sonne liegend oder abends vor dem Schlafengehen, es hat keine Eile. Es geht um Dinge, die Dich betreffen und die ich Dir sagen muß. Die Ruhe der Ferien wird Dir erlauben, richtig darüber nachzudenken. Es handelt sich um folgendes: Ich weiß nicht, ob Du es auch gemerkt hast, aber ich bin, obwohl ich Dich immer mehr liebe, ganz und gar nicht glücklich. Es ist unnötig, Dir zu sagen, was zwischen uns stimmt und was nicht. Du bist Frau genug, um es zu erraten, und intelligent genug, um zu verstehen, warum Kälte und gewisse Unarten mehr schmerzen als richtige Untreue.

Mir scheint, daß Du viel von mir verlangst, und ich spreche nicht vom Geld. Lassen wir auch ruhig die Schwierigkeit, mit Dir zu telephonieren, Dich zu treffen, Dich zu sehen, ein paar Stunden mit Dir zusammen zu verbringen, beiseite. Gott allein weiß, was ich in der Vergangenheit deswegen gelitten habe. Nein, ich spreche von so vielen anderen Dingen, die Du genau kennst, von der unsympathischen Rolle zum Beispiel, die Du mich Marcello gegenüber spielen läßt – und ich will gar nicht von dem wirklichen Verhältnis sprechen, das Euch verbindet, mir scheint, Du übertreibst es manchmal. Nach drei Monaten, in denen Du Zeit und Gelegenheit gehabt hast zu merken, wieviel mir an Dir liegt und wie viele Opfer ich für Dich bringe, um Dir diese Liebe zu beweisen, erwiderst Du mir alles fast immer nur mit Kälte, Gleichgültigkeit und Müdigkeit. Du hast mir einmal gesagt, daß zwischen einem Mann und einer Frau eine Zeit der Gewöhnung nötig sei. Aber mir scheint diese Gewöhnung so zu sein, wie man ein Auto einfahren muß – Tausende von Kilometern! Sicher, Du bist genau und pünktlich in den kleinen täglichen Pflichten, im Telephonieren, im Kommen und so weiter. Aber niemals ein Überschwang, nie eine Regung der Güte oder Liebe!

Das Schlimme ist, daß ich, sollte es so weitergehen, in einen Zustand beschämender Demütigung geraten würde, den ich nicht ertragen könnte.

Ich möchte nicht, liebe Laide, daß Du meine Liebe mit grenzenloser Schwäche verwechselst. An einem gewissen Punkt angelangt, muß ein Mann, auch wenn er noch so verliebt ist, die Augen öffnen und der Wirklichkeit gegenübertreten, koste es, was es wolle. Ich hoffe, niemals bis zu dem Punkt zu gelangen. Aber damit es nicht soweit kommt, müssen wir beide es nicht wollen. Und das ist der Grund, geliebte Laide, warum ich Dir schreibe. Damit Du Dir Rechenschaft darüber gibst, daß unsere Verbindung so nicht weitergehen kann.

Du wirst mich mit Recht fragen, was ich nun eigentlich will. Ganz einfach: Ich will, daß Du mich als Mann respektierst und mir nicht lediglich die Rolle des zahlenden Onkels, eines bequemen Call-Onkels, zudiktierst. Und daß Du Dich mir gegenüber so beträgst, wie dies alle Frauen jenen Personen gegenüber tun, an denen sie hängen, sei es aus Liebe oder aus Interesse.

Im Grunde verlange ich herzlich wenig von Dir, nach all dem, was ich für Dich getan habe und tue. Und all dem, was ich in Zukunft noch für Dich tun möchte.

Doch alles hängt einzig und allein von Dir ab.

Genieße in Ruhe Deine Ferien. Aber denke ein wenig darüber nach, wie wir zueinander stehen, was so einfach begonnen hat und dann so schmerzlich für mich geworden ist.

Ich weiß nicht, wie das Ende sein wird. Sieh Du zu, ob Du es in Ordnung bringen kannst. Die Liebe, die Zuneigung oder auch nur die Gewohnheit, die zwei Menschen verbindet, soll, wenn schon keine Leidenschaft dabei ist, doch zum mindesten ein menschliches Gefühl der Güte und der Freundlichkeit enthalten. Sei von diesem unerwarteten Brief nicht überrascht. Ich habe Dir alles sagen wollen, was ich fühle. Auch damit Du Dich später nicht zu wundern brauchst.

Doch nun genug davon, unterhalte Dich gut, werde schön braun und laß etwas von Dir hören. Ich umarme Dich.«

Das war die dritte Fassung nach zwei vorangegangenen Versuchen. Er schrieb den Brief mit einem Kugelschreiber, kopierte ihn daraufhin auf der Maschine, meinte dann, daß es netter und wohl auch wirkungsvoller wäre, wenn er mit der Hand geschrieben sei, und schrieb ihn daher noch einmal mit Tinte deutlich ab. Er las ihn, überflog ihn nochmals, steckte ihn in ein Kuvert und schrieb die Adresse darauf. Dann überlegte er es sich wieder, öffnete noch einmal den Umschlag und fand den Brief abscheulich, salbungsvoll, heuchlerisch, ja fast feige, und, schlimmer als das: lächerlich. Dieses Flehen um ein bißchen Liebe, um ein wenig Güte, nur weil er ihr Fünfzigtausend in der Woche zusteckte! Er entschloß sich deshalb, den Brief nicht abzuschicken. Er würde ihr alles mündlich sagen, wenn er nach Fonterana fahre, um sie abzuholen. Denn mündlich schwächen sich viele Dinge ab, und er konnte sich nach ihrer Laune und ihrer Reaktion auf seine Worte richten.

Doch als er sie vierzehn Tage später in Fonterana abholte, konnte er nicht frei sprechen, wie er wollte, weil Marcello dort war.

Sie erwartete ihn schon vor dem Hotel und kam ihm gleich an den Wagen entgegen.

»Ha, jetzt wirst du sicher böse werden, aber es ist nicht meine Schuld. Dieser Packer, er fängt richtig an, sekkant zu werden.«

»Wer, Marcello?«

»Wer sonst? Er hat gehört, daß ich abfahre, und ist herübergekommen, um sich von mir zu verabschieden, und nun weiß ich nicht, wie ihn wieder loswerden.«

»Was soll das heißen, will er mit uns essen gehen?«

»Ich weiß nicht, was er vorhat, andererseits kann ich unmöglich unhöflich zu ihm sein. Er war immer nett zu mir. Komm einen Moment zu mir hinauf, bei der Hitze wirst du dich doch sicher gern etwas erfrischen.«

Antonio hatte wahrscheinlich ein verärgertes Gesicht gemacht, und Laide wollte ihn mit diesem »Komm hinauf« wieder versöhnen: ein Beweis von Intimität vor Marcello, der sie in der Halle erwartete. Eine noch nie dagewesene Aufmerksamkeit.

Antonio hatte zwar nicht die geringste Lust, sich zu erfrischen, aber er folgte ihr dennoch. Das Gepäck stand bereit, alles war in tadelloser Ordnung.

»Du mußt zugeben, daß diese Geschichte mit Marcello ziemlich unsympathisch ist.«

»Du meinst, weil er gekommen ist?«

»Natürlich.«

»Na, ich war ja die erste, die das gesagt hat. Immerhin, wenn etwas zwischen uns wäre, aber so...«

»Hast du ihn jeden Tag gesehen?«

»Ach woher, in den zwei Wochen haben wir uns zwei-, dreimal gesehen, er hat einen Haufen Arbeit... Da muß ich dir noch etwas Lustiges sagen, aber sei hinterher nicht beleidigt, wie blöde doch die Leute reden... Weißt du, für wen sie dich hier im Hotel halten? Nur weil sie dich damals einen Moment gesehen haben? Für seinen Vater!«

»Für den Vater von wem?«

»Von Marcello.«

»Prachtvoll, und Marcello, für wen halten sie den? Für deinen Mann?«

»Mach keine Witze. Den wenigen, mit denen ich ihn bekannt gemacht habe, sagte ich, daß er mein Vetter sei.«

Antonio betrachtete die beiden nebeneinanderstehenden Betten, jedes mit einer eigenen Decke und eigenen Leintüchern. Eines der beiden schien unberührt, als hätte überhaupt noch nie jemand darauf gesessen. Da fiel ihm ein, daß Laide ihn gebeten hatte, bevor er sie nach Fonterana brachte, stets Frau statt Fräulein Anfossi auf die Briefe zu schreiben. »Weißt du, wenn die im Hotel denken, daß eine verheiratet ist, so haben sie immer mehr Respekt, ich trage zudem den Ehering meiner verstorbenen Mutter.« Damals hatte er dem weiter kein Gewicht beigemessen, sondern es für die dumme Laune eines kleinen Mädchens gehalten. Wenn es aber statt dessen Berechnung gewesen wäre? Damit Marcello ruhig ins Hotel kommen konnte und mit ihr schlafen, ohne daß irgend jemand etwas daran auszusetzen gehabt hätte? Sollten die Dinge so stehen – sagte er sich, so muß sein Übernachten auf der Rechnung vermerkt sein. Und wahrscheinlich hatte sie die Rechnung schon bezahlt. Das wollte er doch einmal sehen. (Doch die Rechnung war nicht bezahlt, und er beglich sie dann, aber er fand nichts Verdächtiges darauf. Das beruhigte ihn ein wenig. Ausgeschlossen auch, daß sie im Hotel über gewisse Dinge ein Auge zudrückten. Oder sollte vielleicht im Preis der Gebrauch der beiden Betten inbegriffen sein?)

Sie gingen hinunter. Marcello begrüßte Antonio mit größter Höflichkeit, und je mehr Antonio ihn beobachtete, desto mehr legte sich sein Verdacht, er war gut gewachsen, aber mit einem stumpfsinnigen, fast blöden Gesicht, ohne Leben, und seine Gespräche waren Gemeinplätze ohne Geist. Als es an die Abfahrt ging – man hatte beschlossen, in Modena zu speisen –, fragte er nicht weiter. So, als ob zwischen ihnen beiden schon alles abgesprochen wäre.

Marcello fuhr auf seinem Motorroller voran. Antonio und Laide folgten im Wagen. Am Stadtrand holten sie Marcello wieder ein, er hatte eine Reifenpanne. Er ließ seinen Roller in der nächsten Garage, stieg ebenfalls in Antonios Wagen ein und setzte sich auf den hinteren Sitz zwischen die vielen Koffer.

Die Qual dieses Mittagessens zu dritt. Antonio wollte sich geistreich zeigen, auch auf die Gefahr hin, die Figur des zufriedenen Gehörnten zu machen. Aber es war nicht leicht, einen vernünftigen Gesprächsstoff zu finden.

Auf einmal begann Laide damit, Marcello zu necken, wahrscheinlich in der Absicht, Antonio mit dieser Komödie zu beruhigen.

»Nun erzähle einmal, wo du gestern, Samstagabend, gewesen bist. Mit einer schönen jungen Dame?«

Marcello ging auf den scherzhaften Ton ein: »Natürlich«, sagte er.

»Berichte, wer war sie? Die Blonde, mit der ich dich neulich gesehen habe?«

»Aber was, Blonde.«

»Also eine Dunkle. Wer war es? Wetten, daß ich es errate?«

»Wetten.«

»Ich bekomme tausend Lire von dir, wenn ich es herausbekomme?«

»Bekommst du.«

»Die Verkäuferin im Ledergeschäft an der Ecke.«

»Wasser, Wasser.«

»Sabine, denn du hast mir gesagt, daß du keine andere kennst.«

»Um Gottes willen, diese halbe Portion sehe ich seit mindestens einem Monat nicht mehr.«

»Also handelt es sich um eine neue Eroberung?«

»Könnte auch möglich sein.«

»Hübsch?«

»Nicht so hübsch wie du«, und er lächelte neckisch, »aber ganz annehmbar.«

»Du wirst doch nicht etwa mit einer Dir...«

Marcello hielt ihr schnell mit der Hand den Mund zu. »Stop, Zensur.« Und er sah sich um, ob niemand von den Nebentischen etwas gehört hatte. Aber niemand wendete den Kopf.

Antonio wohnte diesem Geplänkel mit wachsender Unruhe bei. Er konnte es nicht erwarten, daß dieses verfluchte Mittagessen ein Ende nahm.

Aber nach dem Essen hatte Laide eine ihrer launischen Anwandlungen. Sie bestand darauf, vor der Abfahrt in einen Film mit einem berühmten amerikanischen Komiker zu gehen. Zwar hatte sie ihn schon einmal in Mailand gesehen, aber sie behauptete, daß er so schön sei, daß man ihn auch zehn- oder zwölfmal sehen könne.

Leider war es Sonntag, und es bestand keine Notwendigkeit für Antonio, um fünf Uhr in Mailand zu sein, und auch Marcello hatte natürlich den Tag frei. So stiegen sie wieder in den Wagen und fuhren zu dem von Laide gewünschten Kino. Während der Fahrt sah sie die Reklame eines anderen Films. »Halt«, rief sie, »was geben sie denn dort?« – »Nein«, sagte Marcello, »das ist ein ganz unmöglicher Saal, voller Soldaten.« Antonio fuhr weiter.

»Was geben sie denn dort?«

»Weiß ich nicht«, sagte Marcello, »mir scheint, daß ich das Wort Kuß gelesen habe.«

»Kuß wie?«

»Na, ich nehme an, auf den Mund«, gab er mit einem unangenehmen Lächeln zurück, »oder ziehst du ihn auf einem anderen Körperteil vor?«

»Hör schon auf«, antwortete Laide mit hartem Ton, »du weißt, daß ich schmutzige Witze nicht ausstehen kann.«

Sie erreichten das richtige Kino, parkten den Wagen im Schatten, damit es dem Hündchen nicht zu heiß würde, und gingen hinein. Es war fast leer. Sie nahmen Galerieplätze, Laide saß in der Mitte. Es war ein Farbfilm, den

Antonio unglaublich blöde fand. Aber auch ein Meisterwerk würde unter diesen Umständen für ihn vergiftet gewesen sein.

Laide hingegen unterhielt sich großartig. Sie lachte fast übertrieben über alles, manchmal schien es schon fast hysterisch. Plötzlich bemerkte Antonio, daß sie mit der linken Hand Marcellos rechte ergriffen hatte und sie drückte, wie es Verliebte tun. Konnte sie wirklich annehmen, daß Antonio es nicht bemerkte? Sie schaute ununterbrochen lachend auf die Leinwand. Dort lief die Geschichte eines jungen Mannes vorüber, der drei ungezogene Bälger, mit denen er nicht verwandt war, zu betreuen und für sie Amme zu spielen hatte, ein völlig blödsinniges Machwerk. Die zwei verschlungenen Hände befanden sich jetzt in ihrem Schoß. Mehr noch: Laide rückte langsam auf die Seite, damit sie sich an Marcellos Schulter lehnen konnte.

Die Dreistigkeit dieses Manövers war so groß, daß Antonio wie gelähmt dasaß. Es wäre so leicht gewesen, »Viel Vergnügen!« zu sagen, hinauszugehen, ihr Gepäck abzuladen und für immer zu verschwinden. Er verstand, daß jeder Mann an seiner Stelle so gehandelt hätte. Er konnte es nicht, so fürchterlich auch die Demütigung war, noch unerträglicher war der Gedanke, Laide zu verlieren.

Er betrachtete sie hartnäckig, ostentativ den Kopf nach ihrer Seite gewendet. Aber Laide schien es nicht zu bemerken. Doch plötzlich streckte sie, ohne ihn anzusehen, ihre Rechte aus und suchte Antonios Hand. »Hast du noch immer nicht genug?« flüsterte er ihr ins Ohr.

»O nein«, antwortete Laide und tat so, als habe sie nicht verstanden, »ich unterhalte mich großartig, ich finde es so amüsant.«

27

Eines Morgens war der große Augenblick gekommen. Es geschah so: Kaum erwacht, begann er wie immer an Laide zu denken und stellte dabei fest, daß er keinen Schmerz mehr spürte, er berührte die Wunde, und die Wunde tat nicht mehr weh, er versuchte noch zwei-, dreimal, sich Laide entschlossen, ja fast mit Herausforderung vorzustellen, aber der Kummer kam nicht. Es war ein unbeschreibliches Gefühl. Das Wunder. So hatten also jene recht behalten, die ihm immer gesagt hatten, daß... Er stand vom Bett auf und begann im Zimmer herumzutanzen, richtige Freudensprünge wie ein Verrückter. Doch ängstlich, wie er war, blieb er vorerst noch etwas mißtrauisch. Er wusch sich, zog sich an, immer darauf gefaßt, daß der Feind wieder auftauchen würde, aber auf geheimnisvolle Weise hatte der über Nacht das Feld geräumt. Er dachte an Laide, stellte sich vor, daß sie um dieselbe Zeit mit irgendeinem Liebhaber im Bett läge und sich mit ihm vergnügte, ja, er stellte sich sogar noch viel Schlimmeres vor und malte es sich voller Hintergedanken in allen nur möglichen Einzelheiten aus. Aber der Kummer stellte sich nicht ein. Er verließ das Haus und begann, wie ein freier, wie ein normaler Mensch auszuschreiten, ach wie lange hatte er dies nicht mehr getan, er war gekrochen, geflohen, immer mit diesem Zittern im Innersten, dahingestürzt. Nun kam ihn die Lust an, etwas zu tun, was er seit Monaten nicht mehr gemacht hatte, eine Kinderei an sich, aber die doch bewies, daß er genesen war: Er durchquerte zu Fuß den Park.

Fast eine Stunde war nun schon seit seinem Erwachen verstrichen, er konnte also sicher sein, er freute sich auf sein Büro, er hatte es eilig, hinzukommen, er stellte sich die Befriedigung vor, dort mit Gleichgültigkeit und Verachtung das Telephon zu betrachten, sieben- bis achtmal könnte es seinetwegen klingeln, bis er den Hörer abheben würde, und vielleicht würde er ihn sogar überhaupt nicht abheben, und danach würde es ihn keine Mühe mehr kosten, mit den Kollegen von der Arbeit zu sprechen, er hatte Lust, zu lachen, wie schön war doch die Welt.

Doch als er den freien Platz im Park überquerte, wo die asphaltierte Piste für die Rollschuhläufer entlangführt, die aber um diese Morgenstunde verödet lag, und die Sonne, während er frisch ausschritt, ihm ins Gesicht schien, fühlte er, wie es wieder langsam in ihm aufstieg. Nein, beruhigte er sich, das ist nur das letzte unvermeidliche Echo der Krankheit, ein Rest, etwas Belangloses. Natürlich, er wird nun wieder an Laide denken, die mit ihrem Liebhaber nackt im Bett liegt, ihre Zunge in seinen Mund einführt oder auch noch schlimmere Dinge tut, aber es wird so sein, als dächte er an die Börsenkurse oder an die Schwierigkeiten, einen Parkplatz zu finden.

Aber er hatte noch nicht einmal die scheußliche Szene in seiner Vorstellung zu Ende gedacht, als schon die verpestete Woge, statt abzudämmen, sein Inneres überschwemmte und Antonio sich, ohne besonderen Grund, von neuem zutiefst unglücklich fühlte. Zwei-, dreimal versuchte er in den Zustand von vorhin zurückzukehren, doch das erhabene Gefühl der Freiheit war verschwunden, war eine flüchtige Fata Morgana gewesen, wie jene, von der man manchmal in Büchern liest, aber die nicht wahr sein kann. Im Gegenteil, dieser brutale Wechsel von der Freiheit zum Gefängnis ließ ihm die Krankheit, die ihn gepackt hatte, nur noch schmerzlicher erscheinen. Er schritt nicht mehr frei aus, sondern schleppte sich wieder mühsam mit dem gewohnten Zittern durch den eben begonnenen Tag. Das Joch war wieder auf ihn gefallen, aber schnitt noch tiefer in sein Fleisch ein. Zum erstenmal in seinem Leben ergriff ihn plötzlich ein Gefühl der Angst. Er war immer elender, immer feiger geworden, immer mehr heruntergekommen, ein furchtsamer Hase, das bißchen Arbeit, das er noch bewältigen konnte, kostete ihn übermäßige Anstrengung, und er hielt nur durch, weil er sich sagte, daß dann, wenn er bei der Arbeit zusammenbrechen würde, das Geld für Laide nicht mehr da wäre.

Oft hatte man ihm von Männern erzählt, die sich ruiniert hatten, Romanfiguren, unglaublichen Gestalten. Er erinnerte sich an den Grafen Moffat, den Nana in Dreck und Elend gebracht hatte. Märchen. Bequeme Erfindungen von Dichtern, absurde Fälle von Torheit und Zusammenbrüchen, die sich niemals in seiner behüteten Welt ereignen konnten. So hatte er gedacht. Aber jetzt fragte sich Antonio oft, ob nicht auch für ihn schon der Anfang vom Ende begonnen habe. Er sah eine hoffnungslose Zukunft vor sich: ein alter verkommener Mann, der sich in den Lokalen und Restaurants der Intellektuellen herumtrieb, auf die fünftausend Lire hoffend, die ihm irgendein ehemaliger Kollege mitleidig zustecken würde, in einem möblierten Zimmer wohnend, während Laide von einem reichen Industriellen ausgehalten, mit Brillanten bedeckt, dick geworden, in einen kostbaren Nerz gehüllt, in ihrem Jaguar an ihm vorbeifuhr.

Wird er durchhalten können? Er hatte immer mehr Geld nötig. Laide bewohnte jetzt ein recht hübsches Appartement in einem modernen Neubau in der Via Schiasseri. Lange Diskussionen waren vorangegangen, weil sie ihm nicht den Hausschlüssel geben wollte, und er hatte ihn dann auch nur bekommen, weil er in einem Wutanfall damit gedroht hatte, sich nicht mehr blicken zu lassen. Natürlich hatte sie nicht daran geglaubt, doch was riskierte sie schon? Auch wenn Antonio den Hausschlüssel besaß, konnte sie immer noch ihre Wohnung zuschließen, und wenn er dann klingelte, so tun, als sei sie nicht zu Hause oder höre ihn nicht.

Auch Antonio fühlte dunkel, daß, je mehr sich sein

Verhältnis mit Laide entwickelte, je stärker ihre Beziehungen wurden, desto häufiger es Gelegenheit zu Unruhe und Verdacht geben würde und er desto tiefer in dieses Schicksal hineingezerrt werden würde, das er sich nicht vorzustellen vermochte. Er hatte früher die verzweifelte Notwendigkeit gefühlt, sich Freunden anzuvertrauen, aber auch sie gaben es auf, ihn zurückzuhalten: Wenn er schon vollständig verrückt geworden war, so sollte er eben in Gottes Namen in sein Unglück rennen.

Abends zum Beispiel, wenn sie aus dem Kino oder Theater kamen, hätte Antonio sie gern hinaufbegleitet, statt sich an der Haustür zu verabschieden, nicht etwa, weil er etwas Besonderes im Sinn hatte, sondern nur wegen der Freude, zuzusehen, wie sie sich entkleidete und ins Bett legte. Aber da war nichts zu machen, in diesem Punkt blieb sie unerbittlich. Während der Nacht, sagte sie, leiste ihr eine Freundin, eine gewisse Fausta, Gesellschaft. Es war eine kleine dunkle Süditalienerin, die ihm Laide einmal auf der Straße vorgestellt hatte. Man sah jedenfalls Licht im Zimmer.

Selbst sie zu lieben, und Antonio stellte wahrlich keine großen Ansprüche, war schwierig geworden. Es war nur zu klar, daß Laide nicht mehr die geringste Lust dazu hatte. Jedesmal suchte sie es hinauszuschieben. Entweder war sie gerade unpäßlich, oder sie hatte Halsschmerzen oder Kopfweh. Die wenigen Male, die sie es zuließ, machte sie es dann so unlustig, daß einem jeder Geschmack daran verging.

Eine Nacht mit ihr zu verbringen, davon war schon überhaupt nicht die Rede. »Ich habe noch nie mit einem Mann die Nacht verbracht, wenn ich nicht allein im Bett bin, kann ich nicht einschlafen«, das war der ewige Refrain. Nur nach unglaublichem Drängen war es Antonio gelungen, ihr das Versprechen zu entreißen, ihn am Abend des 15. August, am »Ferragosto« also, mit ihr schlafen zu lassen. Als das Fest kam, hielt Laide ihr Versprechen, doch sagte sie ihm, bevor sie ins Haus traten, daß sie heute abend keine Lust zur Liebe hätte und daß er sie nicht berühren solle, und wirklich schlief sie die ganze Nacht, ihm den Rücken zukehrend, auf der anderen Seite des Bettes. War das noch Liebe? An dieser Mauer der Gleichgültigkeit zerschellte die Woge der Träume, verflackerte das göttliche Feuer!

Manchmal wunderte sich Antonio über sich selbst. Wie war es nur möglich, daß er soviel hinnahm. Früher wäre ihm das unvorstellbar gewesen. Glücklicherweise gewöhnt man sich sogar an Ohrfeigen. Glücklicherweise oder leider? War es nicht schon ein Zeichen von Degeneration? Aber es war ihm unmöglich, sich dagegen aufzulehnen. Der Gedanke, Laide zu verlieren, erfüllte ihn immer wieder mit neuem Schrecken.

Als Mann, als stolzer, intelligenter, erfolgreicher und selbstsicherer Mann von einem teuflischen kleinen Mädchen, nicht aus Bosheit, sondern ganz unbeabsichtigt, nur weil er den Kopf verloren hatte, am Boden geschleift zu werden, verursachte ihm mit der Zeit einen fürchterlichen Ekel. Ist es nur seine Schuld, weil er nichts richtig macht, weil er einen Fehler nach dem andern begeht? Wie lange wird diese Geschichte noch dauern, und wohin wird sie führen? Wird die ersehnte Ermüdung kommen – oder wenigstens Ergebung? Er ist allein geblieben, er muß sich allein behelfen, niemand ist mehr da, der ihm helfen könnte, allmählich hat er es aufgegeben, Freunden sein Herz auszuschütten, denn er hätte so beschämende Niedrigkeiten gestehen müssen, daß sich seine Freunde weigern würden, sie zu glauben, und er hatte keinen Mut mehr, sich ihnen anzuvertrauen.

Ein Beispiel: Sie verabredeten, einander an einem Sonntag zu treffen, um eine Fahrt im Auto zu machen, er ging am Morgen ins Büro, um dort ungestört telephonieren zu können. »Ach, es tut mir furchtbar leid«, sagte sie, »aber wir können einander heute nicht sehen. Marcello ist herübergekommen, seine Eltern sind noch in den Ferien, und ich kann ihn unmöglich versetzen, er ist ganz allein, der arme Kerl.« – »Du hattest dich aber doch mit mir verabredet.« – »Nun sei kein Egoist, wir sehen einander doch jeden Tag, Marcello ist doch der einzige Freund, den ich habe, und er ist wie ein Bruder für mich.« – »Gut, gut, mach, was du willst.« (Er erinnert sich an das Gespräch vor dem Kino in Modena: »Ein Kuß auf den Mund, würde ich sagen, oder ziehst du ihn auf einem anderen Körperteil vor?« Leider ist das aber eine schon längst akzeptierte Situation, und sie hätte in gewissem Sinne recht, zu protestieren, wenn er nun auf einmal darauf bestehen würde.)

Doch um halb zwei telephonierte sie wieder mit ihm: »Gehst du jetzt aus?« – »Nein, warum?« – »Tu mir einen Gefallen: Ich bin ohne Fleisch für unser Hündchen, und es ist Sonntag, und alle Läden haben geschlossen, könntest du dir nicht zweihundert Gramm Gehacktes in einem Restaurant geben lassen?«

Es ist erbärmlich, es ist schändlich, aber der Gedanke, sie auch nur für ein paar Minuten zu sehen, ist eine Erleichterung für ihn. »Gut, ich gehe gleich.«

Noch vor zwei Uhr stand Antonio mit dem Fleisch in der Tüte vor Laides Tür und klingelte. Bevor sich diese öffnet, hört er eine Männerstimme auf der andern Seite. Sie erscheint etwas unruhig: »Entschuldige, aber ich dachte nicht, daß du so schnell machen würdest.« Er muß hineingehen. Marcello, der auf dem Küchendiwan gesessen war, steht höflich auf, er sieht so schlaksig und uninteressant aus wie immer, daß es vielleicht doch stimmen könnte, daß er nur ein guter Freund von Laide ist. »Nun muß ich aber gehen«, sagt Antonio. »Willst du nicht wenigstens einen Augenblick bleiben?« – »Nein, nein, ich werde erwartet. Und was machst du?« – »Wir gehen ins Kino sowie der Hund gefressen hat.« Laide bringt ihn bis an den Lift. »Können wir nicht wenigstens heute abend zusammen essen gehen?« – »Ja, eine gute Idee, bleibst du im Büro?« – »Eigentlich nicht, heute ist doch Sonntag, aber wenn du willst...« – »Machen wir es doch so, um halb sieben rufe ich dich an.«

Er entfernt sich mit einem seltsamen Gefühl von Unsauberkeit, von Ungerechtigkeit. Die beiden sind allein im Haus. Sie werden von dem und jenem sprechen, mit dem Hündchen spielen, was anderes sollte ein zwanzigjähriges, hübsches Mädchen mit einem fünfundzwanzigjährigen Mann auch tun? Aber er, er glaubt wirklich fest daran. Wenn er es nicht täte, wäre es unerträglich. Das Vertrauen rettet ihn. Auch wenn die andern, die gewisse Sachen nicht verstehen, natürlich vor Lachen bersten würden.

Punkt halb sieben ruft sie an: »Werde nun bitte nicht ärgerlich, aber ich weiß nicht, was ich tun soll. Marcello reist heute abend nach Frankreich, er bleibt ein paar Monate weg, der Zug fährt um halb zwölf.«

»Aber ich hatte es dir doch gesagt.« – »Nun fang bitte nicht schon wieder davon an, du weißt doch, daß nichts Schlimmes dabei ist. Er fährt ins Ausland.«

Ausland, Ausland, eine wilde Wut verdummt ihn fast, wie ein Automat ißt er abends mit den Freunden, die sich schon über nichts mehr wundern, und dann der Alpdruck der einsamen Nacht, die Blicke auf die beiden Risse an der Decke geheftet, während draußen Wagen vorbeifahren und die Stimmen der Dirnen hereinklingen. Wo sind die beiden jetzt? Ist er abgefahren, oder liegt er nicht vielmehr im Doppelbett der Via Schiasseri, um sich eine Nachspeise zu der Liebe am Nachmittag zu holen?

Um acht Uhr früh hat er noch keinen Schlaf gefunden. Er steht verstört auf, zieht sich an und stürzt in die Garage.

Diesmal öffnet Laide beim ersten Klingelzeichen.

»Was ist denn los?«

»Ich habe es satt, wie ein Schuhputzer behandelt zu werden. Gibst du dir denn keine Rechenschaft darüber, daß ...«

»Hör auf, du hast es wirklich nicht nötig, zu predigen, du solltest mir dankbar sein.«

»Dankbar für was?«

»Daß ich ihn gestern an die Luft gesetzt, ihn sozusagen zum Teufel geschickt habe.«

»Wen, den geliebten Vetter?«

»Ach was, geliebter Vetter, ein Schwein wie alle anderen, und ich blöde Gans hielt ihn für einen anständigen Jungen.«

»Was ist denn passiert?«

»Ganz einfach, als er mich nach Hause begleitete, sagte ich, er solle noch einen Moment heraufkommen, aber als er da war, wollte er mit mir ins Bett gehen.«

»Wieso? Hat er dich umarmt? Dich geküßt?«

»Am Anfang dachte ich, er scherze nur, aber als er dann mit den Händen anfing, habe ich ihm eine Ohrfeige gelangt, an die er sich sein ganzes Leben lang erinnern wird. Und ihn dann per Expreß hinausgeworfen. Und du kommst da an und machst mir eine Szene. Himmel noch einmal, wann wirst du endlich kapieren, daß ich dir keine Lügen erzähle?«

28

Da sitzt er, immer noch unentschlossen, mit dem Hörer in der Hand, das Gesicht eingefallen, abgespannt und alt geworden, vier Wochen sind vergangen, heute ist der erste Jänner, und er sitzt mit dem Telephonhörer in der Hand und weiß nicht, ob er mit ihr telephonieren soll oder nicht, immer noch reißt ihn der Fluß in derselben wilden

Weise mit sich fort, es gelingt ihm nicht, sich irgendwo am Ufer festzuhalten, im Gegenteil, er befindet sich immer dort in der Mitte, wo die Strömung am heftigsten ist und wo die größten Steinblöcke aus der Tiefe ragen, auf die er mit fürchterlicher Gewalt aufschlägt, die ihn innerlich zerreißen. Dabei möchte er gern ans Ufer, aber er hat Angst, daß, wenn er es erreichen würde, der Fluß ihn nicht mehr mit sich tragen könnte, denn dort im Fluß, nicht weit vor ihm her, flieht Laide, doch sie gleitet sanft über die Wellen, sie schlägt sich nicht an den Felsen wund, sie bemerkt sie beizeiten, oder wenigstens sieht es so aus, sie streift nur darüber hinweg, aber mit Absicht, damit Antonio, der ihr folgte, sich verletze, aber es kann auch sein, daß sie gar nicht daran denkt, sie ist ja nicht böse, sie ist wie ein Igel, mit immer bereiten Stacheln, eines Tages, als er ihr die erlittenen Demütigungen vorwarf, hatte Laide gesagt, du solltest mich doch verstehen, niemand hat mich je wirklich gern gehabt, ich habe immer den Eindruck, alle seien mir feindlich gesinnt, wollten mich betrügen oder ausnützen, es ist nicht meine Schuld, wenn mich das Leben nur gelehrt hat, allen zu mißtrauen, ich bin immer in Alarmbereitschaft, ich bin voller Stacheln, ich versuche, mich zu verteidigen, und so kann es möglich sein, daß ich wenig nett zu dir gewesen bin, aber du solltest mich verstehen: Es ist nicht alles meine Schuld.

Als Knabe war Antonio einmal auf einem kleinen Gletscherfeld in den Dolomiten ausgerutscht und hatte dabei ein seltsames Gefühl gehabt. Die Oberfläche war nicht glatt, sondern, wahrscheinlich wegen des Tauwetters, voller kleiner Löcher gewesen. Mit immer größer werdender Geschwindigkeit herunterrutschend, stieß Antonio gegen die Ränder dieser Einbuchtungen und wurde böse hin und her gestoßen: Es war – und er erinnerte sich noch deutlich –, als ob ein hünenhafter Riese ihn mit seinen hünenhaften Händen hin und her wirbelte, ohne daß er sich irgendwie verteidigen oder dagegen auflehnen konnte, es blieb nur die Hoffnung, daß der Abhang in einer Mulde oder einer Ebene endete, was dann auch glücklicherweise der Fall gewesen war, denn sonst wäre er Gefahr gelaufen, im Tal an den Felsen der Moräne zu zerschellen. Er hatte das Gefühl gehabt, in der Gewalt einer wilden, ihm unendlich überlegenen Kraft zu sein, die ihn wieder zu einem hilflosen Kind werden ließ. Nun gut, das Abenteuer mit Laide erweckte ein gleiches Gefühl in ihm, nur daß es diesmal kein unsichtbarer, aus den Bergen erstandener Riese, sondern ein lebendes kleines Mädchen war, das ihn, hinter sich herziehend, da und dort gegen die Mauern schlug, während es sich in dem erwartungsvollen, leidenschaftlichen Verlangen seiner zwanzig Jahre keine Rechenschaft darüber gab und nicht um den Mann kümmerte, der sich, an den Schweif ihrer langen, schwarzen Haare geklammert, über und über beschmutzte, während sie sein Gesicht mit atemlos geöffnetem Mund über die Steine, den Staub, den Dreck der Straße zog, denn war es etwa ihre Schuld, daß er sich mit solcher Hartnäckigkeit festhielt? Das Gewicht dieses großen, schweren Mannes mit den grauen Haaren, der sich an sie gehängt hatte, war ihr eine fast unerträgliche Last. Wer weiß, vielleicht würde sie stehenbleiben, wenn er sie losließe, vielleicht würde sie sich sogar nach ihm umwenden und ihm helfen, aber solange er sie so umklammerte, war das nicht möglich. Vier Monate waren vorübergegangen, aber sie hatte sich innerhalb dieser Zeit nicht geändert, stets war sie pünktlich mit den Telephonanrufen und zu den Verabredungen, auf ihre Art sogar nett und beflissen, aber alles vor einem Hintergrund völliger Teilnahmslosigkeit. Zwar war Marcello von der Bildfläche verschwunden, und es lag kein Grund vor, zu glauben, daß sie das vorhergegangene Leben weiterführte. Es hatte auch eine lange Unterbrechung gegeben, denn sie war an einer Darminfektion mit Komplikationen erkrankt, die einen Klinikaufenthalt von zwei Monaten nötig gemacht hatte. Unter diesen Umständen hatte sich seine völlig absurde Furcht etwas gelegt, Laide könne von einem Augenblick zum andern für immer verschwinden oder unauffindbar werden. Doch auch in der Klinik hatte das kleine Mädchen es verstanden, ihn immer auf Nadeln sitzen zu lassen und zu demütigen, vor allem war da diese abscheuliche Art, ihn vor den Ärzten und Krankenschwestern als Onkel anzureden, dann ihr Flirten mit den Ärzten, besonders in den Tagen der Krise, wenn er am Fußende des Bettes stand und sie, von Atemnot ergriffen, die Hand eines jungen und hübschen Arztes preßte, als erhoffe sie nur von ihm Hilfe und Zuneigung, und eines Abends – er hatte ihr einen Morgenrock gebracht, natürlich im teuersten Laden Mailands gekauft, das Zimmer lag im Halbdunkel, in einer Ecke las die Krankenschwester unter einer kleinen Lampe – hatte er sich vor dem Weggehen niedergebeugt, um sie zu küssen, aber Laide stieß ihn mit einer so heftigen Geste hinweg, als habe er versucht, sie zu vergewaltigen, dabei gab es wohl niemand mehr in der Klinik, der nicht verstanden hätte, um was für eine Art von Onkel es sich bei ihm handle.

Dazu kam die ziemlich geheimnisvolle Hartnäckigkeit, mit der sie den Krankenhausaufenthalt so lange wie möglich hinauszudehnen versuchte. Jedesmal, wenn es ihr besserging und die Ärzte davon sprachen, sie in ein paar Tagen gesundzuschreiben, bekam sie mit erstaunlicher Regelmäßigkeit einen Herzanfall, so daß Antonio annahm, daß sie diesen wahrscheinlich mit jenen erregenden Pastillen selbst hervorrief, die sie ihn gebeten hatte für Fausta zu kaufen, die Arme habe doch kein Geld. Er wußte nicht, was für ein Zeug das gewesen war, aber gerade einen Tag danach bekam Laide ihren ersten Anfall, und Fausta, von ihm befragt, fiel aus allen Wolken, niemals hätte sie Laide gebeten, ihr irgendwelche Medikamente zu kaufen, und sie wüßte überhaupt nicht, um was es sich handle. So vergingen unter ununterbrochenen Aufregungen wieder einige Wochen, endlich kehrte sie aus der Klinik heim, hielt sich aber jetzt, aus Angst vor neuen Anfällen, eine Krankenpflegerin.

Und in Gegenwart dieser Pflegerin hatte Antonio nun mit ihr die letzten Stunden des Jahres verbracht, eine außerordentlich melancholische Sache: Laide im Morgenrock und mit Kopfschmerzen, die Krankenschwester apathisch und stumm; er hatte das Gefühl, eine Sache erzwungen zu haben, der sich Laide nur sehr ungern unterzog, er hatte Pastetchen aus dem besten Delikatessengeschäft und zwei Flaschen Champagner mitgebracht, aber sie waren den ganzen Abend vor dem Fernsehapparat gesessen, und als Mitternacht herangekommen war, sah Laide weiter auf den Bildschirm, man übertrug die Silvesterfeier aus irgendeinem Grandhotel, und kaum hatte sie vom Champagner genippt, sie behauptete nämlich, sich in Champagnermarken auszukennen, meinte sie, daß sie diese Sorte nicht möge und daß sie bei diesen und jenen Freunden ihrer Familie stets Dom Perigon oder Monopole getrunken hätte.

Doch das war gestern abend, und gestern abend hatte Laide sich eben nicht wohl gefühlt, die Hoffnung Antonios bestand nun darin – er klammerte sich an so alberne und falsche Freuden, nur um mit ihr zusammen zu sein –, heute, am Neujahrstag, mit ihr essen zu gehen. Sie hatte es ihm gestern abend zugesagt, und auf dieses Versprechen hin hatte er einen erträglichen Morgen zugebracht, schon lange fragte er sich nicht mehr, wie dieser ganze Roman enden sollte, das Morgen, das Übermorgen waren die entferntesten Begriffe, in denen er dachte, weiter als an den übernächsten Tag zu denken, kam überhaupt nicht in Frage, Laide könnte ja wieder einmal im letzten Augenblick ihre Absichten ändern.

Und wirklich tat sie es auch diesmal, um zwei Uhr telephonierte sie, es täte ihr unendlich leid, wer weiß wo sie gestern abend ihren Kopf gehabt hätte, aber sie habe ganz vergessen, daß ja heute der erste Jänner sei, an dem sie stets bei ihrer Familie zu Hause äße, nicht nur ihre Schwester und ihr Schwager, sondern auch Onkel und Tanten würden dort sein, und es wäre vollständig ausgeschlossen, daß sie fehlen könne.

Was hätte er darauf sagen sollen? War er nicht im Grund fast glücklich darüber, sie diesen Abend im sicheren Familienkreis zu wissen und die Gewißheit zu haben, sie wegen des Aufschubs nun am nächsten Tag zum Essen ausführen zu können.

Doch dann hat sein Gehirn wieder zu arbeiten begonnen. War es nicht seltsam, daß Laide, immer so genau in ihren Pflichten und mit einem so erstaunlichen Gedächtnis, zum mindesten, was die kleinen Einzelheiten des täglichen Lebens anging, plötzlich vergessen hatte, daß heute der erste Jänner war? Konnte es nicht vielmehr ein Vorwand sein, mit einem anderen auszugehen?

Jedesmal, wenn ihm ein solcher Verdacht kam, verursachte ihm der Gedanke, sich in Bewegung zu setzen und nachzuprüfen, Übelkeit. Es schien ihm feig, unlauter und unsauber. Aber vielleicht war das gar nicht der wahre Grund. Der wahre Grund, warum er sich nicht rührte, war wahrscheinlich Angst, Angst, sie zu ertappen, ihre Lügen und ihre Treulosigkeit feststellen zu müssen, gezwungen zu werden, sie zu verlassen. Denn wie elend er auch war, diese letzte Sicherheit verteidigte er: Sollte er den Beweis in Händen haben, daß Laide ihn betrüge, so würde er zweifellos auf immer mit ihr brechen.

Doch diesmal liegt die Sache einfach. Es genügt, unter irgendeinem Vorwand, während des Abendessens in die Wohnung ihrer Schwester zu telephonieren. Weder Schwester noch Schwager konnten darauf vorbereitet sein, ohne weiteres würden sie sagen, ob sie Laide zum Essen erwarteten oder nicht.

Es hat ihn viel gekostet, diesen Entschluß zu fassen.

Den ganzen Nachmittag im Büro ging er wieder alle Hypothesen, alle Risiken, alle möglichen Verwicklungen durch. Nein, er sah keine Gefahr. Gegen sechs Uhr hatte sie ihm, wie immer, ins Büro telephoniert, ihn nochmals gebeten, sie zu entschuldigen, versprochen, morgen mit ihm auszugehen, gesagt, daß sie sich besser fühle, sie schien fröhlich, fast zärtlich. »Tschüs, Liebling«, hatte sie beim Abschied gesagt, »und daß du mir heute abend schön solide bleibst.« Wie lang solch ein Nachmittag sein kann! Vor Viertel nach acht, halb neun, kann er anständigerweise nicht anrufen. Die Zeit vergeht nicht, er schaut ständig auf die Uhr, es ist nicht die Langsamkeit der Langeweile, es ist eine wütende Langsamkeit, es ist, als würde der frenetische Lauf aller Dinge, der ihn seit Monaten begleitete, zurückgedreht, als liefe in entgegengesetzter Richtung unter den nie verstreichenden Minuten eine Rolle kompakter Zahnräder, die die Zeit festhakten, damit sie ins Stocken gerate und ihn zur Verzweiflung bringe.

Er ist vollständig erschöpft, als die Uhr des Büros mit nervösem Ticken zehn Minuten vor acht anzeigt. Er gibt sich Rechenschaft darüber, daß er verstört aussehen muß. Er eilt hinaus. Wenn jetzt nur kein Reifen geplatzt ist. Nein, sie sind alle in Ordnung. So schnell wie möglich nach Hause. Fünf Minuten nach acht ist er dort, noch zehn Minuten muß er warten.

Das Abendessen steht schon bereit, aber wer hat schon Lust zu essen! Er zwingt sich, damit die andern nichts merken, und es gelingt ihm, ein paar Löffel Suppe hinunterzuschlucken. Er spricht nicht. Die Mutter betrachtet ihn voller Traurigkeit, seit einiger Zeit ist ihr das zur Gewohnheit geworden. Er schaut immer wieder nach der

Uhr. Zehn Minuten nach acht. »Ißt du denn dein Fleisch nicht? Panierte Schnitzel waren doch immer dein Leibgericht.« – »Gut, ich esse ein Stückchen, ich weiß wirklich nicht, warum ich heute keinen Hunger habe.« Acht Uhr dreizehn.

Er hat die Kraft, bis acht Uhr siebzehn zu warten. Im Grunde wäre es auch dasselbe, wenn er um neun Uhr anrufen würde. Sogar besser, denn vielleicht würde Laide erst später kommen. Aber er kann es unmöglich länger aushalten.

»Entschuldigt bitte, ich habe vergessen, daß ich noch telephonieren muß.« Er geht ins Nebenzimmer, wählt die Nummer, die Leitung ist glücklicherweise frei. Aber niemand antwortet. Kann das möglich sein? Ob niemand dort ist? Laide hat ihm einmal gesagt, das Telephon sei im Schlafzimmer der Schwester. Ob man es im Eßzimmer nicht hört? Wer weiß, vielleicht ist es besser, daß ihm niemand antwortet, so bleibt ihm nichts anderes übrig. Noch einmal Pause. Und er ist nicht gezwungen, die unabwendbare Entscheidung heute abend zu treffen.

Doch, jemand antwortet. Eine Männerstimme, wahrscheinlich der Schwager. »Verzeihen Sie, hier spricht Dorigo, könnten Sie bitte Laide einen Augenblick ans Telephon rufen?« – »Aber Laide ist nicht hier.« – »Ißt sie denn nicht bei Ihnen zu Abend?« – »Nein, wir erwarten sie nicht heute abend.« – »Dann entschuldigen Sie bitte vielmals, guten Abend.« – »Keine Ursache.«

Dieser höllische Schmerz in der Brust. Herzklopfen, Atemnot, Zerstörung, bohrende glühende Pfeile. Mein Gott, und ob er Grund gehabt hatte, Verdacht zu schöpfen.

Sollte er versuchen, Laide anzurufen? Vielleicht war sie noch in ihrer Wohnung. Versuchen kostet nichts. Die Stimme mit dem rollenden R, diese müde, mißtrauische, gleichgültige Stimme, die ihm so gefällt.

»Ich bin es, du hast mir doch gesagt, daß du heute abend bei deiner Schwester ißt, aber das stimmt nicht.«

»Wieso stimmt es nicht? Ich bin gerade im Begriff fortzugehen.«

»Ich habe bei deiner Schwester angerufen, man erwartet dich doch dort gar nicht.«

»Weil ich mich anders besonnen habe.«

»Wohin gehst du also?«

»Ich gehe allein essen. Aber bitte mach jetzt Schluß, das Taxi wartet.«

»Also kommst du mit mir?«

»Nein«, ein entschlossenes und hartes Nein.

»Aber warum?«

»Weil es mir nicht paßt und noch weniger, jetzt mit dir darüber zu diskutieren, das Taxi wartet nicht so lange.«

»Ich will aber, daß du mit mir ausgehst.«

»Und ich will nicht.«

»So warte ich zu Hause auf dich.«

»Nein, ich will nicht.« Ein Schatten von Besorgnis, sie legt den Hörer nieder.

Ist sie verrückt geworden? Noch niemals hat sie sich so benommen. Da ist etwas Neues geschehen, da ist diesmal ein anderer im Spiel, für den sie sogar bereit ist, den Bruch mit ihm zu riskieren, sie ist anscheinend bereit, fast eine halbe Million im Monat zu verlieren.

Um so besser, sagt sich Antonio törichterweise, so oder so mußte es ja einmal dazu kommen. Doch es bleibt rätselhaft, sie ist doch sonst so genau und aufs Geld versessen. Diesmal muß sie sich richtig verliebt haben. Oder handelte es sich um einen, der viel reicher war als er?

Die Unruhe und Nervosität von vorhin haben sich in ein merkwürdiges neues, stürmisches, tatendurstiges, entschlossenes Gefühl verwandelt. So als ob jemand, nachdem er lange gezögert hat, sich von der Felsstufe löst, wo das doppelte Seil befestigt ist, um sich der Leere zu überlassen. So wie beim Beginn einer Schlacht alle anderen Gedanken, auch die Angst vor dem Tod, im Kampfesfieber verschwinden. Was wird nachher geschehen? Darauf kommt es jetzt nicht an, was immer kommen mag, man kann es doch nicht ändern. Nach so vielen Machenschaften, Ausreden, Täuschungen wird endlich mit offenen Karten gespielt. Fast fühlt sich Antonio erleichtert.

Zehn Minuten vor zehn erreicht er Laides Wohnung. Er läutet. »Wer ist da?« Die Stimme der Pflegerin. »Ich bin es, Antonio.« Die Tür öffnet sich. Gott sei Dank.

Teresa, die Krankenpflegerin, scheint nicht weiter erstaunt, sie ist ein Mädchen aus den Bergen, um die Dreißig, dem alles gleichgültig ist.

»Ich bitte Sie nur«, sagte sie, »mir keine Unannehmlichkeiten zu machen. Frau Laide hat mich gebeten, nicht am Telephon zu antworten und niemandem die Tür zu öffnen. Bleiben Sie jetzt hier?«

»Ja, ich warte auf sie.«

»Es stört Sie doch nicht, wenn ich die Television ansehe?«

»Aber nein.«

Er geht in die Küche, setzt sich auf den Diwan und versucht, in einer Nummer des »Topolino« zu lesen, die er auf dem Büfett gefunden hat. Ein ganzer Stoß liegt dort. Aber es ist unmöglich, den Abenteuern Paparinos zu folgen. Das sind ins Riesenhafte gewachsene Stunden. Daß ein kleines Mädchen mit einem Mann am Neujahrstag in irgendeinem Mailänder Restaurant zum Essen gegangen ist, hat für die Welt keine Bedeutung, aber für ihn, Antonio, könnte es das Ende von allem bedeuten.

Wer weiß, wieso ihm der Gedanke kommt, an seine Mutter zu telephonieren.

»Verzeih, Mama, hat jemand für mich angerufen?«

»Ja, gerade jetzt, es scheint, es war ... du verstehst mich schon.«

»Ah, gut, es macht nichts, gute Nacht.«

Sie hat also telephoniert. Sie hat wohl gehofft, er sei nicht zu ihrer Wohnung gefahren. Sie scheint unruhig zu sein. Wetten, daß sie gleich hier anrufen wird.

Und richtig, nach kaum zehn Minuten läutet das Telephon. Zweimal hintereinander, und dann Stille. Damit Teresa weiß, daß sie es ist. Sie antwortet, schon im Morgenrock. Er flüstert ihr zu: »Sagen Sie nicht, daß ich hier bin.« Teresa antwortet auch richtig, nein Signora, nein, nein, bisher hat niemand angerufen. Obwohl es im ganzen Haus still ist, kann Antonio doch nicht verstehen, was sie sagt.

»Was hat sie denn gewollt?«

»Sie hat mich gefragt, ob Sie gekommen sind.«

»Sonst nichts?«

»Sie hat mir befohlen, niemand hereinzulassen.«

Sie will ihn also vor die Tür setzen, das Luder. Nach alldem, was er für sie getan hat. Ja, das ist das letztemal. Aber wenigstens will er ihr alles das sagen, was sie verdient, und sollte es bis morgen früh dauern: Er wird auf sie warten.

Es ist das letztemal. Der Wecker auf der Etagere zeigt fünf Minuten vor elf Uhr. Er sitzt auf dem Sofa in der Wohnküche. Das Licht brennt. Auf der Etagere sitzt die große Stoffpuppe, die ihr Antonio gekauft hatte, als sie im Krankenhaus lag. Stille. Wagen fahren unten vorbei. Im Fernsehen geben sie ein Stück von Goldoni. Teresa sieht passiv zu. Langsam verrinnen die Minuten. Jede Minute ist eine Ohrfeige, eine Beschimpfung mehr. Jetzt hat der Eisschrank zu summen angefangen. Es ist fünf Minuten nach elf. Antonio betrachtet intensiv die Möbel, die Puppen, all die kleinen Kinderspielzeuge, zum letztenmal. Auf dem Tisch steht eine Weihnachtskerze mit einem Sockel aus Tannenzapfen und Bändern. Aber sie kommt nicht. Auf dem Eisschrank steht ein Korb aus dunklem

Stroh, in dem ein kleiner Hund sitzt, den er ihr ins Krankenhaus gebracht hatte. Alle diese Liebe umsonst vertan. Sie scherzt. Sie hat nichts verstanden. Über der Tür ein vergoldeter Mistelzweig. Um wieviel Uhr wird sie zurückkommen?

Das Telephon. Diesmal, ohne das vereinbarte Läuten. Teresa antwortet. Es scheint jemand anderer zu sein. »Nein, die Signora ist nicht zu Hause. Nein, ich glaube nicht, daß sie es nötig hat.«

»Wer war es?«

»Einer vom Telephonamt, von denen, die morgens wecken, er fragte, ob er es auch morgen sollte.«

»Wieso?«

»Ich weiß nicht, aber ich glaube, es ist einer, den die Signora kennt.«

So kokettiert sie sogar mit denen vom Telephonamt, vielleicht hat sie auch mit ihm eine Verabredung?

Antonio kehrt in die Küche zurück und nimmt die Kinderzeitschrift »Topolino« zur Hand. Er hört, wie Teresa den Fernsehapparat abstellt. Ohne noch einmal hereinzukommen, sagt sie: »Ich gehe also zu Bett.« Mitternacht, dreiviertel eins. Wo treibt sie sich nur herum? Wenn sie ins Kino gegangen ist, sie hat eine besondere Leidenschaft dafür, müßte sie längst zu Hause sein. Unverbesserlicher Idiot! Ins Kino! Vielleicht bleibt sie auch die ganze Nacht fort. Aber das macht nichts, auch auf die Gefahr hin, zu krepieren, er wird hierbleiben, bis das Flittchen nach Hause kommt. Ach, Laide, ach, meine Liebe, warum tust du mir das an? Doch um Viertel nach eins klingelt das Telephon noch einmal. Diesmal ist sie am anderen Ende.

»Nein, Signora«, sagt Teresa, die merkwürdigerweise noch nicht entkleidet war. »... Sie haben schon recht... aber was sollte ich machen? ... Ja, gute Nacht, Signora.«

»Was wollte sie?« fragt er sofort.

»Sie hat gesagt, daß sie nach Hause gekommen ist, aber Ihr Auto unten gesehen hat.«

»So kommt sie also nicht?«

»Nein, sie hat gesagt, sie ginge ins Hotel.«

Was war er doch für ein Esel, hätte er nicht vorher daran denken können? Er geht sofort hinunter und parkt das Auto in einer Seitenstraße, dann kehrt er zurück. Er wird warten, Teufel noch mal, er wird warten. Aber was nützt es, wenn sie im Hotel schläft? Sie ist seiner so überdrüssig, daß sie lieber ohne ein Stück Seife ins Hotel geht, als ihn hier zu treffen. Oder hat sie bloß Angst?

Teresa betrachtet ihn stumm.

»Hören Sie, Teresa, haben Sie nach so langer Zeit wirklich noch nicht verstanden, wer ich bin?«

»Was meinen Sie damit?«

»Hat Ihnen die Signora denn nie gesagt, wer ich bin?«

»Doch, ihr Onkel.«

»Onkel...! Es gehörte doch wirklich nicht viel dazu, zu verstehen, um was es sich handelt.«

Zum Verzweifeln. Wer ist diese Teresa? Was kann sie ihm sagen? Nichts. Aber er muß sich erleichtern.

»Und ich... und ich... nach alldem, was ich für sie getan habe... sehen Sie mich an, was für ein unglückseliger Kerl ich bin... Den Kopf zu verlieren für so eine... so eine...«

Er ist wieder zum Kind geworden, zu einem zu Unrecht gezüchtigten Kind. Er wirft sich auf ihr Bett, von Schluchzen geschüttelt.

»Na, beruhigen Sie sich doch, der Herr...«

Er steht auf. Und er fühlt die ganze Erbärmlichkeit der Szene.

»Entschuldigen Sie, aber manchmal...«

»Sicher, der Herr, das kann allen passieren.«

»Gehen Sie nur ins Bett.«

»Und Sie warten immer noch?«

»Nein, aber ich will ihr noch einen Brief da lassen.« In der Küche findet er einen Bogen Papier und setzt sich zum Schreiben in den Salon, wo ein Tischchen mit einer Glasplatte steht.

»Laide«, schreibt er, »nach alldem, was geschehen ist, ist es nur zu offensichtlich, daß zwischen uns alles zu Ende ist.

Ich glaube, ich kann sagen, daß ich immer geduldig und freundlich mit Dir war, aber alles hat seine Grenzen. Ich wünsche Dir, jemand zu fin...«

In diesem Augenblick läutet das Telephon.

»Hallo, ich bin es.«

Am anderen Ende der Leitung hat Laide die Verbindung unterbrochen. Aber wenn sie telephoniert, so bedeutet das, daß sie noch unentschlossen ist, sie weiß nicht, was sie machen soll. Vielleicht hat sie einfach nicht genug Geld für das Hotel bei sich gehabt. Doch das Telephon läutet sofort noch einmal. Diesmal antwortet Teresa, aber Antonio reißt ihr den Hörer aus der Hand. Auf der andern Seite ertönt eine fast heitere Stimme im Mailänder Dialekt:

»Nun komm' ich nach Hause.«

»Gut, ich erwarte dich.«

Zwei Uhr, ein Viertel nach zwei. Teresa ist schlafen gegangen, die Automobile fahren immer seltener vorbei. Antonio hat den Brief nicht beendet, es ist nicht nötig, er wird ihr alles mündlich sagen. Ja, er versteht, es wäre sehr viel eindrucksvoller, wenn er jetzt gehen würde, ohne überhaupt eine Zeile zu hinterlassen. Wäre er nur dazu fähig. Aber er muß sie wiedersehen, sollte es auch nur für ein paar Sekunden sein, noch einmal wiedersehen.

Zehn Minuten vor drei hält ein Wagen unten. Dann echot das Zuschlagen des Gitters, das Einklinken der Lifttür und das Summen des aufsteigenden Aufzuges durch das schlafende Haus.

Er steht vor der Tür. Er weiß, was ihr gebührt, zwei Ohrfeigen, das mindeste.

Aber wenn sie dann eine Szene macht, einen Herzanfall bekommt und man einen Arzt rufen muß?

Blaß, mit großen runden Augen tritt sie ein, sie sieht wieder wie ein verängstigtes und verfolgtes Tierchen aus.

»Ciao«, sagt sie.

Eine tödliche Müdigkeit überfällt ihn, irgend etwas ist in ihm zerbrochen, Erschöpfung, verzweifelte Gleichgültigkeit.

»Mit wem warst du aus?«

»Mit einer Freundin.«

»Und wo warst du jetzt so lange?«

»Bei meiner Freundin.«

»Du verlangst doch nicht, daß ich dir das glaube?«

»Halte es, wie du willst. Wo ist Teresa?«

»Was weiß ich, sie wird wahrscheinlich schon schlafen.«

Die Unfähigkeit, die richtigen Worte zu finden, die paar Worte, die sein Gesicht retten könnten. Eine Leere, ein Graben, die Ergebung in die Niederlage.

Sie geht in den Salon und sieht sofort das beschriebene Blatt Papier. Ohne es zu lesen, knüllt sie es zu einer Kugel zusammen und geht in die Küche damit, um es wegzuwerfen.

»Lies es, lies es, du solltest es lesen.«

Ohne zu antworten, geht sie ins Badezimmer und läßt sogar die Tür offen.

Auf was wartet Antonio? Daß vielleicht sie ihm eine Ohrfeige herunterhaut? Als ob sie ihm diese nicht schon zur Genüge gegeben hätte. Oder erwartet er vielleicht, daß sie bereut? Daß sie ihn um Verzeihung bittet?

Verzeihung für was? Sie war mit einer Freundin aus, sie hatte nichts Böses getan. Er vielmehr. Wer würde es überhaupt bei einem so langweiligen Kerl aushalten?

Er hat adieu, statt auf Wiedersehen gesagt. Als ob das Laide nicht vollständig gleichgültig wäre. Laide ist müde, und morgen um neun hat sie eine Verabredung beim Friseur.

29

Er hat einen Tag gewartet, sicher wird sich Laide melden, denn er will lieber sterben, als sie noch einmal anrufen, er schwört, daß er nicht telephonieren wird, das wäre tiefste Erniedrigung, als sage er, hier bin ich, spucke mir ins Gesicht, denn sicher hat sie unterdessen den Brief gelesen, den er angefangen und auf dem Tisch liegengelassen hatte, zwar hatte sie in seiner Gegenwart so getan, als werfe sie ihn ungelesen in den Mülleimer, aber sowie er hinausgegangen war, wird sie doch hingelaufen sein, um ihn zu lesen, die Briefe Antonios interessieren sie immer, und diesmal mußte sie es doch mit der Angst bekommen und eingesehen haben, daß sie es wirklich etwas zu toll getrieben hatte.

Er hat zwei Tage gewartet, sichtlich spielt sie die Beleidigte, als ob Antonio der Schuldige sei, weil er in ihrem Haus gewartet hatte, und man weiß ja: Die beste Taktik, wenn man sich im Unrecht fühlt, ist, sich beleidigt zu zeigen. Natürlich beunruhigt ihn die Tatsache etwas, daß Laide noch nicht telephoniert hat. Aber es handelt sich ja nur um eine Streiterei, in seinem Bewußtsein ist der Gedanke, es könne sich diesmal um einen wirklichen Bruch handeln, noch nicht einmal als Vermutung aufgetaucht. Aber wie, wenn sie Antonios Brief wirklich ernst nehmen würde und zugeben müßte, daß sie diesmal den Bogen überspannt hatte, und nun überzeugt wäre, daß Antonio trotz seiner Schwäche und trotz seinem Verliebtsein nicht anders kann als sie verlassen? Wer sagt ihm denn im

Grunde, daß Laide Angst hat? Vielleicht ist er ihr vollständig gleichgültig? Unsinn, wo findet sie so schnell einen andern, der ihr eine halbe Million im Monat gibt?

Er hat drei Tage gewartet und beginnt nun wirklich, unruhig zu werden, zwar ist er immer noch fest davon überzeugt, daß sie sich melden wird, nicht, um ihn um Entschuldigung zu bitten oder etwa Reue zu zeigen, nein, sie wird mit der üblichen frechen Miene auftauchen, so als ob nichts geschehen wäre, aber natürlich wird sie wiederkommen, Frauen gegenüber gibt es doch kein besseres Rezept, als zu verschwinden und sich indifferent zu zeigen, aber trotzdem ist es seltsam, wenn sie auch jetzt genügend Geld hat, durch eine halbe Million Nachzahlung der Firma, in der ihre verstorbene Mutter gearbeitet hatte, und die sie vor einigen Tagen einkassieren konnte.

Er hat vier Tage gewartet, jedesmal, wenn das Telephon im Büro läutete, ist es, als ob ihm eine mit Elektrizität geladene Nadel in den Rücken gestoßen würde und der Schlag ihm den Atem raube. Ja, mit all dem Geld, das sie jetzt hat, wird sie noch lange warten, sie ist ja so sicher, ihn immer zur Verfügung zu haben, sie lacht über ihn und denkt an seine Qual, jedesmal, wenn sie in der Nacht aufwacht, kann sie sich sagen, in diesem Augenblick denkt er gerade an mich. Welche Genugtuung das sein muß. Wer weiß, wie sie sich die Hände reibt und mit den Freundinnen über ihn lacht, nein, das vielleicht doch nicht, denn als Freundin hat sie ja nur die Fausta, von der sie weiß, was das für ein Wirrkopf ist, und der sie auch nur bis zu einem gewissen Grad traut, aber die Hände reiben, das tut sie sicher, und sich sagen: Der will wohl den Beleidigten spielen? Da will ich es ihm mal zeigen. Mindestens einen Monat lang rufe ich ihn nicht an, das Geld reicht ja so lange, und am Ende finde ich ihn ja doch zu meinen Füßen wieder, wie ein Hündchen, und zahmer noch als zuvor. Das ist die einzig richtige Kur für ihn: Er bildet sich wohl ein, ich sollte für die paar Lire Tag und Nacht in Anbetung vor ihm knien, ich bin zwanzig Jahre alt, ich brauche Bewegungsfreiheit, ich habe frische Luft zum Atmen nötig, will das nicht in seinen Kopf hinein? Nun gut, dann werde ich ihn eben vor Eifersucht verrückt machen, denn ich weiß schon, was sich mein liebes Onkelchen jetzt einbildet, daß ich nämlich pausenlos von einem jungen Mann zum anderen schwirre, ich sehe ihn direkt vor mir, wie er blaß wird und sich nervös eine Zigarette anzündet, vielleicht geht er sogar aus Verzweiflung mit einem anderen kleinen Mädchen aus, in der Hoffnung, wenigstens für einige Stunden Laide zu vergessen, aber dadurch wird es nur noch schlimmer, erstens, weil wenige wie Laide im Umlauf sind, und wenn er auch eine finden sollte, die schöner ist als sie – aber das wird schwierig sein –, so wird doch gerade ihre Schönheit, ihr Gesicht, der Mund, die Beine, die Brüste ihm nur das Gesicht, den Mund, die Beine, die Brüste Laides ins Gedächtnis rufen, nicht weil sie so viel schöner, sondern weil sie die einzigen auf der Welt sind und weil er nur gerade dieses Gesicht, diesen Mund, diese Beine nötig hat und alle andern, auch wenn sie noch so schön sein sollten – was aber nicht gesagt ist –, ihn einfach anekeln. So stellt sich Antonio Laides Gedankengang vor, und er haßt sie, denn er weiß, daß sie recht hat, ja, daß es in Wirklichkeit noch viel schlimmer ist, denn Laide stützt sich in ihren strategischen Berechnungen nur auf ihre physischen Reize und zieht nicht genügend in Betracht, wieviel ihre Art zu gehen, sich zu bewegen, zu sprechen, die Lippen zu schürzen, zu lachen, Grimassen zu schneiden, zu küssen, sich in reizender Weise im Mailänder Dialekt mit dem rollenden R auszudrücken für Antonio bedeutet.

Er hat fünf Tage gewartet, und sie hat sich nicht gemeldet. Es ist nun offensichtlich, daß Laide ein großes Spiel spielt, aber sie hat ja nichts dabei zu verlieren, auch wenn sie sich erst nach einem Monat wieder meldet, im Gegenteil, so kann sie erst recht die mitleidige Herrscherin spielen, die sich endlich herabläßt, die ersehnte Gnade zu gewähren, die dem impertinenten Sklaven Licht und Leben zurückgibt. Aber wenn er nun, sollte sie nach einem Monat anrufen, den Hörer niederlegen würde? Wenn die Krankheit nach einem Monat bei ihm ausgeheilt wäre? Wenn Laide nach einem Monat für ihn nur noch eine unangenehme Erinnerung wäre? Wenn er nach einem Monat ein ebenso hübsches, aber liebevolleres, weicheres, aufmerksameres und im Liebesspiel erfahreneres Mädchen gefunden hätte? Welch herrlicher Traum. Doch Antonio weiß, daß es eine Utopie ist, ein unwahrscheinliches Wunder, daß nur Laide für ihn existiert, nur Laide ihm Frieden geben kann, heute, nach einem Jahr, nach zwei Jahren.

Er hat sechs Tage gewartet. An diesem Morgen aber kann er nicht länger widerstehen, er muß wenigstens wissen, ob sie in Mailand ist oder gar mit einem andern in der Welt herumzieht, deswegen hat er einen Kollegen gebeten, Laides Nummer zu wählen und nach einem gewissen Rechtsanwalt Romani zu fragen. Eine Frauenstimme antwortet. »Und wie war die Stimme?« – »Eine Frauenstimme.« – »Jung?« – »Ja, würde ich sagen.« – »Rollte sie vielleicht ein wenig das R?« – »Richtig, das tat sie.« – »War es eine lustige Stimme oder eher ärgerlich?« – »Nein, nein, sie schien ganz fröhlich.« – »Und was hat sie genau gesagt?« – »Was sollte sie denn schon sagen? Nichts als: Sie haben sich in der Nummer geirrt.«

So macht er sich immer weiter lächerlich, als ob seine Bekannten nicht schon genug über diese Angelegenheit geredet hätten. Er schilt sich einen Dummkopf. Laide wird doch natürlich gemerkt haben, daß es ein abgemachter Anruf war, um das Terrain vorzufühlen. Welch ein Triumph für sie. Zu wissen, daß Antonio es nicht mehr aushalten kann, daß er zwar noch nicht selbst zu telephonieren wagt, aber daß er an der Grenze angelangt ist. Wut, Eifersucht, Unruhe haben ihn groggy gemacht, noch zwei, drei Tage, und er wird sich ihr zu Füßen werfen und um Verzeihung flehen. Welch ein Idiot er doch war? Nun fühlt sie sich noch sicherer, sie wird gar keine Eile mehr haben, sich zu melden, und schiebt ihren Anruf vielleicht noch wer weiß wie lange hinaus.

Er hat sieben Tage gewartet. In der Hoffnung, etwas zu erfahren, ist er zu Frau Ermelina gegangen, hat versucht, gleichgültig auszusehen, und gefragt, ob sie ihm irgendein nettes Mädchen vorstellen könnte. Aber die hat sofort gemerkt, was los war, und ihn gleich nach Laide gefragt.

»Ach, ich sehe sie seit geraumer Zeit nicht mehr. Und Sie?«

»Auch ich seit April nicht mehr. Ich hatte mit ihr damals noch einmal telephoniert, ich versichere Ihnen, ich wußte noch nicht, daß sie schon fest mit Ihnen ginge, ich wollte ihr einen Herrn, einen sehr feinen Herrn, vorstellen, sie hat sich dann auch mit mir verabredet, ist aber nicht gekommen. Ich bestand dann weiter nicht darauf, denn in der Zwischenzeit wurde mir gesagt, daß Sie, Herr Doktor, sich für sie interessierten, und in diesen Fällen, wissen Sie, ziehe ich mich immer zurück.«

»Wer hat es Ihnen denn gesagt?«

»Das weiß ich jetzt nicht mehr genau, aber so was erfährt man schnell, wissen Sie, die Freundinnen... ich kann wirklich nicht sagen, ob es nun Flora oder Titti gewesen ist. Aber wieso sehen Sie sie denn nicht mehr?«

»Nun, sie hatte sich ein bißchen zuviel Freiheit genommen.«

»Immer dasselbe Lied. Sie werden sie verwöhnt haben, und sie hat sich wer weiß was eingebildet. Im Grunde sind das so törichte Dinger, sich eine solche Chance entgehen zu lassen. Einen Herrn wie Sie. Nicht um Ihnen zu schmeicheln, Herr Doktor, aber jedes Mädchen, und besser als Laide, würde alles daransetzen, Sie sich warmzuhalten, einen solchen Herrn... Dabei war sie aber gar nicht schlecht... Was mich anbetrifft, so kann ich nur Gutes von ihr sagen, aber Sie wissen ja, wie das geht... neidische Freundinnen, die schlechte Ratschläge geben..., und selbstsicher war sie ja schon immer, die Kleine, sogar ein bißchen zu sehr... und mit Ihnen, Herr Doktor..., wenn Sie wüßten...«

»Was?«

»Na, es ist ja weiter nichts Böses dabei, wenn ich es Ihnen erzähle... Eines Tages, als Sie, glaube ich, das dritte- oder viertemal mit ihr hier waren, kamen wir ins Streiten, als Sie fortgegangen waren... wegen eines Tailleurs, das sie bei mir gekauft hatte, nein, halt, jetzt entsinne ich mich, es war ja gar kein Tailleur, sondern eine Princesse in Beige.«

»Ja, ich erinnere mich.«

»Sehen Sie, daß ich keine Geschichten erfinde. Sie schuldete mir noch fünfzehntausend Lire..., und Laide wollte... aber das gehört ja jetzt nicht hierher... ich erinnere mich, daß auch meine Schwägerin dabei war, die Sie ja auch kennen, und um die Diskussion abzubrechen, sagte ich, zu meiner Schwägerin gewandt: ›Dann werden wir eben, wenn Doktor Dorigo anruft, jemanden anderen verständigen, seinen Geschmack kennen wir ja!‹ Und wollen Sie es mir glauben, Laide ballte ihre Hand zur Faust und rief aus: ›Den Doktor Dorigo, daß ich nicht lache! Den Doktor habe ich so in der Hand, und mit dem Doktor kann ich machen, was ich will!‹ Wir waren beide richtig baff. Verstehen Sie das? Sie hatte Sie ja erst dreimal gesehen und sich schon gleich allerhand eingebildet.«

»Hat sie sich in diesen Tagen bei Ihnen gemeldet?«

»Soviel ich weiß, nein, es sei denn, sie hätte telephoniert, wenn niemand zu Hause war... Aber seien Sie unbesorgt ... die werden Sie so leicht nicht los ... ich kenne diese Sorte ... die glauben, wer weiß wer zu sein, und dann wenn sie es wieder nötig haben ... aber Sie müssen durchhalten, daß Ihnen nicht etwa einfällt, zu telephonieren. Halten Sie durch, und Sie werden sehen, die kommt wieder und kriecht wie ein Wurm zu Ihren Füßen ...«

Er hat acht Tage gewartet. Ein Hoffnungsschimmer: Heute früh hat im Büro das Telephon geläutet, er hat »Hallo« gesagt, aber niemand antwortete, doch man fühlte, daß jemand auf der anderen Seite der Leitung zuhörte, dann wurde dort der Hörer niedergelegt. Er hat sich dann beim Telephonfräulein erkundigt, ob ihn ein Herr oder eine Dame gerade angerufen hätte: Es sei eine Dame gewesen. Wahrscheinlich war sie es. Vielleicht glaubte sie, daß er nachgeben würde, der telephonische Versuch von vorgestern hatte sie wohl glauben lassen, den Sieg schon in Händen zu haben. Aber wieder waren zwei Tage dahingegangen, und so hat auch sie begonnen, unruhig zu werden.

Er hat neun Tage gewartet. Immer noch nichts. Ununterbrochen sind seine Gedanken bei Laide, und je mehr Zeit vergeht, desto bitterer wird die Demütigung. Nach all der Liebe, die er ihr bewiesen hat! Und die Wut wächst in ihm, sich nicht mehr als Mann betragen zu haben. Warum hatte er damals in der Nacht des Neujahrstages nicht den Mut gefunden, ihr ein paar Ohrfeigen herunterzuhauen? Nicht nur zwei sanfte Schläge, nein, er hätte sie wirklich verhauen sollen, daß sie lang hinfiel, gleichgültig, was für Szenen sie dann aufgeführt hätte. Würde er ihr damals eine Lektion erteilt haben, könnte er sich heute als anderer Mensch fühlen, auch auf die Gefahr hin, daß sie sich nie mehr blicken ließe. Jetzt ist er ein Geschlagener, und wenn sie nicht zurückkehrt, muß er sich noch Jahre und Jahre darüber grämen, sie aber hat alle Berechtigung, ihn zu verachten, ihn vor allen lächerlich zu machen, ihm robuste junge Männer vorzuziehen, die fähig sind, ihre Liebchen ordentlich zu verdreschen, wenn sie nicht bei der Stange bleiben.

Er hat zehn Tage gewartet. Für den Nachmittag ist er bei Frau Ermelina verabredet. Hocherfreut hat ihm diese eine kleine Dunkle versprochen, die »eine Schwester von Laide« sein könnte. In Wirklichkeit geht Antonio nur hin in der Hoffnung, etwas zu erfahren. Denn durch die Kette ihrer Mädchen besitzt Ermelina immer einen Haufen Neuigkeiten. Die »Schwester von Laide« ist eine gewisse Luisella, ziemlich nichtssagend und bescheiden, wenn auch ganz niedlich, im Bett ist nicht viel mit ihr los.

Als Antonio wieder in den Salon getreten ist, hat ihm Ermelina gesagt:

»Ich habe gehört, daß Laide neulich abends im ›Due‹ war. Sie soll sehr hübsch ausgesehen haben. Sie trug ein rotes Kleid und hat viel getanzt. Nicht wahr, sie hat doch ein rotes Kleid?«

»Ja, ich habe es ihr letzten Monat gekauft. Und sonst haben Sie nichts erfahren?«

»Nichts weiter... doch halt... Luisella, Luisella.«

»Ich komme sofort«, ruft das Mädchen aus dem Bad und erscheint kurz darauf, schon völlig angezogen.

»Hör mal, Luisella, kennst du nicht zufällig eine gewisse Laide?«

»Laide? Eine Dunkle mit langen Haaren?«

»Ja, genau die, bist du ihre Freundin?«

»Um Gottes willen, nein, ich habe sie bei der Iris kennengelernt.«

»Die aus der Via Moscova? Die man dann festgenommen hat?«

»Ja.«

»Aber wie ist das nur möglich, Luisella, daß ein Mädchen wie du bei der Iris verkehrst. Das ist doch gar kein seriöses Haus. Mir haben sie gesagt... na, das sei ein richtiges Bordell gewesen... deswegen haben sie sie ja auch eingesteckt.«

»Ach, ich war ein-, zweimal dort, und dann habe ich kapiert, wie die Dinge lagen, und mich nicht mehr blikken lassen. Sie haben ganz recht, Signora, schlimmer als in einem Bordell. Einer kam, einer ging, dauernder Betrieb.«

»Und dort war diese Laide?«

»Sogar fest angestellt, von ein Uhr nachmittags bis zum Abend.«

»Sag mal, wieviel machte sie da so im Durchschnitt?«

»Was weiß ich? Nach dem Betrieb zu schließen, mindestens neun, zehn am Tag. Und dann war da noch der Sohn der Iris, der, ich erinnere mich, direkt auf sie erpicht war, und jeden Tag, bevor die Kunden kamen, mußte sie erst einmal mit ihm gehen, als Aperitif sozusagen. Das war eine... Aber warum fragen Sie mich danach?« Und Luisella schaut auf Antonio. Er war blaß, es waren fürchterliche Nachrichten.

»Woher kam diese Laide?« fragte er mit letzter Hoffnung.

»Ich weiß nicht mehr genau, aus Neapel oder Kalabrien«, sagte Luisella.

»Gott sei Dank«, meinte Antonio, »mir schien es unmöglich, daß...«

»Sie konnte es einfach nicht sein«, pflichtete Frau Ermelina bei, die auf die Qualität ihrer Ware hält, »ich habe sofort verstanden, daß sie es nicht war. Ich hätte es ja auch sonst wissen müssen. Laide ist nicht der Typ, sich wegzuwerfen.«

Er hat elf Tage gewartet. Er hat nun gezeigt, daß er durchhalten kann, und an diesem Punkt angelangt, könnte er schließlich auch telephonieren, er würde sein Gesicht nicht mehr verlieren: So tritt die Versuchung an ihn heran. Aber dann versteht er, daß es nur schlimmer wäre. Je mehr Stunden und Tage vorübergehen, um so schwerer und katastrophaler wäre seine Kapitulation, wenn er als erster nachgeben würde. Warum das Ergebnis einer so langen Qual vertun? Auch Ermelina, die sich auf solche Sachen versteht, rät ihm, hart zu bleiben. Aber es ist schrecklich. Da steht das Telephon, keinen halben Meter von ihm entfernt. Es würde ausreichen, den Hörer abzunehmen, die Nummer zu wählen. Ihre Stimme würde antworten: »Hallo.« Ihm ist, als höre er das Wort deutlich, so wie sie es ausspricht, mit einer Mischung von Mißtrauen, Nachlässigkeit, Langeweile, Unverfrorenheit – geliebte Stimme, wird er ihren wunderbaren Klang noch einmal vernehmen?

Er hat zwölf Tage gewartet. Um diese Zeit hätte sie sich melden müssen, schon des Geldes wegen. Es kann kein Zweifel mehr sein. Laide hat einen andern gefunden, der ihr vielleicht mehr gibt, der vielleicht außerhalb Mailands wohnt und sie nur ein- oder zweimal in der Woche besucht und der sie für die übrige Zeit vollständig frei läßt. Anders wäre es doch gar nicht zu erklären. Vielleicht wird er ihr sogar an einem von diesen Tagen elegant und am Steuer eines Luxuswagens begegnen, sie wird ihn ansehen, aber nicht einmal grüßen.

Er hat dreizehn Tage gewartet, und noch immer hat sich nichts gerührt. Er ist zu Frau Ermelina zurückgekehrt, dort hat er das Gefühl, der Kampffront näher zu sein, Nachrichten aus erster Hand zu bekommen. Man hat ihm dort ein kleines Mädchen aus der Gegend von Frosinone, eine Ciociara, vorgesetzt, wundervoller Körper und herrlich fügsam, aber ungeschliffen und ungebildet wie ein Tier. Nachdem alles vorüber war, hat er im Salon ein anderes Mädchen vorgefunden, eine junge, erst seit ein paar Monaten verheiratete Frau. »Ähnelt sie nicht Laide ein wenig?« Er sagt ja, aus Gefälligkeit, aber es stimmt nicht. Melancholisch und gelangweilt auf den Diwan hingekuschelt, zeigt das Mädchen schöne, feste Beine, die aber gar nicht in den Proportionen zu ihrer Gestalt passen, sie schaut ihn ohne Interesse an: Dieser Herr ist ja heute noch nicht für sie bestimmt, dann gehen die beiden Mädchen fort.

»Sagen Sie, Frau Ermelina, haben Sie etwas gehört?«

»Von Laide?«

»Ja.«

»Nein, gar nichts.«

»Können Sie mir einen Gefallen tun?«

»Gern, wenn es möglich ist.«

»Nur das: Wenn Laide telephonieren sollte, es mich gleich wissen zu lassen.«

»Aber natürlich mache ich das, aber Sie werden sehen, sie wird nicht telephonieren.«

»Es wäre auch gar nicht so schlecht, eine Verabredung mit ihr hier zu treffen, so als sei ich ein neuer Kunde und so, daß ich sie schon ausgezogen im Bett vorfände... Sie können sich dann ihr Gesicht vorstellen.«

»Nein, das geht nicht. Wenn Laide telephoniert, so lass' ich Sie das sofort wissen, aber damit auch genug. Sie sind mein Freund, aber nach allem, was geschehen ist, will ich Laide in meinem Haus nicht mehr sehen.«

»Aber sie war doch eine, die immer gefiel, oder?«

Antonio hat die perverse Lust, sich zu verletzen, in seiner Wunde zu wühlen.

»Das kann ich nicht bestreiten. Mit ihr, Flora und Cristine haben wir letztes Jahr eine gute Saison gemacht.«

»Noch etwas. Das letztemal, als sie hier bei Ihnen war, war sie doch mit mir zusammen gewesen.«

»Sicher.«

»An dem Tag, an dem sie nach Rom fuhr?«

»Sehen Sie, wie Sie sich noch gut daran erinnern. Gerade an dem Tag, aber weiß der Himmel, ob sie dann auch wirklich dorthin gefahren ist.«

»Ich habe sie selber an den Bahnhof gebracht.«

»So? Wollen Sie wissen, wo sie nachher hingegangen ist?«

»Wieso nachher?«

»Nachdem Sie sie an den Bahnhof gebracht haben.«

»Warum, hat sie denn nicht den Zug genommen?«

»Die Koffer hat sie an der Gepäckabgabe deponiert, und dann ist sie sofort zu Ersilia gestürzt, Ersilia, Sie kennen sie doch auch, eine Freundin von mir. Dort hatte sie noch eine Verabredung.«

»Woher wissen Sie denn das?«

»Weil es mir Ersilia natürlich gesagt hat. Aber das ist noch nicht alles, das Schönste kommt noch. Um vier, halb fünf telephoniert sie mir. ›Wieso bist du denn nicht abgereist?‹ frage ich. ›Ich fahre erst heute abend‹, sagt sie, ›ich bin in Begleitung, kann ich zu Ihnen hinaufkommen?‹ – ›Komm ruhig‹, habe ich gesagt, ›heute erwarte ich niemand.‹ Gut, nach noch nicht zehn Minuten erscheint sie da mit einem Typ, sage ich Ihnen, einfach fürchterlich, ein widerwärtiger Alter, mindestens sechzig Jahre, so ein Bauch, keine Zähne, weiß der Himmel, wo sie den aufgelesen hatte, vielleicht auf der Piazza Fontana, wo der Markt ist. Sie tat mir direkt leid, so daß ich sie beiseite nahm und sagte: ›Aber Laide, was machst du nur? Bist du verrückt geworden?‹ – ›Ja, ich weiß‹, sagt sie, ›es ist eine eklige Sache, aber ich habe Geld nötig.‹ Ich versichere Ihnen, Herr Tonino, auch wenn man mir gesagt hätte: Hier ist eine halbe Million, gehe mit ihm ins Bett, ich schwöre Ihnen, ich hätte nein gesagt... Und die da, vielleicht für zehn-, fünfzehntausend Lire...«

Er hat vierzehn Tage gewartet. Die Scheußlichkeiten, die er bei Ermelina erfahren hat, haben nicht ausgereicht, ihn von Laide abzuwenden, das sind weit zurückliegende Geschichten, aus der Zeit, als er für Laide nur ein x-beliebiger Kunde war, im Gegenteil, die Tatsache, daß Laide seitdem nicht mehr zu Frau Ermelina gegangen war, bewies doch, daß sie ihm gegenüber aufrichtig war. Wer weiß, wie viele andere gehen noch in diese Häuser, auch wenn sie einen reichen Freund haben, der sie aushält, oder wenn sie ein eigenes Auto haben, begeben sie sich damit abends auf den Kriegspfad. Und dann, ob das alles stimmte, Frauen sind ja groß darin, Bosheiten zu erfinden. Vielleicht waren es wahre Geschichten, nur daß sie nichts mit Laide zu tun hatten, es ist ja so leicht, die Schlechtigkeit von einer auf die andere zu übertragen, auch hatte Ermelina im Grunde alles Interesse daran, ihn von der Laide zu lösen, trotz ihrer gutmütigen Art versucht sie, ihm alle Illusion zu zerstören, denn hat ihr Laide nicht einen ausgezeichneten Kunden fortgenommen? Und er, blöde wie immer, mußte gleich diesen Unsinn glauben. Doch nun sind schon vierzehn Tage vergangen, er hat keine Kraft mehr zum Kämpfen, in gewissen Augenblicken glaubt er, in einem gräßlichen Traum zu leben, einem Fieberwahn, einem verschleierten Irresein, in manchen Augenblicken existiert Laide nicht, hat nie existiert, wird nie mehr wiederkommen, aber er hat sie trotzdem so nötig, er kann nicht ohne sie leben, ohne sie ist die Welt ohne Sinn. Wie ein willenloser Automat geht er die Treppe zu seinem Büro hinauf, Gott allein weiß, ob er noch seine Arbeit bewältigen kann, eines schönen Tages werden es auch die andern merken, daß er ein erledigter Mann ist. Seltsam, in seinem Büro ist Licht, er sieht sie an seinem Schreibtisch sitzen und auf ihn warten, mit runden, erschreckten Augen. Sie ist blaß, niedergeschlagen, schlecht frisiert.

»Hier bin ich«, sagt sie.

»Und wie geht's?« gibt er mit dem bißchen Atem zurück, der ihm noch geblieben ist.

»Wie soll es schon gehen? Schlecht.«

30

Sie trafen einander wieder, so, als sei nichts vorgefallen. Eigensinnig wollte sie ihre Schuld vom Neujahrsabend nicht zugeben. Es sei wirklich eine Freundin gewesen, und wenn sie keine Lust gehabt habe, mit Antonio auszugehen, so sei es nur deshalb gewesen, weil er kein Vertrauen in sie hätte und sie dies nun einmal nicht vertragen könne. Ob es ihm, Antonio, denn noch immer nicht aufgegangen wäre, daß sie ihm keine Lügen erzähle?

Sie trafen einander wieder wie früher, sogar noch öfter, aber Antonio gelang es nicht, einen Lichtschimmer zu sehen. Im Gegenteil, von Tag zu Tag breitete sich zugleich mit der gewohnten Unruhe ein dunkles Gefühl in ihm aus, so, als ob ein Termin, ein Abschluß, eine Katastrophe im Anzug sei. Mehr denn je verstand er, daß nur ein Akt des Willens, ein vollständiger und endgültiger Verzicht, die Rettung sein könne. Aber zu diesem Entschluß konnte er sich nicht aufraffen. Mit schmerzlicher Besessenheit waren seine Gedanken immer bei ihr. Was machte sie jetzt, wo war sie, mit wem ging sie aus, was für einen neuen Schwindel heckte sie aus?

Und wie ein Mann auf einem Floß mitten in einem unermeßlich weiten Fluß, obwohl er die Umrisse des Ufers in der Dunkelheit nicht mehr erkennen kann, doch merkt, wie die Strömung stärker wird und ihn einem unbekannten Grab zutreibt, so fühlte Antonio, obwohl er sich das Warum nicht erklären konnte, das Ende der unvermeidlichen Frist näher rücken, das er mit unvernünftiger Hartnäckigkeit immer wieder hinausgeschoben hatte. Der Strudel, der ihn vor beinahe einem Jahr ergriffen hatte, wurde immer heftiger, die Abfahrt zu einem Sturz ins Bodenlose. In manchen Augenblicken schien es ihm fast, als ob Laide ihn mit Sorge betrachte, als ob sie sich sagte: Du bist ein guter Mensch, Antonio, und im Grunde tut mir das, was dir zustößt, leid, ich verliere auch ungern deine Stütze, aber ich kann es nicht ändern, es ist nicht meine Schuld.

Eine neue Schwierigkeit war aufgetaucht. Eine Tante von Laide, die einzige Person der Familie, die sie – wie sie sagte – gern hatte, war an Krebs erkrankt und war in ein Krankenhaus gebracht worden. Da es ihr sehr schlecht ging und während der Nacht die Betreuung in dieser Klinik praktisch fehlte, wechselten sich nachts die nächsten Verwandten bei ihr ab. Alle drei, vier Tage war Laide an der Reihe. Das Krankenhaus lag weit weg, in der Nähe der Porta Nuova, und war eigentlich eine Art Hospiz für alte kranke Damen. Die Tante hatte zwar ein Einzelzimmer, aber es stand kein zweites Bett dort, und man mußte sich mit einem Rohrsessel begnügen. Manchmal schlummerte die Tante gegen halb zwei ein, und dann konnte Laide nach Hause gehen. Oft aber mußte sie ihr bis zum Morgengrauen Gesellschaft leisten.

Konnte Antonio sich dem widersetzen? Der Gedanke, daß etwa die ganze Geschichte erfunden sei, kam ihm nicht. Es wäre ja so einfach für ihn gewesen, zu kontrollieren. Aber Laide erzählte von der Tante derart präzise Einzelheiten, die Krankheitssymptome, die überstandene Operation, die Namen der Ärzte, die Anweisungen, die sie ihr für das Begräbnis und das Grab gegeben hatte. Und nicht nur das allein: Einmal war sie nach einer solchen Nachtwache bei ihm vorbeigekommen, und sie sah wirklich wie jemand aus, der eine schlaflose Nacht hinter sich hatte, zwei, drei Pullover übereinander angezogen, mager, blaß, mit dunklen Schatten unter den Augen.

Doch da geschah etwas Merkwürdiges. Eines Abends waren sie zum Essen ausgegangen, und gegen ihre Gewohnheit schlug Laide vor, nachher in ihre Wohnung zu gehen. Seit einer Woche war die Krankenpflegerin fort, es sei also niemand da, und sie könnten ungestört zusammen sein. Gegen halb elf müsse sie dann ihre Schwester abholen, um mit ihr in die Klinik der Tante zu gehen. Aber sie hoffe, gegen ein oder zwei Uhr wieder zu Hause zu sein.

Laide war zwar eher niedergedrückt gewesen, doch sie zeigte sich an diesem Abend so zärtlich wie schon seit Monaten nicht mehr. Obwohl sie zum Essen nichts getrunken hatte, schien sie fast erregt. Endlich wieder einmal ein netter und heiterer Abend.

Um Viertel nach elf machte sie sich zum Ausgehen fertig.

»Warum ziehst du denn dein neues Kleid an? Für die Nacht im Krankenhaus?«

»Ach, weißt du, ich wollte es der Tante zeigen, sie ist noch so neugierig auf alles, möchte alles wissen, selbst was ich zu Mittag oder Abend gegessen habe. Und heute abend hoffe ich wirklich etwas früher fortkommen zu können und zu Hause zu schlafen. Es ist zu scheußlich, eine ganze Nacht in diesem ungemütlichen Stuhl zu verbringen.«

»Ich begleite dich noch bis zu deiner Schwester.«

»Ach nein, Antonio, könntest du nicht hier bleiben?«

»Was soll ich denn hier machen?«

»Du weißt doch, meine Freundin, die aus Venedig, sie wollte nach Mailand kommen und hat mir gesagt, daß sie gegen Mitternacht anrufen wird. Es kann auch sein, daß sie nicht telephoniert, weil ich ihr unterdessen geschrieben habe. Aber wenn sie nun doch anruft und niemanden vorfindet?«

»Was kann ich daran ändern?«

»Du sollst ihr eben sagen, daß meine Tante im Krankenhaus liegt und ich in diesen Tagen sehr in Anspruch genommen bin, wenn sie aber trotzdem kommen will, so sage ihr, daß sie sich ein Zimmer im Hotel nehmen soll.«

»Na hör mal, kannst du denn nicht noch bis Mitternacht warten?«

»Nein, sonst komme ich zu spät ins Krankenhaus, die machen sowieso immer schon Geschichten, wenn man nach zehn Uhr kommt.«

Sie geht fort, und er bleibt zurück und denkt über die Merkwürdigkeit der ganzen Geschichte nach. Warum muß Laide heute nacht mit ihrer Schwester ins Krankenhaus? Und warum muß sie die Schwester abholen? Und warum hat sie nicht gewollt, daß Antonio sie begleite? Ist die Geschichte mit dem Telephonanruf nicht reichlich unwahrscheinlich?

Natürlich telephonierte niemand. Viertel nach zwölf geht er nach Hause. Um ein Uhr ruft Laide an und will wissen, ob die Freundin telephoniert hat, sie sagt, sie sei einen Moment aus dem Krankenhaus hinüber ins Café an der Ecke gegangen, habe gerade noch, bevor dieses schloß, telephonieren können und ginge jetzt wieder zu der Tante hinauf, die sei diese Nacht ziemlich ruhig, so daß sie hoffe, bald zum Schlafen nach Hause zu kommen. »Morgen früh telephoniere ich dir ins Büro. Tschüs.«

Warum hat ihn Laide in seiner Wohnung angerufen? War das wirklich nötig? Merkwürdig: Es sah fast so aus, als wolle sie sich vergewissern, daß Antonio nach Hause gegangen war.

Neue Zweifel steigen in ihm auf. Je mehr Antonio darüber nachdenkt, desto weniger überzeugt ihn Laides Verhalten. Zu viele Komplikationen, zu viele Vorwände, um allein weggehen zu können, zu viele Telephonanrufe. Sehen wir die Sache doch einmal näher an: Wenn sie hatte frei sein wollen, um sich mit jemand anderem zu treffen, um dann diesen mit nach Hause zu nehmen, was hätte sie machen müssen? Doch gerade das, was sie getan hatte: Antonio zuerst mit einer ungewohnten Zärtlichkeit beruhigen, damit er nachher zufrieden schlafen ginge, den Besuch bei der Tante verschieben, um vor Mitternacht das Haus verlassen zu können, das Telephongespräch aus Venedig erfinden, um zu vermeiden, daß er sie begleite, Antonio gegen ein Uhr anrufen, um sich zu vergewissern, daß er nach Hause gegangen war.

Antonio liegt ausgestreckt auf seinem Bett, auf dem Tisch daneben brennt das Licht. Von der ansteigenden Qual erstarrt, hat er den Blick auf die Decke geheftet, die beiden Risse, die jene seltsame Sieben formen, scheinen ihm eine rätselhafte Warnung, ein zum Bild gewordenes Symbol seines eigenen Kummers geworden zu sein. Drei Uhr ist schon vorüber, als sich ihm plötzlich der Aufbau der mutmaßlichen Täuschung mit blitzartiger Klarheit enthüllt. Soll er versuchen, sie anzurufen? Es würde nichts nützen. Sie wird nur sagen, daß sie gerade zurückgekommen sei. Sollte er direkt zu ihr gehen? Es wäre wohl besser, den Morgen abzuwarten, denn wenn jemand bei ihr gewesen war, so wird er nach einer Liebesnacht bestimmt noch um halb neun im Bett liegen. Und sein Besuch würde auch weniger auffallen. Er wird irgendeinen Vorwand dafür ersinnen: daß er zum Beispiel aus beruflichen Gründen gerade dort in ihrer Nähe zu tun hatte und auf einen Sprung heraufgekommen sei, um ihr guten Morgen zu sagen. Es wäre im Grunde nur eine nette Aufmerksamkeit.

Welch fürchterliche Nacht, die Stunden gehen nicht vorüber, der Schlaf stellt sich nicht ein. Um halb acht ist er schon auf, um acht Uhr auf der Straße. Obwohl es unmöglich scheint, so geht dort alles seinen gewohnten Gang. Eine matte Sonne kriecht unlustig aus dem Nebel hervor, die Menschen kommen und gehen aus den Häusern, eilen mit den üblichen angespannten Gesichtern zur Arbeit und zu ihren täglichen Sorgen, an der Ecke scherzen zwei Maurergehilfen miteinander, Autos und Lastwagen rasen vorbei, rings umher nicht das geringste warnende Zeichen, niemand denkt an Laide, niemand kann sich vorstellen, daß in wenigen Minuten die Welt einstürzen wird.

Es ist Viertel nach acht, als er den Wagen vor Laides

Wohnung anhält. Er schaut hinauf. Die Läden sind geschlossen. Von der Portiersloge aus sieht ihn die Portiersfrau und nickt flüchtig. Er steigt im dritten Stock aus dem Lift. Er bleibt auf dem Vorplatz stehen, vielleicht hört man Stimmen von innen, aber alles ist ruhig. Endlich drückt er auf den Klingelknopf. Er könnte zwar die Tür mit seinem Schlüssel öffnen, aber es scheint ihm so korrekter. Niemand antwortet.

Während in seiner Brust die Hölle immer mehr tobt, klingelt er ein zweites Mal, lang, sehr lang. Nichts.

Nun drückt er den Klingelknopf minutenlang, die Nachbarn sollen ruhig protestieren. Das Läuten wird schrill, es scheint, als vibriere das ganze Haus.

Als er dann endlich zum Schlüssel greift, weiß er schon im voraus, daß es unnötig ist. Denn Laide hat ihren Schlüssel im Schlüsselloch steckenlassen. Antonios Schlüssel macht nur eine halbe Umdrehung.

Nun klingelt er zum viertenmal. Aus der Nebenwohnung glaubt er Proteststimmen zu hören.

Wie ein Verrückter rennt er die Treppe hinunter, an der Portiersfrau vorbei, von einer wilden Erregung getrieben bis zum nächsten Café, um zu telephonieren. Doch was er angenommen hatte, trifft ein: Die Leitung ist frei, aber niemand antwortet. Denn wenn Laide antworten würde, so müßte sie auch aufmachen. Und Antonio ist in der Nähe, und der Mann, der mit ihr geschlafen hat, würde keine Zeit mehr haben, hinauszugehen, wahrscheinlich liegt er noch nackt im Bett.

Was bleibt ihm übrig? Ist er wieder geschlagen? Laide wird die unschuldigsten Erklärungen finden. Vielleicht steht sie in diesem Augenblick, während er aus dem Café tritt, hinter den geschlossenen Fensterläden und betrachtet ihn siegreich. (Und eine schläfrige Stimme aus dem Bett fragt: »Ist der Alte endlich weggegangen? Los, komm wieder ins Warme!«)

Wie vorausgesehen, antwortet Laide endlich, als Antonio ihr nach einer Viertelstunde aus dem Büro telephoniert.

»Darf ich wissen, warum du nicht aufgemacht hast? Mindestens zehn Minuten habe ich an deiner Tür geläutet.«

»Ja richtig, mir schien es doch so, als hätte ich was gehört, aber ich war todmüde, und die Tür zum Schlafzimmer war geschlossen, und ich glaubte, man läute an der Wohnung nebenan.«

»Unmöglich, daß du nichts gehört hast.«

»Wenn ich was gehört hätte, dann hätte ich auch aufgemacht, nicht wahr? Ich schwöre dir, ich habe absolut nichts gehört. Mir brummt der Kopf noch, ich weiß überhaupt nicht, wieso ich diesmal das Telephon hörte, ich habe Gardenal genommen, ich hatte solche Kopfschmerzen, daß ich, als ich nach Hause kam, gleich drei Pillen auf einmal genommen habe. Aber wieso bist du zu meiner Wohnung gekommen?«

»Und was ist das für eine Geschichte, daß du dich plötzlich einschließt? Was nützt mir dann der Schlüssel, den du mir gegeben hast?«

»Weißt du Liebling, seit die Krankenpflegerin nicht mehr da ist, hab' ich Angst, nachts allein zu bleiben.«

Reichen diese Erklärungen aus? Nein, und trotzdem ist jedes Wort von ihr ein wundervoller Balsam, der seine Angst beruhigt. Der Ton ihrer Stimme ist so aufrichtig, so ehrlich, es ist unmöglich, daß es Lügen sein können. Und dann, und dann ist es ja so schön, ihr zu glauben. Anbetungswürdige Feigheit. Vielleicht, oder sogar ohne vielleicht, wird Antonio eines Tages gezwungen werden, ihr nicht mehr zu glauben, und wird die schreckliche Entscheidung treffen müssen. Aber heute noch nicht, nein, heute ist der Form nach noch alles intakt, noch kann alles wie bisher weitergehen.

31

Oder doch nicht? Er fühlt die Notwendigkeit, sich zu vergewissern. Ein Freund macht ihn mit einem gewissen Imbriani, einem früheren Karabinierileutnant, bekannt, der jetzt als Privatdetektiv arbeitet. Imbriani kam in sein Büro, er ist ein Mann von fünfunddreißig Jahren, anscheinend offen und sympathisch.

»Eine Art Hospiz für alte Damen also?« fragt er am Ende. »Wissen Sie, wie es heißt?«

»Sie sprach von einem Hospiz ›Elena‹ in der Via Sormani, es muß aber ein sehr bescheidenes Haus sein.«

»Via Sormani... Via Sormani..., ich erinnere mich gar nicht, wo die liegt.«

»In der Nähe der Porta Nuova, so hat sie es mir wenigstens gesagt.«

Imbriani steckt sein Notizbuch ein.

»So«, sagt er, »es scheint weiter kein besonders schwieriger Fall zu sein. Im Gegenteil, sogar sehr einfach, wenn keine Komplikationen auftreten. Aber ich sage Ihnen sofort, ich kenne mich in diesen Dingen aus... die Nachforschungen werden ohne Erfolg sein...«

»Ohne Erfolg? Und warum?«

»Verehrter Herr Doktor, es wäre doch zu leicht gewesen, diese Sache zu kontrollieren. Wenn etwas zu verbergen wäre, so hätte die junge Dame doch sicher ein anderes Alibi, wenn ich so sagen darf, eine etwas sicherere Sache gewählt, denn es ist doch wahrlich nicht schwer, und ich sage das gegen mein eigenes Interesse, festzustellen, ob es dort eine Klinik gibt mit einer gewissen Kranken und zu erfahren, wer sie, vor allem nachts, besucht.«

»Und wann glauben Sie, mir etwas sagen zu können?«

»Morgen, spätestens übermorgen, immer vorausgesetzt, daß keine Schwierigkeiten auftauchen.«

»Was für Schwierigkeiten?«

»Das kann ich nicht voraussehen. Aber in meinem Beruf muß man alle möglichen Hindernisse in Betracht ziehen.«

Leutnant Imbriani entfernt sich. Antonio bleibt allein. Es ist spät. Im Büro herrscht eine unangenehme Stille. Leutnant Imbriani hat recht: Es scheint unmöglich, daß Laide, um nächtliche Begegnungen zu verheimlichen, eine so naive Geschichte erfunden hätte. Aber Antonio kennt sie. Er weiß, wie weit das kleine Mädchen auf seine Gutgläubigkeit vertraut. Im selben Augenblick, als Leutnant Imbriani das Büro verläßt, versteht Antonio, daß er endlich die verbotene Tür geöffnet hat. Noch weiß er nicht, was wirklich hinter dieser Tür lauert, aber er ist sicher, daß es nur neuer Kummer, neue Demütigungen sein können, weiß, daß nun die letzte Lüge hervortreten muß und daß er sich nicht mehr auf die andere Seite wenden kann, wenn er ihr endlich von Angesicht zu Angesicht gegenübersteht, daß er nicht mehr so tun kann, als sähe er sie nicht, endlich wird die Stunde anbrechen, die er seit Monaten und Monaten schon wie eine unvermeidliche Verurteilung fürchtet.

Pünktlich, in fünf Minuten, wird Laide anrufen, um ihn wie eine eifrige und unschuldige kleine Ehefrau mit genauen Angaben zu beruhigen. Aber er fühlt, wie Laide sich langsam von ihm entfernt, wie sich diese kleine, junge, übermütige, impertinente ursprüngliche Kreatur in eine unwahrscheinliche Erinnerung verwandelt, in ein Märchen, in eine erfundene Figur. Für einen Augenblick war sie aus ihrer volkstümlichen, liederlichen, geheimnisvollen Welt herausgetreten, und er hatte sich eingebildet, sie in sein Leben, in dieses bürgerliche, ehrbare, geachtete Leben, zu bringen, das er im Grunde verachtete, aber dem er durch Blutbande zugehört. Nein, die Liebe hat nicht ausgereicht und nicht das Geld, der Respekt, die Zuneigung, die Aufmerksamkeiten. Langsam, nach und nach, trennt sie sich von ihm, gleitet aus seinem Haus und seinem Leben, dort geht sie mit ihrem unerschrockenen Schritt, er führt sie mitten in das rätselhafte Herz ihrer Stadt, das die wenigsten kennen, zwischen elende und großartige Kulissen, durch verräucherte, verkrustete, regennasse Höfe, zwischen den Abglanz von Luxus und in die dunklen Eingänge alter Paläste, über endlose, mit Linoleum bedeckte Flure in die Katakomben des Lasters, zwischen das Knarren der Gummiräder, das Getöse von Drehbänken, Schreie, Weinen und Gelächter, in das Kommen und Gehen unermüdlicher und unerschöpfter Menschen, flüchtiger Küsse, Schatten von Abenteurern im Gegenlicht, grüner Chirurgenkittel, telephonischer Hinterhalte, in jene tolle Mischung von Wünschen, Anstrengungen, Illusionen, die unklar in einer Menge glüht, die ankommt und abreist, sich mischt, drängt, zerbricht und verschwindet, während eine andere, völlig gleiche, sich darauf stürzt und im Strudel untergeht.

Jenseits der Gebäude, die sein Büro umstanden, fühlte Antonio, wie sich dieses geheime Mailand, von dem keine Chronik berichtet und kein Baedeker erzählt, in sich zurückzog. Und seine Häuser, seine rauhen Dächer, sein zu hastiges Straßenleben sich langsam um die dunklen Buchten und den bleichen Widerschein schließen, sich immer weiter von ihm, Antonio, entfernten und seine Laide für immer mit sich fortführten.

Er hatte wieder das Gefühl, in einen falschen, nicht für ihn bestimmten Traum geraten zu sein, und eine Kraft, die sehr viel stärker war als sein Wille und seine Überzeugung, riß ihn mit sich fort, als wäre er ein armer Unglücklicher und nicht ein Mann von fünfzig Jahren in einer angesehenen Lebensstellung. Er kam sich vor wie ein hochmütiger Prinz, der auf den Befehl des Königs plötzlich entblößt, öffentlich ausgepeitscht und an den Ruderblock einer Galeere gekettet wird; der König erklärt nichts, und er kennt nicht das Warum, obgleich er unklar fühlt, daß es einen gerechten Grund dafür geben muß.

32

Er sucht auf dem Stadtplan nach der Via Sormani, »nach dem Corso Garibaldi die dritte Straße rechts«, liest er, »durch die Fossettogasse«, seltsam, das war gerade jene Sackgasse, in der er vor zwei Jahren jenes aufregende Mädchen von spanischem Typ hatte verschwinden sehen. Von der er geglaubt hatte, es sei Laide gewesen. Aber Laide hatte ihm versichert, niemals dort gewesen zu sein.

Es ist Viertel nach elf. Laide hat ihm gesagt, daß sie heute gegen zehn Uhr die Tante besuchen würde. Oh, dieser Zwang zu wissen, zu sehen! Vielleicht hat er zuviel getrunken, denn das, was ihm noch vor ein paar Stunden Schrekken eingejagt hätte, die Idee, persönlich in dem Hospiz vorzusprechen und nach ihr zu fragen, das Risiko, sich in eine außerordentlich peinliche Lage zu bringen, Laide wütend zu machen, denn er weiß, daß es gerade diese Dinge sind, die sie am meisten verletzen, dieses Seine-Nase-in-ihre-Angelegenheiten-Stecken, nachzuforschen, kein Vertrauen zu haben, all das macht ihm jetzt keine Angst mehr.

Er ist entschlossen, hinzugehen, die in so langen Monaten der Unruhe und der Erwartung angesammelte Wut gibt ihm Kraft, ja, er muß wohl betrunken sein, selbst die Straße, in der er wohnt, scheint ihm in gewissem Sinn entstellt, Häuser stehen da, die ihm in all den Jahren nicht aufgefallen sind.

Er läßt den Wagen auf dem Platz San Simpliano und geht zu Fuß weiter, wenige Leute sind auf der Straße, er merkt, daß er mit absurder Eile dahinstürmt. Er verlangsamt seine Schritte und zündet sich eine Zigarette an, jetzt ist er an der Ecke angelangt. Dunkel führt die enge Gasse zwischen alten Häusern mit breiten Breschen von Ziegelsteinen, die unter dem abgeblätterten Putz hervorschauen, dahin.

Dort, wo sich die Gasse zu einem winzigen Platz verbreitert, steht eine Laterne. Ein Mann ist damit beschäftigt, das Schloß eines Rolladens zu schließen. Ein anderer steht rauchend an der Ecke eines Hauses. Von einer Seite kommt eine dunkel gekleidete Frau mit einer Einkaufstasche. Er wendet sich an diese:

»Entschuldigen Sie, können Sie mir vielleicht sagen, wo das Hospiz ›Elena‹ ist?«

Die Frau bleibt stehen, schaut ihn an und schüttelt den Kopf.

»Die Pension Elena? Fragen Sie mich das nicht, hören Sie, fragen Sie mich das nicht.«

Und mit diesen Worten entfernt sie sich, als ob sie verärgert sei.

Was bedeuten die Worte der Frau? Was bedeutet ihre Art zu antworten? Antonio schaut sich um, glücklicherweise hält ihn der Alkohol in dieser krampfhaften Erregung. Da rechts muß wohl die Via Sormani sein. Ein Straßenschild ist da, aber man kann es in der Dunkelheit nicht lesen.

»Entschuldigen Sie«, wendet er sich an den rauchenden Mann, »wissen Sie, wo die Via Sormani ist?«

Der Mann ist ja jung, merkwürdig, eben erschien er ihm noch als Fünfzigjähriger, während es doch ein junger Mann mit ironischem, gutmütigem Gesicht ist.

»Suchen Sie jemanden?« lautet die Antwort, als ob dies sein Eigentum wäre und er das Recht hätte, es zu wissen.

»Via Sormani«, wiederholt Antonio, »Hospiz ›Elena‹.«

»Ach, das Hospiz ›Elena‹«, lächelt nun der junge Mann und pafft eine Rauchwolke vor sich hin, »die Pension ›Elena‹.«

»Ist sie hier?« fragt Antonio etwas desorientiert.

»Hier, hier«, sagt der junge Mann und macht mit dem Daumen ein Zeichen nach der kleinen Straße hin, »ein gelbes Haus. Sie können den Weg nicht verfehlen, eine Lampe hängt über dem Eingang.«

»Vielen Dank.«

»Keine Ursache«, und der Mann lächelt wieder.

Das Gäßchen ist schlecht beleuchtet, eine Katze läuft vorbei, fernes Klavierspiel, oder ist es Radiomusik? Links führt ein Hausflur in einen dunklen Hof, Antonio dreht sich um, der junge Mann steht immer noch an der Ecke und sieht ihm nach.

Im Schein der vereinzelten schwachen Laternen geht er ungefähr fünfzig Meter weiter, aber das gelbe Haus mit der Lampe über dem Eingang findet sich nicht, jetzt bemerkt Antonio vor einem Tor eine wartende Dirne, sie raucht, die schwarzen Haare sind hoch toupiert, und sie betrachtet ihn mit einem süßlichen Lächeln. Antonio wendet sich an sie.

»Können Sie mir sagen, wo das Hospiz ›Elena‹ liegt?«

Ihre roten Lippen öffnen sich, man sieht einen Goldzahn blitzen.

»Mich fragen Sie das?« Und sie fängt an, zu lachen.

»Dort, mein Lieber, das gelbe Haus.«

Antonio dreht sich um, denn das Mädchen zeigt nach der Straße, aus der er gekommen war, und jetzt sieht er auch nicht weit entfernt das gelbe Haus, es hat eine schmale Eingangstür, und gerade darüber hängt eine kleine, schmiedeeiserne Laterne mit roten Scheiben. Seltsam, er war daran vorbeigegangen, ohne es zu sehen, einfach unverständlich.

»Danke«, sagt Antonio und nähert sich dem gelben Haus. Die Tür ist geschlossen.

Antonio sieht hinauf. Es ist ein zweistöckiges Haus, ganz ordentlich, wenn auch sehr alt, die Läden sind alle geschlossen, aber durch einige fällt Lichtschimmer. Was für ein merkwürdiges Hospiz, denkt er, nirgends ein Schild. Dann entschließt er sich, zu klingeln.

Ein Schloß schnappt hinter der Tür auf, schnelle Schritte auf Sandalen und Absätzen. Die Tür öffnet sich. Eine Frau in den Dreißig mit stark geschminkten Lippen und Augen, außerordentlich vulgär, mit großem, dünnem Mund.

»Sie wünschen?« fragt sie mit fadem Lächeln.

Aber was, dreißig Jahre, es ist ja eine Alte von mindestens sechzig.

»Ist hier das Hospiz ›Elena‹?«

»Ja, was wünschen Sie?«

»Ich suche... ich suche Fräulein Laide Anfossi.«

»Ach, die Laide«, sagt die Alte und nickt mehrmals mit dem Kopf, als sei sie im Bilde. »Also dann gehen Sie nur hinauf in den ersten Stock. Klingeln Sie, und dann finden Sie Ihre Laide.«

Ein schmutziger roter Läufer auf der Treppe, eine dreigeteilte Tür mit Milchglasscheiben, ein Messingschild »Elena Pistoni«. Die Versuchung zu fliehen ist da, aber er hat schon auf die Klingel gedrückt. Es wird licht, Schritte, ein Schatten. Die Frau, die öffnet, ist mager, schwarz gekleidet, distinguiert.

»Der Herr wünschen?« fragt sie, man merkt, daß sie mißtrauisch ist.

»Bin ich hier recht im Hospiz ›Elena‹?«

Die Dame lacht: »Nennen wir es ruhig so, aber wer hat Sie hierhergeschickt?«

»Verzeihen Sie«, sagt Antonio, »ich suche Fräulein Anfossi, Laide Anfossi, sie hat mir gesagt, daß sie heute abend käme, um ihre alte Tante zu betreuen.«

»Oh«, ein Erstaunen erhellt das sympathische Gesicht, »gut, gut, bitte nehmen Sie doch Platz, Laide, Pardon, Fräulein Anfossi, ist, glaube ich, gerade besetzt.«

»Könnten Sie sie nicht rufen?«

»O ja, natürlich, aber Sie müssen schon einen Augenblick Geduld haben, bitte nehmen Sie doch Platz.«

Sie führt ihn in einen Salon, moderne Möbel von scheußlichem Geschmack, falsche Perserbrücke, Fernsehapparate, ein Teeservice in versilbertem Porzellan, drei schlechte Kopien von Millet an der Wand.

»Setzen Sie sich doch bitte – mich müssen Sie entschuldigen, wenn Sie rauchen wollen, dort in jener Schachtel... fünf Minuten, keinesfalls länger... sowie Laide bereit ist, schicke ich Sie Ihnen.«

Was heißt bereit, fragte sich Antonio, er wird sich der Unvorsichtigkeit bewußt, hergekommen zu sein. »Ist sie dort bei Ihrer Tante?« fragte er mit einem letzten Rest von Hoffnung.

Die Dame sieht ihn einen Augenblick lang ungläubig an, dann antwortet sie:

»Sicher«, und bei jedem Wort nickt sie mit dem Kopf, als wiederhole sie eine Formel, »natürlich, die liebe Tante, der geht es heute abend nicht besonders gut.« Und entfernt sich lächelnd.

Antonio bleibt allein, er setzt sich auf einen der modernen Stühle mit Goldrand. Die Dame hat beim Verlassen des Zimmers einen widerlichen Geruch von Moschusparfüm zurückgelassen und einen Vorhang vorgezogen. Von dort brechen in die Stille halblaute Stimmen, Gelächter.

In dem schmalen Zwischenraum von Pfosten und Vorhang zeichnet sich eine Gestalt ab, jemand späht in den Raum.

Er fühlt sich übel, er möchte fliehen, er steht auf. Der Vorhang wird langsam weggeschoben, und ein Mädchen mit wirrem Haar und im Morgenrock, dunkel, schön, mit müdem, apathischem Gesicht, erscheint.

»Sie, mein Herr«, sagt sie mit überraschender Langsamkeit, »Sie warten auf Laide?«

»Ja.«

»Und wer sind Sie?«

»Ich... ich bin ein Freund.«

Das Mädchen betrachtet ihn schweigend. Dann sagt sie mit fast unhörbarer Stimme:

»Wenn ich Sie wäre... ich...«, und sie macht mit der Rechten eine Bewegung, als ob sie ihn auffordere, fortzugehen.

»Warum? Geht es der Tante heute so schlecht?«

»Wie?«

»Ich meine die Tante von Laide. Sie liegt doch hier? Nicht wahr?«

»Tja«, sagt das Mädchen mit demselben Ausdruck wie die Dame vorhin, »tja, die Tante... die Tante...«

Dann schweigt sie wieder und betrachtet ihn, als wollte sie etwas enträtseln. Endlich sagt sie:

»Die Tante... die Tante... wenn Sie wüßten, wie schlecht es heute abend der Tante geht...«

»Schlecht... sagen Sie...«

»Dem Tantchen... aber glücklicherweise ist ja Laide da, die sie betreut... die arme Tante... Aber kommen Sie doch... ich werde sie Ihnen zeigen, niemand wird etwas merken.«

Sie faßt ihn an und fordert ihn auf, mitzukommen.

»Aber... ich...«

»Ach kommen Sie nur... wollen Sie denn Laide nicht sehen, während sie ein gutes Werk vollbringt?... Also... aber treten Sie leise auf mit Ihren Schuhen.«

Da erst merkt Antonio, daß das Mädchen barfuß geht. Sie führt ihn vom Vorplatz einen engen, dunklen Gang entlang, öffnet eine Tür, sie treten in ein Zimmer, das ebenfalls dunkel ist, nur links dringt, durch einen Ausgang mit Milchglasscheiben und einen geblümten Vorhang davor, Licht aus einem Nebengelaß. »Kommen Sie her... und bleiben Sie ruhig stehen... hören Sie sie?«

Aus dem Nebenzimmer dringt die Stimme eines Mannes und dann die einer Frau im charakteristischen Mailänder Dialekt mit dem rollenden »R«.

Nein, nein, wozu diese Tortur? Antonio versucht, sich zurückzuziehen, aber das Mädchen hält ihn fest.

»Es ist doch Laide, finden Sie es nicht interessant? ... die arme kranke Tante«, flüstert sie ihm zu.

Nun horcht er. Durch die Glastür hört man die Stimmen so, als ob die beiden im selben Raum wären. Er: »Gar nicht so übel, gratuliere... klein, aber niedlich... mal fühlen...«

»Nun laß schon... zieh dich lieber aus.«

»Erst will ich ein Küßchen haben.«

Stille.

Dann wieder die Männerstimme: »Hör mal, Liebling, von was lebst du eigentlich?«

»Was soll das heißen?«

»Ich meine... lebst du ausschließlich... von dieser... dieser Art Beschäftigung?«

»Ich... ich habe einen Freund.«

»Aha... einen zahlungskräftigen?«

»Kann mich nicht beklagen.«

»Alt?«

»Nicht direkt, aber natürlich kein Jüngling mehr.«

»Und du magst ihn?«

»Was für eine Frage...«

»Und er läßt dir so viel Freiheit?«

»Um Gottes willen, schrecklich eifersüchtig ist der.«

»Ja, aber wie machst du es dann, um zum Beispiel hierherzukommen?«

»Ach, was das anbetrifft, so sage ich ihm, daß ich eine kranke Tante nachts betreuen muß.«

»Eine kranke Tante! Prachtvoll. Und er glaubt das?«

»Er? Er glaubt alles.«

»Du, noch eine Frage.«

»Was denn? Zieh dich doch wenigstens aus...«

»Wenn er dir doch genug Geld gibt, warum kommst du dann noch hierher?«

»›Geld gibt es nie genug‹, sagte schon mein Großvater...« Gelächter. »Hast du dich nun endlich ausgezogen? ... mach schon, mir ist kalt.«

Antonio hört, wie ihm das Mädchen etwas zuflüstert: »Willst du jetzt zuschauen?«

Er schüttelt den Kopf.

»Ach was, es lohnt sich wirklich... schau, da oben ist ein ganz hübsches Loch im Holz von der Tür... warte, ich bringe dir einen Schemel.«

Die Männerstimme: »Sag mal, ist da jemand im Nebenzimmer?«

»Woher denn, siehst du nicht, daß alles dunkel ist? Aber nun beeile dich endlich, die Signora hat mich gebeten, heute etwas schneller zu machen.«

»Warum? ...Hast du nach mir noch ein... anderes Tantchen zu betreuen?«

»Nein, nein, aber du erdrückst mich ja... Madonna, wie schwer du bist.«

»Ach was... stell dich doch nicht so zimperlich an...«

Antonio steigt vorsichtig auf den Schemel, das unbekannte Mädchen ist ihm behilflich. Dort ist wirklich ein Loch, durch das man sehen kann. Was sich seinem Auge darbietet, ist entsetzlich, ist die so oft in der Phantasie geschaute Hölle, ist die Zerstörung seines Lebens:

Der weiße muskulöse Körper eines jungen Mannes kniet auf dem Bett über dem Mädchen. Aber man sieht ihr Gesicht nicht. Er sieht nur ihre gespreizten nackten Beine. Ob sie sich küssen?

Plötzlich richtet sich der Mann auf, als habe sie ihn zurückgestoßen. Jetzt setzt auch sie sich auf und lehnt sich an die Kissen. Er kann ihr Gesicht sehen.

Aber sie ist es ja gar nicht. Es ist das Gesicht von Flora,

es ist das Gesicht seiner Sekretärin im Büro, es ist das geschminkte Gesicht der Alten, die ihm vorhin die Tür geöffnet hat. Breit, geschwollen wie der Kopf eines Fleischerhundes. Die fürchterlichen Lippen öffnen sich, während es seine Blicke auf Antonios Auge heftet, das durch das winzige Loch in der Tür schaut, und dann bricht es mit weitaufgerissenem Maul in ein fürchterliches Gelächter aus.

Antonio schreckt zusammen, er war auf dem Stuhl in seinem Schlafzimmer eingenickt. Gott, der Barmherzige, was für ein Traum!

So war es also nicht wahr, und die Wirklichkeit ist vollkommen anders?

Doch der abscheuliche Schatten des Alptraumes bleibt in ihm, füllt sein Zimmer, lastet auf seiner Welt.

33

Dann überstürzte sich alles, doch ohne besondere Überraschungen. So wie ein seit langem gefürchtetes Unglück plötzlich in nüchterner Form und mit banalem Bürokratismus über den Menschen hereinbricht und die Seele es nur mühsam zu fassen vermag.

Am Morgen rief ihn Imbriani im Büro an. Er ist fast ein wenig beschämt, daß die Wirklichkeit seine Voraussage mit Lüge gestraft hat.

Das Hospiz existiere, die kranke Tante ebenfalls, aber die Oberschwester bestreite energisch, daß Verwandte nachts bei den Kranken bleiben dürften. In der Nacht seien keine Verwandten zugelassen. Ein junges Mädchen, auf das die Beschreibung passe, sei einigemal mit einer anderen Dame nachmittags während der Besuchszeit dagewesen. Weiter nichts. »Soll ich die Nachforschungen fortsetzen?« – »Nein danke, ich weiß nun, was ich wissen wollte.«

In seinem Innern stürzt nichts zusammen. Im Gegenteil, eine erregende Spannung hält ihn aufrecht. Die fast unglaublich starke Ausstrahlung der Liebe, vor allem einer unglücklichen Liebe, ist so mächtig, daß sie ihm vorerst erlaubt, dem Unglück mit einer Art von Raserei standzuhalten. Es war fast eine Befreiung. Etwas Ähnliches, erinnert sich Antonio, geschieht im Krieg, wenn endlich der Beginn des Gefechts die entnervende Erwartung ablöst und die Angst sich in angespannte, kalte Energie verwandelt.

Um 11 Uhr telephoniert Laide. Sie habe die ganze Nacht bei der Tante verbracht, sei sehr müde und wolle jetzt ein paar Stunden ausruhen. Zum Essen sei sie heute bei ihrer Schwester.

»So sehen wir uns also heute nicht?«

»Ich kann es noch nicht sagen. Willst du mich nicht in der Via Squarcia abholen?«

»Um wieviel Uhr?«

»Um halb drei.«

»Laß mich aber bitte nicht so lange warten wie üblich.«

Diese verfluchte Via Squarcia und jenes quälende Auf- und Abgehen auf dem gegenüberliegenden Trottoir damals, bis an das Ende seiner Tage wird er sich daran erinnern.

Er hat ihr noch nichts gesagt, aber kann den Augenblick kaum abwarten, sie endlich zu sehen, ihr endlich das, was er weiß, ins Gesicht zu schleudern, sie endlich zu entlarven. Er haßt sie, er wünscht ihr den Tod, er würde sie gern erwürgen, seine beiden Daumen in ihren glatten, weißen Hals drücken, das Röcheln ihres kleinen Mundes mit den reizenden Zähnen erleben.

Aber nach einer Stunde telephoniert sie wieder. Leider könnten sie sich um halb drei nicht sehen. Sie müsse nochmals ins Krankenhaus, das Befinden der Tante habe sich wieder verschlechtert, Antonio möge doch Geduld haben, im Grunde läge ja die ganze Last auf ihr, Laide, die Tag und Nacht ein solches Leben führen müsse.

»Na, mir scheint, daß du nun wirklich übertreibst...«

»Ich übertreibe, und inwiefern? Ich möchte dich mal sehen, allein und verlassen im Krankenhaus...«

»Ich spreche ja gar nicht von mir; im Gegenteil mit mir...«

»Ach, Antonio, fang du jetzt nicht auch noch an, ich bin todmüde, habe Kopfschmerzen, der Kopf platzt mir fast, wenn du jetzt auch noch was auszusetzen hast...«

»Schon gut, schon gut, ich habe schon verstanden, wir sehen uns eben heute nicht.«

»Nein, hör doch zu, tu mir einen Gefallen und gehe in meine Wohnung. Der arme Picchi hat seit gestern nichts zu fressen gehabt. Im Eisschrank steht noch gehacktes Fleisch für ihn. Wenn du dann dort auf mich warten willst. Um vier Uhr komme ich oder rufe an.«

»Als ob du kommen würdest.«

»Wenn es irgend geht, verspreche ich dir zu kommen... es hängt doch nicht von mir ab.«

Um halb vier Uhr ist er in Laides Wohnung. Der Hund frißt. Es ist einer der ersten milden Tage, Frühling kann man es nicht nennen, denn in Mailand gibt es keinen Frühling, aber auch wenn es der strahlendste Frühling wäre, für Antonio würde er nicht existieren. Doch der Winter ist schon vorbei.

Er geht durch die Wohnung und betrachtet die vielen dummen und liebenswerten Dinge, die ihn an die für immer verlorenen Tage erinnern, die Puppen, die Stofftiere, die Nippsachen, die Parfümflaschen, das gelb-orangefarbene Kleid, das geblümte grüne, das rote.

Er hat den Schrank aufgemacht, den Ärmel des gelb- und orangefarbenen Kleides berührt, den Duft eingeatmet, er hat es geküßt, denn es sieht ihm ja niemand zu. Ja, es ist wirklich das letzte Mal, es kann nicht anders als das letzte Mal sein.

Da erinnert er sich, daß Laide unten links im Schrank Photographien und Briefe aufbewahrt. Indiskretion? Das wären in seiner Lage unangebrachte Skrupel.

Er findet die Pappschachtel mit all den Erinnerungen. Er setzt sich auf den Bettrand und beginnt sie durchzusehen und zu lesen.

Da ist ein seltsamer, halbbeendeter Brief von ihr an einen gewissen Stefan Doglia. Man würde sagen, der Versuch, ein altes Verhältnis wieder neu aufzunehmen. »Ja«, steht dort, »Du hast mich zum Essen und Tanzen ausgeführt, aber jedesmal war es dasselbe, mit Deinen Freunden diskutiertest Du weiter über Deine Arbeit, und mit mir sprachst Du kein einziges Wort, aber wehe, wenn ich mit jemand redete, Du weißt, daß ich in Dich verliebt war, aber Deine ewige, absurde Eifersucht war ein großer Schmerz für mich.«

»Zwischen zwei Menschen, die sich lieben«, fuhr der Brief, plötzlich den Ton wechselnd fort, »ist Vertrauen alles. Du hast mich aber immer wie eine Dirne behandelt, und man sieht, daß ich eben für Dich nie etwas anderes gewesen bin als...« und da brach der Brief ab.

Er öffnete einen anderen, er war von einem gewissen Tani unterschrieben und stammte aus der Zeit, als Laide in der Klinik lag. Es war sichtlich die Antwort auf einen Brief von Laide, die ihn beschworen hatte, sie zu besuchen. »Dein Brief, Geliebteste, hat in mir ein nie gefühltes Feuer entfacht. Wenn ich nur früher gewußt hätte, daß Du mich immer noch liebst. Ja, bezaubernde Laide, sowie meine Arbeit es erlaubt, und ich hoffe, daß dies bald der Fall sein wird, fliege ich nach Mailand zu Dir. Unterdessen sende ich Dir alle meine Küsse, meinen Körper, meine ganze Liebe.«

Und dann findet Antonio die Briefe von Marcello. Es

sind mindestens ein Dutzend. Aber ihm genügt einer. Marcello schreibt ihr von Modena, um ihr mitzuteilen, daß er ein Zimmer mit zwei Betten in dem Hotel in Fonterana bestellt hätte. »Aber ich mache Dich gleich darauf aufmerksam, daß wir jetzt an der Baustelle durchgehend arbeiten und ich deswegen nicht jede Nacht mit Dir schlafen kann...« Dann aber zieht er romantische Register auf: »Ich kann Dir nicht sagen, Herzchen, wie große Sehnsucht ich nach Deinen feurigen Liebkosungen habe, nach dem schwarzen Wasserfall Deiner duftenden Haare, dem Wogen Deines zarten Busens, Deinen verzehrenden Küssen, Deinen atemberaubenden Umarmungen...«

Das Telephon läutete: »Hallo, wie lange bist du schon da?«

»Seit einer halben Stunde ungefähr.«

»Hast du Picchi zu fressen gegeben?«

»Ja, und wo bist du?«

»In dem Café beim Krankenhaus.«

»Kommst du nicht?«

»Leider nein, heute geht es nicht. Die Tante hat eine Krisis gehabt.«

»Dann hör zu. Erwarte mich dort im Café, in einer Viertelstunde bin ich da.«

»Nein, es tut mir wirklich leid, aber ich muß gleich wieder hinauf.«

»Eine Viertelstunde, länger dauert es nicht.«

»Nein, ich sage dir ja, ich muß gleich wieder hinauf.«

»Dann tu mir wenigstens einen Gefallen, der dich nichts kostet. Sag mir die Nummer des Telephons, wo du gerade bist.«

»Aber das ist doch ein öffentlicher Fernsprecher.«

»Das macht nichts, der hat doch auch eine Nummer. Du brauchst sie nur auf dem Schildchen abzulesen.«

»Das paßt mir nicht. Was soll das bedeuten?«

»Das soll bedeuten, daß du nicht dort bist, wo du angibst zu sein. Soll bedeuten, daß ich diese Geschichten satt habe, daß ich keine Lust mehr habe, von dir an der Nase herumgeführt zu werden wie der Dümmste aller Hanswürste.«

»Wenn du es satt hast, so kann ich dir nicht helfen...«

Laide hatte aufgehängt. Ihre Stimme zitterte ein wenig. Impertinent und selbstsicher wie immer, aber das Terrain fängt unter ihren Füßen an abzurutschen. Seit ein paar Tagen gelingt es ihr nicht mehr, richtig zu manövrieren, es sieht fast so aus, als würde sie mitgeschleift, sie hat keine Zeit mehr, die Verteidigung zu organisieren, sie hat keine Lust mehr dazu, eilig versucht sie, ein Leck zu stopfen, während sich schon ein anderes öffnet, aber sie glaubt selbst nicht mehr daran, sie versteht nur zu gut, daß dies ein kleines oder großes Unheil für sie ist, doch sie weiß nicht mehr aus noch ein; sie ist nicht mehr die stolze, eigensinnige Laide, die übermütigen Schrittes voranging, sie ist ein verbrauchtes, hungriges Mädchen, das apathisch versucht, sich über Wasser zu halten, ohne selbst an die Rettung zu glauben. Was hat sie so verändert? Hat sie sich verliebt? Oder ruft ihre Welt sie gebieterisch zurück, nachdem sie vergeblich versucht hatte, ihr zu entfliehen?

In Antonio ist Wut, Ärger, Haß, Erregung, Kampfstimmung. Verzweifelte und dramatische Sturmstöße treiben ihn vor sich her. Es ist das Leben, er merkt es nicht, aber noch nie hat er in so wenigen Stunden so intensiv gelebt. Besiegt, geschmäht, betrogen, verraten, aber trotzdem voller Leben; dumm, naiv, elend, feige, aber trotzdem voller Leben. Stürzend verteidigt er sich, zum erstenmal stellt er sich zum Kampf.

Er verläßt ihre Wohnung, geht in sein Büro, arbeitet mit Elan, speist mit den Freunden, seit Monaten war er nicht mehr so fröhlich und sicher, verabschiedet sich von ihnen um halb zwölf und geht wieder in Laides Wohnung, sie aber ist noch nicht gekommen, auch keine Botschaft, kein Zeichen findet er vor.

Er geht ins andere Zimmer und läßt auf dem Bett den Brief Marcellos und den des anderen, fügt aber ein Billett hinzu: »Du kannst wählen: nicht mehr außerhalb zu schlafen, mir erlauben, zu jeder Tages- und Nachtzeit zu kommen, am Abend nur mit mir auszugehen. Andernfalls soll alles so sein, als ob nie etwas zwischen uns gewesen wäre.«

In dieser Nacht schläft er, vielleicht weil er etwas viel Whisky getrunken hat, aber in dieser ersten Nacht schläft er. Am Morgen wacht er mit einer geheimnisvollen Schwungkraft auf. Nichts macht ihm jetzt etwas aus, er ist wütend, er ist rasend; er wird es diesem Miststück zeigen, endlich hat er begriffen, wie man die Frauen behandeln muß, elende, verfluchte, gottlose Person, er möchte sie müde, häßlich, krank, Stunden und Stunden unter den obszönen Witzen betrunkener Jugendlicher im Regen auf der Straße auf und ab gehen sehen, nach einem Mann, der ihr 5000 Lire zahlen würde, Ausschau haltend.

Er rast in Laides Wohnung, schaut sich um, sucht irgendein Zeichen. Aber nichts ist zu sehen. Sie ist nicht nach Hause gekommen, sie hat sich nicht gezeigt, die beiden offenen Briefe liegen unberührt auf dem Bett. Er zerreißt seine Botschaft und schreibt eine neue: »Jetzt ist wirklich alles zwischen uns zu Ende. Es ist wohl nicht nötig, das Warum zu erklären. Ich lasse die Schlüssel bei der Portiersfrau. Viel Glück. Lebe wohl.«

Im Schlafzimmer sieht er wieder die beiden Briefe, die er dort hatte offen liegen gelassen. Warum? Er schämt sich, faltet sie wieder zusammen, öffnet den Schrank und legt sie in die Schachtel.

Aber zwischen den Dingen dort ergreift ihn von neuem der Wunsch, zu wissen. Vielleicht liegt hier das Geheimnis verborgen? Nein, es ist besser, nicht nachzuschauen.

Was er gelesen hat, reicht, aber die Finger suchen schon angstvoll. Ein Zellophanumschlag voller Photographien. Sie. Wie war sie? Wo war es? Mit wem?

Ein Photo in Postkartengröße fällt heraus. Man sieht ein sieben- oder achtjähriges Mädchen darauf, in ein Wollkleid, das Anspruch auf Eleganz macht, eingemummelt. Wie seltsam, ein Mädchen, sie?

Das Photo ist in einer Straße der Stadt aufgenommen, man sieht im Hintergrund ein Stück Trottoir und die untere Partie eines Hauses, in dieser Mauer befindet sich in der Höhe der Straße eine Öffnung für die Kellerlüftung, doch ist sie, wie man erkennen kann, erst kürzlich eingemauert worden, und man sieht die charakteristischen weißen Zeichen darauf, die während des Krieges die Notausgänge der Luftschutzräume markierten. Ein lang zurückliegendes Photo also, denn schon seit geraumer Zeit sind in Mailand die letzten Spuren des Krieges verschwunden.

Das Photo ist ganz aus der Nähe aufgenommen worden, und das Kind schaut zum Photographen hinauf. Es trägt ein Kleid aus schwerer Wolle, das es ganz einmummt, aber das trotzdem elegant sein möchte, in der Hand hält es, man sieht es nicht genau, entweder einen Bären oder ein Püppchen, die langen, schwarzen Haare sind oben auf dem Kopf durch eine helle Seidenschleife zusammengehalten und fallen etwas unordentlich an der einen Seite des runden, etwas pausbäckigen Gesichtchens herab, während es mit einem zugleich entwaffnenden und schelmischen Lächeln in das Objektiv schaut, als wolle es sagen – ja, was eigentlich? Antonio versucht es zu entziffern, es ist etwas Bestimmtes, Süßes, Reines, Wunderschönes, aber in seinem geheimnisvollen Pathos dennoch Ungreifbares.

Da steht sie also, die kleine Laide, und weiß noch nichts vom Leben, sie schaut aus, als sei gerade jemand mit einem großen Paket für sie eingetroffen, das er zwar, um ihre Erwartung zu vergrößern, noch nicht gleich öffnen wird, vom dem sie aber weiß, daß es voller Geschenke, voller unbekannter Geschenke ist, die so schön sein müssen wie die Dinge, die sie sich am meisten wünscht. Noch ist das Paket geschlossen, aber das Kind weiß, daß es ja nur ein Spiel ist, und lächelt deswegen auf diese besondere Weise. Wie glücklich, wie ruhig und vertrauend sieht es in diesem unvergeßlichen, außergewöhnlichen Augenblick aus.

Das Leben selbst hat das große Paket mit den Geschenken gebracht, man braucht nur die Hülle zu entfernen und die bunte Schnur zu durchschneiden. Für ein so reizendes und unschuldiges Kind müssen es wundervolle Geschenke sein: eine sorglose Jugend, Eleganz, Vergnügen, Liebe, vielleicht sogar Ruhm, Reichtum, ein Haus im Grünen und in der Sonne, einen tüchtigen, schönen und verliebten Ehemann, eine unendliche Reihe glücklicher Jahreszeiten, die bis zum fernen Horizont reichen, der so weit weg liegt, daß er noch unsichtbar ist. Die Geschenke des Lebens.

Hier sind sie, die Geschenke des Lebens, in einem Schlafzimmer im dritten Stock der Via Schiasseri, nichtssagende Möbel, die tägliche Hetze nach wer weiß was, diese erbärmlichen Briefe, die Salbendöschen und Parfümflaschen, Kleider und Schuhe im Schrank, die Erinnerung an hundert unbekannte Männer, das Sich-verzweifelt-über-Wasser-Halten, die Taxifahrten von einem Ende Mailands zum anderen, Telephongespräche, Kniffe, Lügen, Rendezvous, das Sich-Ausziehen und Wieder-Anziehen, die kurze Spanne Jugend, das schnelle Verbluhen, das unmerkliche Abrutschen von Stufe zu Stufe, das Nicht-erkennen-Wollen, auf schreckliche Weise einsam zu sein, weil hinter dem Lächeln ihrer Umgebung nur der Wunsch nach ihrem Körper, nur Eitelkeit über den Besitz ihres Körpers, nur Begierde, mit diesem Körper Geld zu machen, lauert und die Verachtung, die sich heute, weil sie noch jung und hübsch ist, hinter Schmeicheleien versteckt, immer größer wird und morgen, wenn die Frische nachgelassen, nicht mehr nötig hat, sich zu verstecken, und eines Tages offen und ungeschminkt hervortreten wird. Nur ein einziger liebt sie wirklich, aber dieser einzige ist unnötig, denn sie kann ihn nicht ausstehen, er ist ein Alptraum für sie, sie kann ihn einfach nicht ertragen, daher die Lust, ihn zu hintergehen und ihn zu betrügen, sie weiß genau, daß eines schönen Tages der Betrug ans Licht kommen wird, aber sie kann nichts daran ändern, und so stürzt sie denn zwischen den Tausenden von Lichtern, dem Lachen, der Musik immer wieder ab, wie von Peitschen gejagt in den Strudel, der finsteren, kalten, rußigen, feindlichen Stadt.

An einem fernen Tag schaute das Kind mit einem kleinen und beinahe schelmischen Lächeln hinauf: Das Paket ist geschlossen – wollte es sagen –, aber ich bin schlau, ich weiß, was darin ist, ich kenne alle die schönen Dinge, die es enthält. Deshalb lächelte es. Ach hätte das Kind es nur gewußt. Heute existiert es nicht mehr, schon lange nicht mehr, an seiner Stelle steht ein junges Mädchen, das aber kein Mädchen mehr ist, weil es in der Liebe zu erfahren ist, eine junge Frau mit angespannten Zügen, die sich wie ein gehetztes Tierchen umschaut, aber trotzdem eigensinnig mitten in ihr Verderben hineinrennt.

Antonio ist jetzt wieder zu Hause, seine Wut hat sich gelegt, wieder ist eine Nacht angebrochen, die Menschen haben ihre Arbeit beendet, die Lichter sind in den Häusern, eines nach dem anderen, gelöscht worden, niemand weiß, was vorgefallen ist. Um acht Uhr abends ist Laide in sein Büro gekommen, sie sei noch nicht in ihrer Wohnung gewesen, sie habe seine Botschaft nicht gelesen, sagte sie. Aber es war klar, daß es ihre letzte Lüge war.

Gibt es jemanden? Steckt jemand hinter all dem? Sie hatte bloß mit dem Kopf genickt. Er war an seinem Schreibtisch gesessen, und sie hatte sich ihm genähert, so daß ihre Beine ihn berührten: »Hör zu, wenn du willst, gehe ich nicht mehr aus, mache alles so wie du willst, bleibe immer in der Wohnung.«

Ausgestreckt auf seinem Bett liegend, den Blick auf die heimtückischen Risse an der Decke geheftet, sieht er sie wieder vor sich mit ihrem blassen, verängstigten Gesichtchen. Der Altar der Stadt, die Fata Morgana der Jugend, das mit Lichtern und Zärtlichkeiten übersäte Sternbild zerbricht, verweht, stürzt zusammen.

Nein, hatte Antonio ihr geantwortet, es ist alles vergeblich, zwei Monate lang sorge ich noch für dich, morgen schicke ich dir den Scheck, und damit ist es aus. Ob du wohl verstanden hast, was du mir angetan hast? Wieder hat sie mit dem Kopf genickt. Im rötlichen Glanz, der nachts die unabsehbare Masse der Häuser beherrscht, ziehen, zerzausten und steilen Fahnen gleich, die trüben Dünste der Ölheizungen dahin, und der Rhythmus einer dumpfen, hämmernden Musik treibt sie langsam zu den Höhlen des Nordens.

Geh jetzt bitte, hat er ihr gesagt, ich habe eine eilige Arbeit zu erledigen. Er hat sich beherrscht und keine Szene gemacht. Bitte laß mich jetzt arbeiten, sonst werde ich nicht fertig. Als ob diese dumme Arbeit mehr bedeutete als sie. Als ob dieser Abschied das übliche Auseinandergehen wäre und sie sich am nächsten Morgen wiedersehen würden; er wird sie nicht mehr wiedersehen, das dunkle, düstere, alte Mailand nimmt sie wieder zurück, verschluckt sie, läßt sie wie in einem Labyrinth verschwinden, einen Herzschlag lang blitzt ihr kleines, freches Lächeln noch einmal auf, spiegelt sich in dem blanken Holz der Tür, in den Scheiben wider, dann taucht das Profil ihres Halses in der hastenden Menge, in dem fernen

Lärm eines Rock'n'Roll unter, die Entfernung zwischen ihm und Laide wird endlos. Ebenen, Meere und Berge breiten sich aus und die Ahnung von Schweigen und Dunkelheit. Alles wird ihn an sie erinnern, selbst die Risse in der Decke, die Kinderzeitschrift »Topolino«, der Sessel; das Lavendelparfüm, die Stofftiere, die Bibliothek, die Umrisse der Häuser jenseits seines Fensters, alles in der Welt erinnert ihn an sie, ohne sie hat die Welt, die Arbeit, das Essen, haben die Gespräche, die Kleider keinen Sinn mehr, alles ist absurd und schal geworden, und in seinem Innern gähnt eine Kluft, aus der ein Strom krampfhafter Tränen quillt. Sicher, es ist, im großen und ganzen gesehen, eine lächerliche Geschichte, nichtssagend, verdreht, komisch, erbärmlich. Es war leicht vorauszusehen gewesen, daß sie so enden würde. Denk also nicht mehr daran, leg dich schlafen, morgen ist ein anderer Tag, du wirst doch keine Tragödie daraus machen wollen, rück lieber deine Krawatte zurecht und lache darüber. Gute Nacht. Aber für ihn ist es wahrscheinlich die entscheidendste Stunde seines Lebens, und es ist die Hölle. Wäre er erkrankt, wäre ihm ein Unglück passiert, wäre er ins Gefängnis gekommen, Freunde und Verwandte würden ihm helfen. In diesem Falle nicht. Es ist verboten, auch wenn es viel schlimmer ist. Auf den Boden geworfen, innerlich und äußerlich zerstört, im Schmutz zurückgelassen, mit Fußtritten aus dem Saal gejagt. Trotzdem ist kein Mitleid für ihn da.

Du hast dein Alter vergessen wollen. Du hast allein die Bosheit eines kleinen Mädchens, das das Leben erobern wollte, herausgefordert. Eigensinnig hast du ein Spiel gewagt, das nicht für dich bestimmt war. Du hast geglaubt, wieder jung werden zu können. Dazu gehört mehr. Nun ist die Partie beendet, und die Rechnung geht auf. Die Türen schließen sich wieder, die Einsamkeit, die Leere, die Wüste, das stumme Schluchzen, das niemand hört. So bist du endlich im Hafen angelangt, törichter Mensch, der du dir eingebildet hattest, wer weiß wer zu sein.

Der Schmerz ist wie eine dunkle Woge, die ihn im Schluchzen hinaufhebt und mit hinunterzieht. Wo ist sie in diesem Augenblick? Wagen fahren unten am Haus vorbei, neben dem Bett steht das Telephon, das so viele Dinge mitangehört hat; niemals war es so schwarz, so nutzlos, so schweigsam, so tot.

34

Doch Antonio gehört nicht zu jenen Menschen, die alles hinunterwürgen und denen man äußerlich nicht anmerkt, daß sie vom Schicksal geschlagen wurden. Nach dem Abschied gab es natürlich noch einmal eine Krise der Wut, des Zornes, der Auflehnung, ein Freund hat ihm gesagt: »Paß auf, alles ist dann weniger schlimm, als man vorher glaubt, auch ich war ja, wie du weißt, toll in eine Frau verliebt gewesen, opferte ihr meine Tage und meine Nächte, und je mehr ich ihr wie ein zahmes Hündchen folgte und ihr die Füße leckte, desto schlechter behandelte sie mich, ich wurde einfach verrückt und war unfähig, mich von ihr zu trennen, bis ich mir eines Tages sagte: Jetzt oder nie! Dabei hatte sie es an dem Tag gar nicht besonders schlimm mit mir getrieben, im Gegenteil, sie war sogar recht nett gewesen, aber ich sagte mir: Mach dich los, Freund, oder du verlierst noch deinen Verstand. Und so entschloß ich mich augenblicklich, Schluß zu machen; als sie telephonierte, sagte ich ihr einfach ohne lange Erklärungen ab. Natürlich bestand sie dann noch ein paar Tage darauf und machte mir auch zwei oder drei Szenen, aber ich hatte nun einmal genug und blieb dabei. Gleich nachdem ich den Entschluß gefaßt hatte, dachte ich noch, wahrscheinlich wirst du jetzt halb verrückt vor Kummer werden, aber nein, in demselben Augenblick, an dem ich mich entschlossen hatte, mit ihr zu brechen – ernsthaft entschlossen hatte, nicht nur so eine halbe Geschichte –, in demselben Augenblick wurde ich ein anderer Mensch, natürlich schmerzte es immer noch, aber es war irgendwie erträglich, so, wie wenn einer sich einen Zahn hat ziehen lassen, der ihm höllisch weh getan hat. Hör zu, Dorigo, ich rede nicht nur so dahin, ich spreche aus Erfahrung, du wirst mir später recht geben, mach es so, wie ich es getan habe, nachher wirst du über all das Bittere, das du für nichts und wieder nichts geschluckt hast, lachen können.« Das hatte sein Freund zu ihm gesagt.

Antonio aber fühlt sich nach dem Abschied gar nicht als ein anderer, er kann auch nicht im geringsten darüber lachen, im Gegenteil, er fühlt sich noch elender, früher gab es doch wenigstens noch Hoffnung, und die täglichen Kämpfe, die Erwartung, das Herzklopfen, die Telephongespräche füllten sein Dasein aus, es war immerhin noch ein Zeichen von Energie und Leben, jetzt gibt es nichts mehr zu tun, er kann nur immer wieder, ohne Ausweg, dieselben verfluchten Dinge in seinem Kopf wälzen, denn seine Gedanken kommen nicht einmal einen Augenblick lang von ihr los; von ihrer Art zu sprechen, sich zu bewegen, zu lachen, von den vielen Besonderheiten, die die Persönlichkeit dieses außergewöhnlichen kleinen Mädchens ausmachen, das ihn zur Verzweiflung getrieben hatte. Der Mann Antonio windet und dreht sich in dunkler Bedrängnis, und jede nur erreichbare Stütze ist ihm recht, um sich daran zu klammern. So kommt es ihm auch in den Sinn, Piera aufzusuchen, eine Freundin von Laide, der er einmal in der Klinik begegnet war und die er als hübsch und geistreich in Erinnerung behalten hatte. Laide erzählte ihm später, daß Piera Jahre hindurch einen alten, aber steinreichen Freund besessen, ihn aber auf dumme Art verloren hatte, weil sie sich mit einem andern hatte überraschen lassen. Wer weiß, vielleicht konnte ihm diese Piera helfen, wenn sie einverstanden wäre und er Gefallen an ihr fände. Vielleicht war sie sogar unterhaltender und eleganter als Laide, und er könnte durch sie vergessen oder sich doch wenigstens eine Ruhepause verschaffen. Richtig, vor einigen Monaten hatte Piera doch mit ihm telephoniert, um einen Pelz zum Verkauf anzubieten, und er hatte sich ihre Telephonnummer notiert.

Sie verabredeten sich für den Abend, aber kaum hat er sie wiedergesehen, sieht er ein, daß es absurd war, an einen Ersatz zu denken, im Gegenteil, die Verzweiflung überfällt ihn schlimmer als vorher. Da sitzen sie sich in einem belebten Moderestaurant gegenüber, und sie betrachtet ihn amüsiert:

»Darf man fragen« – sie hat ihn gleich geduzt –, »warum du mich eigentlich eingeladen hast?«

»Ich weiß nicht«, sagt er schon entmutigt, »wahrscheinlich, weil du ein Typ bist, der mir gefällt.«

»Ich glaube eher, du willst etwas erfahren.«

»Was?«

»Etwas über deine Laide. Reicht es dir denn noch immer nicht, mehr als ein Jahr lang in Mailand eine Vorstellung als Hampelmann gegeben zu haben?«

»Meinst du?«

»Wieso? Zweifelst du etwa noch daran?« Sie lacht. »Hampelmann, Hampelmann, ich habe Lust, es dir stundenlang zu wiederholen... Und nun mach nicht dieses Gesicht... Weißt du, daß du wirklich ein ganz außergewöhnlicher Typ bist... ein Phantast... Als ich dich damals in der Klinik gesehen habe, war auch ihr Freund dort, wie heißt er doch schnell, der mit dem Schafsgesicht?«

»Marcello?«

»Ja, richtig, Marcello. Du standest dabei und betrachtetest sie ganz versonnen, sie nannte dich Onkelchen, und ich habe mich gefragt, ob so etwas überhaupt möglich ist, daß er nichts merkt. Ist er denn so dämlich?«

»Tja, ich versichere dir...«

»Daß du daran geglaubt hast? Ich weiß, ich weiß, du bist eben ein so naives Gemüt, daß du auch jetzt noch nicht richtig davon überzeugt bist und mich aufgesucht hast in der Hoffnung, daß ich sage, nichts sei wahr, deine Laide liebte dich und war dir treu. Hör zu, alles Vertrauen in Ehren, aber eine solche Naivität würde dir niemand abnehmen.«

Er schweigt, von dieser Tortur überwältigt.

»Deine Laide. Ich erinnere mich noch an das erstemal, als ich sie im ›Due‹ gesehen habe, ich war mit meinem... na, nenn es Freund, hingegangen, du weißt ja, daß ich eine von denen bin... und eben einen Freund, wie alle Mädchen meines Kalibers, habe, den ich aushalte... Nun, kurz und gut, ich sehe dort so ein kleines Mädchen mit schwarzen, über die Schulter fallenden Haaren und phantastischen Beinen, ich wollte, ich hätte solche, einen Rock'n'Roll tanzen. Sie trug einen gebauschten Rock und nichts drunter, verstehst du, und wenn sie sich drehte, und sie tat es absichtlich, dann rutschte der Rock bis hierher hinauf, und man sah alles, und jedesmal gab es ein Gebrüll im Saal... Auch Fausta war dort, und sie stellte sie uns dann vor, und Laide setzte sich an unseren Tisch. Und, wenn du es wissen willst, mein Freund nahm sie noch am selben Abend mit ins Bett. Ich erzähle dir erst gar nicht von den Schweinereien, die sie dort zusammen trieben... Das schmerzt, was, Hampelmann, dir wird sterbenselend bei diesen Dingen, soll ich aufhören?«

»Nein, vielleicht ist es besser, wenn du weitererzählst.«

»Auf die Art wurden wir Freundinnen, denn sympathisch ist sie, das muß man ihr lassen. Um die Zeit ging sie mit einem Alten, häßlich, daß einem angst wurde, er hatte so eine Agentur für An- und Verkauf von Immobilien, er hielt sie aber ziemlich kurz und spendierte nur ab und zu einen Fünf- oder Zehntausendlireschein. Du hättest sie sehen sollen, wie gut sie parierte, jeden Abend um halb neun mußte sie in seinem Büro vorbeikommen und dort auf dem Kanapee... Ich weiß noch, daß wir sie fragten, wie sie es fertigbringe, mit so einem Kerl ins Bett zu gehen, ob es sie denn nicht ekele, aber sie sagte, daß er ein wirklicher Herr und so nett zu ihr sei... Aber es reichte ihr natürlich nicht aus... Ich weiß nicht, wieso sie dauernd Schulden hatte, und so hatte sie eben auch ihren privaten Ring. Eines Abends, ich erinnere mich noch, sagte sie zu mir: ›Du, Piera, diesen Nachmittag habe ich sage und schreibe sechstausend Lire für Taxifahrten ausgegeben!‹ ›Sechstausend Lire‹, sage ich, ›wie hast du denn das nur gemacht?‹ – ›Ja, weißt du‹, antwortete sie, ›ich hatte eben vier Gelegenheiten, alle am selben Nachmittag, und um keine zu verlieren, mußte ich mich beeilen, und jeder wohnte an einem andern Ende der Stadt!‹«

»Sie verdiente also gut zu dieser Zeit?«

»Ach woher. Einmal hat sie mir gesagt, dreihunderttausend im Monat, aber wer weiß, ob das stimmte. Sie war schon etwas verrückt und voller Launen. Fähig, sich für nichts wegzuwerfen. Einmal fuhr sie mit der Tram bis Lambrate und zurück für ein Rendezvous zu 2500 Lire! Man denke Lambrate! Und wer weiß mit wem. Ich wollte es erst nicht glauben, aber sie lachte nur. ›Weißt du‹, sagte sie, ›auch das ist Geld.‹ Eines Abends, da war ich selber dabei, stieg ein Fest bei einer Freundin von mir, lauter Jungens und Mädels, und einer versprach ihr eine Prise Koks, wenn sie eine Buße tun würde...«

»Was für eine Buße?«

»›Wir sind hier sieben Männer‹, sagte dieses Schwein, ›du sollst uns alle sieben, einen nach dem andern, unterhalten.‹ Laide hatte getrunken an diesem Abend... Na, sie haben einen Kreis gebildet, und du hättest sie darin knien sehen sollen... Legst du auf eine genaue Beschreibung Wert?«

»Du bist doch ein Luder, du...«

»Faß dich wieder, Phantast, ein bißchen Schraubstock kann dir nur guttun.«

»Und von mir, was sagte sie von mir?«

»Da sind wir also an dem Punkt angelangt. Von dir sagte sie, daß du langweilig seist, daß sie dich zwanzigmal am Tag anrufen müßte, um dich stillzuhalten, daß sie es fürchterlich fände, mit dir ins Bett zu gehen, und daß sie dich des Nachts nicht ins Haus ließe...«

»Das stimmt.«

»So konnte sie nachts machen, was sie wollte. Du kannst wirklich stolz darauf sein. Eine Zeitlang schlief sogar Fausta mit ihrem Freund dort.«

»Ja, das hat sie mir gesagt.«

»Aber hat sie dir auch gesagt, daß sie dann zu dritt in einem Bett schliefen? Er in der Mitte und rechts und links ein Mädchen. Du hast doch hoffentlich nicht geglaubt, sie sprächen über Philosophie? ... Was hast du denn? Fühlst du dich nicht wohl? Du bist ja ganz blaß, es ist doch nicht meine Schuld... Komm, gehen wir und trinken noch einen Whisky bei mir, und dann schicke ich dich ins Bett...«

Piera bewohnt in einem Neubau eine kleine Wohnung mit Balkon, geschmackvollen Möbeln, einem großen Schrank voller Kleider. Aber Antonio hat keine Lust etwas anzusehen, sein Innerstes ist in Aufruhr.

»Setz dich hierher und mach kein solches Gesicht... Alles, weil ich so von deiner Liebe gesprochen habe? Ich weiß schon, ich bin böse, natürlich bin ich böse.«

»Du siehst nicht so aus.«

»Man muß eben böse mit dir sein, jetzt verstehe ich vieles, an Laides Stelle hätte ich es wahrscheinlich noch schlimmer getrieben.«

»Warum?«

»Weil du trotz deiner Intelligenz der dümmste Kerl bist, der mir je vorgekommen ist. So wie du an alle Geschichten geglaubt hattest, die dir Laide aufgebunden hatte, so glaubst du nun alles, was ich erzählt habe?«

»Ja, stimmt es denn nicht?«

»Was weiß ich, einiges ist wahr und anderes weniger, du hattest heute abend dringend eine kalte Dusche nötig«, und sie beginnt zu lachen.

»Aber du verstehst doch, daß es schreckliche Dinge waren, daß für mich...«

»Natürlich verstehe ich es, deswegen habe ich sie dir ja auch erzählt. Aber jetzt, nachdem wir von Laide gesprochen haben, warum sprechen wir dann nicht auch ein bißchen von dir?«

»In welcher Beziehung?«

»Sag mir zum Beispiel: Du haßt sie jetzt, du verachtest sie, wer weiß, was für ein Unglück du ihr an den Hals wünschst, du könntest sie erwürgen, ist es nicht so?«

»Nun, du wirst doch zugeben, daß sie sich mir gegenüber wie eine... wie eine...«

»Wie eine von denen benommen hat, willst du wahrscheinlich sagen, nicht wahr? Aber bist du denn soviel besser als sie?«

»Ich habe sie wirklich gern gehabt, ich war immer ehrlich mit ihr gewesen.«

»Sei aufrichtig, hättest du sie geheiratet?«

»Was für eine Frage. Schon allein der Altersunterschied, sie selbst würde nein gesagt haben.«

»Der Altersunterschied. Daß ich nicht lache! Warst du nicht in sie verliebt?«

»Leider.«

»Also, hättest du sie geheiratet?«

»Aber denke doch einmal an das Leben, das sie geführt hat.«

»Hier wollte ich dich haben, mein Guter, der feine Herr aus guter Familie, der wohlanständige Bürger, mit all seinen erbärmlichen bürgerlichen Vorurteilen, stolz über seine Ehrbarkeit. Was kümmert denn Laide das alles? Was warst du für sie?«

»Ich habe sie wirklich geliebt.«

»Wirklich? Nein, du warst lediglich krank nach ihr, du hast sie nötig gehabt, du hast alles darangesetzt, sie zu besitzen, ganz gleich wie und mit welchen Mitteln, und es ist dir auch gelungen. Aber im Grunde hast du sie als ein Unglück betrachtet, oder stimmt das etwa nicht, war sie nicht ein Unglück für dich?«

»Sicher, sie war ein Unglück.«

»Und das nennst du Liebe? Hast du sie in dein Leben mit hineingenommen? Hast du sie in dein Haus eingeführt? Hast du sie deiner Familie vorgestellt?«

»Aber das sind doch absurde Dinge.«

»Ja, ich weiß, absurd. Auch ich habe mich an einer solchen Wand wundgeschlagen. Damit du es weißt, auch ich hatte einmal einen Freund, einen Ingenieur, hübscher Junge. Er wollte mich heiraten. Auch er stammte aus dem Bürgertum, war es aber ein bißchen weniger als du. Doch als seine Mutter davon erfuhr, war der Skandal fertig. ›Wenn du die heiratest‹, hieß es, ›bist du tot für mich.‹ Eine Frau von strengen Grundsätzen, ach, wie ich diese strengen Grundsätze liebe!«

»Er verließ dich?«

»Nein, wir sahen uns noch, aber ich bin eben eine von denen für ihn, verstehst du, nur eine von denen. Ihr betrachtet uns als eine untergeordnete Rasse, ihr guten Bürger, auch wenn ihr uns nötig habt, auch wenn ihr zu unsern Füßen kriecht. Und du nennst das Liebe? Die gesellschaftliche Position, die Achtung der Welt, die Würde, das Prestige, schöne Sachen; wer hat uns gemacht, wie wir sind? Ich spucke auf eure Würde!«

»Es gibt aber doch Tausende von Mädchen, die in Büros und Fabriken arbeiten.«

»Schon eine halbe Stunde warte ich auf diese Bemerkung. Das ist die Frage, die sie immer stellen, mein Lieber, warum geht ihr nicht arbeiten? Weil ihr braven Bürger mit eurem schmutzigen Geld uns daran gehindert habt, arbeiten zu gehen.«

»Bist du etwa Kommunistin?«

»Ach was, Kommunistin. Ich bin Faschistin, wenn du es genau wissen willst. Was hat denn Kommunismus damit zu tun? Allerhöchstens doch noch christliche Nächstenliebe. Hast du dir je die Frage gestellt, wo Laide geboren, wo sie aufgewachsen ist, zwischen welchen Menschen sie gelebt und was für eine Erziehung sie gehabt hat, wer ihr wirklich wohlwollte, als sie noch ein Kind war? Ich habe dir nur scheußliche Dinge von ihr erzählt, aber weißt du, was ich dir jetzt sage? Sie ist sehr viel weniger Dirne, als ich es zum Beispiel bin. Sie hat meine Unrast nicht. Sie ist auf ihren guten Ruf bedacht, sie hat nicht den Mut, den ich habe, und sie ist vielleicht auch – verzeih mir diese Feststellung – weniger intelligent als ich. Wenn sie – ich wahrscheinlich nicht –, aber wenn sie in einer Familie wie der deinen geboren worden wäre, glaubst du, es wäre dann ein Callgirl aus ihr geworden? Nein, mein Lieber, eine Frau mit strengen Grundsätzen, ich sehe sie direkt vor mir, unerbittlich gegenüber den leichten Mädchen meiner Sorte. Genau wie meine verflossene Schwiegermutter in spe, die der Teufel holen soll.«

»Aber warum predigst du mir das alles? Glaubst du, ich sei ein idiotischer Moralist? Schließlich und endlich scheint mir, daß ich doch wirklich bewiesen habe, keine übermäßigen Vorurteile zu besitzen?«

»Doch nur, wenn es dir in den Kram paßt? Aber wenn du nach Hause kommst, dann läßt du deine Vorurteilslosigkeit schön vor der Tür.«

»Und was hat sie getan, um mir entgegenzukommen?«

Piera betrachtet ihn schweigend mit einem melancholischen und eigenen Lächeln. »Sei doch einmal ganz aufrichtig, Phantast. Hast du je versucht, dich an ihre Stelle zu setzen? Gib dir ein bißchen Mühe, stell dir vor, ein kleines Mädchen zu sein, das sich mehr schlecht als recht durchbringt. Ihr begegnet ein älterer Junggeselle, nicht übermäßig reich, aber mit einem sicheren Einkommen, und der behauptet, sich in sie verliebt zu haben. Dieser Herr schlägt dir nun vor, nicht etwa dich zu heiraten, ach woher, das wäre ja ein Unsinn, soziale Unterschiede und was derartiges Zeug mehr ist. Nein, er macht dir den Vorschlag, seine ständige Geliebte zu werden, und bietet dir ein Gehalt dafür an. Kurz, er will dich kaufen, du rechnest nach, wägst das Pro und Contra gegeneinander ab und willigst ein. Er zahlt, und weil er zahlt, mußt du mit ihm ausgehen, mit ihm schlafen und so weiter. Weil er dich bezahlt. Obendrein ist er dann auch noch wirklich in dich verliebt und daher eifersüchtig, mißtrauisch, langweilig. Aber du bist ja nicht seine Frau, du bist nur die kleine, heimliche Freundin, die Mätresse. Er bringt dich nicht in sein Haus, du bist nicht bei seinen Freunden eingeladen, er führt sein wirkliches Leben abseits, und du hast deine Nase nicht hineinzustecken. Habe ich es klar genug ausgedrückt? Und nun sage mir, wie kannst du, kleines Mädchen, ihn wirklich lieben?«

»Aber es ging ihr doch dann immerhin sehr viel besser als zuvor?«

»Bist du so sicher? Vielleicht wegen des Geldes, aber die Freiheit? An den Meistbietenden unter der Bedingung des Alleinverfügungsrechts verkauft.«

»Aber Freiheit habe ich ihr doch genug gelassen!«

»Was du nicht sagst! Also, wenn du gewußt hättest, daß sie regelmäßig mit dem Schafsgesicht, wie heißt er doch gleich, ins Bett geht?«

»Marcello?«

»Ja, richtig, wenn du also gewußt hättest, daß sie mit diesem Marcello ins Bett ginge, was hättest du dann gesagt?«

»Verlangst du nicht ein bißchen viel?«

»Also, was faselst du dann von Freiheit? Übrigens tu ein bißchen langsam mit meinem Whisky, auch wenn dir das Herz blutet. Nicht, daß ich geizig wäre, man hat ihn mir zudem verehrt, aber es ist der vierte, wenn ich nicht irre, und du mußt noch nach Hause fahren.«

»Noch einen Schluck. Es war ein schrecklicher Abend.«

»Wahrheiten tun eben weh, geliebter Phantast.«

»Also, du bist der Ansicht, daß ich alles falsch gemacht habe?«

»Ja, dümmer konntest du es nicht anfangen.«

»Und was hätte ich deiner Ansicht nach machen sollen?«

»Nichts, es war nichts zu machen, die Welt ist leider so.«

»Du gibst aber doch zu, daß, wenn sie ein anderes Temperament gehabt hätte...«

»Wenn sie ein anderes Temperament gehabt hätte, würdest du dich dann in sie verliebt haben?«

»Aber niemand hinderte sie daran, aufrichtig gegen mich zu sein.«

»O doch, du hast sie daran gehindert? Du hast sie in monatlichen Raten gekauft. Sie aber verkaufte dir nur ihren Körper, während du auch die Seele dazu haben wolltest. Verstehst du denn nicht, daß es nichts Schlimmeres für ein kleines Mädchen gibt? Auch wenn sie eine Heilige gewesen wäre, hätte sie die Lust angewandelt, dir Hörner aufzusetzen, und wenn du das jetzt nicht kapierst, so bist du ein hoffnungsloser Fall.«

»Ich soll ihr also nach all dem auch noch verzeihen?«

»Verzeihen? Daß dir das nicht etwa einfällt. Willst du denn ganz auf den Hund kommen? Vergiß sie, als ob sie nie existiert hätte, es bleibt dir nichts anderes übrig. Es ist auch besser, wenn wir beide uns nicht mehr sehen. Besser für dich, will ich sagen. Du bist ein unglaublicher Dummkopf gewesen, aber bist ein sympathischer Mann, hat dir das noch niemand gesagt?« Sie lachte dabei. »Und mir bist du außerordentlich sympathisch, wenn du es wissen willst. Ich fühle fast etwas wie Zärtlichkeit für dich, du bist wie ein erschrecktes Vögelchen mit einem gebrochenen Flügel.«

»Das kannst du wohl sagen.«

»Also, es ist besser, wir sehen uns nicht mehr. Laide habe ich ja schon seit Monaten nicht mehr zu Gesicht bekommen, sie scheint mir böse zu sein, aber ich weiß nicht warum. Ich habe es immer gut mit ihr gemeint. Und weißt du, jedesmal, wenn du mich siehst... es wäre zu schwer für dich, darüber hinwegzukommen... aber, wenn du absolut willst...«

»Piera, du bist im Grund ein famoser Kerl.«

»Ach was... eine Unglückliche bin ich... eine von denen... mein Gott, eine von denen...«

Und sie wirft sich auf das Sofa, die Hände vor dem Gesicht, von lautlosem Schluchzen geschüttelt.

35

Ein langsam in der warmen Juninacht dahinziehender Traum, erschöpfte Regungslosigkeit, Stille, undeutliches Rauschen fernen Lebens, Flucht der sich selbst überlassenen Gedanken bis in die verborgenen Schlupfwinkel der Vergangenheit. Antonio taucht nur allmählich aus einem namenlosen Tal auf, das von spitzen, Bäumen ähnelnden Türmen bevölkert gewesen war, findet sich in seinem

Bett wieder, erinnert sich nach und nach und öffnet die Augen, um zu sehen. Durch weit offene Fenster dringt der Widerschein der Laternen und verlängert sich in schrägen Streifen an der Decke, läßt die Dinge erkennen.

Sie schläft neben ihm. Vollständig nackt liegt sie mit gekreuzten Armen auf dem Rücken, wie die Prinzessinnen der Pharaonen, und auf der einen und auf der andern Seite folgen die zarten Hände, gelöst, der weichen Linie der Brust und dem unmerklichen Heben und Senken des Atems. Es ist ein völliges Dem-Schlaf-hingegeben-Sein, wie ihn junge Tiere kennen, doch der reine Ausdruck ihres Gesichtes berührt ihn mit einer Wehmut, deren Ursache er nicht versteht, Unschuld liegt darin, Jugend, Verhängnis, Sünde und die eilende Zeit, die alles zerstört.

Wie viele Monate sind vorübergegangen? Antonio betrachtet sie. Kann dieser schmale Körper wirklich die Hölle umschließen? Nein, vielleicht ist alles sehr viel einfacher, und nur er hatte eine Tragödie daraus gemacht. Heute schlägt er sich nicht mehr mit Zweifeln und Skrupeln herum. Habe ich recht oder unrecht getan, sie zurückzurufen? Bin ich feige? Bin ich verächtlich? Heute ist es ohne Bedeutung.

Nach einem Kampf von zwei und einem halben Monat hatte er plötzlich nicht mehr widerstehen können, er erinnert sich noch gut daran, es war in Rom, und er war mit Silvia, einem intelligenten und gutmütigen Mädchen, zusammen gewesen, und sie hatte ihm, als sie ihn in einem solchen Zustand sah, gesagt: »Warum telephonierst du mit ihr denn nicht? Willst du denn deine Gesundheit ruinieren? Was erreichst du denn mit deinem Stolz? Mit dem ist es doch so schon nicht weit her!« Antonio versuchte, sie vom Hotel in Rom aus anzurufen, es war fast acht Uhr abends, keine sehr geeignete Zeit, meist war sie dann schon ausgegangen. Aber diesmal traf er sie zu Hause. Zuerst verstand sie nicht recht, daß er es war, ihre Stimme hatte alles Draufgängerische verloren. »Auch ich wollte mit dir in diesen Tagen telephonieren, wegen der Miete.« – »Davon sprechen wir dann in Mailand«, hat er gesagt, »wenn ich wieder zurück bin, telephoniere ich mit dir.« Und er hat weder Gewissensbisse noch Scham empfunden, er hat einfach wieder zu atmen und zu leben begonnen.

In Mailand ist Antonio dann zu ihrer Wohnung gefahren, sie kam die Treppe herunter, hat sich in den offenen Wagen gesetzt und mit der Rechten nervös am Armaturenbrett herumgefingert. Sie war blaß und sah schlecht aus. Sie war nur noch der Schatten der klassischen Laide, selbst ihre Nase schien größer geworden zu sein, aber für ihn war sie trotzdem immer die große Liebe.

Sie hat ihn dann gefragt, ob er ihr noch für ein paar Monate die Miete zahlen könne. »Warum soll ich dir noch die Miete zahlen?« hat er geantwortet. »Was für Verpflichtungen habe ich? Was gibst du mir dafür?« Und er sprach so, um nicht gleich beim erstenmal nachzugeben, obwohl er genau wußte, wie es ausgehen würde.

»Ich habe dir nichts zu geben«, hat Laide ihm geantwortet, »das einzige, was ich dir geben kann, ist meine Person, wenn du keinen Ekel dagegen empfindest.« Sie hat Person und nicht Körper gesagt, ohne es selbst zu wissen vielleicht den richtigen Ausdruck gewählt. Und dann hat es keine Diskussionen, keine Eifersucht, keine Kniffe oder Lügen mehr gegeben, langsam begannen sie wieder zusammen zu leben, doch keiner von beiden sprach je von dem, was vorgefallen war, nie und nimmer würde Laide ihm die Wahrheit über die Täuschungen, die Intrigen, den Schwindel, die Liederlichkeiten sagen, es schien, als seien die Lügen ihr letztes Panier, auf das sie, auch unter Lebensgefahr, nicht verzichten würde, es war das einzige, was man nicht von ihr verlangen durfte, ihr Schamgefühl lag seltsamerweise dort, zwischen ihren schamlosen Geheimnissen. Trotzdem schien in der Nacht alles endlich einfach, sauber, gerade und menschlich geworden zu sein.

Er setzt sich im Bett auf, nur einzelne Wagen fahren noch unten auf der Straße vorbei, es muß zwei oder drei Uhr sein, ein frischer Luftzug weht in das Zimmer. Er betrachtet sie wieder, wer weiß, wovon sie träumt, ein unmerkliches nervöses Zittern bewegt manchmal ruckartig ihre Hände, die sie, wie die mittelalterlichen Statuen, gefaltet hält. Ist er glücklich? Zum erstenmal nach einer Zeit, die ihm, wenn er darüber nachdenkt, unendlich lang erscheint, hat der Schmerz in der Herzgegend aufgehört, und er spürt kein glühendes Bohren mehr im Magen, er fühlt sich genauso wie damals, als er eines Morgens aufwachte und geheilt zu sein glaubte, während doch schon eine Stunde später, beim Durchschreiten des Parks, die ganze Verzweiflung wieder über ihn hergefallen war. Würde es jetzt auch wieder so kommen? Nein, aus ihrem vertrauensvoll hingegebenen Schlaf steigt wie eine unsichtbare Liebkosung ein Gefühl des Mitleids und des Friedens auf. Immer noch auf dem Rücken liegend, durchläuft Laide ein plötzlicher Schauer, sie murmelt undeutliche Laute vor sich hin, wie es junge Hunde im Schlaf tun. Antonio berührt ihre Stirn, sie ist ganz feucht von Schweiß. Da öffnet Laide die Augen.

»Was ist? Was machst du?« sagt sie noch ganz vom Schlaf benommen.

»Nichts«, antwortet er, »ich habe dich nur angesehen.« Seltsam ruhig und nachdenklich kommt ihre Stimme zu ihm hin, und das rollende R hört sich ganz eigen in der Nacht an.

»Antonio, ich muß dir etwas sagen.«

Sie hält einen Augenblick inne. Niemals schien ihm das Haus so still und schlafend.

»In diesem Monat«, sagt Laide, »hat es ausgesetzt.«

»Ja, also?«

»Also nichts. Ich will ein Mädchen haben.«

Und sie lächelt. In der Dämmerung ist dieses Lächeln ein kleiner, phosphoreszierender Lichtspalt. Er fühlt, wie etwas Neues in ihm aufsteigt. Aber auch wenn er gewußt hätte, was antworten, es wäre zu spät gekommen. Laides Lächeln löscht langsam aus. Die Lider schließen sich wieder. Der Schlaf hat sie von neuem umfangen.

Doch trotz des Halbdunkels sieht Antonio, wie ein Schimmer dieses Lächelns auf ihren Lippen zurückgeblieben ist und ihrem Gesicht Licht gibt. Also nichts.

»Ich will ein Mädchen haben.« Das Echo der Worte schwebt noch im Zimmer, es ist noch nicht von der Stille verschluckt worden und tönt vier- oder fünfmal in ihm wider. So sieht also das kleine, herzlose Geschöpf aus, das ihn ins Verderben stürzen wollte? Was ist ihr geschehen? Wer hat sie so verändert? Woher kommt dieser Wunsch, der nichts mit dem Lärm der Nachtklubs und der bezahlten Liebe zu tun hat?

Niemand hat sie verändert, sie war immer so gewesen, das grausame Gestrüpp zweideutiger und übler Mythen, durch das sie hindurchging, gehörte nicht zu ihr. Im Grund ihrer Seele schlummerte schon immer der durch geheime Wege über alte Blutmischungen vererbte Wunsch nach einfachen, häuslichen, sicheren, schönen, vielleicht sogar auch banalen Freuden, die das Salz der Erde sind.

Die mysteriöse und sündige Welt, die hinter Laide stand und aus der sie zu kommen schien, existierte plötzlich nicht mehr, hatte sie je existiert? Lösen sich die tückischen, aber verführerischen Kulissen auf? Verwandeln sich die gefährlichen Phantasmen in solide Durchschnittsbürger, oder verschwinden sie einfach bestürzt im Hintergrund, von den feuchten und schwarzen Gassen der Altstadt verschluckt? Verliert Laide ihren romantischen Strahlenkranz? Ist sie nun nicht mehr unerreichbar? Oder ist jetzt noch mehr Geheimnis um das einsame und verlassene Mädchen, das auf eigene Gefahr, nachdem es lange darüber nachgedacht hat, sich dafür entscheidet, einem Kind das Leben zu geben, wohl wissend, daß das Leben ihr dafür nur Verachtung, Spott und Unehre geben wird?

Während langsam der dunstige Morgen über Mailand hereinbricht, schläft die kleine Betrügerin friedlich mit hochgerecktem Näschen. Hat sie nun ihren privaten Krieg, den sie Tag für Tag mit zusammengebissenen Zähnen, mit Schamlosigkeit, Jugend und Lügen bestreitet, gewonnen oder verloren? Hätte sie anders handeln können? Hat nicht auch Antonio – wie Piera behauptet – sie gezwungen, sich zu verteidigen und ihn zu belügen? Versteht Antonio erst jetzt, wer Laide eigentlich ist, und daß all ihre Erbärmlichkeiten nicht aus ihr selbst kamen, sondern daß sie Tag für Tag dazu durch die Stadt, durch die Männer, ja auch durch ihn, Antonio, dazu gezwungen wurde und daß keine Schuld, keine Bosheit, keine Scham und kein Grund zur Verachtung oder zur Strafe vorliegt?

Wird dieser Friede, wird diese Atempause von Dauer sein? Wird die Mutterschaft ausreichen, um in dieser unverständlichen Kreatur die Lust zur Verstellung und zum Ränkeschmieden auszulöschen? Werden aus ihrem unerschrockenen und zugleich verängstigten Herzen immer weiter jene ungreifbaren und quälenden Dornen wachsen, die Antonio verletzen? Kann sie auf ihre Welt der nicht zugegebenen Geheimnisse verzichten oder auf den Panzer phantastischer Lügen, ohne den sie anscheinend nicht zu leben vermag? Steht Antonio neuer, quälender Kummer bevor?

Nein, Antonio will es sich heute nicht fragen. So wie ein Mensch sich während einer langen, schmerzhaften Krankheit müde der sanften Gefühllosigkeit des Morphiums hingibt, in der Illusion, geheilt zu sein.

Ein langes, wütendes Kreischen von Bremsen unten in

der Allee, gefolgt von erregten Stimmen. Dann brechen plötzlich die Flüche ab, das Auto gibt heftig Gas und entfernt sich.

Nun ruht die Stadt wirklich, aus Hunderttausenden von Zimmern quillt der Schlaf, rinnt die Mauern entlang, breitet sich wie ein unsichtbares Schweißtuch über die verödeten Straßen, dringt in die müden Wagen, die in unabsehbaren Reihen längs den Trottoirs parken, wird zu einem Brei, der von einem Ende zum andern von Mailand gärt und den Atem des Reichen mit dem des Armen, den der Nonne mit dem der Dirne, des Athleten mit dem des unheilbar Kranken mischt. Nur Antonio ist völlig wach und kostet sein bißchen Seelenfrieden aus. Wie die zerstreuten Fetzen der Wolken nach dem Sturm sich, nach Norden fliehend, auflösen, so stürzt nun eilends die nahe Vergangenheit davon und scheint fast zu einem absurd verschrobenen Märchen zu werden. In weiter Ferne verliert sich das süßliche Lächeln Frau Ermelinas (»Wissen Sie, die ist ein ganz feuriger Typ, der gefällt es, gequält zu werden, ich sage es Ihnen vorher, damit Sie sich danach richten können«), die schalen Verabredungen am Nachmittag, die boshaften Anspielungen der Freundinnen (»Und Sie kennen ihre Spezialität nicht? Besser, ich sage nichts, sonst vergeht Ihnen noch die Lust, oder auch nicht, ihr seid ja solche Schweine, ihr Männer«), die schrecklichen Beichten, das mörderische Warten in der Via Squarcia, die Zweifel, die Telephonanrufe, die nicht kamen, der bohrende Schmerz hier, die schlaflosen Nächte, das Sich-unglücklich-Fühlen am Morgen, wenn beim Aufwachen die Gedanken vergeblich nach einer Stütze tasten und der Schmerz in rasender Schnelligkeit jeden Zoll des Körpers erfaßt, Bilder, Gesichter, Lichter, Kulissen von Straßen, von Zimmern, Treppen, Fluren, Stimmen, Musik, Flüstern, die ganze Welt hat nur noch aus ihr bestanden, sicher auch jetzt, während Laide ihm zur Seite schläft, auch heute nacht besteht die Welt nur noch aus ihr, aber vorher war es ein fortwährendes »Vom-Strudel-erfaßt-Sein«, ein Delirium, ein Schraubstock, der ihn pausenlos umklammerte, und es schien ihm, als habe diese Hölle jetzt ihr Ende gefunden.

Nach so langer Zeit. Eine Atempause. Auch wenn er der Unterlegene ist. Zum zweiten- und letztenmal unterlegen. Aber auch das geschlagene Heer atmet auf, wenn die Schlacht vorüber ist. Stille. Das Herz dröhnt nicht mehr, da und dort nur noch schmerzliches Flattern.

Er betrachtet sie und fragt sich: Wird sie mich noch verrückt machen können? Ihm scheint es nicht mehr möglich. Auch wenn sie zwei oder drei Tage lang verschwinden würde? Es scheint ihm nicht mehr möglich. Auch wenn ich wüßte, daß sie mit einem andern schläft? Auch dann scheint es ihm nicht mehr möglich. Leider. Er ist geheilt. Die Hölle ist nicht mehr in ihm. Sie schläft an seiner Seite. Er müßte glücklich sein. Ist er es? Müdigkeit, Leere, Melancholie erfüllt ihn, eine riesenhafte Melancholie, wie sie ihn manchmal als Kind überfallen hatte, nur steckte damals noch der Gedanke an die vielen, an die unzähligen vor ihm liegenden Jahre darin, während das heute nicht mehr möglich ist, heute kann man schon die Tür am Ende – gar nicht mehr so weit fort – deutlich sehen, die verschlossene Tür, die ins Dunkle führt. Er kennt auch die Erklärung: Sicher, Eifersucht und Verzweiflung haben aufgehört, aber mit ihnen hat sich der Sturm gelegt. Und Raserei, Wut, frenetischer, glühender Galopp sind ja das Leben, sind ja die Jugend gewesen, und in dieser Nacht, im nämlichen Augenblick, als sie gesprochen hat, als sie einen Herzschlag lang aus dem Schlaf erwacht ist, um zu sprechen, hat ihn die Jugend verlassen, verschwand der letzte Fetzen, der letzte Streifen einer Jugend, die auf so seltsame Weise, ohne sein Zutun, bis in sein reifes Alter gedauert hatte.

Feuer, das ausgebrannt ist; Wolke, die den Regen ausgeschüttet hat und nun nicht mehr da ist, Musik, die am letzten Ton angelangt ist, dem keine Noten mehr folgen, Müdigkeit, Leere, Einsamkeit.

Und die Frauen, und das, was Antonio in allzu langen Jahren immer nur als eine rein physische Notwendigkeit betrachtet hatte? Was ist Laide denn anderes gewesen als die Personifizierung lang gehegter und nie befriedigter Wünsche? Er hatte niemals die Kraft gehabt, sie zu verwirklichen. Wenn er ihnen begegnete, schienen sie unerreichbare Kreaturen, es war unnötig, sich mit ihnen zu beschäftigen, es wäre ja doch unmöglich, daß sie einwilligen würden. Anders zu seinen Freunden, denen lächelten diese unerreichbaren Wesen zu, mit ihnen sprachen sie, zu ihnen sagten sie ja. Unbefangen erzählten dann die Glücklichen, daß sie mit jenem phantastischen Mädchen aus der Bar, mit dieser Entraineuse oder diesem Mannequin angebändelt hätten, ausgegangen seien, sie, als sei es die einfachste Sache der Welt, nach Hause oder ins Bett genommen hätten. Auch er hat sie gesehen, kennt sie, begehrt sie, aber hat sich jedesmal gesagt, es sei doch unmöglich, daß sie einwilligen würden. Ohne zu wagen, ist er in seiner traurigen Würde stolz an ihnen vorbeigegangen, und jetzt ist es zu spät dafür.

Dabei wäre es so leicht gewesen. Gar keine Anstrengung ist dazu nötig. Drehen sich nicht alle nach bildschönen und stolzen Mädchen um? Man muß es nur verstehen, Antonio hat es nie verstanden. Wenn er zu ihnen sprach, schienen sie ungehalten, seine Blicke waren ihnen unangenehm, wenn er sie betrachtete, drehten sie den Kopf zur Seite, immer ist es so gewesen. Besonders mit den Frauen, die ihm am meisten gefielen. Andere sind manchmal bereit gewesen oder freundlich zu ihm. Aber niemals jene, die ihm wirklich gefielen: die anmaßenden kleinen Mädchen mit den Stumpfnäschen, die Flittchen mit den eifrigen Gesichtern, die selbstsicheren Schönheiten der Vorstädte, die arglistigen schläfrigen Kreaturen mit den anzüglichen Blicken. Die sah er immer nur mit den andern, am Arm der andern, an den Tischen der andern, und wenn er nach ihnen hinschaut, drehen sie gelangweilt den Kopf auf die andere Seite. Immer ist es so gewesen. Mit was für Männern gingen sie? Etwa mit Milliardären, Filmhelden, Apollos? Keineswegs, es waren ganz durchschnittliche, gewöhnliche Kerle, oft hatten sie einen Bauch oder waren halbe Analphabeten, die nur über Fußball sprachen, ordinäre Burschen, häßlich und anscheinend auch geizig, aber sie wußten eben, wie man mit den Frauen umgeht, sie konnten die zwei oder drei Dummheiten sagen, die den Mädchen gefallen. Auch jetzt noch, wenn er daran denkt, steigt Ärger, Bedauern, Kummer in ihm auf, aber es brennt nicht mehr, denn auch wenn er jetzt weiß, wie man es anfängt, es ist doch zu spät.

Immer wenn er die Männer seines Alters ansieht – doch erst jetzt gibt er sich Rechenschaft darüber –, kam ihm der Gedanke: Wen lieben diese wohl? Aus ihren Anspielungen, aus ihrer Selbstsicherheit, aus ihrer offensichtlichen Verachtung für leichte Mädchen sollte man schließen, daß sie eine Unmenge fabelhafter Gelegenheiten besäßen. Besonders fiel ihm auf, daß sie immer, wenn sie ein Verhältnis mit einer schönen Frau hatten, diese sofort als eine Beute betrachteten und nicht wie ein gleichberechtigtes Wesen, das seine eigene Welt der Interessen, der Wünsche, der Sorgen besitzt, die mindestens so wichtig war wie die ihre, nein, sie betrachteten sie lediglich als einen zu genießenden Körper, dessen Pflicht es war, sich zu unterwerfen, und wunderten sich, wie über eine unzulässige Laune, wenn sie sich dagegen wehrte. Doch gerade diese Überzeugung gab ihnen eine so große Macht und ließ sie mit solch überraschender Selbstverständlichkeit gewinnen. Auf Antonio machte es um so mehr Eindruck, weil er sein ganzes Leben lang meistens auf Gleichgültigkeit gestoßen war und die wenigen Male, da er wirklich Mut gefaßt hatte, immer gegen eine abwehrende Mauer gestoßen war, und er wunderte sich darüber, daß sich dieselben Frauen bei anderen damit begnügten, sozusagen einer niedereren Kaste anzugehören, ein Lustobjekt zu sein, sich ein oder zwei Stunden lieben zu lassen; daß sie zufrieden oder gar stolz waren, wenn man ihnen den Hof machte, obwohl sie doch wußten, daß die Männer nur eines im Auge haben und daß sie, ist dieser Zweck einmal erreicht, wie ein Lumpen fortgeworfen würden, daß er sie – und auch das wußten die Frauen ganz genau – mit einer böswilligen, durch antike Traditionen sanktionierten Gewalttätigkeit, kaum hat er seine Lust befriedigt, verachten und Dirnen schelten würde. Antonio verstand nicht – und hier gesellte sich zu seiner Verärgerung Neid –, warum die Frauen stillschweigend zugaben, einer niederen Kaste anzugehören, und warum sie sich als Sklavinnen behandeln ließen. Aber er verstand jetzt, wie logisch und unvermeidlich es war, daß die Frau, sollte ein Zufall die normale Ordnung umkehren und sie dominieren und der Mann sich in sie verlieben, Rache an all den Demütigungen nahm und ihn in kurzer Zeit das entgelten ließ, was ihr andere Männer in langen Jahren zugefügt hatten. Doch war es nicht zugleich seltsam und komisch, daß ihm alle diese Bedenken erst jetzt, mit fünfzig Jahren, kamen? Jaja, er wußte es, die Mehrzahl seiner Altersgenossen waren schon jenseits der Wünsche, dachten nicht mehr daran, oder, wenn sie doch noch liebten, so war es kein Problem mehr für sie. Er hingegen hatte es niemals als besonders wichtig angesehen, er war wie jemand gewesen, der achtlos an einem wunderschönen Schaufenster vorbeigeht und erst, wenn er fern ist, plötzlich versteht, wie viele schöne Dinge dort auslagen, nun eilig zurückläuft, aber die Lichter gelöscht und den Rolladen heruntergelassen findet. Ja, er hatte dem nie große Bedeutung beigemessen und zahlte nun mit Bedauern, mit Neid, mit dem Kummer, keine Zeit mehr vor sich zu haben, mit Einsamkeit einen bitteren Preis.

Eine Atempause, die Spannung hat nachgelassen. Er sitzt neben ihr, während sie, auf dem Rücken liegend und mit auf der Brust gefalteten Händen, in ihren unschuldigen Schlaf versunken ist. Seine Haut berührt ihre Schenkel, lange, schmale Schenkel einer Tänzerin, die sich in frenetischen Rock'n'Rolls ausgetobt, frech an unzählige Männerbeine gepreßt haben, doch jetzt ist alle Schändlichkeit vergangen – war es wirklich Schändlichkeit gewesen? Er hat es noch nicht ganz verstanden – alte Gedanken kehren wieder, die er während der langen Monate seiner Krankheit vergessen hatte.

Denn er war wie ein Stein gewesen, den man an einer Schnur befestigt hatte und immer schneller und schneller kreisen ließ, der Wind war es gewesen, der Herbststurm, die Verzweiflung, die Liebe. Und bei dieser wirbelnden Drehung konnte man die Umrisse nicht mehr erkennen, er war zu einem fließenden, zuckenden Ring geworden.

Er war ein Karussellpferd, und das Karussell hatte plötzlich begonnen, sich zu drehen, schneller und immer schneller, Laide trieb es an, es war Herbst, es war die Verzweiflung, es war die Liebe. Und in diesem Wirbel verlor er, das Pferd, die Form eines Pferdes, er war nur noch ein weißes, vibrierendes Laubgewinde, eine vibrierende Kulisse aus weißen und goldenen Fransen, er war nicht mehr er selbst, er war zu einem unbekannten Wesen geworden, mit dem niemand sich verständigen konnte, weil er auf niemand mehr hörte, auf niemand mehr hören konnte, weil er nur noch sich selbst im Wind sausen hörte. Nichts existiert mehr für ihn außer ihr, Laide. Dieses schreckliche Stürzen; und im Strudel konnte er nicht einmal mehr die

Welt um sich wahrnehmen, das ganze übrige Leben hatte aufgehört zu existieren, hatte niemals existiert, die Gedanken waren vollständig von diesem wilden Kreisen aufgesogen, der Schmerz war entsetzlich, noch nie hatte es ihn mit solcher Gewalt gepackt, noch niemals war er so von Leben erfüllt gewesen.

Aber nun steht das Karussell still, der an der Schnur befestigte Stein bewegt sich nicht mehr, das Pferd hat wieder seine alte Form angenommen, der Stein hängt jetzt unbeweglich, und endlich kann man ihn erkennen, es ist ein Stein. Antonio wird nicht mehr vom Sturm dahingetrieben. Er steht still, er ist wieder Antonio und beginnt wieder die Welt zu sehen, wie sie vorher war.

Er schaute sich in der Nacht um. Gott, Gott, was ist das für ein hoher schwarzer Turm, der alle überragt? Es ist der alte Turm, der seit seiner Kindheit in seiner Seele versenkt war. Der Wirbel hatte ihn den schrecklichen Turm vollständig vergessen lassen, über der Geschwindigkeit des Absturzes hatte er nicht mehr an die Existenz des großen, unerbittlichen schwarzen Turmes gedacht. Wie hatte er nur so etwas Wichtiges, das Wichtigste von allem, vergessen können. Da stand er wieder, erhob sich schrecklicher und geheimnisvoller denn je, ja, schien sogar noch größer geworden, noch weit näher gerückt zu sein. Die Liebe hatte ihn vergessen lassen, daß der Tod existierte. Zwei Jahre hatte er nicht mehr an ihn gedacht, zwei Jahre lang schien er auch für ihn, der immer die Besessenheit der Todesahnung im Blut getragen hatte, zu einer Legende geworden. So stark war die Kraft der Liebe gewesen. Jetzt aber war er, unerwartet, wieder vor ihm aufgetaucht, beherrschte ihn, das Haus, die Straße, die Stadt, die Welt mit seinem Schatten und rückte langsam näher.

Sie aber trug unterdessen der Schlaf davon, sie war sich nicht mehr des Bösen bewußt, das sie getan hatte und noch tun würde, sie befreite sich von den Dächern, den

Dachluken, den Terrassen und Türmen der Stadt, sie ist ein winziges, junges, nacktes, zartes, weißes Lebewesen, ein schwebendes Staubkörnchen aus Materie oder vielleicht auch Seele, das einem unmöglichen, geliebten Traum nachhängt. Durch die Nebelstreifen dringt der rötliche Widerschein der noch brennenden Laternen und beleuchtet sie weich mit mitleidigem und geheimnisvollem Licht. Es ist ihre Stunde. Ohne daß sie es weiß, ist für Laide die große Stunde ihres Lebens gekommen, vielleicht wird morgen alles wieder wie früher sein und Bosheit und Schande neu beginnen, aber jetzt steht sie einen Herzschlag lang über allen, ist das schönste, das kostbarste, das wichtigste Ding auf dieser Erde. Doch die Stadt schläft, die Straßen sind verödet, niemand, nicht einmal er, hebt die Augen, um sie zu betrachten.

Dino Buzatti (1906–1972), einer der großen italienischen Schriftsteller des 20. Jahrhunderts, wurde nicht immer zu Recht von der Literaturkritik als der ›italienische Kafka‹ bezeichnet. Seine Romane und seine meisterhaften Erzählungen changieren zwischen dem Märchenhaften, dem Phantastisch-Surrealen und der Alltagswirklichkeit.

Dino Buzzati

Das Geheimnis des Alten Waldes

Roman. Fischer Taschenbuch Band 9268

Die Geschichte dieses kleinen Romans spielt in einem abgelegenen Tal in Norditalien, und sie spielt zugleich auf der Grenze zwischen Realität und Phantasie, Wirklichkeit und Märchenwelt. Der unnachgiebige Oberst Procolo hat, gemeinsam mit seinem kleinen Neffen, ein Waldstück geerbt, den sogenannten Alten Wald. Der Alte Wald ist ein seit Jahrhunderten unberührtes Stück Natur, in dem die Baumgeister wohnen und in dem man – nicht jeder, meist nur die Kinder, aber auch der Oberst – die Vögel, Waldtiere und Winde sprechen hören kann.

›Der Alte Wald‹ ist ein märchenhafter, geheimnisvoller Roman, mit dessen, wie man heute sagen würde, ökologischer Grundhaltung Buzzati seiner Zeit weit voraus war (der Roman erschien erstmals 1935). Erst heute, so scheint es, können wir dieses poetische Plädoyer für die Bewahrung und den Respekt vor der Natur richtig verstehen.

Fischer Taschenbuch Verlag

fi 1018 / 1